KB094360

천룡팔부 6

천룡팔부 6 – 천하제일의 독공

1판 1쇄 인쇄 2020. 5. 13.
1판 1쇄 발행 2020. 5. 25.

지은이 김용
옮긴이 이정원
발행인 고세규
편집 봉정하 디자인 지은혜 마케팅 김용환 홍보 반재서
발행처 김영사
등록 1979년 5월 17일 (제406-2003-036호)
주소 경기도 파주시 문발로 197(문발동) 우편번호 10881
전화 마케팅부 031)955-3100, 편집부 031)955-3200 | 팩스 031)955-3111

값은 뒤표지에 있습니다.
ISBN 978-89-349-9120-5 04820
978-89-349-9114-4 (세트)

홈페이지 www.gimmyoung.com 블로그 blog.naver.com/gybook
페이스북 facebook.com/gybooks 이메일 bestbook@gimmyoung.com

좋은 독자가 좋은 책을 만듭니다.
김영사는 독자 여러분의 의견에 항상 귀 기울이고 있습니다.

이 도서의 국립중앙도서관 출판시도서목록(CIP)은 서지정보유통지원시스템 홈페이지(http://seoji.nl.go.kr)와 국가자료공동목록시스템(http://www.nl.go.kr/kolisnet)에서 이용하실 수 있습니다.(CIP제어번호 : CIP2020018334)

일러두기

본문의 미주는 옮긴이의 주이다. 작품의 이해를 돕기 위한 김용 선생님의 작가 주는 •로 표기하고 미주 뒤에 수록한다. 단, 전체 내용에 대한 주일 경우 • 없이 장만 표기한다. 원서 편집자 주도 장별로 작가 주 뒤에 수록한다.

천룡팔부

天龍八部

김용 대하역사무협 — 이정원 옮김

천하제일의 독공

6

26 맨손으로 곰과 호랑이를 때려잡다 · *15*

27 반란을 진압하다 · *55*

28 철가면을 뒤집어쓴 초개 같은 인생 · *131*

29 빙잠으로 연마한 장풍 · *197*

30 위기에 빠진 영웅호걸들 · *281*

미주 · *355*

각 권 차례

【1권】 북명신공

1 · 험산준로에 오른 단예 | 2 · 달빛 아래 빛나는 옥벽 | 3 · 필사의 탈출, 그리고 목완청 | 4 · 벼랑 끝에서 임을 기다리다 | 5 · 파문이 이는 능파미보

【2권】 육맥신검

6 · 뉘 집 자제이며 뉘 집이던가? | 7 · 다정도 병이런가? | 8 · 호랑이가 포효하고 용이 울부짖다 | 9 · 뒤바뀐 운명 | 10 · 푸른 연무 휘날리는 검기

【3권】 첫눈에 반하다

11 · 바보 같은 연정 | 12 · 연정에 취하다 | 13 · 손가락 하나로 영웅호걸들을 희롱하다 | 14 · 술로 맺은 사나이들의 우정 | 15 · 행자림에서 의리를 논하다

【4권】 필사의 일전

16 · 과거지사로 인하여 | 17 · 오늘의 의미가 되다 | 18 · 오랑캐와의 은원, 그리고 영웅의 눈물 | 19 · 수천, 수만이라도 상대하리라 | 20 · 안문관 절벽의 흔적은 지워지고

【5권】 복수의 칼

21 · 꿈결 같은 천 리 길 | 22 · 별처럼 빛나는 눈동자 | 23 · 수포로 돌아간 아주와의 언약 | 24 · 마 부인의 저주 | 25 · 광활한 설원을 가다

【6권】 천하제일의 독공

26 · 맨손으로 곰과 호랑이를 때려잡다 | 27 · 반란을 진압하다 | 28 · 철가면을 뒤집어쓴 초개 같은 인생 | 29 · 빙잠으로 연마한 장풍 | 30 · 위기에 빠진 영웅호걸들

【7권】 진롱기국의 비밀

31 · 승부는 사람에 의해 결정되지 않는다 | 32 · 유유자적을 누가 탓하랴 | 33 · 혼란 속에 펼쳐낸 두전성이 | 34 · 표묘봉에 불어닥친 변란 | 35 · 홍안의 외모는 찰나의 순간이거늘

【8권】 인생무상

36 · 꿈인지 환상인지 모를 현실 | 37 · 똑같은 웃음, 그러나 공허함뿐인 세상 | 38 · 동상이몽 속에 엉망으로 취하다 | 39 · 풀리지 않는 분노의 원한 | 40 · 어리석은 사랑, 그 끝은 어디인가

【9권】 영웅대전

41 · 소봉과 연운십팔기 | 42 · 성수노선과 철두인의 최후 | 43 · 수포로 돌아간 나라 재건의 야심 | 44 · 나의 인연은 어디 있는 것일까? | 45 · 마른 우물 아래 진흙탕 속에서

【10권】 결자해지

46 · 서하 공주의 세 가지 질문 | 47 · 누구를 위해 산다화는 만발하였나? | 48 · 실의에 빠져버린 왕손 | 49 · 부질없는 영화, 뜬구름 같은 목숨 | 50 · 전쟁과 맞바꾼 영웅의 최후

天龍八部

진거중의 〈평고부마도平皐拊馬圖〉

그림 속 인물은 여진인으로 마필을 무척이나 아끼고 사랑하는 모습이 표정과 동작에서 드러난다.

호괴胡瑰의 〈출렵도出獵圖〉

그림 속의 거란인은 활이 아닌 비수를 지니고 있으며 말안장 밑에 짐승 가죽을 깔아놓았다. 호괴는 서기 930년 전후의 거란인이지만 섬세한 화풍을 지니고 있는 것으로 보아 그 당시 거란인들이 문화적으로 한인漢人의 영향을 받았음을 알 수 있다.

송나라인의 〈유당목마도柳塘牧馬圖〉

송나라 시기 여진인들이 말을 방목하는 상황을 묘사한 것이다. 여진인들은 변발을 하고 과피모瓜皮帽나 첨정모尖頂帽를 쓰고 있으며 후대에 만주인이 이와 비슷하다. 남송 시기의 저명한 화가인 진거중陳居中의 작품으로 알려졌다.

요나라인의 은가면

요나라 귀족이 세상을 떠난 후 자신의 진짜 얼굴형을 본떠 은으로 만든 것이다. 현재 미국 필라델피아대학교 박물관에 소장되어 있다. 그 성질이 유탄지의 철가면과 다르지만 거란인들은 금속으로 가면을 만드는 풍습이 있었다.

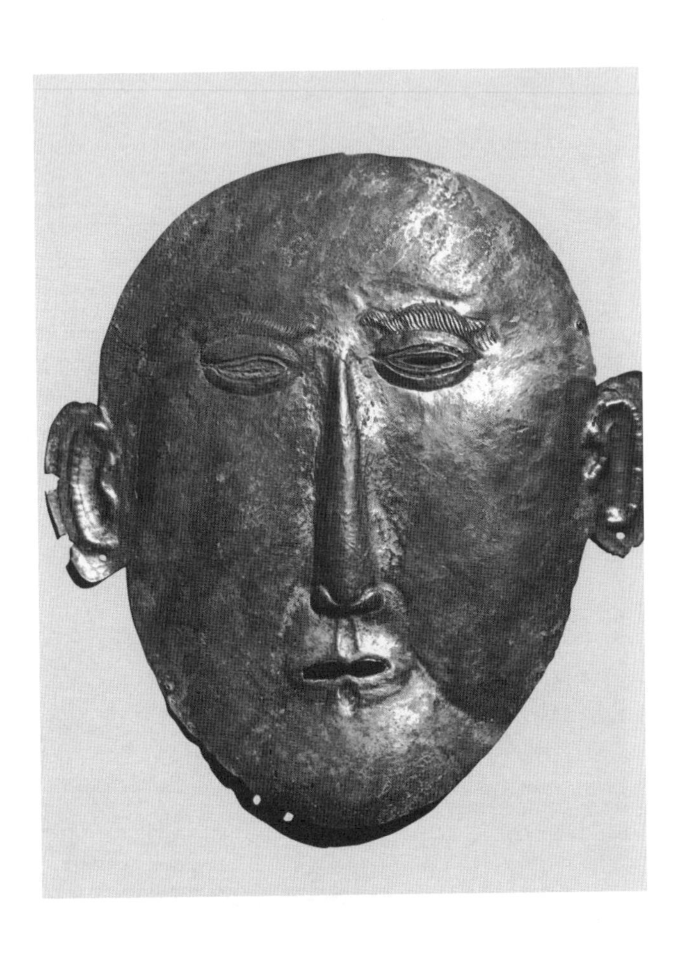

성수해星宿海

성수노괴 정춘추鄭春秋의 옛 거처.

후당后唐의 장종庄宗 입상立像

후당의 장종 이존욱李存勖은 이극용李克用의 아들인 사타沙陀(당나라 초기 서돌궐西突厥의 한 파)인으로 양梁나라를 멸하고 후당 황조를 세웠다.

26

맨손으로 곰과 호랑이를 때려잡다

눈발 위에 짐승 가죽을 걸친 대한 하나가 기다란 강철 호차虎叉를 세워 든 채 호랑이 두 마리를 황급히 뒤쫓고 있었다.

그중 한 마리가 고개를 돌리며 포효하더니 그 대한을 향해 덮쳐갔다. 대한이 호차를 내뻗어 호랑이의 목을 겨냥해 찔러갔지만 민첩하기 이를 데 없는 호랑이는 고개를 슬쩍 돌려 호차를 가볍게 피했다. 순간 다른 호랑이 한 마리가 대한을 향해 덮쳐갔다.

사흘 내내 아무것도 입에 대지 못한 소봉은 들꿩이나 야생 토끼나 잡아 요기를 하려 했지만 그림자도 보이지를 않았다.

'이렇게 정처 없이 헤매다가는 여기서 빠져나가지 못할 것이다. 차라리 이 숲에서 하룻밤 묵으면서 눈이 그치길 기다렸다가 일월성신日月星辰을 살펴 방향을 가늠해보는 것이 좋겠다.'

그는 숲속에서 바람을 피할 수 있는 곳을 찾아 땔감을 주워 불을 붙이기 시작했다. 화톳불이 피어올라 몸에서 따스한 온기가 느껴지자 허기진 배에서 꼬르륵 소리가 들려왔다. 나무뿌리 부근에 자란 버섯이 회백색인 것을 보자 독이 없다 여기고 화톳불에 살짝 구워 허기를 채웠다.

버섯 20여 개를 먹고 나니 정신이 좀 들었다. 곧바로 아자를 부축해 가슴 앞에 기대어 눕히고 불을 쪼이며 내력을 주입해주었다. 얼마 후 잠자리에 들려는 순간 별안간 어디선가 어흥 하는 울음소리가 들려오는데 다름 아닌 호랑이 포효 소리가 아닌가! 소봉은 너무도 기뻤다.

'호랑이가 제 발로 걸어오다니. 호랑이 고기를 먹을 수 있겠구나.'

귀를 기울이니 호랑이 두 마리가 눈밭을 내달려오고 그 뒤로 사람의 호통 소리가 들리는데 누군가 호랑이를 뒤쫓고 있는 것 같았다.

그는 사람 목소리를 듣자 더욱 기쁜 나머지 호랑이 두 마리가 서쪽으로 내달리는 소리에 아자를 화톳불 옆에 슬쩍 누이고 경공을 펼쳐 경사로 위쪽으로 달려나갔다. 이때는 폭설이 내리고 북풍이 강하게 몰아치고 있어 천지가 온통 하얗게 뒤덮여 있었다.

10여 장을 달려나가니 눈밭 위에 알록달록한 맹호 두 마리가 포효를 하며 달려오고 있고 그 뒤로 짐승 가죽을 걸친 대한 하나가 기다란 강철 호차虎叉를 세워 든 채 황급히 뒤쫓고 있었다. 육중한 체구의 호랑이 두 마리는 한참을 내달려가다 그중 한 마리가 고개를 돌리며 포효하더니 그 대한을 향해 덮쳐갔다. 대한이 호차를 내뻗어 호랑이의 목을 겨냥해 찔러갔지만 민첩하기 이를 데 없는 호랑이는 고개를 슬쩍 돌려 호차를 가볍게 피했다. 순간 다른 호랑이 한 마리가 그 대한을 향해 덮쳐갔다.

몸놀림이 무척이나 빠른 그 사냥꾼은 강철 호차를 거꾸로 뒤집어 퍽 하고 호차 자루로 두 번째 호랑이의 허리를 세차게 가격했다. 그 호랑이는 무척이나 고통스러운 듯 큰 소리로 울부짖다 꽁무니를 빼고 뒤돌아 내달려갔다. 그러자 다른 호랑이 역시 더 이상 싸울 생각을 하지 않고 앞선 호랑이를 따라 달려갔다. 소봉이 보니 그 사냥꾼은 솜씨가 뛰어나고 팔힘이 무척 강하긴 하지만 무공을 모르는 사람 같았다. 다만 야수들의 습성을 익히 알고 호랑이가 덮쳐오기 전에 호차로 호랑이 머리가 들어올 곳을 기다리고 있었던 것이다. 이른바 '적의 행동을 예측해 기선을 제압하는' 수법이었다. 그러나 일거에 호랑이 두 마리를 찔러 죽이는 것은 아무래도 쉽지 않은 일로 보였다.

소봉이 소리쳤다.

"노형, 내가 돕겠소."

이 말을 하고 측면으로 내달려가서는 호랑이 두 마리가 가는 길을 가로막았다. 그 사냥꾼은 소봉이 난데없이 튀어나오자 깜짝 놀라 큰 소리로 고함을 쳐댔는데 그건 한인 말이 아니었다. 소봉은 그가 무슨 말을 하는지 몰라 일단은 아랑곳하지 않고 오른손을 쳐들어 한 호랑이의 정수리를 세차게 후려쳤다.

소봉의 일격에 당한 호랑이는 뒤로 나자빠져 바닥에 곤두박질쳤다. 그러나 곧바로 천둥소리 같은 포효를 하며 소봉을 향해 덮쳐왔다.

소봉이 조금 전에 후려친 일장은 7성 공력으로 펼쳐낸 것이라 아무리 고강한 무공을 지닌 사람이라 할지라도 그 일장에 맞으면 머리통이 깨져버렸겠지만 그 호랑이는 두개골이 단단하고 굵어 바위마저 갈라놓을 만한 장력을 맞고도 바닥에 곤두박질쳤다 이내 다시 일어나 소봉에게 달려든 것이다. 소봉이 찬탄을 금치 못했다.

"그 녀석, 제법이로구나!"

이 말과 동시에 몸을 비스듬히 피해 오른손으로 위에서 아래로 비스듬히 후려치자 써억! 소리를 내며 호랑이의 허리가 베어졌다. 1성의 공력을 증가시킨 그의 이 일격에 호랑이는 앞을 향해 몇 걸음 돌진하다 비틀거리더니 곧바로 죽기 살기로 줄행랑을 쳤다. 소봉은 앞으로 재빨리 두 걸음 나아가 오른손을 벌려 호랑이 꼬리를 움켜쥐었다. 이와 동시에 큰 소리로 호통을 치며 왼손으로도 꼬리를 움켜잡고 양손으로 힘껏 잡아당겼다. 앞으로 내달리며 힘을 주고 있던 호랑이가 그에게 꼬리를 잡히자 쌍방의 강한 힘이 분출되면서 호랑이 몸이 허공으로 날아올랐다.

그 사냥꾼은 호차를 들고 또 다른 호랑이와 사투를 벌이다 놀랍게도 소봉이 호랑이를 허공에 날려보내는 것을 보자 소스라치게 놀랐다. 그때 호랑이가 반공중에서 큰 입을 벌리고 날카로운 이빨을 드러낸 채 소봉을 향해 덮쳐가자 소봉은 길고도 단호하게 호통을 치며 오른손에 기운을 모아 힘껏 내질렀다.

"펑!"

순간 둔탁한 소리가 울려퍼지며 그의 일권은 호랑이의 복부를 강타했다. 호랑이 배는 극히 부드러운 곳인 데다 이 현룡재전見龍在田은 바로 소봉의 필살기라 할 수 있는 초식이 아니던가! 호랑이는 그 즉시 내장이 파열되며 바닥을 잠시 나뒹굴다 눈밭 속에 묻혀 죽어버렸다.

그 사냥꾼은 이를 보고 심히 탄복해했다. 남은 맨손으로 호랑이를 때려잡는데 자신은 손에 강철 호차를 들고도 호랑이를 당해내지 못한다면 이 어찌 웃음거리가 되지 않겠는가? 그는 당장 왼쪽으로 일차一叉, 오른쪽으로 일차를 날리더니 연이어 호랑이 몸을 향해 호차를 날려갔다. 호랑이는 온몸에 수차에 걸쳐 호차를 맞아 부상을 입자 흉맹한 성격이 극에 달해 허연 이빨을 드러낸 채 몸을 훌쩍 날려 사냥꾼을 향해 덮쳐갔다.

사냥꾼은 몸을 슬쩍 피하며 호차를 횡으로 찔러 푹 하고 호랑이 목에 호차를 꽂았다. 이어서 양손을 높이 쳐들자 호랑이는 처참한 비명을 내지르며 땅바닥에 뒤집어졌다. 그는 곧바로 양팔에 힘을 가해 호랑이를 호차로 눈밭에 단단하게 박았다. 그때 찌익! 소리와 함께 그가 입고 있던 짐승 가죽 옷의 등 쪽 이음새 부위가 터지면서 맨 등짝이 드러났는데 울퉁불퉁한 근육질의 몸매가 무척이나 우람해 보였다. 소봉은 그 모습을 보고 속으로 찬탄을 금할 수 없었다.

'호한이로구나!'

그 호랑이는 큰대자로 뻗은 채 네발로 허공에 이리저리 마구 할퀴는 자세를 취하다 잠시 후 마침내 꼼짝도 하지 않았다.

사냥꾼은 호차를 들어 껄껄대고 큰 소리로 웃다가 몸을 돌려 소봉을 향해 양손의 무지를 추켜세우며 뭐라고 몇 마디 했다. 소봉은 그 말을 알아들을 수 없었지만 그 표정만 보고도 그가 자신을 영웅처럼 대단하다고 칭찬하고 있다는 걸 알 수 있었다. 소봉은 그를 흉내 내며 똑같이 양손 무지를 추켜세우며 말했다.

"영웅이오! 영웅!"

사냥꾼이 크게 기뻐하면서 자신의 코끝을 가리키며 소리쳤다.

"완안完顔 아골타阿骨打!"

소봉은 그게 그의 이름인 것 같아 곧 똑같이 자기 코끝을 가리키며 외쳤다.

"소봉!"

사냥꾼이 말했다.

"소봉? 거란?"

소봉이 고개를 끄덕였다.

"거란! 당신은?"

이 말을 하면서 손가락을 뻗어 사냥꾼을 가리켰다.

사냥꾼이 말했다.

"완안 아골타! 여진!"

소봉은 요나라 동쪽, 고려 북쪽에 여진이라는 부족이 있으며 그 부족 사람들이 매우 용맹하고 싸움에 능하다는 얘기를 들은 적이 있다.

알고 보니 그 완안 아골타가 바로 여진 사람이었던 것이다. 비록 말은 통하지 않았지만 이 망망설해茫茫雪海 속에서 동행을 만나자 무척이나 기뻤다. 그는 곧바로 수신호를 보내 자신에게 다른 동반자가 있다는 뜻을 밝히고 죽은 호랑이를 번쩍 들어 아자가 누워 있는 곳으로 걸어갔다. 그러자 아골타 역시 죽은 호랑이를 끌고 그의 뒤를 따랐다.

호랑이는 이제 막 죽어 아직 피도 굳지 않은 상태였다. 소봉은 호랑이 몸을 거꾸로 들고 목을 자른 다음 호랑이 피를 아자 입에 넣어주었다. 아자는 눈을 뜨지 못한 상태였지만 호랑이 피를 삼킬 수 있는 여력은 남아 있었는지 10여 모금 정도를 들이켰다. 소봉은 기쁜 마음에 양쪽 호랑이 다리를 찢어 화톳불 위에 굽기 시작했다. 아골타는 그가 맨손으로 호랑이 다리를 마치 익힌 닭다리 찢듯 찢는 것을 보고 평생 듣도 보도 못한 그의 손힘에 놀라 멍하니 그의 손만 바라보았다. 한참을 바라보다 손을 뻗어내서 그의 손목과 팔을 가볍게 쓰다듬으며 존경스럽다는 표정을 지었다.

호랑이 고기가 잘 구워지자 소봉은 아골타와 함께 배를 채웠다. 아골타가 손짓으로 여기 온 이유를 묻자 소봉 역시 손짓으로 아자 치료에 쓸 산삼을 구하러 왔다가 길을 잃었다고 설명했다. 아골타는 껄껄대고 크게 웃으며 한참 동안 손짓을 했다. 산삼을 구하는 건 아주 간단한 일이니 자기를 따라가면 얼마든지 있다는 뜻이었다. 소봉은 크게 기뻐하며 몸을 일으켜 왼손으로 아자를 안고 오른손으로는 죽은 호랑이 한 마리를 들었다. 아골타는 또다시 무지를 추켜세우며 몇 마디 했다. 그를 칭찬하는 것 같았다.

"대단한 힘이오!"

아골타는 이 일대 지세에 매우 익숙해 눈보라가 휘날리는 상황에서도 길을 잃지 않았다. 두 사람은 날이 어두워질 때까지 걷다 숲속에서 하룻밤을 묵고 날이 밝으면 다시 또 길을 떠났다. 그렇게 동쪽을 향해 이틀 동안 걷다가 사흘째 되던 날 오후, 소봉이 눈밭에 찍힌 사람들 발자국을 발견하자 아골타는 연신 손짓을 해가며 자기 부족 사람들이 가까이 있다고 설명했다. 산모퉁이 두 개를 돌아가자 과연 동남쪽 산비탈에 짐승 가죽으로 된 수백 개의 막사가 새까맣게 모여 있는 것이 보였다. 아골타가 휘파람을 불자 막사 안에 있던 사람들이 하나둘 마중을 나왔다.

소봉이 아골타를 따라 가까이 다가가보니 각 막사 앞에는 화톳불이 피워져 있고 불 옆을 가득 에워싼 여인들이 각자 짐승 가죽을 꿰매거나 고기를 절이고 있었다. 아골타는 소봉을 데리고 중간에 있는 가장 큰 막사를 향해 걸어갔다. 그가 휘장을 젖히고 들어가자 소봉도 그 뒤를 따라 들어갔다. 막사 안에는 10여 명이 둘러앉아 술을 마시고 있다가 아골타가 들어오는 것을 보고 모두들 큰 소리로 환호성을 지르기 시작했다. 아골타는 소봉을 가리키고 손짓을 하며 말했다. 그의 손짓으로 봐서는 자신이 맨손으로 호랑이를 때려잡는 상황을 설명하는 것 같았다. 사람들은 앞다투어 소봉 주변을 에워싸고 손을 뻗어 무지를 추켜세우며 연신 칭찬을 해댔다.

한창 떠들썩할 때 장사꾼 차림의 한인 한 명이 들어와 소봉을 향해 말했다.

"나리께서는 한어를 할 줄 아십니까?"

소봉이 기쁜 마음에 말했다.

"그렇소, 할 줄 아오."

이 말을 하고 곧바로 이곳 사정을 캐물었다. 알고 보니 이곳은 여진인 족장의 막사였으며 중간에 있는 검은 수염의 노인이 바로 족장인 화리포和里布였다. 그에게는 모두 11명의 아들이 있었는데 하나같이 대단한 영웅들이었으며 아골타는 그의 차남이었다. 그 한인은 허탁성許卓誠이란 이름을 가진 장사꾼으로 매년 겨울이면 이곳에 와서 산삼과 모피를 사고 봄이 되면 돌아간다고 했다. 허탁성은 여진어에 능통해 소봉의 통역을 맡아주기로 했다. 여진인과 거란인은 적대적인 관계였지만 이들이 우선적으로 고려하는 건 영웅호한이었다. 완안 아골타는 매우 유능하고 경험이 풍부해 부친의 총애를 받고 있었으며 부족원들도 그를 우러러 모시고 있었다. 그가 입이 마르도록 소봉을 칭찬하자 부족원들도 거란인인 소봉을 꺼리지 않고 극빈으로 예우해주었다.

아골타는 소봉과 아자가 거주할 수 있도록 자기 막사를 내주었다. 소봉이 몇 번이고 사양했지만 아골타가 고집스럽게 예우를 하는 바람에 소봉은 아골타의 성의를 생각해 그곳에 머물기로 했다.

그날 밤 여진족 사람들은 소봉에 대한 환영의 의미로 성대한 연회를 베풀었다. 두 사람이 가져온 호랑이 고기는 자연히 환영 연회의 진미가 됐다. 소봉은 보름 가까이 술을 입에 대지 못했던 터라 여진족 사람들이 가죽 주머니 안에 든 독주를 계속 내오자 가죽 주머니 술을 하나하나 비우다 보니 취기가 오를 대로 올랐다. 여진인들이 빚은 술은 시고 매운맛을 지니고 있어 술맛은 그저 그래도 도수가 매우 높았다. 보통 사람들이 반 주머니만 비워도 취할 정도의 독주를 소봉은 연이어 열 주머니가 넘게 마시고도 얼굴색 하나 변하지 않았다. 여진인들은 주량이 센 사람을 진정한 호한으로 여겼기 때문에 그가 맨손으로 어찌 호랑이를 때려잡았는지는 직접 보지 못했지만 여진인 대한 열 명이 합쳐도 상대가 되지 않는 그의 주량에 모든 이가 경외할 수밖에 없었다.

허탁성은 여진인들이 그를 존경의 눈초리로 바라보자 자신 역시 그의 비위를 맞추려 애썼다. 소봉은 달리 할 일이 없어 낮에는 아골타와 함께 사냥을 나가고 해가 지면 허탁성에게 여진어를 배웠다. 어느 정도 배우고 난 후 그는 자신이 거란인인데 거란어를 할 줄 모른다는 사실이 이치에 맞지 않는다는 생각이 들어 그에게 거란어도 같이 배웠다. 허탁성은 장사를 위해 각지를 떠돌아다녔기 때문에 거란어는 물론이고 서하어, 여진어까지 모두 유창했다. 소봉은 언어 습득 능력이 뛰어나진 않았지만 여진어와 거란어가 비교적 한어보다 간단하고 쉬워 시간이 지나자 웬만한 의사 표현을 할 수 있는 정도에 이르렀고 결국 더 이상 통역도 필요치 않게 됐다.

어느덧 몇 달이 흘러 겨울이 지나고 봄이 찾아왔다. 아자는 매일 밥을 대신해 산삼을 복용한 덕에 부상 상태가 호전되는 기미를 보였다. 여진인들이 황량한 산야에서 캐는 산삼은 하나같이 햇수가 오래된 최상품들이라 황금보다 귀한 것들이었다. 소봉은 한번 사냥을 나갈 때마다 적지 않은 짐승을 잡아왔기 때문에 아자에게 밥 대신 먹일 산삼과 바꿀 수 있었다. 아무리 부호인 집이라도 산삼을 밥처럼 먹는 아가씨가 있다면 아마 산삼을 먹다 집안이 망하고 말았을 것이다. 소봉은 매일같이 내력을 주입해 그녀의 운기를 도왔다. 이젠 매일 한두 차례 정도면 충분했고 예전처럼 손바닥을 온종일 붙이고 있을 필요도 없었다. 가끔씩 몇 마디 말을 가까스로 할 수 있을 정도로 호전된 것이다. 그러나 사지에 기력이 없어 몸을 움직이지 못했고 일상생활과 밥 먹는 모든 일도 소봉의 보살핌이 있어야만 했다. 그는 아주의 깊은 정을 생각해 그 정도 노고는 기꺼이 감수했다. 오히려 아자를 한 차례씩 돌볼 때마다 아주에게 조금이라도 보답하는 것 같아 기쁘고 위안이 됐다.

어느 날, 아골타가 부족원 10여 명을 대동하고 곰을 잡으러 서북쪽 산봉우리로 가는데 소봉에게도 함께 가자고 청했다. 곰은 모피가 매우 두껍고 기름기가 많아 기름을 얻을 수 있는 데다 곰 발바닥이 오동통해서 맛이 있으며 웅담熊膽 또한 상처 치료에 대단한 효험이 있다지 않는가! 소봉은 아자가 이제 어느 정도 정신이 들었으니 마음 놓고 사냥을 나갈 수 있겠다 여겨 한 여진족 부인에게 아자를 돌보도록 맡기고 아골타를 따라가기로 했다. 일행은 날이 밝기 전에 출발해 곧장 북쪽으로 향했다.

때는 이미 초여름이라 얼음과 눈이 녹아 바닥이 진창이었고 숲속은 썩은 나뭇가지와 잎으로 가득해 걷기가 매우 힘들었지만 다릿심이 무척이나 좋은 여진인들의 걸음은 쾌속하기 그지없었다. 오후가 되자 한 늙은 사냥꾼이 크게 소리쳤다.

"곰이다! 곰!"

모두들 그가 가리키는 곳을 바라보자 저 멀리 진흙탕에 커다란 발자국이 하나 보였다. 거기서 얼마 떨어지지 않은 곳에 다시 하나가 보였는데 바로 곰 발자국이었다. 사람들은 모두 신바람이 나서 그 발자국 뒤를 쫓아갔다.

덩치 큰 곰의 발자국이 진흙탕에 수 촌 깊이 찍혀 있어 어린아이라도 추적할 수 있는 상황이다 보니 일행은 고함을 쳐가며 빠른 걸음으로 나아갈 수 있었다. 발자국은 서쪽을 향해 나 있다가 나중에는 진흙탕이 있는 숲속을 떠나 초원으로 걸어가고 있었다. 아골타 일행은 더욱 속도를 내서 뒤쫓아갔다.

한참을 내달려가던 중 갑자기 말발굽 소리가 들리더니 앞에서 먼지구름이 일며 대규모 인마 무리가 질주해오고 있었다. 그때, 큰 덩치의 새까만 곰 한 마리가 몸을 돌려 달려오는 게 보이고 그 뒤를 각자 커다란 말을 탄 70~80명 정도 되는 사람들이 호통을 내지르며 추격해오고 있었다. 손에 장모長矛를 쥐고 있는 사람도 있었고 활을 들고 있는 사람도 있었는데 하나같이 민첩하고 용맹스러워 보였다.

아골타가 외쳤다.

"거란인이다! 적들 숫자가 많으니 모두 돌아가자! 어서!"

소봉은 자신과 같은 민족 사람들이라는 말에 왠지 친근감이 들어 아골타 일행이 몸을 돌려 내달리는 것을 보면서도 그들을 따라가지 않고 자리에 서서 지켜봤다.

그 거란인들이 부르짖기 시작했다.

"여진 오랑캐 놈들이다! 활을 쏴라! 활을 쏴!"

슉슉 소리가 끊이지 않고 이어지며 거란인들이 쏜 화살이 정신없이 날아왔다. 소봉은 화가 치밀어올랐다.

'어찌 아무 연유도 없이 보자마자 활을 쏘는 거지?'

그는 화살 몇 발이 몸 앞으로 날아오자 손을 뻗어 떨쳐버렸지만 처참한 비명 소리와 함께 동행을 했던 늙은 사냥꾼 한 명이 등에 화살을 맞아 그 자리에서 죽고 말았다.

아골타는 사람들을 끌고 비탈진 언덕 뒤로 달려가더니 바닥에 엎드려 화살을 쏘아 거란인 두 명을 쓰러뜨렸다. 소봉은 중간에 끼어 어느 쪽 편을 들어야 할지 몰랐다.

거란인들의 화살이 소봉을 향해 끊임없이 쏟아졌다. 소봉은 화살 한 발을 받아 쥐고 닥치는 대로 휘둘러대며 날아오는 화살을 일일이 쳐서 떨어뜨린 뒤 큰 소리로 호통을 쳤다.

"무슨 짓들이오? 어째서 이렇다 저렇다 말도 없이 함부로 사람을 죽이려 든단 말이오?"

아골타는 언덕 위에서 소리쳤다.

"소봉, 소봉! 어서 오시오! 그들은 당신이 거란인이라는 걸 모르고 있소."

바로 그때, 거란인 두 명이 장모를 치켜들고 말을 달려 소봉을 향해 돌진해오더니 일제히 창을 들어 각각 좌우로부터 찔러왔다.

소봉은 자기 종족 사람을 해치고 싶지 않아 양손으로 장모 자루를 하나씩 낚아채 가볍게 흔들자 거란인 둘이 부딪치며 말에서 떨어졌다. 그는 장모 자루를 들어올려 두 사람을 내던져버렸다. 두 사람은 공중에서 어어 하며 비명을 지르다 본진 쪽으로 날아가 땅바닥에 고꾸라져 한동안 일어나지를 못했다. 아골타를 비롯한 여진인들은 큰 소리로 잘한다고 외쳤다.

거란인 중 홍포紅布를 입은 중년 사내가 큰 소리로 호통을 치며 호령을 했다. 그러자 거란인 수십 명이 마치 양 날개를 펼치듯 넓게 벌려 포위를 해오며 아골타 등 여진인들의 퇴로를 차단했다. 홍포 사내 주변에는 여전히 수십 명이 에워싸고 있었다.

아골타는 형세가 심상치 않은 것을 보고 큰 소리로 부족 사람들과 소봉에게 도망치자고 외쳤다. 거란인들이 화살을 비처럼 쏟아부어 다시 여진인 몇 명이 쓰러지자 여진 사냥꾼들은 노弩를 사용해 맞받아쳤다. 이 노는 워낙 강력해 빗나가는 화살이 거의 없었다. 순식간에 거란 기마병 10여 명을 맞혀 죽였지만 중과부적이던 터라 여진인들은 노를 쏘면서 도망가야만 했다.

소봉은 거란인들이 막무가내로 행동하는 것을 보고 비록 자기 동족이라지만 이를 돌볼 겨를이 없었다. 그는 노를 하나 뺏어 슉슉슉슉 하고 연이어 네 발의 화살을 쐈다. 매 한 발마다 거란인의 어깨나 허벅지에 명중되며 네 명이 모두 말에서 떨어졌지만 목숨을 잃게 만들지는 않았다. 그 홍포인이 몇 번 호통을 치자 거란인들이 말을 달려 추격해 오는데 그 모습이 용맹하기 이를 데 없었다.

소봉은 함께 온 동료들 중 아골타와 청년 다섯 명만이 도망을 치며 노를 쏘고 있고 나머지는 이미 거란인들의 화살에 맞아 모두 목숨을 잃었다는 사실을 알게 됐다. 대초원 위에 은신처라고는 없다 보니 이대로 더 싸우다가는 아골타마저 목숨을 잃을 것 같았다. 여진인들은 지난 며칠 동안 자신을 귀빈처럼 대우해주지 않았던가? 이런 좋은 친구들이 위기에 처했는데 그들을 보호하지 못한다면 어찌 영웅호한이라 할 수 있겠는가? 하지만 한바탕 큰 싸움을 벌여 거란인들 스스로 역부족이라 느끼고 물러갈 정도로 죽여버린다면 필시 수많은 동족의 목숨을 해치게 될 것이다. 이들의 우두머리인 홍포인을 생포해 수하들이 물러가도록 명을 내리라고 압박한다면 싸움을 끝낼 수 있을지도 모른다.

그는 마음의 결정을 내리고 거란어로 크게 외쳤다.

"이보시오! 어서들 돌아가시오! 당장 물러가지 않는다면 실례를 범할 수밖에 없소."

획획획 하고 세 번의 소리와 함께 장모 세 자루가 면전으로 날아들었다. 소봉은 생각했다.

'네놈들이 정말 시비를 가릴 줄 모르는구나.'

그는 몸을 낮춰 홍포인을 향해 질풍같이 내달렸다.

아골타는 그가 위험을 무릅쓰고 상대 진영으로 달려가는 모습을 보고 소리쳤다.

"아니 되오! 소봉, 어서 돌아오시오!"

소봉은 전혀 아랑곳하지 않고 앞을 향해 힘껏 내달려갔다. 모든 거란인이 앞다투어 호통을 치며 장모와 화살을 소봉에게 던지고 쐈다. 소봉은 장모 한 자루를 낚아채 두 토막으로 부러뜨린 다음 반 토막 난 장모를 들고 장검을 휘두르듯 날아오는 무기들을 일일이 후려쳤다. 그러고는 마치 하늘을 나는 듯한 보법으로 곧장 홍포인의 말 앞으로 내달려갔다.

그 홍포인은 수염으로 뒤덮인 얼굴에 위풍당당한 모습을 하고 있었다. 그는 소봉이 공격해 들어오는데도 전혀 놀라거나 당황하지 않고 좌우 호위들 수중에 있던 표창標槍 세 자루를 뺏어 쉭 하고 그중 하나를 소봉에게 던졌다. 소봉은 토막 난 창을 허리띠 안에 찔러넣고 손을 뻗어 표창을 받아냈다. 그리고 두 번째 표창이 날아오길 기다렸다 그걸 다시 잡아 두 팔을 힘차게 뿌리자 표창 두 자루가 날아가 홍포인좌우에 있던 호위들을 찔러 말에서 떨어뜨렸다. 홍포인이 소리쳤다.

"대단한 실력이로구나!"

이어서 세 번째 표창이 안면을 향해 날아오자 소봉은 왼손을 위로 뻗어 창끝 방향을 바꾸는 차력타력 수법을 펼쳤다. 그 표창은 바람처럼 날아가 홍포인이 타고 있던 말의 가슴에 꽂혔다.

"어이쿠!"

홍포인이 비명을 지르며 말 등에서 훌쩍 뛰어내리자 소봉은 재빨리 몸을 날리면서 왼팔을 내뻗어 그의 오른쪽 어깨를 움켜쥐었다. 등 뒤에서 창검이 바람을 가르는 소리가 들렸다. 곧 발밑을 찍어 앞으로 1장 넘는 거리로 튀어나가자 퍽퍽 두 번의 소리와 함께 장모 두 자루가 땅바닥에 꽂혔다. 소봉은 홍포인을 안고 왼쪽으로 훌쩍 뛰어올라 한 거란 기병 뒤에 내린 다음 일장으로 그를 말 등에서 떨어뜨리고 직접 말을 몰아 내달려가기 시작했다.

홍포인은 주먹을 휘둘러 소봉의 얼굴을 가격하려 했지만 소봉이 왼팔에 힘을 주어 꽉 잡자 꼼짝도 하지 못했다.

소봉이 호통을 쳤다.

"저들에게 물러가라고 해라! 그러지 않으면 당장 압사시킬 것이다."

홍포인이 어쩔 수 없다는 듯 마지못해 소리쳤다.

"모두들 물러가라! 더 싸울 것 없다!"

거란인들이 앞다투어 소봉 앞에 달려와 홍포인을 구하려 하자 소봉은 토막 난 창의 창끝을 홍포인의 오른쪽 뺨에 겨누고 소리쳤다.

"이자를 찔러 죽여야겠느냐?"

한 거란인 노인이 소리쳤다.

"우리 두목을 풀어줘라! 그러지 않으면 오마분시五馬分屍[1]에 처할 것이다."

소봉은 껄껄대고 웃으며 휙 하고 일장을 날려 그 노인을 향해 허공을 격하는 타격을 가했다. 그의 이 일장은 스스로 위세를 세우고 사람들에게 겁을 주어 과다한 살상을 피하려는 데 있었기 때문에 손의 경력을 최대한 끌어올렸다.

"펑!"

거대한 소리가 울려퍼지며 그 거란 노한은 장력에 맞아 말 등 위에서 날아가 수 장 밖에 가서 고꾸라졌다. 입에서 선혈을 하염없이 내뿜는 것으로 보아 목숨을 부지할 수 있을 것 같지 않았다.

모든 거란인은 약속이나 한 듯이 일제히 말고삐를 뒤로 잡아당기며 경악을 금치 못했다.

소봉이 외쳤다.

"그래도 물러가지 않겠다면 우선 이자를 일장에 죽여버리겠다!"

이 말을 하고 손을 쳐들어 그 홍포인의 정수리를 향해 내려치는 시늉을 했다.

홍포인이 다급하게 외쳤다.

"모두들 물러가라, 다들 물러가!"

사람들은 고삐를 당겨 뒷걸음질을 치면서도 여전히 그 자리를 떠나지 않았다.

소봉이 생각했다.

'이 일대는 광활한 평원인데 지금 저들 두목을 풀어준다면 저 거란인들이 말을 타고 추격해올 테니 결국에는 도망칠 수 없을 것이다.'

그는 홍포인을 향해 소리쳤다.

"저들한테 말 여덟 필을 가져오라고 명해라!"

홍포인이 그 말에 따라 명을 내리자 거란 기병들은 말 여덟 필을 끌고 와 아골타에게 넘겼다.

아골타는 거란인들이 자신의 동료들을 죽인 데 대해 화가 치밀었는지 퍽 소리와 함께 일권을 내질러 말을 끌고 온 거란 기병 한 명을 바닥에 내동댕이쳤다. 거란인들은 수가 많았지만 감히 반격할 엄두를 내지 못했다.

소봉이 또 말했다.

"지금 다시 각자 타고 온 말들을 모두 죽이라 명해라! 단 한 필도 남겨서는 안 된다!"

홍포인은 도리어 시원시원하게 별다른 이견도 없이 큰 소리로 명을 내렸다.

"모두들 말에서 내려 타고 있던 말들을 죽여라."

거란 기병들은 한 치의 망설임도 없이 말 등에서 뛰어내려 누구는 패도佩刀로, 누구는 장모로 각자 자기 말을 죽여버렸다.

소봉은 무사들이 이렇게 순순히 그의 명에 따르리라고는 예상치 못해 속으로 찬탄을 금치 못했다.

'이 홍포인은 명망이 꽤 높은 자인 것 같구나. 입으로 내뱉는 말마다 무사들이 조금도 거역할 생각을 안 하니 말이야. 거란인들이 이 정도로 군령이 엄격하다면 송나라와 싸움을 벌여 패배보다 승리가 많은 것도 이상할 것이 없지.'

이런 생각을 마치고 말했다.

"모두 돌아가라고 명하고 절대 쫓아오지 못하도록 해라! 한 명이 뒤쫓아오면 네 한쪽 손을 베어버릴 것이고 두 명이 뒤쫓아오면 두 손을 모두 베어버릴 것이며 네 명이 뒤쫓아오면 사지를 절단해버릴 것이다!"

홍포인은 화가 치밀어오른 듯 수염을 씰룩거렸지만 소봉이 단단히 붙잡고 있는 상황이라 어쩔 도리가 없자 하는 수 없이 명을 내렸다.

"모두들 돌아가라! 그리고 후에 인마를 동원해 여진족 소굴을 덮쳐라!"

거란 무사들이 일제히 소리쳤다.

"명을 받들겠습니다!"

이렇게 대답하면서 일제히 허리를 굽혔다.

소봉은 말 머리를 돌려 아골타 등 여섯 명이 모두 말에 오를 때까지 기다렸다. 일행은 올 때 왔던 길인 동쪽으로 재빨리 내달려갔다. 수 마장을 내달려가다 소봉은 거란인들이 과연 뒤쫓아오지 않자 남은 말 한 필 위로 훌쩍 옮겨 타고 홍포인이 혼자 탈 수 있도록 말 한 필을 내주었다.

여덟 인마는 말발굽을 멈추지 않고 여진 막사로 되돌아갔다. 아골타는 그의 부친 화리포에게 적을 어찌 만났고 소봉이 어찌 자신들을 구했으며, 거란 우두머리를 어찌 잡아오게 됐는지 상세히 고했다. 화리포가 크게 기뻐하며 명을 내렸다.

"좋다. 거란의 개를 끌고 와라!"

홍포인은 막사 안으로 들어와서도 위엄 어린 태도로 꼿꼿이 서서 무릎을 꿇으려 하지 않았다. 화리포는 그가 거란의 귀인임을 알아차리고 물었다.

"이름이 무엇이냐? 요나라에서 어떤 관직에 있지?"

홍포인이 의연한 모습으로 대꾸했다.

"난 당신한테 잡혀온 것도 아니거늘 어찌 당신이 그걸 묻는 것이오?"

그는 여진어로 말을 했다. 원래 거란인과 여진인 사이에는 적이 포로로 잡히면 포획한 사람의 개인 노예가 된다는 관례가 있었다. 화리포가 껄껄대고 웃으며 말했다.

"옳은 말이긴 하구나!"

홍포인은 소봉 앞으로 걸어가 오른쪽 다리를 굽혀 한쪽 무릎을 꿇고 오른손을 이마에 대고 말했다.

"주인님, 당신이야말로 대단한 영웅이시오. 난 당신 상대가 되지 못했소. 더구나 우린 숫자가 많았음에도 패했으니 당신에게 사로잡힌 사실에 대해서는 그 어떤 불만도 없소. 만일 날 풀어준다면 내가 황금 50냥, 백은白銀 500냥, 준마 30필을 바치겠소."

아골타의 숙부인 파랍소頗拉蘇가 말했다.

"당신은 거란의 대귀인인데 그 정도 몸값 가지고는 부족하지. 소 형제, 저자한테 황금 500냥, 백은 5천 냥, 준마 300필을 몸값으로 보내라 하시오."

파랍소란 사람은 명석하고 재주가 많은 사람이었다. 그가 몸값으로 열 배를 덧붙인 건 사실 터무니없는 흥정을 해보겠다는 의도였다. 황금 50냥, 백은 500냥, 준마 30필 정도면 형편이 좋지 않은 여진인들에게는 보기 드물게 크나큰 재물이었다. 여진인은 거란인과 수십 년 동안 교전을 해오면서 그 정도 거액의 몸값은 한 번도 제시해본 적이 없었다. 만일 저 홍포 귀인이 더 올려주기를 원치 않는다면 그가 허용

하는 액수에 맞게 받는다고 해도 대단히 큰 횡재를 하는 셈이었다.

뜻밖에도 홍포인이 한 치의 망설임도 없이 단숨에 대답했다.

"좋소! 그렇게 합시다!"

막사 안의 일부 여진인들은 그 말을 듣고 모두 깜짝 놀랐다. 다들 자기 귀를 믿을 수 없다는 눈치였다. 거란과 여진 두 부족 사람들 중 거짓말을 하는 사람이 없는 것은 아니지만 서로 거래를 하거나 약속을 했을 때 줄곧 한번 내뱉은 말에 대해서는 그걸로 끝이었지 책임지지 못할 말을 한 적은 없었다. 더구나 지금 흥정하고 있는 것은 몸값에 대한 액수였기에 만일 거란인들이 제대로 지불하지 않거나 번복을 하고자 한다면 이 홍포인은 본국으로 돌아갈 수 없을 것이다. 따라서 빈말로 하는 약속은 전혀 소용이 없었다. 파랍소는 그가 자신들에게 생포된 이후 너무 놀라고 당황스러운 나머지 제정신이 아니라 그런 말을 했으리라 생각했다.

"이보시오. 제대로 들은 거요? 난 황금 500냥, 백은 5천 냥, 준마 300필이라고 말했소."

홍포인은 오만한 표정을 지으며 냉랭하게 말했다.

"황금 500냥, 백은 5천 냥, 준마 300필이 뭐 대단하다 그러는 것이오? 우리 대요국은 부유하기로 천하제일이오. 그 정도 소소한 액수는 별것 아니오."

그는 몸을 돌려 소봉을 향해 매우 공손한 태도를 취하며 말했다.

"주인님, 전 주인님 한 사람 분부만 들을 것이오. 다른 사람 말은 신경 쓰고 싶지 않소."

파랍소가 나섰다.

“소 형제, 형제가 물어보시오. 도대체 요나라에서 어떤 관직에 있는지 말이오.”

소봉이 입을 채 열기도 전에 그자가 답했다.

“주인님, 제 출신 내력을 묻고자 하신다면 엉터리로 날조된 말로 주인님을 속일 수밖에 없소. 그럼 주인님도 진위를 구별하기 힘드실 것이오. 당신은 영웅호한이고 나 역시 영웅호한이니 주인님을 속이고 싶지 않소. 허니 부디 묻지 말아주시오.”

소봉이 왼손을 펼쳐 허리춤에서 토막 난 창을 뽑아 든 다음 오른손으로 왼손의 창 등을 내려치자 토막 난 창은 와직! 소리와 함께 구부러졌다. 그는 매서운 목소리로 호통을 쳤다.

“감히 말을 안 하겠다는 것이냐? 내 일장이 네 머리를 이렇게 내려친다면 어찌 될 것 같으냐?”

홍포인은 전혀 놀라거나 당황하지 않고 오른손 무지를 추켜세웠다.

“대단한 실력이군! 굉장한 무공이오! 오늘 당대 제일의 대영웅을 볼 수 있게 되어 억울함이 전혀 없소. 소 영웅, 그렇게 무력으로 날 강요해 본의가 아닌 굴복을 받아내려 한다면 불가능할 것이오. 날 죽이려면 죽이시오. 비록 당신을 넘어서진 못했지만 우리 거란인의 기개는 그대와 마찬가지로 강건하오!”

소봉이 껄껄대고 큰 소리로 웃었다.

“좋아, 아주 좋아! 내 당장 널 죽이진 않겠다. 대신 여기서 멀리 나가 다시 한번 제대로 붙어보자!”

화리포와 파랍소가 일제히 충고를 했다.

“소 형제, 저자를 죽이는 건 아까우니 그냥 여기 남겨두고 몸값을 받아내는 게 좋겠소. 화가 치밀면 몽둥이나 채찍으로 한바탕 호되게 매질을 해도 될 것이오."

소봉이 말했다.

"아니오! 영웅호한인 척하려는 것 같아 그럴 기회를 주지 않으려는 것이오."

그는 여진인에게 장모 두 자루와 활과 화살 두 벌을 빌려 홍포인의 손목을 끌어당기며 함께 막사를 나섰다. 그러고는 몸을 날려 말에 올라 외쳤다.

"어서 타라!"

홍포인은 소봉과 대결을 벌인다면 필시 목숨을 잃게 될 것임을 잘 알았지만 조금도 위축되지 않았다. 그가 다시 대결을 펼치자고 말한 것은 곧 고양이가 쥐를 잡듯 한번 가지고 놀다 죽이겠다는 뜻이었지만 전혀 두려움 없이 당당했던 것이다. 그는 훌쩍 말에 올라 북쪽을 향해 나아갔다.

소봉은 말을 몰고 그의 뒤를 따라갔다. 두 사람이 수 마장을 내달려 가다 소봉이 말했다.

"서쪽으로 방향을 돌려라!"

홍포인이 말했다.

"이곳 풍경이 심히 아름답구려. 여기서 죽는 게 좋을 듯싶소."

소봉이 말했다.

"받아라!"

그는 장모와 활, 화살을 그에게 던졌다. 그자는 하나하나 받아들고 큰 소리로 말했다.

"소 영웅, 난 당신 적수가 되지 못한다는 걸 잘 알고 있지만 거란인은 죽어도 굴하지 않소! 나도 출수를 하겠소!"

소봉이 말했다.

"잠깐! 받아라!"

그러고는 다시 자기 수중에 있던 장모와 활, 화살을 마저 던졌다. 그는 양손 모두 무기 없이 고삐만 붙잡고 미소를 띠었다. 홍포인이 대로하며 소리쳤다.

"이보시오! 지금 맨손으로 나와 대결을 하겠다는 거요? 이게 사람을 욕보이는 짓이 아니고 무엇이란 말이오?"

소봉이 고개를 가로저었다.

"아니오! 소 모는 평소 영웅을 존경하고 호한을 아껴왔소. 당신 무공이 비록 나보다 못하지만 대단한 영웅호한임에는 틀림없소. 하물며 다 같은 거란인이 아니오? 소 모는 당신을 벗으로 삼고자 하니 그만 돌아가시오!"

홍포인이 깜짝 놀라 물었다.

"무… 무엇이라고?"

소봉이 빙긋 웃었다.

"소 모가 당신을 벗으로 여기고 무사히 돌아갈 수 있게 해주겠다는 말이오."

홍포인은 마치 저승길에 들어섰다 되돌아온 것처럼 기쁨을 감추지 못했다. 소봉 스스로 거란인이라고 말하자 더욱 믿음이 가서는 물었다.

"정녕 날 풀어주는 것이오? 아니… 도대체 의도가 무엇이오? 그럼 내가 돌아가면 몸값을 열 배로 늘려 보내도록 하겠소."

소봉이 발끈하며 화를 냈다.

"몸값 같은 건 필요 없소. 난 당신을 벗으로 여기건만 그대는 어찌 날 벗으로 여기지 않는 것이오? 나 소봉은 당당한 사내대장부거늘 어찌 몸 밖의 재물을 탐하겠소?"

홍포인이 말했다.

"옳소. 옳은 말이오!"

그는 무기를 던져버리고 말에서 훌쩍 내려와 바닥에 엎드려 머리를 숙인 채 절을 했다.

"목숨을 살려주신 은공께 감사드립니다."

소봉 역시 말에서 내려 무릎을 꿇고 답례를 했다.

"소 모는 벗을 죽이지 않으며 감히 벗의 절도 받지 않소. 그대가 만일 노예라면 소 모가 그 절을 받고 목숨도 살려두지 않았을 것이오."

홍포인이 더욱 기뻐하며 몸을 일으켰다.

"소 영웅, 그대는 스스로 거란족이며 몇 번이나 날 벗으로 여긴다고 말했으니 그냥 나와 결의형제를 맺는 것이 어떠하겠소?"

소봉은 과거 무예를 연성한 이후 곧바로 개방에 들어갔다. 개방에서는 서열을 엄격히 따져 방주와 부방주를 비롯해 전공과 집법 장로, 사대 호법護法 장로, 그리고 각 타의 타주, 팔대 제자, 칠대 제자부터 포대를 지고 있지 않은 제자들에 이르기까지 철저하게 구분해놓았다. 그는 줄곧 공적을 쌓아가며 지위가 올라갔을 뿐 누군가와 결의형제를 맺은 적이 없었다. 무석에서 술 내기를 하며 서로 경모한 나머지 단예와 금란지교를 맺은 것이 전부였다. 지금 이 홍포인이 그렇게 말하니 과거 중원에서 천하 영웅들과 두루 교류를 하던 시간들이 생각났다.

지금 그는 오랑캐 땅에 거주하고 있어 실로 곤경에 처한 상황이건만 뜻밖에도 누군가 결의를 하자고 제안하니 무척이나 친근감이 느껴졌다. 더구나 그 홍포인은 기백과 도량이 뛰어난 호한임이 확실하지 않은가? 그는 당장 대답했다.

"아주 좋소. 아주 좋아! 재하 소봉은 올해 서른한 살이오. 존형은 나이가 어찌 되시오?"

그자가 껄껄 웃었다.

"재하 야율기耶律基는 은공에 비해 여덟 살이 많소."

"형님께선 어찌 소제를 은공이라 칭하십니까? 저보다 형님이시니 소제의 절을 받으십시오."

이 말을 하고 절을 하기 시작하자 야율기가 황급히 답례를 했다.

두 사람은 화살 세 발을 땅바닥에 꽂아놓고 화살 깃에 불을 붙여 향촉香燭으로 삼아 하늘을 향해 여덟 번 절하며 결의형제가 되었다.

야율기는 속으로 너무도 기뻐 말했다.

"현제, 한데 자네는 정말 우리 거란인인가?"

소봉이 고개를 끄덕였다.

"소제는 원래 거란인입니다."

이 말을 하고 옷을 풀어헤쳐 가슴에 새겨진 푸른색 이리 머리 문신을 보여주었다.

야율기가 보고 매우 기뻐했다.

"과연 틀림없군. 자넨 우리 거란 황후의 친족인 소씨 집안사람이네. 현제, 여진 땅은 춥고 빈궁한 곳이니 나와 함께 상경上京으로 건너가 함께 부귀영화를 누리도록 하세."

"형님의 호의는 감사드립니다. 허나 소제는 늘 빈궁하게 살아왔던 터라 부귀영화를 누리며 살아가긴 힘듭니다. 소제는 여진인 땅에 거주하며 사냥이나 하고 술을 마시는 게 오히려 아무 구속도 없고 즐겁습니다. 훗날 형님 생각이 나면 요나라로 찾아뵙도록 하겠습니다."

그는 아자 곁을 떠난 지 시간이 꽤 된 것 같아 그녀의 상세가 염려됐다.

"형님, 속히 돌아가도록 하십시오. 가족과 수하들이 많이 염려할 것입니다."

두 사람은 곧바로 예를 올리고 헤어졌다.

소봉이 말 머리를 돌려 돌아가자 아골타가 10여 명의 부족 사람들을 끌고 마중을 나와 있었다. 아골타는 장시간 소봉이 돌아오지 않자 홍포인의 간계에 빠졌을까 염려해 마중을 나왔던 것이다. 소봉이 이미 요나라로 돌려보냈다고 말하자 식견이 뛰어난 영웅이었던 아골타는 오히려 재물보다 의리를 중시하는 넓은 도량의 소봉에 대해 찬탄을 금치 못했다.

어느 날, 소봉은 아골타와 한담을 나누며 아자가 부상당한 원인이 자신의 실수에 의한 것이며 산삼으로 생명을 연장하고 있긴 하지만 오랜 시간 완쾌가 되지 않아 염려된다는 말을 했다. 그러자 아골타가 말했다.

"소 대형, 이제 보니 누이동생은 외상으로 인한 병이었군요. 평소에 우리 여진인들은 갖가지 외상을 입었을 때 호근虎筋과 호골虎骨 그리고 웅담 이 세 가지 약물을 쓰는데 효험이 아주 탁월하오. 한번 시험해보는 게 어떻겠소?"

소봉이 크게 기뻐하며 말했다.

"다른 건 몰라도 호근과 호골이라면 이곳에 얼마든 있고, 웅담이라면 내가 힘 좀 써서 잡아오면 되지 않겠소?"

그는 당장 명확한 사용법을 물어 호근과 호골을 걸쭉하게 고아 아자에게 먹여줬다.

이튿날 새벽 소봉은 혼자 심산유곡으로 곰 사냥을 나갔다. 혼자 사냥을 나가니 마음껏 경공을 펼칠 수가 있어 무리를 따라 사냥을 나갈 때보다 훨씬 편했다. 첫날은 흑곰의 종적을 찾지 못했지만 둘째 날 드디어 한 마리를 사냥하는 데 성공했다. 그는 웅담을 도려내 막사로 돌아와 아자에게 먹였다. 호근과 호골, 웅담과 오래 묵은 산삼은 진귀하기 이를 데 없는 치료약들이었으며 그중 신선한 웅담은 더욱 구하기가 어려웠다. 신처럼 뛰어난 의술을 펼치는 설신의가 있다 해도 약물을 쓰지 않을 수는 없었을 것이다. 더구나 오래된 산삼을 환자에게 밥처럼 먹이는 건 재력이 뒷받침되지 않으면 할 수 없는 일이 아닌가! 소봉처럼 며칠 걸러 한 번씩 신선한 웅담을 가져와 아자에게 먹이는 이런 행동은 설신의도 할 수 없는 일이었다.

어느 날, 그가 막사 앞에서 호근과 호골로 탕약을 고고 있는데 여진인 하나가 황급히 달려와 고했다.

"소 대형, 거란인 10여 명이 대형께 예물을 가지고 왔습니다."

소봉은 고개를 끄덕였다. 의형인 야율기가 보냈을 거라 짐작한 것이다. 말발굽 소리가 들리며 일렬로 늘어선 말들이 천천히 다가오는데 말 등에는 각가지 예물이 가득 실려 있었다.

무리의 맨 앞에 선 거란 대장은 야율기로부터 소봉의 인상착의에 대해 들었던 터라 그를 보자마자 곧장 말에서 내렸다. 그러고는 빠른 걸음으로 달려와 바닥에 엎드려 절을 하며 말했다.

"저희 주인님께서는 소 대협과 헤어진 후 무척 그리워하시다 특별히 소인 실리室里에게 명해 약소하나마 예물을 보내시며 소 대협께 상경에서 머물다 가시기를 청하라 하셨습니다."

그는 절을 몇 번 더 하고는 두 손으로 예단禮單을 올리는데 지극히 공손한 태도였다.

소봉은 예단을 받아들고 웃으며 말했다.

"애썼소. 어서 일어나시오!"

예단을 펼쳐보니 온통 거란문자만 보였다.

"난 글을 모르니 볼 필요가 없겠소."

실리가 말했다.

"약소하지만 이번에 준비한 예물은 황금 5천 냥, 백은 5만 냥, 비단 1천 필, 상등품 밀 1천 석, 살진 소 1천 마리, 살진 양 5천 마리, 준마 3천 필이며 이 밖에도 각가지 의복과 집기가 있습니다."

소봉은 들으면 들을수록 놀라지 않을 수 없었다. 이 많은 예물은 파랍소가 그날 요구했던 몸값보다 열 배가 많은 양이었기 때문이다. 그는 처음 10여 필의 말에 갖가지 물품이 실려 있는 걸 보고 이미 예물이 너무 과하다 느꼈는데 이 대장의 말대로라면 얼마나 많은 말과 수레가 있어야 실을 수 있을지 상상조차 되지 않았다.

실리가 허리를 굽히며 말했다.

"주인님께서는 가축들을 끌고 오는 도중 도망치거나 잃어버리는 일이 발생할까 봐 소와 양, 말의 숫자를 1할 더 준비하라 하셨습니다. 주인님과 소 대협의 복인지 몰라도 소인이 오는 길에는 눈보라와 짐승들을 만나지 않아 가축들의 손실이 매우 적었습니다."

소봉이 탄식하며 말했다.

"야율 형님께서 그렇게 세심하게 준비해주셨는데 내가 받지 않겠다고 하면 그분의 호의를 저버리는 짓이 될 것이고 그렇다고 모두 받는다면 어찌 신경이 쓰이지 않을 수 있겠소?"

실리가 말했다.

"주인님께서 재삼 당부하셨습니다. 소 대협이 예의를 차려 예물을 받지 않게 만든다면 소인에게 중벌을 내릴 것이라고 말입니다."

갑자기 호각 소리가 울려퍼지기 시작하더니 각 막사 안에 있던 여진인들이 칼과 창, 활과 화살을 집어들고 앞다투어 달려나왔다. 누군가 큰 소리로 호령을 했다.

"적들이 습격해오고 있다. 맞서 싸울 준비를 해라!"

소봉은 호각 소리가 들려오는 곳을 쳐다봤다. 먼지가 크게 이는 것으로 보아 수많은 군마가 이쪽을 향해 달려오고 있는 것 같았다.

실리가 큰 소리로 외쳤다.

"모두 놀라지 마십시오! 저건 소 대협께 바치는 소와 양 그리고 말들입니다."

그는 여진어로 연이어 몇 번을 소리쳤지만 일부 여진인들은 그 말을 믿지 않았다. 화리포, 파랍소, 아골타 등도 여전히 부족 사람들을 나누어 인솔해 앞다투어 막사 서쪽에 대오를 맞추어 정렬하고 있었다.

소봉은 여진인들이 진을 펼치고 싸우는 모습을 처음 보는 터였다.

'여진족 사람들은 숫자가 많지는 않아도 용맹하고 민첩하구나. 야율 형님 휘하의 거란 기병들이 아무리 뛰어나다 해도 이 여진인들에게는 미치지 못할 것이다. 송나라 관병들은 더욱더 그러할 테고 말이야.'

실리가 부르짖었다.

"오해가 없도록 제가 가서 수하들에게 천천히 오라 명하겠습니다."

그는 몸을 돌려 말에 오른 뒤 서쪽을 향해 내달렸다. 아골타가 손짓을 하자 여진 사냥꾼 네 명이 말에 올라 그 뒤를 쫓아갔다. 다섯 사람은 말을 달려 천천히 앞을 향해 가까이 다가갔다. 그러나 온 산야에 펼쳐져 있는 것은 소와 양, 말뿐이었으며 백 명이 넘는 거란 목자들이 손에 긴 막대기를 들고 호통을 치며 몰아가고 있을 뿐 병사들이라고는 없었다.

여진인 네 사람은 씩 웃으며 막사로 돌아와 화리포에게 이 사실을 고했다. 얼마 지나지 않아 가축들이 막사 근처에 이르렀다. 소와 말의 울음소리가 시끄럽게 울려퍼지면서 사람들이 하는 말소리조차 들리지 않았다.

그날 밤 소봉은 여진족 사람들에게 양과 소를 잡아달라고 청해 멀리서 온 객들을 환대했다. 이튿날 그는 받은 예물 안에서 금은과 비단을 꺼내 예물 호송 일행들에게 상을 내렸다. 거란인들이 작별을 고하고 떠나자 그는 금은 비단과 소, 양, 말 들을 아골타에게 모두 내주고 부족 사람들에게 나눠주라 청했다. 여진인들은 무리를 지어 살았기 때문에 각자의 집에 사유재산이라고는 없어 한 사람이 소득을 거두면 부족 사람들이 공유했다. 이런 이유로 소봉의 관대한 행동을 특별하게 여기는 사람은 없었지만 아무런 까닭도 없이 이 많은 재물과 가축을 얻게 되자 모두들 크게 기뻐했다. 모든 부족원은 며칠 동안 연회를 열어 소봉에게 감사의 뜻을 전했다.

여름이 지나고 가을이 되자 아자의 병도 많이 호전됐다. 그녀는 맑은 정신으로 여진어와 거란어를 배우기 시작했다. 언어 학습 능력이 소봉보다 뛰어났던 그녀는 얼마 안 있어 소봉을 능가하기에 이르렀다. 그녀는 매일 막사 안에 누워 요양만 하고 있는 것이 너무 따분하다며 소봉에게 자신을 데리고 나가 함께 기분 전환도 할 겸 말을 타자고 졸랐다. 아지는 소봉과 같은 말에 올라 소봉의 가슴에 기대고 앉았기 때문에 조금도 힘을 쓸 필요가 없었다. 나중에는 싫증이 날 정도로 놀다 가지고 간 천막을 치고 밖에서 숙영을 하며 며칠 동안 돌아오지 않을 정도였다. 이때 아자는 매우 온순하게 변해 과거처럼 괴팍한 모습은 다시 보이지 않았다. 소봉은 아자에게서 어렴풋이 아주의 그림자를 느꼈다. 한밤중에 꿈에서 깨어 수려한 모습의 그녀가 자기 옆에 있는 것을 보면 마치 아주가 죽었다 살아난 것처럼 느껴져 처연한 정이 모두 사라지는 듯했다. 소봉은 기회가 될 때마다 호랑이와 곰 사냥에 나서고 또 산삼을 채취했다. 아자가 소봉에게 독침을 몰래 쏜 사건으로 인해 장백산 주변의 불운한 흑곰들과 호랑이들의 목숨이 소봉의 일장 아래 얼마나 많이 사라져버렸는지 모른다.

소봉은 산삼을 캐기 위해 매번 동쪽 혹은 북쪽으로 향했다. 하루는 아자가 동쪽과 북쪽 풍경은 볼 만큼 봤다며 서쪽으로 가자고 졸랐다. 소봉이 이렇게 말했다.

"서쪽은 광활한 대초원이라 볼 만한 경치가 없다."

“대초원도 좋아요. 커다란 바다 같을 거 아니에요? 난 진짜 바다는 본 적이 없어요. 우리 성수해도 바다라고 하지만 사실 늪과 호수 지대일 뿐이에요.”

소봉은 그가 성수해라는 세 글자를 거론하자 속으로 깜짝 놀랐다. 반년 넘게 여진인들과 함께 살다 보니 무림 사정은 기억 속에서 사라진 상태였다. 아자가 지금 당장은 움직이지를 못해 나쁜 짓을 하려 해도 할 수가 없는 상황이라 상처 치료에만 몰두해오지 않았던가? 그런데 그녀가 완쾌된 후에 그 못된 성질이 다시 발동하기라도 한다면 어찌한단 말인가?

그는 고개를 돌려 아자를 바라봤다. 백설처럼 하얀 얼굴에는 여전히 핏기가 없었고 퀭한 얼굴에 움푹 들어가 있는 두 개의 큰 눈동자가 매우 초췌해 보였으며 몸에는 뼈만 앙상하게 남아 있었다. 소봉은 왠지 모를 죄책감이 들었다.

‘본래 얼마나 수려하고 아름다운 아이였던가! 정말 활발하고 귀여운 어린 소녀였는데 나한테 맞아 반쯤 죽어 있는 해골과도 같은 모습으로 변했지 않은가? 한데 어찌 내가 이 아이의 나쁜 점만 생각하고 있는 거지? 반년 넘는 시간 동안 이 아이의 성격은 온화하고 부드러워져서 과거의 나쁜 성질이 모두 바뀌었을 것이다.’

그는 미소를 띠며 말했다.

“서쪽으로 가고 싶다면 그렇게 하도록 하자. 아자, 완쾌가 되면 내가 고려 국경으로 가서 진짜 바다를 보여주마. 푸른 물이 끝없이 펼쳐져 있는 기세가 정말 굉장한 곳이다.”

아자가 손뼉을 치고 웃었다.

"좋아요, 좋아요! 사실 완쾌될 때까지 기다릴 필요도 없어요. 지금 당장 가요."

소봉은 놀라면서도 기쁜 마음에 말했다.

"아자, 이제 두 손을 자유롭게 움직일 수 있구나?"

아자가 웃으며 말했다.

"보름 전쯤부터 두 손을 움직일 수 있었어요. 오늘은 더 원활해진 것 같아요."

소봉이 기뻐하며 말했다.

"잘됐구나! 요 말썽꾸러기 아가씨야. 한데 왜 나한테 숨긴 게냐?"

아자의 눈에서 교활한 눈빛이 스쳐 지나가더니 이내 미소를 띠었다.

"차라리 영원히 꼼짝 못했으면 좋겠어요. 그럼 형부가 매일같이 저와 함께 있어줄 테니까요. 제가 다 낫고 나면 절 떠나려 할 것 아니에요?"

소봉은 진지한 그녀의 말을 듣고 애처로운 마음이 들었다.

"내가 좀 거칠다 보니 순간 방심해서 널 이 모양으로 만들지 않았더냐? 한데 매일 나와 함께 있어 좋을 게 뭐 있다 하느냐?"

아자는 아무 대답도 하지 않다가 잠시 후 나지막이 말했다.

"형부, 제가 먼저 독침을 쏴서 형부가 손을 쓴 것이니 제가 먼저 잘못한 거죠!"

소봉은 지난 일을 들추고 싶지 않아 고개를 가로저었다.

"이미 지난 일인데 다시 거론해 뭐 하느냐? 아자, 난 널 이 모양으로 만들어놔서 마음이 불편한데 넌 내가 밉지 않으냐?"

"당연히 안 밉죠. 제가 왜 미워해요? 형부한테 함께 있어달라고 했는데 지금 이렇게 제 옆에 있잖아요? 전 정말 기뻐요."

소봉은 아자의 말을 듣고 이 어린 낭자의 생각이 괴상하긴 했지만 근자에 들어 사람이 확실히 좋아진 걸 보면 자신이 정성을 다해 돌봐준 덕에 괴팍한 성격도 많이 바뀐 것이라 느꼈다. 그는 당장 말과 수레, 천막, 말린 식량 등을 준비하러 돌아갔다.

이튿날 이른 아침, 두 사람은 즉시 서쪽으로 향했다. 10여 리를 나아가다 아자가 물었다.

"형부, 알아냈어요?"

"알아내다니 뭘?"

"그날 제가 갑자기 독침을 쐈을 때 왜 그랬는지 알아요?"

소봉은 고개를 가로저었다.

"신출귀몰한 네 심사를 내가 어찌 알아내겠느냐?"

아자가 한숨을 내쉬었다.

"알아내지 못했다면 알려고 하지 마세요. 어찌 됐건 난 형부를 죽이고 싶지 않아요. 누군가 형부를 죽이려 하는 사람이 있다면 제가 목숨 바쳐 구할 거예요. 아주 언니가 형부한테 그렇게 잘 대해줬는데 이 아자가 언니보다 조금이라도 부족할 수는 없죠."

갑자기 하늘에서 기러기 떼 울음소리가 들리자 아자가 물었다.

"형부, 저 수많은 기러기는 왜 저렇게 대오를 맞춰 남쪽으로 날아가는 거죠?"

소봉이 고개를 들어보니 하늘에 두 무리의 기러기 떼가 '사람 인人' 자 형태로 대오를 맞춰 남쪽으로 날아가는 모습이 보였다.

"날이 추워지니 기러기들도 추울까 봐 남쪽으로 추위를 피해 가는 거지."

"그럼 봄이 오면 왜 다시 날아서 돌아오는 거예요? 매년 왔다 갔다 하면 너무 힘들지 않나요? 추운 게 싫으면 아예 남쪽에 머물고 돌아오지 않아도 되잖아요?"

소봉은 여태껏 무학에만 몰두해오느라 짐승이나 벌레의 습성에 대해서는 생각해본 적이 없었던 터라 아자의 질문을 받고 대답을 하지 못한 채 고개를 가로저으며 웃기만 했다.

"나도 저놈들이 왜 고생을 감내하는지 모르겠구나. 기러기들이 북쪽에서 태어났으니 고향을 그리워해서 그러는 게 아닐까?"

아자가 고개를 끄덕였다.

"그런 것 같아요. 마지막에 있는 저 작은 기러기 좀 봐요. 저 작은 몸으로도 남쪽으로 날아가요. 나중에 저 아이의 아버지와 어머니, 언니, 형부가 모두 북쪽으로 돌아오면 저 아이도 따라서 돌아오겠죠?"

소봉은 그녀가 '언니, 형부'를 거론하는 것을 보자 마음이 흔들려 고개를 옆으로 돌리고 아자를 바라봤다. 그녀는 고개 들어 하늘의 기러기 떼를 쳐다보고 있었다. 조금 전 그 말은 무심히 내뱉은 말인 것으로 보였다.

'입에서 나오는 대로 내뱉은 한마디지만 날 그녀의 친부모와 연결시키고 있는 걸 보면 마음속으로 날 가장 친한 가족으로 생각하나 보다. 함부로 저 아이 곁을 떠날 수가 없겠어. 저 아이 병이 완쾌되고 난 다음 저 아이를 대리로 데려가 그녀 부모 품에 넘기면 비로소 내가 짊어진 짐을 내려놓을 수 있지 않을까?'

두 사람은 길을 가면서 이런저런 얘기꽃을 피웠다. 아자가 힘들어하면 소봉은 말 등 위에서 그녀를 안고 내려와 뒤에 있는 수레 안에

눕혀 편히 잘 수 있게 해주었고, 해 질 녘이 되면 숲속에서 숙영을 했다. 그렇게 며칠을 달려가니 벌써 대초원 근처에 이르렀다.

아자가 눈을 들어 저 멀리 바라다봤다. 그녀는 대초원이 끝없이 펼쳐져 있자 매우 즐거워하며 말했다.

"서쪽을 바라다보면 끝이 안 보이는 것 같아요. 하지만 정말 망망대해처럼 느껴지려면 동서남북 어디를 바라봐도 끝이 보이지 않아야만 해요."

소봉은 그녀의 말이 대초원의 중심으로 깊이 들어가야 한다는 뜻임을 알고 그 뜻을 모른 체할 수가 없어 채찍을 휘둘러 서쪽으로 말을 내달려갔다.

대초원 안을 향해 서쪽으로 며칠을 더 달려가다 사방을 바라보니 더 이상 초원 끝이 보이지 않았다. 때는 높은 하늘에 상쾌한 바람이 부는 가을날이라 긴 풀의 파릇파릇한 향기를 맡자 기분이 더없이 좋았다. 더구나 풀숲 속에는 작은 짐승들이 많아 소봉이 그 자리에서 사냥을 하고 그걸로 끼니를 때우니 걱정할 일이라고는 없었다.

다시 며칠을 더 달려갔다. 어느 날 오후, 저 멀리 앞쪽에 수많은 천막이 우뚝 솟아 있고 깃발들이 꽂혀 있는 게 보였다. 무슨 군영軍營 같기도 하고 부족이 거주하는 부락인 것 같기도 했다. 소봉이 말했다.

"앞에 사람이 많구나. 어떤 자들인지 모르니 괜한 문제가 일어나기 전에 돌아가는 게 좋겠다."

아자가 말했다.

"아니요! 아니요! 가서 보고 싶어요. 내 다리로는 움직일 수도 없는데 어찌 형부 앞에서 문제를 일으키겠어요?"

소봉이 빙긋 웃었다.

"문제는 꼭 너만 일으키는 게 아니라 남이 일으킬 때도 있는 거야. 그럼 피하려 해도 피할 수가 없어."

아자 역시 빙그레 웃었다.

"멀리서 지켜보는 건 괜찮잖아요?"

소봉은 아자가 아직 어린아이 같은 심성을 지니고 있어 떠들썩한 일을 좋아한다는 것을 알고 있었다. 그는 천천히 말을 몰아 앞으로 나아갔다. 초원의 지세가 평탄해서 그런지 천막들이 멀리서도 보였지만 직접 나아가다 보니 실제로 그리 가까운 거리는 아니었다. 70~80리를 나아갔을 때 갑자기 뿌우 하는 호각 소리가 들리고 곧이어 먼지가 크게 일며 두 줄의 말 무리가 두 갈래로 나뉘어 한 무리는 북쪽으로, 한 무리는 남쪽으로 내달려가고 있었다.

소봉은 살짝 놀라면서 말했다.

"큰일이다. 저건 거란인 기병이야!"

"형부랑 동족이잖아요? 그럼 잘된 거죠. 뭐가 큰일이라 그래요?"

"난 모르는 사람들이야. 돌아가는 게 좋겠다."

그는 말 머리를 돌려서 왔던 길로 되돌아갔다. 그러나 몇 걸음 못 가 갑자기 둥둥둥둥 하는 북소리가 들리면서 몇 무리의 거란 기병들이 쫓아오기 시작했다. 소봉이 생각했다.

'주변에 적이 보이지 않는 걸로 봐서 혹시 진법을 조련하고 있는 것이 아닐까?'

함성 소리가 들리기 시작했다.

"사슴을 쏴라! 사슴! 이쪽에서 에워싸라!"

서쪽, 북쪽, 남쪽에서 사슴을 쏘라는 고함 소리가 들려오자 소봉은 생각했다.

'사슴을 포위해서 사냥을 하고 있구나. 기세가 정말 보통이 아니다.'

거란 기병들은 모두 금포錦袍를 걸치고 안에 철갑을 받쳐 입고 있었다. 금포는 색이 각자 달라서 한 무리는 붉은색, 한 무리는 녹색, 한 무리는 노란색, 한 무리는 자주색이었고 깃발은 금포와 같은 색이었다. 강인해 보이는 병사들과 말들이 초원 위를 이리저리 내달리는 모습은 정말 장관이었다. 소봉과 아자는 이를 보고 속으로 갈채를 보냈다. 병사들은 각자 군령에 맞춰 종횡으로 나아가고 물러서면서 장모를 세워 들고 사슴 떼를 쫓아가고 있었다. 그러다 소봉과 아자 두 사람을 발견했지만 여전히 힐끗 쳐다보기만 할 뿐 더는 신경도 쓰지 않았다. 네 무리의 기병들은 사면에서 둘러싸 수십 마리의 사슴을 한가운데로 몰았다. 가끔 사슴 한 마리가 행렬의 빈틈으로 빠져나오려 하면 작은 기마 무리가 나와 둥글게 둘러싸 다시 돌아가도록 압박했다.

27

반란을 진압하다

소봉과 아자는 말에 올라 어깨를 나란히 하고 나아갔다. 저 멀리 바라다보니 대초원 위에는 깃발들이 나부끼며 길게 늘어선 대열이 지평선 끝까지 뻗어 있어 끝이 보이지 않았다. 전후좌우에는 요나라군 호위 무사들과 부하들뿐이었다.

소봉이 구경을 하고 있을 때 갑자기 누군가 큰 소리로 외쳤다.

"혹시 소 대협 아니십니까?"

소봉은 속으로 생각했다.

'누가 날 알아보는 거지?'

고개를 돌리자 녹포綠袍 무리 속에서 말 하나가 곧바로 달려오는데 그는 다름 아닌 몇 개월 전 야율기가 예물을 보내면서 파견했던 호송대장 실리였다.

그는 소봉 앞에 10여 장 되는 곳까지 달려와 말에서 내려 말을 끌고 빠른 걸음으로 뛰어왔다. 그러고는 오른쪽 무릎을 바닥에 꿇고 말했다.

"저희 주인님께서 멀지 않은 곳에 계십니다. 주인님께서 늘 소 대협 말씀을 하시며 무척 그리워하셨습니다. 무슨 바람이 불어 소 대협이 예까지 오셨습니까? 어서 주인님을 만나러 가시지요."

소봉은 야율기가 근처에 있다는 말을 듣고 무척이나 기뻤다.

"유람을 나왔을 뿐인데 형님께서 근방에 계실 줄은 몰랐소. 이보다 더 좋을 데가 어디 있겠소? 좋소. 길을 안내하시오. 가서 만나봬야겠소."

실리가 입술을 모아 휘파람을 불자 기병 두 사람이 말을 타고 달려왔다. 실리가 말했다.

"어서 가서 고해라! 장백산의 소 대협께서 오셨다고 말이야!"

두 기병이 허리를 굽혀 명을 받고는 질풍같이 내달려갔다. 나머지 인원이 계속 사슴 사냥을 하는 와중에 실리는 녹포 기병대를 인솔해 소봉과 아주를 뒤에서 호위하며 서쪽을 향해 나아갔다.

야율기가 금은과 소, 양 등 대량의 예물을 보냈을 때 소봉은 그가 필시 거란에서 지위가 높은 정도로만 생각했는데 지금 이 같은 기세를 보자 자신의 의형이 요나라의 장군이나 고관쯤 되는 것으로 보였다.

초원에는 말을 타고 달리는 사람들의 왕래가 끊이지를 않았고 그들은 하나같이 갑옷을 입고 있었다. 실리가 말했다.

"소 대협께서 때맞춰 오셨습니다. 며칠 있으면 이곳에서 볼 만한 구경거리가 펼쳐질 것입니다."

소봉이 아자를 힐끗 쳐다보니 얼굴에 희색이 가득했다. 그는 다시 실리를 향해 물었다.

"구경거리라니요?"

"며칠 후에 연무대회演武大會가 있습니다. 영창永昌과 태화太和 두 궁의 궁위군宮衛軍 통령統領 자리가 공석입니다. 우리 거란 관병들이 각자 무예를 선보이면 그중 실력이 가장 뛰어난 사람을 뽑아 통령에 임명하는 거지요."

소봉은 비무대회가 벌어진다는 말에 자기도 모르게 희색이 만면해 들뜬 목소리로 말했다.

"정말 공교롭기 짝이 없소. 마침 거란인의 무예 솜씨를 구경할 수 있게 되다니 말이오."

아자 역시 웃음 띤 얼굴로 말했다.

"대장, 대장도 솜씨를 발휘하시겠네요? 통령 자리에 오르게 되신 데 대해 미리 감축드려야겠어요."

실리가 혀를 내두르며 말했다.

"소인한테 그런 능력이 어디 있겠습니까?"

아자가 웃으며 말했다.

"통령 자리에 오르는 게 뭐 대단하다 그래요? 우리 형부가 무공 몇 가지만 가르쳐드리면 통령 자리는 떼어 놓은 당상일 텐데요."

실리가 싱글벙글 웃었다.

"소 대협의 가르침을 받을 수 있다면 그보다 더 좋을 수는 없지요. 통령 자리에 오르는 건 생각도 하지 않습니다. 소인한테 어디 그런 복이 있겠습니까?"

일행은 이런저런 얘기를 해 가며 10여 리를 나아갔다. 앞에서 기병 한 무리가 달려오는 게 보이자 실리가 말했다.

"대장피실군大帳皮室軍[2]의 비웅대飛熊隊가 당도했습니다."

그 관병들은 모두 곰 가죽으로 만든 옷과 모자를 착용하고 있었다. 외투는 흑곰 가죽으로, 기다란 모자는 백곰 가죽으로 만들었는데 위엄이 넘치는 모습이었다. 관병들은 근처에 이르러 일제히 함성을 지르면서 말에서 내려와 양옆으로 나뉘어 섰다.

"소 대협을 맞이합니다!"

소봉이 말했다.

"황송하오, 됐소이다!"

손을 들어 답례를 하고 말을 달려 나아가자 비웅대가 그 뒤를 따랐다.

10여 리를 가자 다시 호랑이 가죽으로 된 옷과 모자를 착용한 비호대飛虎隊 일행이 와서 영접을 했다. 소봉은 생각했다.

'야율 형님이 어떤 고관인지는 모르겠지만 이 정도로 격식을 따질 줄은 몰랐군.'

실리 역시 그에 대해 아무 말도 하지 않았다. 더구나 야율기는 지난번 만났을 때에도 절대 자신의 신분을 밝히려 하지 않았기에 소봉도 더 이상 묻지 않았다.

해 질 녘까지 걸어가니 한 커다란 막사에 당도했다. 표범 가죽 외투와 모자를 걸친 비표대飛豹隊 무리가 소봉과 아자를 영접해 중앙 막사로 안내했다. 소봉은 막사 안으로 들어가면 곧 야율기와 만날 수 있을 것이라 생각했지만 막사 안에는 화려한 양탄자와 각종 집기들, 작은 탁자 위에 차려진 갖가지 음식과 과일들뿐 막사 주인은 보이지 않았다. 비표대 대장이 말했다.

"주인님께서 소 대협을 이곳에서 하룻밤 편히 묵으시도록 하셨습니다. 그리고 곧 뵙자 하셨습니다."

소봉은 아자를 부축해 앉히고 탁자 옆에 앉아 술잔을 들어 마셨다. 옆에 있던 군사 네 명이 술을 따르고 고기를 찢어주며 공손하게 시중을 들었다.

이튿날 새벽 일어나 다시 걷기 시작했다. 이날은 서쪽으로 200여 리쯤 걸어 해 질 녘쯤 돼서 다시 한 커다란 막사에서 쉬게 됐다.

사흘째 오후가 되자 실리가 말했다.

"저 앞에 있는 언덕만 넘으면 도착할 겁니다."

소봉이 보니 웅대한 기상을 지닌 큰 산이 하나 있고 콸콸 흐르는 강물 소리와 함께 언덕 옆에 큰 강이 남쪽으로 세차게 흘러내려가고 있었다. 일행이 산비탈을 돌아가자 눈앞에 깃발들이 펄럭이는 모습이 보였다. 대초원 위에는 막사들이 빽빽하게 들어차 있고 수많은 기병과 보졸들이 가운데 있는 커다란 공터를 에워싸고 있었다. 소봉을 호송하던 비웅, 비호, 비표 각 부대 관병들이 호각을 집어들고 뿌우뿌우 불기 시작했다.

별안간 북소리가 요란하게 울리더니 펑펑펑 하며 호포號砲가 온 산에 울려퍼졌다. 곧이어 공터에 있던 모든 관병이 좌우로 나뉘어 늘어서자 몸집이 큰 누런색 준마 한 필이 달려나오는데 말 등에는 구레나룻이 난 대한이 타고 있었다. 바로 야율기였다. 그는 말을 타고 소봉을 향해 달려오며 소리쳤다.

"소 현제, 이 형이 몹시 보고 싶었네!"

소봉은 말을 달려 그를 맞이했다. 두 사람은 동시에 말에서 뛰어내려 기뻐서 어쩔 줄 모르는 표정으로 두 손을 맞잡았다.

주변의 군사들이 일제히 환호성을 질렀다.

"만세! 만세! 만세!"

소봉은 깜짝 놀랐다.

'어찌 이 많은 군사가 만세를 외치는 거지?'

사방을 둘러보자 군관은 물론 병졸들이 하나같이 허리를 굽힌 채 칼을 뽑아 땅을 짚고 있는 모습이 보였다. 야율기는 그의 손을 잡고 중간에 서서 동서를 둘러보며 매우 득의양양해하는 표정을 짓고 있었다. 소봉은 아연실색하며 말했다.

"형님, 혀… 형님이…."

야율기가 껄껄대고 크게 웃으며 말했다.

"만일 내가 대요국 당금의 황제라는 사실을 소 현제가 미리 알았다면 나와 결의형제가 되려 하지 않았을 걸세. 소 현제, 내 진짜 이름은 야율홍기耶律洪基네. 내 목숨을 살려준 은혜는 영원히 잊지 않을 것이야."

소봉은 도량이 넓고 호탕한 성격이긴 했지만 평생 황제를 두 눈으로 직접 본 적이 없었다. 그런데 지금 이런 웅장한 장면을 직접 대하니 난감해하지 않을 수 없었다. 그는 야율홍기를 향해 말했다.

"소인이 황제 폐하를 몰라 뵙고 무례하게 행했으니 백번 죽어 마땅합니다!"

그는 이렇게 말하며 곧바로 무릎을 꿇었다. 그는 거란의 백성으로서 본국의 황제를 보았으니 무릎을 꿇고 절을 하는 것이 마땅하다 여겼다.

야율홍기는 황급히 손을 뻗어 소봉을 부축하며 웃었다.

"몰라서 그런 것은 죄가 아니네. 현제, 우리는 결의를 맺은 형제가 아닌가? 오늘은 의리만을 논하고 내일 다시 군신의 예를 갖춰도 늦지 않네."

그는 곧 왼손을 한번 휘둘렀다. 그러자 대오 안에서 풍악이 울려퍼지며 귀빈을 환영했다. 야율홍기는 소봉의 손을 붙잡고 함께 막사 안으로 들어갔다.

요나라 황제가 기거하는 막사는 몇 겹의 소가죽으로 만들어졌고 내부는 금으로 장식이 되어 있어 휘황찬란했다. 이 막사는 요나라 시위친군인 피실군 이름을 붙여 '피실대장皮室大帳'이라 불렸다. 야율홍기는 가운데 자리에 앉아 소봉을 자신의 옆 맨 첫 자리에 앉도록 했다.

얼마 후 수가隨駕[3]를 하는 문무백관들이 들어와 알현을 했다. 북원대왕北院大王, 북원추밀사北院樞密使, 우월于越, 남원지추밀사사南院知樞密使事, 피실대장군皮室大將軍, 소장군小將軍, 마군지휘사馬軍指揮使, 보군지휘사步軍指揮使 등등이었는데 소봉이 단번에 기억하지 못할 정도로 그 숫자가 많았다.

그날 밤 막사 안에서는 대대적인 연회가 마련됐다. 거란인들은 여자를 존중하는 편이라 아자 역시 피실대장 안으로 들여 연회를 함께 즐기도록 했다. 주지육림酒池肉林이란 말도 있지 않던가! 그야말로 술과 고기가 넘쳐나자 아자는 보기만 해도 신이 난 듯 얼굴에 웃음꽃이 활짝 피었다.

술이 거나하게 취할 즈음이 되자 10여 명의 거란 무사가 황제 앞에서 비무 놀이를 하기 시작했는데 상반신을 그대로 드러낸 무사들이 서로 붙잡고, 잡아당기고, 쓰러뜨리며 격렬한 싸움을 벌였다. 소봉은 거란 무사들이 강한 팔힘을 지니고 있음은 물론 손과 발을 쓰는 가운데 또 다른 무공을 곁들이는 뛰어난 솜씨를 보고 그 교묘한 변화에 있어서는 중원 무사들에 미치지 못하지만 전장에서 육박전이 펼쳐져 무리를 이루어 싸울 때 사용한다면 중원 무술에 비해 훨씬 간결하고 유효할 것 같다는 생각이 들었다.

요나라의 문무 관리들이 각자 한 명씩 소봉에게 다가와 술을 올렸다. 소봉은 오는 술잔을 마다하지 않는 성미라 받은 술을 모조리 비우다 보니 나중에는 300여 잔 가까이 마시기에 이르렀다. 그러나 여전히 표정은 태연자약해서 모든 이가 놀라지 않을 수 없었다.

야율홍기는 여태껏 용기와 힘에 있어 누구보다 뛰어나다고 자부하고 있었지만 소봉에게 생포당한 일이 온 나라에 알려졌던 터라 소봉의 초인적인 능력을 보여주고 자신이 생포된 치욕을 덮고 싶은 마음이 있었다. 그런데 소봉이 이튿날 비무대회에서 굳이 솜씨를 선보일 필요도 없이 지금 보여주는 주량 하나만으로 이미 군웅을 압도하고 모두를 탄복하게 만들 줄은 생각지도 못했다. 야율홍기는 크게 기뻐하며 말했다.

"현제, 현제는 우리 요나라 최고의 영웅호한일세!"

아자가 불쑥 끼어들었다.

"아니에요, 두 번째예요!"

야율홍기가 빙긋 웃었다.

"소낭자, 어째서 두 번째라는 게요? 그럼 최고의 영웅은 누구요?"

"최고의 영웅호한은 당연히 황제 폐하지요. 우리 형부는 실력이 뛰어나기는 하지만 폐하께 순종해야 하고 감히 거역할 수도 없으니 폐하가 최고 아닌가요?"

성수파 문하 제자로서 아첨하는 술수에 정통했던 아자로서는 시험삼아 슬쩍 던진 농에 불과했다.

야율홍기가 껄껄대고 웃었다.

"말도 참 잘하는구나, 잘해! 소 현제, 현제한테 커다란 관작을 하나 내리고 싶은데 어디 생각 좀 해보세. 어떤 관작이 좋겠나?"

이때 그는 술이 이미 취할 대로 취해 있는 상태라 이 말을 하면서 손가락을 뻗어 이마를 마구 튕겨댔다. 그러자 소봉이 다급하게 거절했다.

"아니, 아닙니다. 소인은 평생을 거칠게 살아와 부귀영화를 누리며 살 처지가 못 됩니다. 늘 천하를 정처 없이 떠돌아다니며 유랑하는 게 몸에 익다 보니 관리 같은 건 되고 싶지 않습니다."

야율홍기가 웃으며 말했다.

"좋아! 그럼 내가 술만 마시고 일은 할 필요가 없는 관작에 봉하도록 하지…."

이 말이 채 끝나기도 전에 갑자기 저 멀리에서 뿌우뿌우 하는 날카롭고 촉박한 호각 소리가 들려왔다.

막사 안에 있던 요나라인들은 모두 술을 마시고 고기를 뜯으며 앉아 있다가 호각 소리가 들리자 돌연 쿵 소리와 함께 동시에 벌떡 일어섰다. 하나같이 놀랍고 당황스러운 기색이었다. 호각 소리는 무척이나 빨라서 처음 들릴 때는 10여 리 밖에 있었지만 두 번째 들릴 때는 이미 수 마장 더 가까워져 있었고, 세 번째 들릴 때는 다시 수 마장 거리까지 와 있었다. 소봉이 생각했다.

'천하에 아무리 빠른 준마와 최고의 경공신법이 있다고 해도 이렇게까지 빠를 수는 없다. 그래! 필시 긴급한 군정을 전달하는 전신참傳信站이 있는 게 분명하다. 호각 소리를 들으면 곧 다음 참으로 전달하는 거지.'

호각 소리는 쏜살같이 전해져 오다가 피실대장 밖에 전해지자 갑자기 뚝 그쳤다. 막사 안에 앉아 있던 관병들은 환호성을 질러가며 술을 마셔대다가 갑자기 쥐 죽은 듯 조용해졌다.

야율홍기가 침착한 표정을 지으며 천천히 금배를 들어 단번에 술을 비우고 말했다.

"상경에서 반역자가 난을 일으켰다. 지금 당장 돌아간다! 막사를 거둬라!"

행군대장군行軍大將軍이 대뜸 막사 밖으로 나가 명을 내렸다.

"막사를 거두어라!"

그가 외친 호령 한 마디가 곧 열 마디로 변하고, 열 마디가 다시 백 마디로, 백 마디가 다시 천 마디로 변하면서 그 목소리는 점점 커졌지만 무척이나 질서정연해 조금도 당황하거나 혼란한 모습은 보이지 않았다.

소봉은 생각했다.

'어쩐지 요나라가 나라를 세운 지 200년 동안 국위를 천하에 떨쳤다 했더니 이런 내란이 일어났음에도 전혀 혼란스럽지가 않구나. 이것만 봐도 역대 요나라 군주가 군 통솔을 제대로 했다는 것을 알 수 있다.'

말발굽 소리가 들리며 선봉에 선 척후병이 가장 먼저 내달려가기 시작했다. 이어서 좌우선봉대가 출발하자 전군과 좌군, 우군 등 한 무리씩 남쪽을 향해 이동하기 시작했다.

야율홍기가 소봉의 손을 잡고 함께 막사 밖으로 나오자 그 뒤를 아자가 따라나섰다. 소봉이 나와보니 칠흑 같은 어둠 속에 각 군기軍旗마다 등롱燈籠을 밝혀놓고 있었다. 붉은색, 노란색, 남색, 녹색, 흰색의 오색찬란한 불빛 아래 10만이 넘는 대군이 남행을 하는데 오로지 말발굽 소리만 들릴 뿐 사람들의 말소리는 전혀 들리지 않았다. 소봉은 탄복을 금할 수 없었다.

'이렇게 군사를 다스리니 천하의 그 누가 대적할 수 있겠는가? 그날 황상은 소수와 함께 사냥을 나왔다가 나한테 생포되고 말았다. 만일 대군이 함께 왔다면 여진인들이 아무리 용감하고 날쌔다 해도 중과부적으로 패퇴하고 말았을 것이다.'

두 사람이 막사를 나오자 호위들이 막사를 거두기 시작해 순식간에 깨끗이 정리되고 각종 짐과 물자는 모두 낙타와 말, 수레에 실렸다. 중군 원수元帥가 호령을 하자 중군 전체가 즉시 출발했다. 북원대왕, 우월, 태사太師, 태부太傅 등이 야율홍기의 앞뒤에서 시중을 들었는데 모두들 진지한 기색을 한 채 누구도 입을 여는 사람이 없었다. 상경에서 난이 일어났다는 소식이 전해지긴 했지만 주모자가 누구며 자세한 상황이 어떠한지에 대해서는 전혀 알 길이 없었고 군중에서도 감히 함부로 예측해서 논하는 사람이 없었다.

대규모 인마가 남쪽으로 사흘을 행군하다 날이 어두워져 야영을 하기 시작했을 때 전령 하나가 부리나케 말을 타고 달려와 황제에게 고했다.

"남원대왕이 난을 일으켜 황궁을 점거하고 황태후와 황후를 비롯해 왕자와 공주, 백관들의 가속들을 모조리 구금해놓았다고 합니다."

야율홍기는 깜짝 놀라 안색이 변했다.

요나라는 군국을 중시하는 나라였으며 현재는 남과 북 양원兩院으로 나뉘어 관리되고 있었다. 이번에도 북원대왕은 황제를 호위해 사냥을 나왔고 남원대왕은 상경을 지키고 있었다. 남원대왕인 야율열로고耶律涅魯古는 초왕 작위에 봉해진 자로 본인은 그렇다 치고 그의 부친인 야율중원耶律重元은 당금의 황태숙으로 천하병마대원수天下兵馬大元帥라는 직위에 있는 고위직 인물이었다. 본래 요나라는 관례적으로 북원에서 군대를 다스리고, 남원에서 백성을 다스렸지만 황태숙은 지위와 권력이 중해 이미 군무와 민정까지 관리하고 있었다.

야율홍기의 조부인 야율융서耶律隆緖는 요나라 역사에서 성종聖宗이라 불리는 인물이었는데 성종에게는 장자인 종진宗眞과 차자인 중원이 있었다. 종진은 성격이 자애롭고 너그러웠던 반면에 중원은 용맹하고 위세가 있었다. 성종이 세상을 떠나면서 유명으로 장자인 종진에게 황위를 잇도록 했지만 성종의 황후는 차자인 중원을 편애해 그를 황제로 옹립하려는 음모를 꾸몄다. 요나라는 예로부터 황태후의 권력이 무척이나 막강했던 터라 종진은 황위 수호는커녕 목숨마저 위태로운 상황에 이르렀다. 그러나 중원은 이런 모친의 음모를 형에게 고했고 종진은 일찌감치 이에 대한 대비책을 세워 황태후의 음모를 막을 수 있었다. 종진은 아우의 행동에 고마움의 표시로 그를 황태제로 세우고 향후 그에게 황위를 물려주겠다는 공언을 해 아우의 은덕에 보답했다.

요나라 역사에서 흥종興宗으로 불린 야율종진이 서거한 후 황위는 황태제인 중원에게 이양되지 않고 뜻밖에도 자신의 아들인 홍기에게 넘어가버렸다.

야율홍기는 황위를 계승한 이후 미안한 마음에 중원을 황태숙에 봉해 그가 여전히 대요국의 후계자임을 확실히 했다. 여기에 천하병마대원수라는 작위를 내주고 입조를 할 때 황제에 대한 예를 면제하거나 호칭도 관직명으로만 하도록 하는 특혜를 부여했다. 또한 금권서서金券誓書[4]와 네 개의 모자, 두 가지 색의 장포 등을 내렸는데 이런 총애와 후대를 득한 사람은 요나라 조정에서 최초라 할 수 있었다. 또한 그의 아들인 야율열로고를 초왕에 봉해 남원의 군정과 사무를 관장하도록 하고 남원대왕이라 부르도록 했다.

과거 야율중원은 자신이 황제가 될 수 있었지만 형에게 양보를 한 것만 봐도 의리를 중히 여기고 공명에 무심하다는 걸 알 수 있었다. 그 때문에 야율홍기가 대대적으로 북쪽 사냥을 나가며 상경의 군국지대사를 황태숙에게 맡기면서 추호의 의심도 없었다. 그런데 소식에 따르면 모반을 꾀한 사람이 뜻밖에도 남원대왕 야율열로고라고 하니 야율홍기는 놀랍고도 우려하지 않을 수 없었다. 열로고는 평소 성격이 음험한 데다 일처리에 있어 잔인한 성향이 있었다. 다만 그가 모반을 꾀했다면 그의 부친이 수수방관만 하고 있지는 않았을 터였다.

북원대왕이 야율홍기에게 아뢰었다.

"폐하, 심려치 마시옵소서! 황태숙께서는 도리를 아시는 분이니 필시 당신의 불효자가 역모를 꾀하는 행동을 용서치 않으실 겁니다. 지금쯤 이미 군사를 끌고 반란을 평정했을지도 모르는 일입니다."

야율홍기가 말했다.

"그러길 바랄 뿐이오."

사람들이 저녁을 먹고 난 후, 두 번째 전령이 달려와 고했다.

"남원대왕이 황태숙을 제위에 올리고 이 사실을 천하에 공포했다고 합니다."

그다음 말은 차마 하지 못하고 신황제의 조서를 야율홍기에게 두 손으로 바쳤다. 야율홍기가 조서를 받아들어 살펴보니 조서에는 야율홍기가 제위를 찬탈했다며 직접적으로 책망을 하고 있었다. 조서에는 또 '선제께서 야율중원을 황태제로 세웠다는 건 천하가 아는 사실임에도 선제께서 붕어하신 후 야율홍기는 선제의 유서를 고쳐 부당한 방법으로 황위에 올라 거국적인 공분을 샀다. 이제 황태제께서 정상적으로 제위에 올라 천하 군마를 통솔하고 역적을 토벌하게 되었다'라고 적혀 있었다.

야율홍기는 대로한 나머지 조서를 불 속으로 집어던져 잿더미로 만들어버렸다. 하지만 속으로는 매우 초조한 마음이 들었다.

'이 가짜 조서에는 자신을 정당화하기 위한 말들로 가득해 요나라 군민들이 보고 나면 동요하지 않을 수 없을 것이다. 황태숙은 천하병마대원수 위치에 있고 병부마저 손에 쥐고 있어 80여 만에 달하는 병마를 움직일 수 있다. 하물며 그의 아들 초왕은 남원을 관할하는 병마까지 보유하고 있지 않은가? 여기서 어가를 수호하는 인원은 10여 만 명에 불과하니 그야말로 중과부적인데 어찌해야 한단 말인가?'

이날 밤 그는 이리 뒤척이고 저리 뒤척이며 잠을 이루지 못했다.

소봉은 요나라 황제가 자신에게 관작을 봉하겠다는 말에 아자를 데리고 어둠을 틈타 말없이 사라질 생각이었지만 의형이 이런 위기에 처한 모습을 보자 그대로 훌쩍 떠나버릴 수는 없었다. 어찌 됐건 그에게 뭐든 힘을 보태야 결의형제로서 헛되지 않은 일이라 생각한 것이다. 그날 밤 그는 막사 밖을 산책하다 관병들이 은밀히 속닥거리는 소리를 들었다. 모두들 상경에 있는 부모와 처자들이 황태숙에게 억류되어 있어 목숨을 부지하지 못할 것이란 얘기들이었다. 그중에는 가족들을 생각하다 울음을 참지 못하고 흐느끼는 사람들도 있어 그 울음소리가 주변 사람들에게 영향을 끼친 나머지 그와 처지가 같은 영내의 나머지 관병들도 앞다투어 울어대기 시작했다. 군을 통솔하는 장군들이 호통을 쳐가며 말려도 보고 특별히 큰 소리로 울어대는 병사 몇 명을 본보기로 참하기도 했지만 이들을 저지할 방법은 없었다.

야율홍기는 통곡 소리가 천지에 진동하자 군심이 흐트러졌음을 알고 더욱 고민에 빠졌다.

이튿날 이른 아침 척후병이 달려와 황태숙과 초왕이 50여 만 군마를 인솔해 북쪽을 향해 쳐들어오고 있다는 소식을 전했다. 야율홍기가 생각했다.

'오늘 전투에는 진격만 있을 뿐 후퇴란 없다. 설사 패배를 한다 해도 결사의 일전을 벌일 수밖에 없구나.'

그는 당장 백관들을 소집해 논의를 했다. 군신들은 야율홍기에 대해 하나같이 지대한 충심을 지니고 있었던 터라 모두들 결사 항전을 다짐했다. 다만 모두들 군심을 염려했다.

야율홍기는 즉시 명을 내렸다.

"모든 관병은 역적 토벌에 힘써라! 난을 평정하고 나면 특진은 물론 후한 상을 내릴 것이다."

이 말과 동시에 황금 갑주를 걸치고 친히 삼군을 인솔해 황태숙의 군마가 오는 곳을 향해 곧바로 진격해 나갔다. 모든 관병은 황제가 친히 선봉에 나서는 것을 보고 사기가 진작돼 연이어 만세를 외치며 죽음으로 충성할 것을 맹세했다. 10여 만 군마는 각각 전군과 좌군, 우군, 중군 넷으로 나뉘어 포부도 당당하게 남쪽을 향해 진격했고, 일부 소규모 기동 기병들이 양 날개에 흩어져 이들을 호위했다.

소봉은 활을 끼고 창을 든 채 야율홍기의 뒤를 따라가며 본인이 직접 호위에 나섰다. 실리는 녹포병을 인솔한 채 일부 비웅병들로 아자를 보호토록 하여 후군에 위치시켰다. 소봉은 야율홍기가 이맛살을 찌푸리고 있는 모습을 보고 그가 이번 전투에 자신 없어 한다는 사실을 짐작할 수 있었다.

정오에 이를 때까지 걷다가 갑자기 앞에서 호각 소리가 들려오며 중군 장수의 명이 떨어졌다.

"모두 말에서 내려라!"

모든 기병이 말 위에서 뛰어내려 고삐를 쥐고 걸어갔고 야율홍기와 각 대신들만 말 위에 그대로 머물렀다.

소봉은 기병들이 왜 말에서 내리는지 알 수 없어 의아해했다. 그때 야율홍기가 씩 웃으며 말했다.

"현제, 중원에 오래 있어 거란인들이 행군 중 전쟁하는 방법에 대해 모를 테지?"

소봉이 말했다.

"안 그래도 폐하께 가르침을 받으려 했습니다."

야율홍기가 웃으며 말했다.

"하하… 자네가 말하는 이 폐하는 오늘 해가 서산에 질 때까지 살 수 있을지 모르겠네. 우리는 형제간의 호칭을 쓰기로 해놓고 어찌 폐하라 부르는 겐가?"

소봉은 그의 웃음소리 속에 씁쓸한 기분이 서려 있음을 느꼈다.

"양군이 아직 교전 전이니 폐하께서는 심려 마십시오."

"평원에서 교전을 할 때 가장 중요한 것은 마력이고 인력은 그다음 문제일세."

소봉은 불현듯 깨닫는 바가 있었다.

"아, 알겠습니다. 기병이 말에서 내린 것은 말의 피로를 덜어주기 위함이었군요."

야율홍기가 고개를 끄덕였다.

"말을 충분히 쉬게 해줘야 적과 대면했을 때 적진 깊이 뛰어들어 용감하게 싸울 수가 있지. 거란인들이 동서로 정벌하면서 백전백승을 거둘 수 있었던 건 바로 이런 중요한 비결이 있었기 때문이네."

이런 얘기를 나누는 동안 저 멀리 전방에서 먼지가 크게 일었다. 그 먼지는 10여 장 높이 치솟아올라가는데 마치 누런 구름이 땅을 뒤덮는 듯했다. 야율홍기가 채찍을 들어 가리켰다.

"황태숙과 초왕 모두 전장 경험이 풍부한 우리 요나라의 맹장들인데 어찌 인마를 급히 몰아 마력을 허비하는 것인가? 음. 믿는 구석이 있어 필승을 거두리라 자신하는가 보군."

이 말이 채 끝나기도 전에 좌군과 우군에서 동시에 불어대는 호각소리가 들려왔다. 소봉은 저 멀리 눈에 보이는 곳까지 바라봤다. 적의 동쪽 편에 또 다른 두 무리의 군마가 있고 서쪽 편에도 역시 두 무리의 군마가 보였다. 다섯 곳에서 에워싸 공격을 하는 형세였다.

야율홍기는 안색이 변해 명을 내렸다.

"진을 쳐서 방책을 쌓아라!"

중군 장군이 말을 몰고 나가 야율홍기의 명을 하달하자 곧 전군과 좌군, 우군이 모두 되돌아오면서 모든 군사가 수십 그루의 커다란 나무 기둥을 대형 망치로 땅에다 박고 가죽 천막을 펼쳤다. 그러고는 사방에 나무를 녹각처럼 세우자 순식간에 초원 위에 거대한 목성木城이 구축됐다. 목성 전후좌우에는 각각 기병이 주둔해 호위를 했고 궁수 수만 명이 커다란 나무 뒤에 은신해 살을 메기고 발사 명령만 기다리고 있었다.

소봉은 눈살을 찌푸리며 곰곰이 생각했다.

'이 싸움이 시작되면 누가 이기고 지든 무수히 많은 거란 동족의 시신이 온 들판에 널리게 될 것이다. 물론 의형이 승리하면 좋겠지만 불행히도 패한다면 난 의형과 아자를 안전한 곳으로 데려갈 방법을 생각해놔야만 한다. 황위를 지키고 안 지키고는 문제가 아니야.'

요 황제의 어영御營이 구축되고 얼마 되지 않아 반군 선봉대가 당도했지만 당장 앞으로 나와 도전에 나서지는 않았다. 강력한 활과 노를 쏴도 미치지 않을 만한 거리에 주둔한 그들은 들판을 새까맣게 뒤덮고 있어 그 끝이 보이지 않았다. 소봉은 곰곰이 생각해봤다.

'의형의 병력으로는 상대가 되지 않는다. 그야말로 중과부적이야. 도저히 이길 수가 없어. 대낮에는 포위를 뚫고 도주하기가 쉽지 않으니 어두워질 때까지 버텼다가 구할 방법을 찾아봐야겠다.'

영채營寨의 커다란 나무 그림자가 바닥에 짧게 비추고 뜨거운 태양이 공중에 걸려 있는 것으로 보아 정오가 지난 지 얼마 안 된 것 같았다.

끼룩끼룩 하는 몇 번의 소리와 함께 기러기 떼가 열을 맞추어 하늘을 날아가는 모습이 보였다. 야율홍기는 고개를 들어 그 모습을 한참이나 응시하다 씁쓸한 웃음을 지었다.

"이 몸이 기러기로 변하지 않고서는 이곳을 빠져나갈 방법이 없겠구나."

북원대왕과 중군 장군은 안색이 변해 서로를 쳐다봤다. 황제가 반군의 위용을 보고 이미 겁을 먹었다는 사실을 알아차린 것이다.

적진에서 북소리가 들려오기 시작하면서 수백 개가 넘는 북에서 둥둥둥둥 하는 큰 소리가 울려퍼졌다. 중군 장군이 큰 소리로 호령했다.

"북을 쳐라!"

목성 안의 수백 개 북에서도 역시 둥둥둥둥 하는 북소리가 크게 울려퍼졌다. 별안간 적진에서 들려오던 북소리가 멈추더니 수만 명의 기병이 천지를 진동하는 함성을 지르며 창을 들고 돌진해 들어왔다.

적군 선봉대가 가까이 다가오는 것을 본 중군 장군이 깃발을 아래로 휘두르자 어영의 북소리가 멈추고 이내 수만 발의 화살이 빗발치듯 쏟아져 나갔다. 적군 선봉대는 줄줄이 바닥에 쓰러졌다. 그러나 적군은 앞사람이 넘어지면 뒷사람이 그 뒤를 이어 벌 떼처럼 진격해 들어오면서 앞에 쓰러진 군마들이 후군에게 화살을 막는 방패 역할을 했다. 적군 보병 궁수들은 방패로 몸을 보호하며 앞으로 달려나와 어영을 향해 화살을 쏟아부었다.

야율홍기는 처음엔 두려워하는 모습이었지만 접전이 벌어지자 곧 용기백배한 듯 높은 곳에 올라 장도를 손에 쥐고 호령을 하며 지휘하기 시작했다. 어영의 장수들은 황상이 친히 싸움을 지휘하는 것을 보고 크게 외쳤다.

"만세! 만세! 만세!"

적군이 '만세' 소리를 듣고 고개를 들어보니 야율홍기가 황포금갑黃袍金甲을 두르고 어영의 저 높은 곳에 서 있는 것이 아닌가? 그들은 그의 몸에 배어 있는 위엄에 머뭇거리지 않을 수가 없었다. 그들이 차마 앞으로 나아가지를 못하자 야율홍기는 이 기회를 틈타 크게 외쳤다.

"좌군 기병은 적을 포위하라! 돌격!"

좌군은 북원추밀사가 인솔하고 있었다. 황제의 호령이 떨어지자 3만 기병이 측면으로부터 돌격해 들어갔다. 반군이 주저하는 사이 어영 군마가 진격해 들어간 것이다. 반군 진영은 아수라장으로 변해 앞다투어 후퇴하기 시작했다. 어영 내의 북소리가 우레와 같이 울려퍼졌다. 반군은 접전을 벌이다 아주 잠깐 사이에 패퇴를 하고 물러가버렸다. 어영의 군마들은 패퇴하고 돌아가는 적군을 뒤쫓아가며 죽이는데 그 기세가 무척이나 거셌다.

소봉이 크게 기뻐하며 소리쳤다.

"형님, 이번 싸움은 대승입니다!"

야율홍기가 지휘대에서 내려와 전마에 올라타서는 군사를 이끌고 지원을 펼치려 하였다. 그때 갑자기 호각 소리가 들려오면서 반군 주력부대가 당도하자 반군 선봉대가 뒤로 돌아 다시 달려들기 시작했다. 삽시간에 화살과 장모가 공중에서 춤을 추듯 날아다니고 비명 소리가 천지를 진동하며 피와 살이 사방으로 튀었다. 소봉은 이를 지켜보면서 깜짝 놀라지 않을 수 없었다.

'이런 고투苦鬪는 난생처음 보는구나. 한 개인의 무공이 천하무적이라 해도 이런 천군만마 속에 들어간다면 아무 쓸모 없을 것이다. 기껏해야 자기 목숨 정도만 보전할 수 있을 뿐이다. 무림의 집단 비무는 이런 대군 간의 교전에 비교하면 그야말로 조족지혈에 불과하구나.'

돌연 반군 진영 후방에서 징 소리가 울려퍼지면서 군사들을 철수시켰다. 반군 기병은 퇴각을 하면서 어영 전방을 향해 화살을 비 오듯 쏘아댔다. 중군 장군과 북원추밀사가 군사를 이끌고 연이어 세 차례나 돌격을 감행했지만 적진을 돌파하기는커녕 오히려 1천여 명의 군사들 목숨만 잃고 말았다. 야율홍기가 하명했다.

"아군 사상자가 너무 많다. 잠시 군사를 거두어라."

어영 안에서 징이 울려퍼지자 군사들이 속속 되돌아왔다.

반군이 다시 두 무리의 기병을 파견해 습격을 가해왔다. 그러나 중군은 이미 이에 대비를 하고 있었다. 중군이 패퇴하는 척하며 되돌아올 때 양 날개에 있던 기동 기병들이 동시에 포위해 반군 기병 3천여 명을 일거에 섬멸하자 반군 수백 명이 말에서 내려 투항했다. 야율홍기가 왼손을 휘두르자 어영 군사들이 장모를 휘둘러 수백 명의 투항군을 모조리 찔러 죽였다. 쉴 새 없이 벌어진 이 싸움은 한 시진도 채 걸리지 않았지만 처참하기 이를 데 없는 살상이 이루어졌다.

양측의 주력부대가 각기 수십 장을 후퇴한 중간 공터에는 시체들이 가득 쌓였고 부상자들의 신음 소리가 듣기 힘들 정도로 처절했다. 양쪽 진영에서 각각 300명 정도 되는 무리의 흑의를 입은 병사들이 달려나가는 소리가 들렸다. 어영 병사들은 노란 모자를, 반군 병사들은 흰 모자를 쓰고 중간 지대로 달려가 부상자들을 살폈다. 소봉은 이들이 부상자들을 들고 돌아와 치료해주는 줄로만 알았다. 그런데 이들 흑의의 병사들은 긴 칼을 뽑아 들어 상대 부상병들을 일일이 베어 죽이는 것이 아닌가! 부상자들을 모조리 베어 죽이고 난 후 다시 600명에 달하는 양측 병사들이 일제히 함성을 내지르며 서로 격전을 벌이기 시작했다.

이들 600명에 이르는 흑의의 병사들은 무공 실력이 보통이 아니어서 긴 칼을 번뜩이며 매우 격렬하게 싸웠다. 얼마 지나지 않아 그중 200여 명이 칼에 맞아 바닥에 쓰러졌다. 어영의 노란 모자를 쓴 흑의병들 무공이 더 강한 듯 반군의 칼에 맞아 죽은 사람은 수십 명에 불과했다. 이에 어영군 두세 명이 동시에 반군 한 명을 상대하는 국면으로 전개됐고 승부는 더욱 뚜렷하게 갈렸다. 다시 격투가 벌어지고 잠시 후에는 서너 명 대 한 명의 싸움으로 변했다. 그러나 양측 병사들은 함성으로 위세를 돋우기만 할 뿐 수십만에 달하는 나머지 반군들은 수수방관하며 병력을 증원해 구하러 가지 않았다. 마침내 반군 소속의 흰 모자를 쓴 흑의군 300명이 모조리 섬멸되자 어영 흑의군 약 200명 정도가 어영으로 되돌아왔다. 소봉은 생각했다.

'요나라인들의 규칙이 이런가 보구나.'

이렇게 전장을 깨끗이 정리하는 마무리 싸움은 그 규모에 있어 조금 전 싸움에 비해 크지 않았지만 두려운 정도에 있어서는 그 무엇과도 비할 수 없었다.

야율홍기가 긴 칼을 높이 들어 큰 소리로 외쳤다.

"반군은 숫자는 많아도 투지가 없다. 다시 싸움이 벌어지면 놈들은 패주하고 말 것이다."

어영 관병들이 일제히 소리쳤다.

"만세! 만세! 만세!"

갑자기 반군 진영에서 호각 소리가 들려오더니 기마 다섯 필이 천천히 달려나왔다. 그중 한 명이 양손에 양피를 한 장 받쳐들고 큰 목소리로 읽어나가기 시작했다. 다름 아닌 황태숙이 반포한 조서였다.

"야율홍기는 황위를 찬탈하였기에 위군僞君이며 요나라의 진정한 황제는 황태숙이다. 무릇 우리 요나라 관병들은 나라에 충성하는 것이 당연지사이니 오늘 당장 상경으로 돌아와 귀순한다면 일률적으로 3계급씩 특진을 시켜주도록 하겠노라."

어영 내의 궁수 10여 명이 화살을 쏘자 쉭쉭 소리와 함께 그자를 향해 날아갔지만 그자는 옆에서 방패를 든 네 사람의 보호를 받으며 계속해서 조서를 읽어내려갔다. 돌연 말 다섯 필이 화살에 맞아 모두 쓰러지자 다섯 명은 방패 뒤에 숨어 그자를 계속 보호했고 마침내 황태숙의 조서를 모두 읽은 뒤 몸을 돌려 돌아갔다.

북원대왕은 수하의 관병들이 가짜 조서를 듣고 동요하는 듯한 모습을 보이자 호통을 쳤다.

"나가서 욕설을 퍼부어라!"

관병 30명이 10여 장 앞으로 달려나갔는데 그중 20명은 손에 방패를 들어 나머지 열 명을 보호했다. 이들 열 명은 적에게 욕을 전문으로 하는 '매수罵手'로 목소리가 우렁차고 말주변이 뛰어난 자들이었다. 첫 번째 매수가 욕을 하기 시작했다.

"이 나라를 배반한 역적들아! 너희들이 죽으면 뼈를 묻을 곳조차 없을 것이다!"

이어서 두 번째 매수가 욕을 하는데 이번에는 온갖 더럽고 저속한 욕설을 마구 퍼부어댔다. 소봉은 거란어를 완전히 알지 못해 이들 매수가 하는 말들 대부분을 이해할 수 없었다. 다만 야율홍기가 연신 고개를 끄덕이며 칭찬하는 것으로 보아 이 매수들이 하는 욕이 그런대로 쓸 만한 것 같았다.

소봉은 적진을 바라다봤다. 저 멀리 누렇게 뒤덮은 대형 깃발 속에서 각자 준마를 탄 두 사람이 손에 채찍을 들고 손가락질을 하고 있었다. 전신에 황포를 걸친 한 사람은 머리에 충천관冲天冠을 쓰고 턱 밑에 회백색의 긴 수염을 기르고 있었으며, 황금갑주를 걸친 또 한 사람은 앙상한 얼굴에 영민하고 용맹스러운 표정을 짓고 있었다. 소봉은 생각했다.

'겉모습을 보니 저 두 사람이 바로 황태숙과 초왕 부자로구나.'

별안간 열 명의 매수가 잠시 숙덕거리며 상의를 하다 일제히 목청을 돋우어 황태숙과 초왕의 비밀스러운 사안들을 폭로했다. 그래도 올바른 처신을 해온 황태숙은 흠잡을 게 별로 없었던지 욕을 하는 대상이 하나같이 초왕이었다. 그가 부친의 후궁을 간음한 것은 물론 부친의 권세만 믿고 온갖 추악한 짓을 다 저지르고 다녔다는 얘기들이었는데 이 말들은 그들 부자 사이를 이간하려는 것으로 보였다. 열 명이 일제히 고함을 치며 욕하는 말은 입을 맞춘 듯 글자 하나하나가 똑같아서 그 소리가 수 마장까지 전해져 나가 수십만 군사 대부분이 똑똑히 들을 수 있었다.

초왕이 채찍을 휘두르자 반군이 일제히 소리를 지르는데 대부분이 와와 하며 아무렇게나 요란하게 떠드는 함성이었다. 그러자 열 명이 내뱉는 욕설은 그 소리에 묻혀버리고 말았다.

한바탕 소란이 이어지다 적군은 순간 대오를 둘로 가르더니 수십량의 수레를 밀고 나오다 어영 앞에 이르러 수레를 멈추었다. 수레를 따라오던 군사들이 수레 안에서 수십 명의 여자를 끌고 나왔다. 어떤 사람은 백발의 노파였고 어떤 사람은 묘령의 소낭자였는데 의상이 하나같이 화려하고 귀해 보였다. 이 여자들이 수레 밖에 모습을 드러내자 양측에서 퍼붓던 욕설은 한순간에 멈추었다.

야율홍기가 외쳤다.

"어머니, 어머니! 이 아들이 반역자들을 갈기갈기 찢어 죽여 어머니의 화를 풀어드리겠습니다."

그 백발의 노부인은 바로 당금의 황태후이자 야율홍기의 모친인 소태후蕭太后였다. 나머지는 황후인 소후蕭后, 그리고 여러 후궁들과 공주들이었다. 황태숙과 초왕이 야율홍기가 외부에 사냥을 나간 틈에 난을 일으키고 금궁禁宮을 포위해 황태후 등을 사로잡았던 것이다.

황태후가 큰 소리로 외쳤다.

"폐하, 이 늙은이와 처자식들을 생각해서라도 온 힘을 다해 저 역적들을 없애버리도록 하세요."

군사 수십 명이 긴 칼을 뽑아 들어 후궁들의 목에 가져다 댔다. 젊은 후궁 하나가 놀랍고도 당황스러워하며 울부짖었다.

야율홍기가 대로하며 호통을 쳤다.

"저 울부짖는 여자들을 모조리 쏴 죽여라!"

쉭쉭 하는 소리와 함께 화살 10여 발이 날아가 울부짖는 후궁들을 차례대로 쏴 죽였다.

황후가 소리쳤다.

"폐하, 잘하셨습니다. 아주 잘하셨어요! 선조들의 유업을 절대 저 역적들의 손에 망치게 놔둬서는 안 됩니다."

초왕은 황태후와 황후가 굳건한 자세로 나오자 이런 행동이 야율홍기를 협박하기보다 오히려 반군의 군심을 동요시킬까 두려워 명을 내렸다.

"저 여자들을 수레에 싣고 물러가라!"

병사들이 황태후와 황후 등을 수레에 실어 진영 뒤쪽으로 데려가자 다시 초왕이 명을 내렸다.

"적군 가속들을 앞으로 끌어내라!"

그러자 삘리리 하는 대나무 피리 소리가 들리기 시작하는데 그 소리는 매우 처량했다. 군마들이 양옆으로 길을 가르자 철커덕철커덕 하고 쇠사슬 소리가 끊임없이 이어지며 한 줄로 늘어선 남녀노소가 진영 뒤에서 끌려나왔다. 삽시간에 양 진영에서는 한바탕 곡성으로 천지가 진동했다. 그들은 다름 아닌 어영 관병의 가속들이었다. 어영 관병은 요나라 황제의 친군으로 이들의 가속들이 상경에 머물 수 있었던 것은 야율홍기의 특별한 배려 덕이었다. 친군 병사들을 감격시켜 유사시에 목숨 바쳐 나설 수 있도록 만들기 위함이 첫 번째 이유였고 두 번째 이유는 일종의 감시를 위한 도구로 이들 정예 병력이 출정을 나갔을 때 감히 역심을 품지 못하게 하기 위함이었다. 그런데 이번에 사냥을 나갔다 이런 변고가 발생할 줄 누가 알았겠는가? 어영 관병 가속들은 20만 명이 훨씬 넘었지만 진영 앞에 끌려나온 사람들은 2만~3만 명에 불과했다. 그중 대부분은 정신없는 와중에 잘못 잡혀온 사람도 있어 일시에 분간할 수는 없었지만 부녀자들까지 뒤죽박죽 섞여 있었다.

초왕 휘하의 한 장군이 말을 끌고 진영 앞으로 나와 큰 소리로 외쳤다.

"어영의 모든 관병은 들어라! 너희들의 처자식은 이미 모두 감금되어 있다. 투항을 하는 자는 가속들과 다시 만날 수 있으며 3계급 특진과 상금을 내릴 것이다. 그러나 투항을 하지 않는다면 신임 황제의 유지로 모든 가속을 모조리 죽여버릴 것이다."

거란인은 사람을 잔인하게 죽이기를 좋아해 '모조리 죽여버린다'는 말은 결코 위협을 하기 위함이 아니라 정말 모조리 죽이겠다는 뜻이었다. 어영 내의 일부 관병들이 가족들을 알아봤다.

"아버지, 어머니! 아들아! 여보, 마누라!"

양 진영에서 서로 애타게 부르짖는 소리가 떠들썩하게 울려퍼졌다.

반군 내에서 북소리가 들려오자 2천 명에 달하는 도부수刀斧手가 성큼성큼 앞으로 걸어나오는데 손에는 커다란 칼이 번뜩이고 있었다. 북소리가 멈추자 커다란 칼 2천 자루가 동시에 위로 올라가며 관병 가속들의 목을 겨냥했다. 그 반군 장군이 소리쳤다.

"새로운 황제께 투항하면 후한 상을 내리겠지만 투항을 하지 않는다면 가속들을 모조리 죽여버릴 것이다!"

이 말을 하고 왼손을 휘두르자 다시 북소리가 울리기 시작했다.

어영의 장군들과 병사들은 그가 왼손을 한 번 더 휘두르고 북소리가 멈추면 저 서슬 퍼런 2천 자루의 칼이 자신들의 가속들을 베어버릴 것임을 잘 알고 있었다. 야율홍기에 대해 충성심이 강했던 이들 친군 관병들은 황태숙과 초왕이 특진을 시켜주고 후한 상을 내리겠다고 호언해도 쉽게 유혹에 넘어갈 사람들이 아니었지만 당장 눈앞에서 자신들의 부모와 처자식이 목을 내밀고 죽기만 기다리는 모습을 봤으니 어찌 놀라지 않을 수 있겠는가?

북소리가 둥둥둥둥 하며 끊이지 않고 울려대자 어영 친군 관병들의 마음 역시 쿵쾅쿵쾅 뛰기 시작했다. 갑자기 어영 내의 한 관병이 부르짖었다.

"어머니, 어머니! 우리 어머니를 죽일 순 없어!"

이 말과 함께 장모를 던져버리고 적진에 있는 한 노부인을 향해 달려나갔다.

곧이어 쉭 하고 화살 한 발이 어영에서 발사되며 그의 등에 명중됐지만 그는 화살에 맞은 즉시 죽지 않고 여전히 그의 모친을 향해 달려가고 있었다. 바로 그때 '아버지! 어머니! 아들아!' 하고 부르짖는 소리가 길게 이어지며 어영 내의 수백 명 관병이 앞다투어 달려나가기 시작했다. 야율홍기의 심복 장수가 검을 휘둘러 마구 베어버렸지만 어찌 그걸 다 막을 수 있겠는가? 처음에는 수백 명이 달려나가다 이내 수천 명으로 늘어나버렸다. 수천 명이 달려나간 후에는 다시 와 하는 함성과 함께 큰 소란이 일며 15만 친군 중에서 6만~7만 명이 달려나가는 사태가 일어나고 말았다.

야율홍기가 긴 한숨을 내쉬었다. 대세가 이미 기울었다고 느낀 것이다. 그는 친군 관병들이 가속들과 부둥켜안고 서로를 확인하는 아수라장이 벌어지는 가운데 반군이 거리를 두고 떨어져 있는 틈을 타서 명을 내렸다.

"서북쪽 창망산蒼茫山으로 퇴각하라!"

중군 장군이 살며시 명을 내리자 투항을 하지 않은 나머지 8만여 군사들은 후군이 전군으로 바뀌어 서북쪽을 향해 내달려갔다.

초왕이 재빨리 기병에게 추격을 명했지만 전장은 노약자와 부녀자로 가득 차 있어 기병들이 내달릴 수가 없었다. 이들이 뒤로 물러설 때까지 기다렸지만 야율홍기는 이미 어영 친군을 인솔해 멀리 달아난 후였다.

8만여 친군이 창망산 앞에 도착했을 때 이미 날은 저물고 군사들 역시 허기가 져서 피곤에 지친 상태였다. 이들은 산비탈 위에 영채를 세웠는데 높은 곳에서 밑을 내려다볼 수 있는 사수진死守陣을 쳤다.

그러나 영채가 이제 막 안정을 찾아 아직 밥을 짓기도 전에 초왕이 직접 정예 병력을 이끌고 산 밑까지 추격해와 산비탈을 향해 돌진해 들어왔다. 어영 군사들이 화살과 바위를 비처럼 쏟아부어 반군을 격퇴시키자 초왕 반군은 위로 공격하는 것이 불리하다고 판단해 곧바로 군사를 거두고 산 밑에 군영을 설치했다.

그날 밤, 야율홍기는 절벽 옆에 서서 저 멀리 남쪽을 바라봤다. 반군이 군영 안에 피워놓은 불빛이 별처럼 반짝이는 모습이 보였다. 그때 저 멀리에서 화룡火龍이 꿈틀거리며 다가오는데 다름 아닌 반군 후속 부대가 포위 공격에 가담하기 위해 오는 대열이었다. 의기소침해진 야율홍기가 막사 안으로 들어가려는 순간 북원추밀사가 와서 고했다.

"신 소속의 1만 5천 병마가 산 밑으로 내려가 반군에 투항했습니다. 신이 군사들을 제대로 다스리지 못한 탓이니 백번 죽어 마땅합니다."

야율홍기가 손을 휘휘 내저으며 고개를 가로저었다.

"당신 탓이 아니니 어서 가서 쉬시오!"

그는 고개를 돌려 넋을 잃은 채 먼 곳을 바라보고 있는 소봉을 보고 말했다.

"날이 밝으면 반군이 대거 공격해 들어올 것이네. 그럼 우린 모두 다 포로가 될 것이야. 난 이 나라의 군주로서 역적들에게 굴욕을 당할 순 없으니 자결로써 사직에 보답해야겠네. 현제, 자넨 밤을 틈타 여기서 빠져나가도록 하게. 자넨 무예가 고강하니 반군도 막을 수 없을 것이네."

그는 여기까지 말하고 처연한 표정을 짓다 다시 말했다.

"자네가 부귀영화를 누릴 수 있도록 해줄 생각이었네만 형인 나 자신도 보호하지 못할 줄 누가 알았겠나? 괜히 자네한테 누만 끼쳤네."

소봉이 답했다.

"형님, 사내대장부라면 굽힐 때가 있으면 펼칠 때도 있어야 합니다. 오늘은 전세가 불리하니 제가 형님을 호위해 후퇴했다가 다시 전열을 재정비해 거사를 도모토록 하시지요."

야율홍기가 고개를 가로저었다.

"노모와 처자식조차 보호하지 못하는 마당에 어찌 사내대장부를 논할 수 있겠나? 거란인 눈에는 승자가 영웅이고 패자가 죄인이네. 이미 한번 참패했는데 어찌 다시 재기할 수 있겠나? 자네나 어서 가보게!"

소봉은 그의 말이 현실임을 직시하고 결연한 모습으로 말했다.

"그렇다면 제가 형님을 모시고 내일 반군과 결사 항전하도록 하겠습니다. 우린 이미 의형제를 맺은 사이입니다. 형님이 황제건 일반 백성이건 간에 저 소 모는 형님을 의형으로 생각하고 있습니다. 형님께서 위기에 빠졌는데 아우 된 자가 생사를 함께하는 것이 의당한 일이거늘 어찌 혼자 꽁무니를 뺄 수 있겠습니까?"

야율홍기는 소봉의 말에 크게 감격해 눈물을 글썽거리며 두 손을 꼭 잡았다.

"현제, 정말 고맙네."

소봉이 막사로 돌아와보니 아자는 막사 구석에 웅크리고 누워 있었다. 그녀는 동그랗고 큰 눈을 뜬 채 아직 잠을 자지 않고 있었다. 아자가 물었다.

"형부, 왜 제 탓을 안 하세요?"

소봉이 의아한 듯 물었다.

"네 탓이라니 뭘 말이냐?"

"다 제 잘못이에요. 제가 대초원에 놀러가자고 조르지만 않았어도 여기 이렇게 갇히지도 않았을 거 아니에요? 형부, 우린 여기서 이대로 죽는 거죠? 그렇죠?"

막사 밖의 붉은 횃불 빛이 그녀의 얼굴에 비치자 창백한 안색에 붉은색 무리가 솟아올라 더욱 여리고 가냘프게 보였다. 소봉은 속으로 가엾은 생각이 들어 부드러운 목소리로 달랬다.

"내가 어찌 널 탓하겠느냐? 내가 너한테 부상만 입히지 않았어도 우리가 여기까지 올 일은 없었겠지."

아자가 방긋 웃었다.

"제가 형부한테 독침을 쏘지만 않았어도 형부가 저한테 부상을 입힐 일은 없었겠죠."

소봉은 커다란 손을 뻗어 그녀의 머리카락을 쓰다듬었다. 아자는 중상을 입은 몸이라 머리카락이 거의 다 빠져 누런 머리만 드문드문 남아 있었다. 소봉이 가볍게 한숨을 쉬었다.

"나이도 어린 아가씨가 날 따라다니느라 고생한다."

"형부, 전엔 몰랐어요. 언니가 왜 형부를 그토록 좋아했는지 말이에요. 근데 나중에 알게 됐어요."

'네 언니가 나에 대한 감정이 얼마나 깊었는데 너 같은 어린아이가 뭘 안다 그러느냐? 사실 아주가 나처럼 거친 사내를 어쩌다 좋아하게 됐는지는 나도 잘 모르는데 네가 어찌 안다고?'

여기까지 생각하다 처량하게 고개를 가로저었다.

아자가 고개를 비스듬히 돌리며 말했다.

"형부는 사람을 성심성의껏 대하잖아요. 그래서 저도 언니처럼 형부를 좋아해요."

이 말을 하고 한참 뜸을 들이다 다시 말했다.

"형부, 짐작은 해봤어요? 그날 제가 왜 형부한테 독침을 쐈는지 말이에요. 형부를 죽이려고 쏜 게 아니라 그냥 꼼짝 못하게 할 생각이었어요. 제가 시중을 들려고 말이에요."

소봉은 의아한 듯 물었다.

"어째서?"

아자가 미소를 지으며 말했다.

"형부가 꼼짝 못하면 영원히 제 곁을 떠나지 않을 테니까요. 안 그럼 속으로 절 무시하는 형부가 언제든 절 버리고 모른 체할 것 아니겠어요?"

소봉은 그녀가 철없는 말을 하고 있지만 입에서 나오는 대로 그냥 한 말이 아님을 알고 속으로 놀라지 않을 수 없었다.

'어차피 내일이면 다 같이 죽을 테니 위안의 말이라도 건네야겠다.'

"나와 함께 있는 게 정말 좋았다면 주저 말고 나한테 얘기하지 그랬느냐? 그럼 나도 거절하지 않았을 텐데."

아자의 눈에서 돌연 밝은 광채가 빛나더니 기쁨에 겨운 표정으로 말했다.

"형부, 제 몸이 완쾌된 후에도 형부만 따라다니고 영원히 성수파 사부님한테는 가지 않을 거예요. 그러니 절대 절 버리고 모른 체하면 안 돼요?"

소봉은 그녀가 성수파에서 친 사고가 적지 않아 감히 돌아가지 못할 것임을 알기에 씩 웃었다.

"넌 성수파의 대사저가 아니더냐? 네가 안 가면 성수파는 우두머리가 없는 오합지졸이 돼버리고 말 텐데 어쩌려고 그러느냐?"

아자가 깔깔대고 웃었다.

"그냥 엉망진창이 되라고 하죠 뭐. 난 신경 안 써요."

그녀는 곰곰이 생각하다 갑자기 정색을 하며 말했다.

"형부, 전 사부님께 벌을 받을까 두려운 게 아니에요. 기껏해야 죽이기밖에 더 하겠어요? 죽이라고 하죠 뭐. 전 형부를 떠나는 게 아쉬운 거예요. 전 형부와 영원히 함께 있고 싶어요. 훗날 형부도 마음속으로 아주 언니처럼 절 아끼고 사랑해야만 해요!"

소봉은 이 역시 철없는 말임을 잘 알고 있었다. 더구나 내일 의형과 함께 죽고 나면 무슨 훗날이 있을 수 있겠는가! 지금 당장은 그녀의 성의를 무시할 수 없어 고개만 끄덕일 뿐이었다. 아자는 두 눈이 찬연하게 빛나며 기쁨을 주체하지 못했다.

소봉은 담요를 끌어당겨 그녀의 목까지 올려 잘 덮어주고 가볍게 등을 치며 잘 자라는 인사를 했다. 그리고 다른 담요를 펼쳐 막사 안의 한쪽 구석에 가서 잠을 청했다. 막사 밖의 불빛이 밝아졌다 어두워졌다를 반복하며 깜빡거렸다. 그때 어렴풋이 누군가의 울음소리가 들려오는데 어영 관병들이 가족을 그리워하며 우는 소리임을 알 수 있었다. 모두들 내일 새벽에 벌어질 싸움에서 목숨을 부지하지 못하리란 것을 알지만 황제에 대한 충심이 깊어 감히 배반할 생각을 하지 않고 울기만 하고 있었다.

이튿날 새벽 소봉은 일찍 잠에서 깼다. 그는 실리 대장에게 말을 준비시키고 아자를 돌보도록 한 뒤 자신은 결전에 나설 채비를 갖춰 양고기 한 근과 술 세 근을 먹고 마신 다음 산 쪽으로 걸어나갔다. 그때 사방은 아직 어둠 속에 묻혀 있었지만 얼마 지나지 않아 동쪽에서 여명이 밝아오기 시작했다. 갑자기 어영 안에서 뿌우뿌우 하는 호각 소리가 울려퍼졌다. 그러자 댕그랑, 쨍 하는 병사들의 갑옷과 무기 부딪치는 소리가 쉴 새 없이 들리고 영내 각 무리의 병마들이 달려나가 주변의 각 요충지를 지켰다. 소봉이 높은 곳에서 아래를 내려다보니 동쪽과 남쪽, 동남쪽 세 방향에서 사람이 몰려드는데 모두 다 반군 무리였다. 희뿌연 안개가 저 멀리까지 자욱하게 덮여 있어 군진軍陣의 끝은 한눈에 볼 수 없었다.

삽시간에 태양이 초원 한쪽에 빼꼼히 그 모습을 드러내는가 싶더니만 금빛 줄기가 희뿌연 안개 속을 비추며 짙은 이슬도 서서히 사라져갔다. 안개 속에서 모습을 드러낸 것은 모두 군마였다. 별안간 북소리가 울려퍼지며 적진에서 황기군 두 무리가 내달려오기 시작했다. 곧이어 황태숙과 초왕이 말을 타고 산 밑으로 내달려오더니 채찍을 들어 산 위를 향해 손가락질을 하며 뭔가를 상의했다.

야율홍기는 시위들을 이끌고 언덕 위에 서서 이 광경을 지켜보다 화가 치밀어오른 듯 시위 손에 있던 활과 화살을 받아들어 활에 살을 메겼다. 그러고는 초왕을 향해 한 발을 쐈다. 산 위에서 내려다보면 거리가 멀지 않게 보였지만 실제로는 일전지지一箭之地[5]보다 몇 배나 먼 거리에 있었다. 야율홍기가 쏜 화살은 반도 미치지 못한 채 힘없이 떨어져버리고 말았다.

초왕이 껄껄대고 웃으며 큰 소리로 외쳤다.

"홍기, 넌 우리 아버지의 황위를 찬탈해 기나긴 세월을 위군으로 살아왔다. 이제 그만 양보할 때가 됐다. 지금이라도 속히 투항한다면 우리 아버지께서 목숨만은 살려줄 것이며 그나마 인의를 베풀어 황태질皇太侄에 봉해주도록 할 것이다. 어떠하냐? 하하하…."

이는 야율홍기가 야율중원을 황태숙에 봉한 것이 인의를 가장한 것이라고 비아냥거리는 말이었다.

야율홍기는 대로하며 욕을 했다.

"뻔뻔스러운 반역자 같으니! 어디라고 주둥이를 놀리는 게냐?"

북원추밀사가 소리쳤다.

"주군이 굴욕을 당하면 신하는 응당 죽음으로 보답해야 한다고 했습니다! 황상께서 베푸신 은혜는 태산과도 같으니 오늘 신들이 보답을 해야 할 때인 것 같습니다."

그는 친군 3천 명을 인솔해 일제히 고함을 내지르며 산 아래로 거침없이 내달려갔다. 이 3천 명은 모두 거란 전체에서 선별된 용사들로 필사의 각오를 품고 있어 일당십一當十이 가능한 자들이었다. 이들은 함성을 지르며 달려나가 적군이 1마장 넘게 물러나도록 만들었다. 그러나 초왕이 영기令旗를 휘두르자 수만 군마가 이들을 에워싸고는 칼과 창을 휘두르며 달려들었다. 함성 소리가 천지를 진동하며 피와 살이 사방으로 튀는 참혹한 살육전이 전개됐다. 3천 명의 용사들은 점차 줄어들어 결국 하나도 남김없이 죽음으로 충정을 지켰다. 북원추밀사 역시 온 힘을 다해 수없이 많은 적군을 죽이고 스스로 자결을 했다. 야율홍기를 비롯한 어영의 장수들과 대신 그리고 소봉 등은 이를 뻔히 보면서도 나가서 도울 수가 없었다. 그저 북원추밀사의 충의忠義에 감동해 모두들 눈물만 흘릴 따름이었다.

초왕이 다시 산 밑에까지 내달려와 껄껄대고 웃으며 소리쳤다.

"홍기, 투항을 할 것이냐? 말 것이냐? 그렇게 적은 군마를 가지고 뭘 하겠다 그러는 게냐? 네 수하에 있는 자들은 모두 우리 대요의 정예 용사들이건만 어찌 너와 함께 목숨을 잃게 만들려는 것이냐? 사내대장부라면 호쾌하게 항복을 하든 결전을 치르든 해야 할 것 아니겠느냐? 천운이 다했다는 걸 스스로 깨달았다면 차라리 자결을 해서 천하에 사죄를 하는 것이 수많은 군사를 다치지 않게 하는 길이 될 것이다."

야율홍기가 한숨을 길게 내쉬고 상심을 한 듯 눈물을 머금으며 손에 쥐고 있던 칼을 들었다.

"이 금수강산은 너희 부자에게 양보하마. 네 말이 옳다. 우리는 숙질이자 형제인 사이인데 골육상잔을 벌이며 우리 거란 용사들의 목숨까지 해칠 수는 없는 일 아니겠느냐?"

이 말을 하고 칼을 들어 자신의 목에 가져다 댔다.

소봉은 긴 팔을 쭉 뻗어 칼을 뺐었다.

"형님, 영웅호한이라면 전장에서 죽어야지 어찌 자결을 할 수 있단 말입니까?"

야율홍기가 탄식하며 말했다.

"현제, 이 수많은 장졸들은 오랜 시간 날 따라왔네. 어차피 난 죽을 몸이지만 저들까지 나를 따라 목숨을 잃게 만들 수는 없네."

초왕이 소리쳤다.

"홍기, 아직도 자결하지 않고 뭐 하느냐? 얼마나 더 기다려야 한단 말이냐?"

그는 손에 채찍을 들어 그의 얼굴을 가리키며 기고만장한 표정을 지었다.

소봉은 그가 점점 가까이 다가오는 것을 보고 뭔가 자극을 받은 듯 나지막이 말했다.

"형님, 저자에게 아무 말이나 늘어놓으십시오. 제가 몰래 접근해서 활을 쏘겠습니다."

야율홍기는 그의 무예가 보통 뛰어난 것이 아님을 알기에 크게 기뻐했다.

"좋은 생각이네. 놈을 쏴 죽일 수만 있다면 난 죽어도 여한이 없을 것이야."

그는 당장 목청을 높여 소리쳤다.

"초왕, 난 너희 부자를 박대한 적이 없었다. 네 부친이 황제가 되고 싶어 한다면 안 될 것도 없거늘 왜 굳이 이 나라의 수많은 군사와 백성을 살상해 우리 대요의 원기를 잃게 만드는 짓까지 해대는 것이냐?"

소봉은 강궁强弓과 낭아장전狼牙長箭 열 발을 든 채 준마 한 필을 끌고 천천히 산 밑으로 내려갔다. 그는 몸을 낮춰 말의 배 밑에 거꾸로 매달려 몸을 숨기고 두 발을 말안장에 걸었다. 그리고 손가락으로 말의 배를 찌르자 말은 거침없이 아래로 내달려갔다. 산 아래 있던 반군은 말 등에 아무도 없는 말 한 필이 밑으로 내달려오자 고삐가 끊어진 군마가 도망치는 것이라 생각했다. 이런 일은 흔히 있는 일이라 그 누구도 유념하지 않았다. 그러나 얼마 지나지 않아 반군 군사가 말의 배 밑에 사람이 있는 것을 발견하고 큰 소리로 외쳤다.

소봉은 손가락 끝으로 말을 찔러 말이 초왕을 향해 내달리도록 했다. 그와 약 200여 보쯤 되는 거리까지 오자 그는 말의 배 밑에서 강궁의 시위를 당겨 초왕을 향해 화살을 쏘았다. 그때, 초왕 옆에 있던 시위들이 방패를 들어 화살을 막아냈다. 소봉은 다시 말을 몰고 내달리며 연이어 화살을 쐈다. 첫 번째 화살이 호위 무사를 쓰러뜨리자 다시 두 번째 화살이 초왕의 가슴팍을 향했다.

동작이 매우 민첩한 초왕은 채찍을 휘둘러 화살을 후려쳐 막아냈다. 채찍으로 화살을 맞히는 기술은 원래 그의 특기 중 하나였다. 그러나 화살을 쏘는 사람의 완력이 무척이나 강력했을 뿐만 아니라 화살에 내경이 실려 있어 채찍으로 화살대를 후려쳐 맞히긴 했지만 화살이 날아가는 방향만 살짝 바꾸었을 뿐이었다. 푹 하는 소리와 함께 화살은 그의 어깨에 박혀버렸다. 초왕은 으악 하는 비명과 함께 고통스러워하며 안장 위에 엎어졌다.

소봉은 또 한 발을 쐈다. 이번엔 거리가 더 가까워서 이 화살은 그의 왼쪽 옆구리를 뚫고 들어가 가슴을 관통했다. 초왕은 몸을 한번 흔들하더니 말 위에서 떨어져버렸다.

소봉은 일거에 성공을 거두자 생각했다.

'이 기회에 황태숙마저 쏴 죽여야겠다!'

초왕이 화살에 맞고 말에서 떨어지자 적진의 군사들이 모두 소리치며 화살 수백 발을 소봉이 숨어 있는 말을 향해 쏘기 시작했다. 삽시간에 그 말은 화살 200발을 맞고 고슴도치처럼 변해버렸다.

소봉은 바닥에 데굴데굴 굴러 한 군관이 타고 있는 말 밑으로 들어가 간단한 무공을 펼쳐내며 이 말 배 밑에서 저 말 배 밑으로 파고들어 한번 구를 때마다 다른 말 배 밑으로 옮겨갔다. 그러자 관병들은 활을 쏠 수가 없어 앞다투어 장모를 들고 찔러댔다. 그러나 소봉은 동쪽으로 파고들다 서쪽으로 구르며 말 배 밑에서 무공을 펼쳐냈다. 적군 관병들은 아수라장 속에서 수천 인마가 이리 밀치고 저리 떠밀리며 서로 무참히 짓밟는 통에 소봉을 찌를 수가 없었다.

소봉이 펼친 무공은 바로 중원 무림에서 흔하디흔한 '지당공地堂功'이었다. 지당권拳과 지당도刀는 물론 지당검劍까지 모두 땅바닥에서 이리저리 구르며 몸을 날리다 기회를 틈타 적의 하반신을 공격하는 무공이었다. 전장에서 이 무공을 펼치자 워낙 민첩한 그는 수많은 말발굽에도 밟히지 않고 피할 수가 있었다. 그는 황태숙의 위치를 정확히 파악하고 그대로 굴러가 연이어 세 발의 화살을 황태숙에게 쐈다.

황태숙의 호위 무사들은 앞서 초왕이 화살에 맞는 모습을 봤던 터였기에 호위 무사 30여 명이 이미 대비를 하고 방패를 들어 황태숙의 몸 앞을 겹겹이 막아서고 있었다.

"땡땡땡!"

소봉이 쏜 화살 세 발이 방패에 부딪혀 떨어졌다. 그가 지니고 있던 열 발의 화살 중 이미 일곱 발을 쏘아 이제 세 발밖에 남지 않았다. 적들이 30여 개의 방패로 엄호를 하고 있어 세 발의 화살로는 호위 무사 세 명조차 쏴 죽이기 어려운 형편이 된 것이다. 이런 상황에 어찌 황태숙을 쏴 죽일 수 있겠는가? 이때 그는 이미 적진 깊숙이 들어와 있었다. 뒤에는 수천 군사가 창을 들고 쫓아오고 앞에는 천군만마가 버티고 있어 실로 절체절명의 위기에 놓인 것이다. 과거 혼자 중원의 군웅과 맞서 싸울 때는 상대가 수백 명에 불과했음에도 위험하기 짝이 없었다. 그때는 다행히 누군가 밧줄을 휘두르며 도와준 덕분에 빠져나올 수 있었지만 오늘은 수십만 명에게 둘러싸였으니 여기서 빠져나간다는 건 불가능에 가까웠다.

목숨이 위태로운 이 긴박한 순간에 그는 별안간 큰 소리로 호통을 치며 몸을 훌쩍 날렸다. 그는 30여 개의 방패 위로 솟구쳐올라 날아가더니 기를 돋우어 떨어지며 그중 한 무사의 방패 위에 발을 딛고 뛰어올라 마침내 황태숙이 탄 말 앞에 이르렀다. 황태숙은 깜짝 놀라 채찍을 들어 그의 얼굴을 향해 후려쳤다. 소봉은 몸을 비스듬히 피하며 훌쩍 뛰어올라 황태숙의 말안장 위로 올라섰다. 그러고는 순식간에 왼손으로 그의 등짝을 움켜쥐고 팔을 잡아 하늘 높이 들어올리며 소리쳤다.

"모두 무기를 버려라!"

황태숙은 놀라서 멍한 표정으로 아무 말도 하지 못했다.

이때 반군 진영은 귀청이 떨어져나갈 정도로 소란스러운 상황이었다. 수많은 관병이 활시위를 잡아당겨 소봉을 겨냥했지만 황태숙이 그에게 잡혀 하늘 높이 들려 있다 보니 그 누구도 감히 경거망동하지 못했다.

소봉이 소리쳤다.

"황태숙의 명이다. 전군은 당장 무기를 버리고 성지聖旨를 받들어라. 황제 폐하께서 아량을 베푸시어 황태숙과 모든 반군 관병을 사면하셨으니 황제께서는 누구를 막론하고 모반을 꾀한 죄를 묻지 않으실 것이다."

그의 내력이 얼마나 강했던지 이 한마디 말은 10여 만 명에 달하는 병사들이 시끄럽게 떠들어대는 소리를 덮어버리고 수 마장 밖에까지 들렸다. 산 앞뒤에 있는 10여 만 관병들 중 적어도 반 이상이 똑똑히 들었을 정도였으니 말이다.

소봉은 개방 제자들로부터 배신당한 경험이 있었기에 반역자들의 심리를 잘 알고 있었다. 이들이 역경에 처했을 때 가장 필요로 하는 것은 죄에 대한 사면이다. 상대가 죄를 추궁하지 않겠다고 보장만 하면 반군의 투지는 상실되고 마는 것이다. 지금은 반군 세력이 큰 상황이라 7만~8만여 인마에 불과한 야율홍기 주변의 친군은 수적 열세에 있어 반군의 상대가 되지 못했다. 더구나 극히 긴급한 국면에 처해 있던 터라 야율홍기에게 성지를 내려달라고 할 여유가 없었기에 재빨리 죄를 사면하겠다는 선포로 반군을 안심시켜 더 이상 저항을 하지 못하게 만들어야만 했다.

그의 몇 마디 말이 크게 울려퍼지자 소란스러웠던 반군 진영은 이내 쥐 죽은 듯 조용해지기 시작했다. 병사들은 서로의 얼굴을 쳐다보며 두렵고도 당혹스러운 마음에 어쩔 줄을 몰라 했다.

소봉은 지금 이 순간이 매우 위험한 상황임을 잘 알고 있었다. 반군 중에 누군가 굴복할 수 없다고 외치기라도 한다면 아무 생각 없는 수십만 병사들마저 동조하게 될 것이기에 더 이상 지연시킬 수가 없어 다시 큰 소리로 외쳤다.

"성지를 받들어라! 반군 내 모든 관병은 관직의 고하를 막론하고 아무 죄가 없으니 황제의 이름으로 은혜를 베풀어 절대 죄를 추궁하지 않을 것이다. 군관들과 병사들은 각자 원대 복귀를 하되 지금 당장 무기를 내려놓아라! 무기를 내려놓지 않는 자는 참수를 당하게 될 것이다!"

순간 정적이 흐르다 갑자기 챙그랑 하는 몇 번의 소리와 함께 반군 진영의 군사 몇 명이 수중에 있던 장모를 집어던졌다. 무기를 던지는 이 소리는 서로 전염이라도 된 듯 삽시간에 챙챙 하는 큰 소리를 내며 반군의 절반가량이 무기를 던져버렸다. 그 나머지는 여전히 결정을 내리지 못하고 머뭇거렸다.

소봉이 왼팔로 황태숙의 몸을 하늘 높이 쳐든 채 말을 몰고 천천히 산 위로 올라가자 반군 중 그 누구도 감히 이를 막지 못하고 오히려 말 머리가 당도할 때마다 그 앞길을 터주었다.

소봉의 말이 산등성이에 이르자 어영 내 두 무리의 병마가 마중을 내려왔다. 산봉우리 위에서는 북소리가 울려퍼지기 시작했다.

소봉이 황태숙을 향해 말했다.

"황태숙, 어서 하명하시오. 전군은 무기를 버리고 투항하라고 말이오. 그럼 당신 목숨은 살려주도록 하겠소."

황태숙이 나지막이 말했다.

"내 목숨을 살려준다는 보장을 할 수 있겠소?"

소봉은 산 아래를 내려다봤다. 무수히 많은 반군이 아직 수중에 활과 장모를 들고 있는 모습으로 보아 아직 군심이 결정되지 않아 위기에서 벗어난 건 아니란 생각이 들었다.

'지금은 군심을 안정시키는 것이 급선무인데 황태숙 1인의 생사가 무슨 의미가 있겠는가? 사람을 보내 감시를 강화한다면 앞으로 다시는 이런 못된 짓을 저지르지 못할 것이다.'

이런 생각을 마치자 황태숙에게 말했다.

"공을 세워 속죄하기에 아주 좋은 기회요. 폐하께서는 당신 아들의 잘못임을 잘 알고 계시니 당신 목숨은 부지하게 해줄 것이오."

황태숙은 원래 제위를 쟁취할 생각이 없었다. 모든 것이 그의 아들인 초왕의 야심 때문에 벌어진 일이었다. 이제 남의 손에 잡히는 신세가 되자 죽음을 면하기 위해서라도 그에 응할 수밖에 없었다.

"좋소, 당신 말대로 하겠소!"

소봉은 그를 말 위에 앉히고 큰 소리로 외쳤다.

"전군은 들어라! 황태숙의 명이다!"

황태숙이 큰 소리로 외쳤다.

"반란을 주도한 초왕은 이미 법의 심판을 받았다. 황상께서 아량을 베푸시어 여러분의 죄과를 용서하셨으니 모두들 속히 무기를 버리고 황상께 사죄토록 하라!"

반군 지휘관이 그의 말을 전군에 전했다. 황태숙이 이리 말하자 반군 병사들은 그 누구도 거역할 수 없었다.

순간 반군 병사들이 앞다투어 무기를 던져버리는 소리가 온천지에 울려퍼졌다.

소봉은 황태숙을 끌고 창망산 위로 올라갔다. 이를 지켜보던 야율홍기가 기뻐서 어쩔 줄을 몰라 했다. 그는 마치 꿈을 꾸는 듯 부리나케 소봉에게 달려가 그의 두 손을 부여잡았다.

"현제, 현제! 이 강산은 앞으로 자네와 함께 향유할 것이네."

그는 여기까지 말을 하고 너무나 격동한 나머지 자기도 모르게 눈물을 쏟아냈다.

황태숙이 무릎을 꿇고 바닥에 엎드려 말했다.

“이 난신亂臣이 폐하께 사죄드리오니 부디 이 늙은이를 가엾이 여겨 주십시오.”

야율홍기는 기분이 좋을 대로 좋은 상태였던 터라 소봉을 향해 물었다.

“현제, 어찌하면 좋겠나?”

“지금 반군은 그 수나 세력에 있어 막강한 상황이니 군심을 안정시키는 게 우선입니다. 폐하께서 황태숙의 죽을죄를 사면해주신다면 모두들 안심할 것입니다.”

야율홍기가 껄껄 웃으며 말했다.

“좋아, 아주 좋아! 자네 말대로 하지, 자네 말대로 하겠네!”

그는 고개를 돌려 북원대왕을 향해 외쳤다.

“황태숙을 사면하겠다는 성지를 전하라! 또한 소봉을 초왕에 봉하고 남원대왕의 관직을 부여하니 반군을 인솔해 상경으로 돌아가도록 하라!”

소봉은 깜짝 놀랐다. 그가 초왕을 죽이고 황태숙을 사로잡은 것은 의형의 목숨을 구하기 위함이었을 뿐 절대 벼슬을 탐해 그런 것은 아니었다. 야율홍기가 자신을 그런 대관에 봉하자 그는 어쩔 줄을 몰라 잠시 아무 말도 하지 못했다. 북원대왕이 소봉을 향해 공수를 하며 말했다.

“감축드립니다! 초왕의 작위는 여태껏 다른 성씨에게 내려진 적이 없었습니다. 소 대왕께서는 어서 황상의 은혜에 감사의 뜻을 표하십시오!”

소봉이 야율홍기를 향해 말했다.

"형님, 오늘 일은 형님의 크나큰 복에 기인한 것입니다. 모든 관병이 형님께 진심으로 귀순할 마음이 있었기에 반란을 평정하게 된 것입니다. 아우로서 미력한 힘을 보탠 것에 불과할 뿐 공을 세웠다고 하긴 그렇습니다. 하물며 이 아우는 벼슬 같은 건 하고 싶지 않으니 부디 명을 거두어주십시오."

야율홍기는 껄껄대고 웃으며 소봉의 어깨를 움켜쥐었다.

"초왕이라는 작위와 남원대왕이라는 관직은 우리 요나라에서 가장 높은 벼슬일세. 현제가 그걸 부족하다 여긴다면 그건 필시 신하로서 나한테 복종하길 원치 않는다는 말이니 이 형이 황위를 양보하는 수밖에 달리 방법이 없겠네."

소봉이 깜짝 놀라며 생각했다.

'형님께서 너무 기쁜 나머지 말씀에 평상심을 잃으신 것 같다. 지금은 혼란의 도가니 속에 있어 모든 일을 명쾌하고 과감하게 결단을 내려야만 하고 절대 망설임이 있어서는 안 된다. 내가 자꾸 떠넘기려 하면 큰 화를 불러올지도 모르겠다.'

그는 하는 수 없이 무릎을 꿇고 말했다.

"신 소봉이 성지를 받들겠습니다. 성은이 망극하옵니다."

야율홍기는 빙긋 웃으며 두 손으로 소봉을 부축했다. 소봉이 말했다.

"신이 어명을 거역할 수 없어 관작을 받아들이겠습니다. 다만 신은 비루하게 살아온 촌뜨기라 조정의 법도에 대해 아는 바가 없사오니 부족함이 있더라도 용서해주시기 바랍니다."

야율홍기는 그의 어깨를 가볍게 몇 번 툭툭 치며 웃었다.

"전혀 문제없네!"

그는 고개를 돌려 좌군 장군인 야율막가耶律莫哥를 향해 말했다.

"야율막가, 그대를 남원추밀사에 임명하니 소 대왕을 보좌해 군국 대사를 처리토록 하라!"

야율막가가 크게 기뻐하면서 황급히 무릎 꿇어 사의를 표하고는 다시 소봉을 향해 절을 했다.

"대왕을 뵈옵니다!"

야율홍기가 말했다.

"막가, 자네는 소 대왕의 명을 받들어 반군을 인솔해 상경으로 돌아가도록 하게. 우리는 황태후께 인사를 드리러 가봐야겠네."

산봉우리 위에서 북소리가 울려퍼지며 야율홍기 일행이 산 밑으로 내려갔다. 반군의 영병領兵 장군이 이미 황태후와 황후 등을 공손하게 영내에 모셔놓고 있었다. 야율홍기는 막사 안으로 들어가 모자, 부부간의 눈물겨운 상봉을 했다. 사지에서 벗어나 생환한 것인지라 꿈만 같은 상황에 모두들 소봉의 공을 치하하기에 바빴다.

야율막가가 앞장서서 소봉에게 남원 소속 부하들을 인사시켰다. 조금 전 소봉이 천군만마 속에서 일진일퇴를 거듭하며 용감하게 싸우는 모습을 모든 병사가 직접 목격한 터였다. 남원 소속 관군은 모두 초왕의 옛 부하들이었지만 첫째, 소봉의 신비한 위력을 보고 두려움이 몰려와 감히 복종하지 않을 수 없었던 데다 그의 영웅적 풍모를 존경하게 됐고 둘째, 자신들이 반란을 일으킨 것은 목이 달아나고 멸족이 될 만한 대죄였기에 속으로 황공스럽기 그지없었으며 셋째, 평소 난폭한 성격의 초왕이 부하들에게 은혜를 베푼 바가 없다 보니 군중에 들어온 소봉에 대해 자연스레 존경심이 들어 모두들 호령을 듣게 됐다.

소봉이 말했다.

"황상께서는 이미 역모를 꾀한 반역자들의 죄를 사면해주셨소. 앞으로 여러분은 과거의 일을 속죄하고 다시는 다른 마음을 품지 않아야만 할 것이오."

흰 수염이 덥수룩한 장군 하나가 앞으로 나와 말했다.

"대왕께 아뢰옵니다. 황태숙과 세자는 저희 가속을 구금해놓고 저희들이 부역에 가담하도록 협박하면서 그에 따르지 않는다면 가속을 참수한다고 하였기에 저희들도 어쩔 수가 없었습니다. 대왕께서 황상께 정확하게 말씀드려 주시기 바랍니다."

소봉이 고개를 끄덕였다.

"그건 이미 다 지난 일이니 더 말할 필요 없소."

그는 고개를 돌려 야율막가를 향해 명했다.

"전군에게 휴식을 취할 수 있게 하시오. 모두 배불리 먹고 난 후 상경으로 돌아갑시다."

곧바로 남원 소속 부하들이 관직의 고하에 따라 하나씩 와서 소봉에게 인사를 올렸다. 소봉은 벼슬이라곤 해본 적이 없지만 오랜 시간 개방의 방주 자리에서 군호를 통솔해봤기에 기본적으로 위엄을 지니고 있었다. 개방의 호걸들이나 요나라 대군이나 이들을 이끌어나가는 데는 별 차이가 없고 그저 요군 내에 또 다른 규율이 있을 뿐이었다. 소봉은 영리하고 능력이 있는 데다 신중한 성격이었고 또한 부족한 부분은 야율막가가 처리했기 때문에 모든 것이 일사천리로 이루어졌다.

소봉이 대군을 인솔해 출발한 지 얼마 되지 않아 황태후와 황후가 각각 사자를 파견해 군중에 장포와 요대 그리고 금은을 하사했다. 소봉이 예물을 받고 사례를 막 끝냈을 때 실리가 아자를 호위해 데려왔다. 그녀는 몸에 금의錦衣[6]를 걸치고 준마에 올라 있었는데 모두 황태후가 하사한 것이라고 했다. 소봉은 그녀의 작고 가녀린 몸이 커다란 금포에 싸여 있어 작은 얼굴이 옷깃에 반쯤 가려 있는 모습에 웃음을 참을 수 없었다.

아자는 소봉이 초왕을 쏴 죽이고 황태숙을 생포하는 장면을 직접 보지 못했지만 실리를 비롯한 다른 이들의 입을 통해서 들었다. 대부분 지난 일을 얘기할 때는 약간의 과장을 섞기 마련이라 소봉의 공적에 대해서도 불가사의한 일로 과장해서 얘기들을 했다. 아자는 그를 보자마자 볼멘소리를 했다.

"형부, 그렇게 큰 공을 세워놓고 어찌 저한테 귀띔도 안 해준 거예요? 안 그랬으면 산 위에 올라 형부가 적진으로 들어가 싸우는 걸 보면서 즐거워했을 텐데 말이에요. 괜히 형부 걱정하느라 죽을 뻔했잖아요."

"운이 좋아 세운 공일 뿐인데 어찌 미리 귀띔을 해줄 수 있었겠느냐? 보자마자 어린아이 같은 말만 하는구나."

"형부, 이리 와보세요."

소봉은 말을 끌고 그녀 곁으로 달려갔다. 그녀의 창백한 얼굴은 흥분한 듯 벌겋게 달아올라 있었고 몸에는 커다란 금포를 걸치고 있어 마치 인형처럼 보였다. 소봉은 그녀의 모습이 우스꽝스럽기도 하고 귀엽게도 보여 껄껄대며 웃음을 참지 못했다.

아자가 성난 기색으로 투정을 부렸다.

"난 진지하게 말하는데 뭐가 그렇게 우스워요?"

소봉이 껄껄 웃으며 대꾸했다.

"네가 이런 옷을 입고 있는 모습이 꼭 인형 같아 보여 너무 재미있구나."

아자가 벌컥 화를 냈다.

"형부는 어째서 늘 날 어린애로만 보고 놀리는 거예요?"

"아니, 아니다! 아자. 이번에 난 우리 둘 다 죽는 줄 알았다. 한데 사지에서 살아 돌아올 줄 누가 알았겠느냐? 그러니 너무 기뻐서 그러는 게야. 남원대왕이니 초왕이니 하는 관작 같은 건 안중에도 없다. 이렇게 죽지 않고 살아 있는 것만 해도 얼마나 기쁜지 모르겠구나."

"형부, 형부도 죽음이 두려워요?"

소봉이 멍하니 있다 고개를 끄덕였다.

"위기의 순간이 닥칠 때는 당연히 죽음이 두렵지."

"형부는 영웅호한이라 죽음을 두려워하지 않는 줄로만 알았어요. 근데 그렇게 죽음이 두려운데 그 많은 군사가 있는 반군 진영에 어찌 감히 뛰어들 수가 있죠?"

"옛말에도 자신을 사지에 몰아넣어야 승리할 수 있다고 했다. 내가 뛰어들지 않았다면 죽지 않을 수 없었다. 용감하고 용감하지 않고의 문제가 아니야. 궁지에 몰린 짐승이 최후의 발악을 하는 경우와 마찬가지지. 우리가 커다란 곰이나 호랑이를 궁지에 몰았을 때 도망을 못 가면 필사적으로 마구 물어뜯고 덮치지 않더냐?"

아자가 빙그레 웃었다.

"자신을 짐승에 비유하네요?"

두 사람은 말에 올라 어깨를 나란히 하고 나아갔다. 저 멀리 바라다

보니 대초원 위에는 깃발들이 나부끼며 길게 늘어선 대열이 지평선 끝까지 뻗어 있어 끝이 보이지를 않았고 전후좌우에는 모두 요나라군 호위 무사들과 부하들뿐이었다.

아자는 기쁨을 주체할 수 없었다.

"그날 형부가 성수파 후계자 지위를 뺏어줬을 때 성수파의 2대代, 3대代 제자 수백 명 중에 사부님 한 사람 외에는 내가 최고란 생각을 하고 속으로 얼마나 득의양양했는지 알아요? 근데 형부가 천군만마를 통솔하는 걸 보니까 비교도 되지 않네요. 형부, 개방 사람들이 형부를 방주 자리에서 축출했잖아요? 흥! 그까짓 개방이 뭐 그리 대단하다 그래요? 여기 있는 군마를 끌고 가서 모조리 죽여버려요! 정말 식은 죽 먹기일걸요?"

소봉은 연신 고개를 가로저었다.

"또 철딱서니 없는 말을 하는구나! 난 거란인이니까 한인들뿐인 개방에서 방주를 못하게 하는 건 당연한 처사야. 더구나 개방 사람들은 모두 다 내 옛 친구들인데 어찌 그들을 죽일 수 있단 말이냐?"

"그들이 형부를 쫓아냈으니까 형부한테 잘못한 거잖아요? 그러니 모조리 죽여버려야죠. 형부, 그 사람들이 아직도 형부 친구들이에요?"

소봉은 순간 대답하기 곤란해 고개를 가로젓기만 했다. 취현장에서 옛 벗들과 의절을 한 일이 생각났다. 또 마대원 집에서 개방의 여러 인물들이 개방의 명성을 유지하기 위해 자신에게 죄를 뒤집어씌운 일들이 생각나 자기도 모르게 호기가 꺾이고 말았다.

아자가 다시 물었다.

"만약 형부가 요나라의 남원대왕이 됐다는 소식을 들은 그들이 돌연 뉘우치면서 형부를 다시 개방 방주로 모시겠다고 하면 갈 거예요? 안 갈 거예요?"

소봉이 살며시 웃었다.

"천하에 그런 도리가 어디 있느냐? 송나라의 영웅호한들은 거란인을 극악무도하며 간악한 무리라 여기고 있어 내가 요나라에서 관직이 높으면 높을수록 더욱 날 증오할 것이다."

아자가 말했다.

"칫! 그게 뭐 대수인가요? 저들이 형부를 증오하면 우리도 그들을 증오하면 그뿐이죠."

그녀는 '우리'라는 호칭을 써가며 마치 자신도 거란 낭자가 된 양 애기했다.

소봉은 눈길이 닿는 데까지 남쪽을 바라다봤다. 천지가 서로 만나는 곳 저 멀리에 산들이 겹쳐 있는 것을 보고 생각했다.

'저 산봉우리들만 지나면 중원이겠구나.'

그는 거란인이지만 어릴 때부터 중원에서 자란 터라 내심 대송에 대한 애착심이 컸고 요나라에 대해서는 전혀 그런 마음이 없었다. 만일 개방에서 그에게 직분도 명분도 없는 일개 광대光袋 제자가 되라고 해도 아마 요나라에서 남원대왕을 하는 것보다 더욱 만족해했을 것이다.

아자가 다시 말했다.

"형부, 황상께서 형부를 남원대왕에 봉하신 건 정말 적절한 조치인 것 같아요. 앞으로 요나라가 주변국과 전쟁을 벌일 때 형부가 군사를 이끌고 출정을 나가면 당연히 백전백승일 것 아니에요? 형부가 적진을 헤집고 들어가서 상대방 원수를 일권에 죽여버리면 적군은 칼과 창을 버리고 투항할 테니 그 싸움은 무조건 이기는 거 아닌가요?"
소봉이 빙긋 웃었다.
"황태숙 부하들은 모두 요나라 관병들이라 여태껏 황상의 호령에 따라왔기에 초왕이 죽고 황태숙이 사로잡힌 후에 투항을 한 것이다. 만일 나라와 나라 간에 교전이 벌어진다면 그건 다른 문제야. 적군 원수를 죽이면 부원수가 있고 대장군을 죽이면 또 편장군이 있어서 모두 다 죽을 때까지 싸울 테니 내가 필마단기匹馬單騎로 적진에 뛰어든다 해도 전혀 힘을 쓸 수가 없을 테지."
아자가 고개를 끄덕였다.
"음. 그렇군요. 형부, 형부가 적진에 뛰어들어 초왕을 쏴 죽이고 황태숙을 생포한 일이 용감한 게 아니라고 치면 형부는 평생 가장 용감했던 순간이 언제였어요? 얘기해줘봐요, 네?"
소봉은 여태껏 스스로를 자랑하는 무용담 얘기는 좋아하지 않았다. 과거 개방에 있을 때는 강적인 원수를 죽이러 나가 악전고투를 치르고 개방에 돌아와도 단 한마디로 간단히 묘사했을 따름이었다.
'이러이러한 자를 죽였소.'
이렇게만 말하고 곤혹스러웠던 일이나 손에 땀을 쥐는 갖가지 경과에 대해서는 남들이 꼬치꼬치 물어봐도 절대 입으로 내뱉지 않았다. 이때 아자가 한 질문에도 속으로는 평생 수많은 싸움을 겪으며 적을 상대할 때 한 치의 물러섬이 없었기에 용감했던 순간이 부지기수였다고 생각했지만 그저 이 말만 할 뿐이었다.
"내가 누군가와 싸운 건 대부분 어쩔 수 없는 상황에서 부득이하게 싸웠을 뿐이라 용감했다고 말할 수 없다."

"난 알아요. 형부가 평생 가장 용감했던 순간은 바로 취현장에서의 악투였어요."

소봉이 어리둥절해하며 물었다.

"그걸 네가 어찌 아느냐?"

"그날 소경호 기슭에서 형부가 떠나고 난 후 아버지와 어머니 그리고 아버지 수하 몇 명이 형부에 대해 얘기한 적 있는데 형부 무공을 두고 다들 입에 침이 마르도록 탄복했어요. 형부가 혈혈단신 취현장 영웅 대회에 가서 혼자 군웅을 맞아 싸운 건 오로지 한 소녀의 상처를 치료하기 위해서였다고 하면서 말이에요. 그 소녀는 당연히 우리 아주 언니였지요. 그분들은 그때까지만 해도 아주 언니가 아버지, 어머니의 친딸이란 걸 모른 채 형부가 의부, 의모와 은사를 아주 악독하게 죽여 놓고서 오히려 여자에 대해서는 깊은 정을 품은 배은망덕하고 잔인한 호색한이자 인정머리 없는 후레자식이라고 했어요."

그녀는 여기까지 말하다 깔깔대고 웃기 시작했다.

소봉은 혼자 중얼거리며 말했다.

"허! '배은망덕하고 잔인한 호색한'이라고? 중원의 영웅호한들이 이 소봉을 그런 말로 비난을 했다는 게로군."

아자가 그를 위안했다.

"형부, 노여워 마세요. 그래도 우리 어머니는 형부를 많이 칭찬했어요. 깊은 정이 있는 사내라면 아주 좋은 사람이라고 말이에요. 그 외에는 무슨 짓을 해도 상관없다고 했어요. 어머니는 우리 아버지조차 '배은망덕하고 잔인한 호색한'이라고 말했어요. 아버지가 정인에 대해서는 의리 없는 호색한이었고 딸에 대해서는 무정하고 잔인한 아비라 어찌해도 형부에 미치지 못한다고 하면서요. 저도 옆에서 손뼉을 치면서 수긍을 했죠."

소봉은 씁쓸한 웃음을 지으며 고개를 가로저었다.

대군은 며칠을 행군한 끝에 상경에 당도했다. 도성을 지키고 있던 백관들과 백성들은 이미 소식을 듣고 멀리까지 나와 영접을 했다. '수帥'라는 글자가 적힌 소봉의 깃발이 당도한 곳에서는 백성들이 향을 피우고 절을 하며 하나같이 칭송을 했다. 이는 그가 일거에 큰 변고를 진압하고 수많은 요나라 군사의 목숨을 건질 수 있게 한 공로에 대한 상경에 있던 수많은 어영 친군과 반군 가속들의 감격에 겨운 표현이었다. 소봉이 고삐를 당겨 천천히 나아가자 백성들이 여기저기서 소리쳤다.

"목숨을 구해주신 남원대왕께 감사드립니다!"

"남원대왕의 장수와 부귀를 하늘이 보우해주실 것입니다!"

소봉은 백성들이 자신을 칭송하며 눈물을 머금고 감격하는 모습을 보자 확실히 진심에서 우러나오는 것이라 느꼈다. 그는 곰곰이 생각했다.

'누구든 높은 직위에 오르면 그의 일거일동이 수많은 백성의 길흉화복에 영향을 미치는구나. 내가 초왕을 쏴 죽일 때는 일시적인 호기로 의형을 돕고 나 자신이 살겠다고 한 행동이었건만 이 수많은 백성에게 이런 혜택이 돌아가리라고는 생각지도 못했다. 에이. 중원에 있을 때는 호의를 베풀어도 만인에게 원망과 비방의 대상으로 남아 강호 제일의 간악무도한 자가 되지 않았던가? 한데 이 북쪽 나라에 오니

나도 모르는 사이에 만백성의 구세주가 됐다. 시비와 선악은 실로 단언해서 말하기가 어려운 것이로다!'

그리고 이런 생각도 했다.

'이곳은 내 부모의 고향이다. 과거 우리 아버지와 어머니는 필시 이 대로를 오갔을 것이다. 에이. 부모님의 용모를 모르고 있으니 그분들이 과거에 이곳을 어떤 모습으로 지나셨을지 상상이 되질 않는구나.'

상경[7]은 요나라의 도읍지였다. 이 당시 요나라는 천하제일 대국으로 송나라보다도 강성했고 영토 역시 송나라보다 두 배는 더 컸다. 그러나 거란인은 유목을 생업으로 삼고 있어 주거지가 일정치 않았다. 그 때문에 상경성上京城 내의 민가나 점포는 비루하고 허술해서 중원에 비해 크게 부족했으며 문명적인 도구들은 더더욱 미치지 못했다.

남원 소속 관리들이 소봉을 초왕부로 안내했다. 그 관저는 어마어마하게 큰 규모에 집 안의 장식들 역시 웅장하고 화려하기 이를 데 없었다. 평생 궁핍하게 살아온 소봉이 어디서 이런 대저택에 살아보겠는가? 그는 안에 들어가 한번 살펴보고 익숙하지 않게 느껴지자 수하에게 군영 안에 막사 두 개를 세우라 명했다. 그러고는 아자와 각자의 막사에서 거주하며 예전처럼 소박하게 생활하기로 했다.

사흘째 되는 날, 야율홍기와 황태후, 황후, 빈비, 공주 등이 상경으로 돌아오자 소봉은 백관들을 인솔해 어가를 영접했다. 조정에서는 정신없이 바쁜 나날이 계속됐다. 우선 반란을 평정한 데 대한 축하연이 열려 논공행상을 하고 북원추밀사를 비롯한 변란 희생자 관병들의 가속을 구휼했다. 황태숙은 사면을 받았지만 스스로 면목이 없다고 느꼈는지 오는 도중 자결을 했다. 야율홍기는 사전에 한 언약대로 부역을 한 관병들에 대해 일절 추궁하지 않고 초왕 수하에서 역모를 한 주모자 20여 명만 처형했을 뿐이었다. 황궁 내에서 열린 연회에서는 반란 평정에 힘쓴 장군들과 병사들을 위로했는데 이 연회는 장장 사흘에 걸쳐 계속됐다. 소봉은 자연히 이 연회석상의 일등공신이라 요나라 황제와 황태후, 황후, 여러 빈비들, 공주가 내린 상과 문무백관들이 바친 예물로 산더미를 이룰 정도였다.

황태후와 황후는 소봉이 황후의 친족 성씨임을 알고 크게 기뻐하며 그의 출신 내력을 물었지만 소봉은 극히 난감해하며 대답을 하지 못했다. 부친 이름이 소원산이며 과거 황후 휘하 속산대장屬珊大帳의 친군총교두였다는 건 알았지만 이를 말했다가 복잡하게 연루될까 두려웠다. 부모의 친족이 지금 어떤 사람들이며 황태후, 황후와 친한지 아닌지도 모르는 데다 만일 조정에서 자기 부모가 송나라 사람에게 해를 입었다는 사실을 알았다가 군사를 일으켜 복수를 하겠다며 남하를 할지도 모르는 일이었기 때문이다. 이에 자신이 어릴 때 송나라 사람에게 잡혀가 출신 내력을 모른다며 핑계를 대고 얼버무릴 따름이었다.

논공행상이 끝나자 소봉은 남원에 돌아가 공무를 보게 됐다. 이때, 요나라의 수십 개 부족 족장이 일일이 찾아와 알현을 했는데 오외부烏隗部, 백덕부伯德部, 북극부北克部, 남극부南克部, 실위부室韋部, 매고실부梅古悉部, 오국부五國部, 오고랍부烏古拉部 등 단번에 기억을 다 할 수 없는 이름의 부족들이었다. 이어서 황제 휘하의 직속부대인 대장피실군 군관들과 황후 휘하의 직속부대 속산군 군관들 그리고 홍녕궁弘寧宮, 장녕궁長寧宮, 영흥궁永興宮, 적경궁積慶宮, 연창궁延昌宮 등 각 궁 호위 부대 군관들이 앞다투어 달려와 알현을 했다. 요나라의 속국은 모두 59개국으로 토곡혼吐谷渾, 돌궐突厥, 당항黨項, 사타沙陀, 파사波斯, 대식大食, 회골回鶻, 토번吐蕃, 고창高昌, 우전于闐, 돈황敦煌 등이 있었으며 그 명성과 위세가 만 리 밖에까지 이르렀다. 상경에 온 각국 사신들은 소봉이 집권하면서 군국이라는 중대한 권력을 장악했다는 사실을 알고 모두들 진기한 예물을 바치며 친분을 맺으려 애썼다. 소봉은 매일같이 빈객들을 만나고 부하들을 접견하면서 눈에 보이는 것은 모조리 금은보화요, 귀에 들리는 건 아첨과 칭송의 말들뿐인지라 자기도 모르게 혐오감을 느꼈다.

이렇듯 한 달 넘게 바쁘게 지내던 중 야율홍기가 편전으로 불러 말했다.

"현제, 자네 직분은 남원대왕이니 남경南京에 주둔해 있다 기회를 봐서 중원을 토벌해야 하네. 이 형은 자네와 떨어져 있기 싫지만 천추만세千秋萬歲에 길이 빛날 탁월한 공로를 세우려면 속히 군사를 끌고 남하하는 게 좋을 듯하네!"

소봉은 황상이 군사를 이끌고 남쪽을 정벌하라는 명을 내리자 속으로 깜짝 놀랐다.

"폐하. 남쪽 정벌은 국가 대사이며 보통 일이 아닙니다. 저 소봉이 용기는 있으나 지모가 부족한 필부이며 군략軍略에 대해서는 문외한입니다."

야율홍기가 껄껄 웃었다.

"나라에 변란이 일어난 게 얼마 전이니 우리 군사들도 쉬게 해줘야 하네. 더구나 송나라는 지금 태후가 수렴청정을 하며 사마광司馬光을 중용하고 있는지라 조정이 안정되어 빈틈을 노릴 상황이 아니야. 해서 지금 당장 남벌을 하자는 얘기가 아닐세. 현제, 자넨 남경에 가서 송나라를 어찌 집어삼킬지 늘 염두에 두고만 있으면 되는 것이네. 우린 기회를 틈타 움직여야만 하네. 송나라 조정 내부에 변고가 일어나면 그때 대군을 이끌고 남하하면 되는 거지. 그들 내부가 안정이 돼 있다면 우리가 군사를 일으켜봐야 힘만 쓸 뿐 효율이 없지 않겠나?"

소봉이 답했다.

"네. 그렇겠군요."

"허면 송나라 조정 내부가 안정이 되어 있는지 또, 백성들은 조정을 잘 따르고 있는지 어찌 알 수 있을 거라 생각하나?"

"폐하께서 가르침을 내려주십시오."

야율홍기가 껄껄대고 웃었다.

"그 방법은 예로부터 있었네. 금은보화를 많이 써서 첩자를 매수하는 거지. 송나라 사람들은 재물을 탐해서 비열하고 파렴치한 자들이 적지 않네. 마침 송나라 조정에서 매년 우리한테 바치는 세폐歲幣[8]가 있어 은량과 비단, 금은보화 들이 많으니 이 모든 걸 자네한테 주겠네. 허니 재물을 아끼지 말고 남부추밀사를 시켜 송나라 첩자들을 많이 매수토록 명하게."

소봉은 이에 답하고 궁을 나섰지만 머릿속이 복잡했다. 그가 여태껏 친교를 맺은 사람들은 하나같이 영웅호걸이었다. 강호에서 암수를 써서 남을 해치거나 매복으로 독수를 쓰는 갖가지 간계를 많이 봐오긴 했지만 모두 호쾌하게 살인을 하고 방화를 할지언정 재물로 남을 매수하는 경우는 거의 없었다. 더구나 그가 요나라인이라곤 하지만 어릴 때부터 대송에서 자라오지 않았던가? 그런데 황제가 그에게 대송 조정을 집어삼키라는 임무를 부여하자 속으로 무척이나 꺼려졌다. 그는 곰곰이 생각해봤다.

'형님께서 날 남원대왕에 봉한 것은 어쨌든 호의인 것은 맞아. 내가 지금 사의辭意를 표한다면 형님의 성의를 저버리는 결과가 되고 형제 간의 의리에 손상을 입게 될 것이다. 일단 남경에 가서 한 해 정도 머물다 사의를 표하는 게 낫겠다. 그때 가서 윤허를 하지 않으신다면 관모를 벗어던지고 슬그머니 사라져버려야지. 그럼 형님도 어쩌지 못하실 것이다.'

이런 생각을 하고는 당장 수하들을 인솔해 아자와 함께 남경으로 떠났다.

요나라 시기의 남경은 오늘날의 북경北京으로 당시에는 연경燕京 또는 유주幽州의 도성인 유도幽都라고 칭했다. 후진後晉의 석경당石敬塘이 스스로 황제를 칭할 때 요나라의 전폭적인 지지를 얻자 연운십육주燕雲十六州를 할양해 사례를 했다. 연운십육주는 유幽, 계薊, 탁涿, 순順, 단檀, 영瀛, 막莫, 신新, 규嬀, 유儒, 무武, 울蔚, 운雲, 응應, 환寰, 삭朔을 말하며 모두 기북冀北과 진북晉北의 고원에 있는 요충지였다. 이 지역을 요나라에 할양한 뒤부터 후진과 후주後周, 송나라 세 왕조는 매년 서로 쟁투를 벌였지만 시종 수복을 할 수 없었다. 연운십육주는 지세가 뛰어난 곳이었다. 요나라가 막강한 군대를 주둔시켜놓고 남쪽을 향해 군사를 일으킬 때마다 신속하게 하산하다 보니 평지에 있는 송나라는 방어할 요새가 없었다. 이로 인해 송과 요가 백여 년간 교전하면서 송나라는 단 한 번도 이기기 어려웠다. 군사력이 주원인이기는 했지만 요나라가 높은 곳을 점하고 있어 전장을 통제할 수 있다는 이점이 있었기 때문이기도 했다.

성안에 들어선 소봉은 남경성이 상경보다 훨씬 넓은 길과 번화한 시내를 보유하고 있음을 알게 됐다. 더구나 오가는 사람들 대부분이 송나라 백성이라 곳곳에서 중원 말을 쓰고 있어 마치 중원 땅에 돌아온 기분이었다. 소봉과 아자는 너무도 기뻐 이튿날 간소한 차림으로 나가 거리 곳곳을 구경했다.

연경성은 둘레가 36리에 달했고 모두 여덟 개의 문이 있었는데 동쪽에는 안동문安東門과 영춘문迎春門, 남쪽에는 개양문開陽門과 단봉문丹鳳門, 서쪽에는 현서문顯西門과 청진문淸晉門, 북쪽에는 통천문通天門과 공진문拱辰門 등이 그것이었다. 두 북문이 통천과 공진으로 불리는 것은 신하로서 요나라에 복종하고 북쪽으로부터 오는 황제의 성지를 받들겠다는 의미가 담겨 있었다. 남원대왕 왕부는 성 서남쪽에 위치해 있었다. 소봉과 아자는 반나절을 돌아다니면서 저잣거리와 관청, 사원과 도관, 관아 등을 구경했지만 성 곳곳에 빽빽하게 들어차 있어 단번에 모두 볼 수는 없었다.

소봉의 관직인 남원대왕은 연운십육주를 관할하고 있었고 서경도西京道의 대동부大同府 일대와 중경도中京道의 대정부大定府 일대 역시 모두 그의 호령을 받는 곳이었다. 이렇게 위엄과 명망이 중하다 보니 더 이상 그 허름한 막사에서 거주하기가 마땅치 않아 하는 수 없이 왕부로 이사를 들어갔다. 왕부에 들어가 며칠 일을 보자 머리가 어질어질해서 심히 고통스러웠다. 그는 남원추밀사인 야율막가가 영민하고 재간이 좋은 데다 정무에 익숙한 것을 보고 처리할 사무를 모조리 그에게 넘겨주었다.

그러나 대관 노릇을 하는 것도 어쨌든 좋은 점이 있었다. 왕부 안에는 진귀한 보양 약재가 부지기수여서 그걸 가져다 아자가 밥 먹듯이 먹을 수 있었기 때문이다. 이렇게 좋은 약재를 쓰자 그녀의 내상은 나날이 치료가 됐고 초겨울이 되자 혼자 걸을 수 있는 정도까지 호전됐다. 그녀는 연경성 안을 몇 번이나 거닐었고 또 실리의 시중을 받으며 성 밖 10리 안쪽을 거의 둘러보았다.

어느 날 큰 눈이 오다 날이 막 갰을 때 아자는 몸에 담비 모피로 만든 옷인 초구貂裘를 걸치고 소봉의 거처인 선교전宣敎殿으로 가서 말했다.

"형부, 성안에만 있으려니까 답답해죽겠어요. 저랑 같이 사냥 가요."

소봉 역시 궁전에 오래 머물러 답답해하고 있던 터라 그녀의 말을 듣고 기쁜 마음에 당장 수하들에게 말을 준비시켜 사냥을 나가기로 했다. 사냥을 나갈 때 많은 인원을 끌고 가길 좋아하지 않았던 소봉은 아자를 시중들 시종 몇 명만 데려가기로 하고 자신은 일반 병사가 입는 양피 도포로 갈아입었다. 그러고는 활을 둘러메고 준마에 올라타 아자와 함께 청진문을 나서 서쪽으로 내달렸다.

일행이 성에서 10여 리 떨어진 곳으로 나왔지만 큰 짐승들은 없고 작은 토끼 몇 마리밖에 잡지 못하자 소봉은 생각했다.

'남쪽으로 내려가봐야겠다.'

그는 당장 말 머리를 돌려 남쪽으로 내달려갔다. 다시 20여 리쯤 더 나아가자 노루 한 마리가 측면에서 쏜살같이 달려오고 있었다. 아자는 시종들 손에 있던 활을 넘겨받아 살을 메겼지만 그 정도로 팔에 힘이 없으리라고는 생각지도 못했다. 뜻밖에도 활을 당길 수조차 없었던 것이다. 소봉은 그녀 뒤로 돌아가 왼손으로 활을 붙잡고 오른손으로는 그녀의 작은 손을 쥐어 시위를 당겼다가 그대로 놓았다. 쉭 하는 소리와 함께 화살이 발사되자 노루는 그대로 쓰러져버렸고 모든 시종이 환호성을 질렀다.

소봉은 손을 놓고 빙긋 웃으며 아자를 바라봤다. 그녀 눈에 눈물이 가득 고여 있는 모습을 보고 의아한 듯 물었다.

"어찌 그러느냐? 내가 활 쏘는 걸 돕는 게 싫었더냐?"

아자는 눈물을 줄줄 흘렸다.

"저… 전 이제 폐인이 됐어요. 이런 가벼운 활조차… 당기지를 못하니…."

소봉이 위안을 하며 말했다.

"너무 성급하게 생각 마라. 천천히 자연스럽게 회복이 될 게다. 시간이 지나도 정 낫지 않으면 내가 내공 연마법을 전수해주마. 그럼 기운을 차릴 수 있을 게야."

아자가 울음을 멈추고 방긋 웃었다.

"지금 한 말 대충 넘어가면 안 돼요. 내공 연마법은 꼭 가르쳐줘야 해요."

"그래, 좋아! 꼭 가르쳐주마."

"그럼 이제 형부라 불러야 해요? 아니면 사부님이라 불러야 해요?"

"부르던 대로 불러라. 바꿔 부르지 말고!"

이런 말을 하는 동안 별안간 남쪽에서 말발굽 소리가 들려오는데 한 무리의 인마가 눈밭 위를 내달려오고 있었다. 소봉이 말발굽 소리가 들려오는 곳을 바라보니 그들 모두 요나라 관병들이었지만 깃발을 달고 있지 않았다. 하나같이 시끄럽게 노래를 부르며 매우 들뜬 모습이었다. 말 뒤에 수많은 포로가 묶여 있는 것으로 보아 싸움에서 승리하고 돌아오는 것 같았다. 소봉은 생각했다.

'우린 싸움을 벌인 적이 없는데 저들은 어디서 싸우고 오는 거지?'

그는 관병 무리가 동쪽 성으로 돌아가는 걸 보고 시종에게 말했다.

"어디 소속이며 뭘 하다 왔는지 가서 물어봐라!"

시종 하나가 명을 받자마자 답했다.

"우리 형제들이 타초곡을 다녀온 모양입니다."

이 말을 하면서 말을 몰아 관병 무리를 향해 달려갔다.

그가 근처까지 달려가 몇 마디 하자 남원대왕이 이곳에 있다는 말만 듣고도 모든 관병이 환호성을 내질렀다. 그러고는 앞다투어 말에서 내려 고삐를 손에 쥐고 빠른 걸음으로 소봉 앞으로 달려왔다. 그들은 곧 허리를 굽혀 예를 올리고 일제히 외쳤다.

"대왕 천세千歲!"

소봉은 손을 들어 답례를 했다.

"됐다!"

800명이 좀 넘는 것으로 보이는 관병들의 말 등 위에는 옷가지와 집기가 가득 쌓여 있었다. 끌려온 포로들 역시 700~800명쯤 됐는데 대부분 젊은 여자였고 어린 남자아이들도 섞여 있었다. 송나라인 차림새를 한 이들은 하나같이 울음을 쏟아내고 있었다.

관병 무리의 대장이 나서서 고했다.

"오늘은 우리 흑랍독대黑拉篤隊가 타초곡을 나갈 차례가 돼서 다녀오는 길입니다. 대왕의 크나큰 복에 수확이 아주 괜찮았습니다."

그러고는 고개를 돌려 관병들을 향해 소리쳤다.

"여기서 가장 미모가 뛰어난 젊은 여인들과 가장 값나가는 금은보화를 꺼내놓도록 해라! 대왕께서 간택하실 수 있도록 말이다."

관병들이 일제히 대답했다.

"예!"

그들은 소녀 20여 명을 소봉이 타고 있는 말 앞에 밀어놓고 수많은 금은보화와 장식품을 담요 위에 쌓아놓았다. 관병들은 존경과 기대가 섞인 눈빛으로 소봉을 바라봤다. 남원대왕이 자신들이 탈취해온 여자들과 보화들을 거두어간다는 데 대해 대단한 영광으로 생각하는 것으로 보였다.

소봉은 예전에 안문관 밖에서 송나라 관병들이 거란 백성들을 포로로 잡아가는 장면을 목격한 적이 있다. 그런데 이번에는 거란 관병들이 송나라 백성들을 포로로 잡아가는 장면을 보게 된 것이다. 그러나 포로로 잡힌 사람들의 참혹한 표정은 다를 바가 없었다. 그는 한동안 요나라 관직에 있으면서 이미 요나라 군정에 대해 대충 알게 됐다. 요나라 조정에서는 군대에 군량과 마초는 물론 봉록조차 지급하지 않아 관병들에게 필요한 모든 것은 적으로부터 뺏어와야만 했다. 따라서 매일같이 송나라와 서하, 여진, 고려 등 인근 주변국으로 부대를 파견해 현지 민가를 약탈해왔다. 명목상으로는 '타초곡'이라 했지만 실제로는 강도짓이나 다름없었다. 송나라 관병들 역시 요나라에 대해 타초곡으로 보복을 했다. 이런 이유로 변경 지역에 사는 백성들은 그 고통이 이루 말할 수가 없어 매일같이 불안한 마음으로 살아가야만 했다. 소봉은 줄곧 그 방법이 잔인하고 도리에 어긋난다고 느껴왔다. 다만 자신은 관직에 오래 머물 생각이 없었기 때문에 적당한 시기에 야율홍기에게 자신의 의지를 설명하고 관직에서 물러나 은거할 참이었다. 그 때문에 어떤 군국대사에 대해서도 별다른 주장을 펴지 않았지만 지금 포로들의 참상을 두 눈으로 목격하자 측은한 마음을 금할 수 없어 대장에게 물었다.

"어디 가서… 타초곡을 해온 것이냐?"

그 대장이 공손하게 답했다.

"대왕께 아뢰옵니다. 탁주 변경 너머 송나라 영토인 웅주雄州 일대에서 해온 것입니다. 대왕께서 오신 이후 저희는 더 이상 이 근방에서 양식과 마초를 구할 수 없었습니다."

소봉은 생각했다.

'저자의 말을 들으니 예전에는 이 근방에 있는 송나라인을 약탈했다는 것 아닌가?'

그는 말 앞에 있는 한 소녀에게 한어를 사용해 물었다.

"넌 어디 사람이더냐?"

그 소녀가 무릎을 꿇고 울면서 답했다.

"소녀는 장가촌張家村 사람입니다. 부디 대왕께서 은혜를 베푸시어 집에 계신 부모한테 돌아갈 수 있도록 해주십시오."

소봉은 고개를 들어 옆을 바라봤다. 수백 명의 포로가 모두 무릎을 꿇고 있는데 사람 숲속에 한 소년만이 무릎을 꿇지 않고 서 있었다.

나이가 열예닐곱 살 정도 돼 보이는 그 소년은 마르고 긴 얼굴에 턱이 뾰족했는데 매우 불안한 기색을 하고 있었다. 소봉이 그 소년에게 물었다.

"젊은이, 자네 집이 어디더냐?"

그 소년이 대꾸했다.

"저한테 중대한 기밀이 있습니다. 대왕께 직접 말씀드리고 싶습니다."

소봉이 말했다.

"좋다, 이리 와 말해봐라."

소년은 두 손이 밧줄에 묶여 있었다.

"수하들을 물리쳐주십시오. 이 얘기는 다른 사람이 들으면 안 됩니다."

소봉은 호기심이 일어 생각했다.

'저런 일개 젊은이가 무슨 중대한 기밀이 있다는 거지? 그래. 남쪽에서 왔으니 혹시 송나라의 군정 같은 걸 말할지도 모르지.'

송나라인이 거란 사람에게 기밀을 고한다는 것은 파렴치한 매국노 짓인지라 대수롭지 않게 여겼지만 중대한 기밀이 있다고 하니 한번 들어보는 것도 무방하겠다는 생각이 들어 말을 타고 10여 장을 달려 나가 손짓을 했다.

"이리 와라!"

소년은 소봉 뒤를 쫓아가 두 손을 번쩍 들고 외쳤다.

"제 손에 묶인 밧줄 좀 풀어주십시오. 제 품속에 드릴 물건이 있습니다."

소봉은 허리춤에 있던 칼을 뽑아 즉각 내리쳤다. 그의 이 일도는 그의 몸을 둘로 가를 것 같은 기세였지만 내려친 부위는 그의 두 손을 묶은 밧줄만 정확하게 잘랐다. 소년은 깜짝 놀라 뒤로 두 걸음 물러서더니 소봉을 멍하니 바라봤다. 소봉이 빙긋 웃으며 칼을 집어넣고 물었다.

"어떤 물건이냐?"

소년은 손을 품 안에 넣고 뭔가를 더듬어 찾다 말했다.

"보면 아실 겁니다."

이 말을 하고 소봉의 말 앞으로 걸어가자 소봉이 손을 뻗어 받으려 했다.

그때 소년이 별안간 손에 있던 물건을 대뜸 소봉의 얼굴에 던져버렸다. 소봉은 재빨리 채찍을 휘둘러 그 물건을 후려쳤다. 그러자 하얀 가루가 사방으로 날리는데 자세히 보니 아주 작은 포대였다. 그 작은 포대가 바닥에 떨어지면서 하얀 가루가 포대 주변으로 튀는데 알고 보니 생석회生石灰가 아닌가? 이는 강호에서 저급한 도적들이 사용하는 악랄하고 파렴치한 물건으로 이걸 얼굴에 던져 생석회 가루가 눈에 들어가면 눈이 멀게 된다.

소봉은 흥 하고 비웃으며 생각했다.

'대담한 녀석이로군. 이제 보니 매국노는 아니구나.'

그는 고개를 끄덕이며 물었다.

"이름이 무엇이냐? 어찌 날 해치려 한 거지?"

소년은 입을 꾹 다물고 아무 대답도 하지 않았다. 소봉은 부드러운 얼굴로 달랬다.

"순순히 말한다면 목숨만은 살려주겠다."

"부모님의 원수를 갚지 못해 할 말이 없다!"

"네 부모가 누구더냐? 내가 네 부모를 해치기라도 했다는 것이냐?"

소년은 두 걸음 앞으로 나와 비분강개한 표정을 한 채 소봉을 가리키며 큰 소리로 외쳤다.

"교봉 이 나쁜 놈! 네가 우리 아버지와 어머니 그리고 백부님을 죽였다. 네… 네놈의 가죽을 벗기고 힘줄을 뽑아 갈기갈기 찢어 죽이지 못해 한이다!"

소봉은 그가 교봉이라는 자신의 옛 이름을 부르짖는 데다 그의 부모와 백부를 죽였다는 말을 듣고 과거 중원에서 맺은 원수일 것이라 짐작할 수 있었다.

"네 백부가 누구더냐? 부친은 누구지?"

"어쨌든 난 더 이상 살고 싶은 마음이 없으니 말해주겠다. 난 취현장 유가의 아들이며 죽음을 두려워하는 비겁한 잡배가 아니다!"

"아! 이제 보니 네가 유씨쌍웅의 후예였구나. 영존께서 유구 유씨 둘째 나리더냐?"

그는 여유를 두고 다시 말했다.

"그날 난 취현장에서 중원 군웅의 협공을 받아 어쩔 수 없이 싸움에 응하게 된 것이다. 영존과 영백부께서는 모두 자결을 하셨지."

그는 여기까지 말하고 고개를 가로저었다.

"에이. 자결이라 해도 역시 죽임을 당한 것이니 별 차이는 없지. 그날 내가 네 백부와 아버지 무기를 빼앗는 바람에 둘이 자결을 하게 된 것이다. 네 이름이 무엇이냐?"

그 소년은 몸을 꼿꼿이 세우고 큰 소리로 외쳤다.

"내 이름은 유탄지다! 나도 백부님과 아버지께 배운 대로 할 수 있다!"

이 말과 동시에 오른손을 바짓가랑이 속에 넣더니 단도 한 자루를 꺼내 들어 자기 가슴을 향해 쑤시려 했다. 소봉이 채찍을 휘둘러 단도를 휘감아 뺏어버렸다. 유탄지가 대로하며 욕을 퍼부었다.

"난 자결도 못한단 말이냐? 이 죽일 놈의 요나라 개야! 정말 악랄하기 짝이 없구나!"

이때 아자가 말을 몰고 소봉 옆으로 다가와 소년에게 호통을 쳤다.

"네 이 녀석! 네가 감히 사람을 해치려고 해? 죽고 싶으냐? 헤헤… 그리 쉽지는 않을걸?"

유탄지는 난데없이 그토록 청순하고 아리따운 낭자가 눈앞에 나타나자 순간 넋을 잃고 아무 말도 하지 못했다. 아자가 말했다.

"꼬맹아! 장님으로 사는 것도 나름 맛이 있어! 너도 나중에 알게 될 것이다!"

그녀는 고개를 돌려 소봉을 향해 말했다.

"형부, 아주 악랄한 녀석이네요. 석회 가루로 형부를 해칠 생각을 하다니… 우리도 저 석회 가루로 저 자식의 두 눈을 멀게 만든 다음 다시 얘기해요."

소봉이 고개를 가로젓고는 관병 대장을 향해 물었다.

"오늘 타초곡으로 얻은 송나라인들을 모두 나한테 넘기면 어떠하겠느냐?"

그 대장은 너무도 기쁜 표정으로 답했다.

"대왕께서 이리 체면을 세워주시다니 망극하옵니다."

소봉이 명했다.

"나한테 포로들을 바친 관병들 모두 성으로 돌아가 왕부에서 상을 받아가도록 하라!"

관병들 모두 기뻐하며 외쳤다.

"저희들이 자발적으로 성의를 다해 대왕께 바치는 것이니 상은 필요 없습니다."
소봉이 말했다.
"포로들을 남겨두고 먼저 성으로 돌아가도록 하라! 모두 잊지 말고 상을 받아가도록 해라!"
관병들 모두 몸을 굽혀 감사의 인사를 올렸다. 관병 대장이 말했다.
"이 근방에 사냥감이 많지 않으니 대왕께서 저 송나라 돼지들을 살아 있는 과녁으로 쓰시려는 거겠지요? 전에도 초왕이 그걸 아주 좋아했습니다. 안타깝게도 저희들이 오늘 잡아온 자들은 대부분이 여자라 빨리 뛰지를 못합니다. 다음에는 대왕께 건장한 송나라 돼지들을 많이 잡아다 바치도록 하겠습니다."
그는 이 말을 하며 예를 올린 뒤 병사들을 인솔해 가버렸다.
'송나라 돼지들을 살아 있는 과녁으로 쓰시려는 거겠지요?'라는 그의 말이 귀를 파고들자 소봉은 깜짝 놀라지 않을 수 없었다. 초왕이 과거에 행한 잔인하고 난폭한 행동을 눈앞에서 보는 듯했기 때문이다.
'수백 명의 송나라인들이 마치 짐승처럼 비명을 지르며 설원 위를 내달리면 거란의 귀인들은 껄껄대고 큰 소리로 웃으며 활시위를 당겨 하나씩 쏴 죽인다. 이들 중 몇몇이 멀리 도망가면 거란인들이 말을 타고 소리를 지르며 그 뒤를 쫓아가 사슴과 여우에게 쏘듯 하나하나 모조리 쏴 죽여버린다.'
이런 참혹한 일을 거란인들이 입에서 나오는 대로 말하고 전혀 이상하게 생각하지 않는다는 것은 과거에 상시 일어났던 일들이었음이 분명했다. 눈을 들어 포로로 잡혀온 사람들을 쳐다보자 모두들 사색이 되어 차가운 바람 속에 벌벌 떨고 있었다. 이들 변경 백성들 중 일부 거란어를 알아듣는 사람들은 '살아 있는 과녁으로 쓴다'는 말을 듣고 더욱 놀라 넋이 빠져 있었다.

소봉이 긴 한숨을 내쉬고는 남쪽에 겹겹이 늘어선 운무로 가득한 산들을 바라보며 생각했다.

'만일 누군가 내 출신 내력의 수수께끼를 폭로하지 않았다면 난 지금 이 순간까지 스스로 송나라 백성인 줄로만 알고 있었을 것이다. 그럼 난 저들과 같은 말을 하고 같은 음식을 먹고 있었을 텐데 무슨 차이가 있었겠는가? 모두 다 멀쩡한 사람들인데 어찌 거란이니 송나라니 여진이니 고려니 하며 구분을 해야 하는 것일까? 왜 저쪽에서 우리 경내로 와서 타초곡을 하면 우리가 저쪽 경내로 넘어가 살인 방화를 저지르고, 왜 저들이 우리를 요나라 개라고 욕하면 우리는 저들을 송나라 돼지라고 욕해야 하느냔 말이다.'

일순간 수많은 생각이 뇌리를 스치고 지나갔다.

눈앞에 타초곡을 하러 갔다 온 관병들이 그림자도 보이지 않자 그는 한어로 난민들을 향해 말했다.

"오늘은 너희들을 돌려보내줄 테니 어서 가보도록 해라!"

포로들은 소봉이 자신들을 도망치게 만든 후 활을 쏴서 죽일 것이라 여기고 모두 머뭇거리며 꼼짝도 하지 않았다. 소봉이 다시 말했다.

"돌아간 뒤에는 변경에서 멀리 떨어진 곳으로 가라! 그래야 또다시 타초곡을 당해 잡혀오는 일이 없을 것이다. 한 번은 구해줄 수 있지만 두 번은 구해줄 수가 없다."

난민들은 그제야 진짜인 것을 알고 우레와 같은 환호성을 지르며 앞다투어 무릎을 꿇고 절을 했다.

"대왕의 은덕은 태산과도 같습니다. 소인이 집에 돌아가면 대왕의 장수를 비는 위패를 봉안하겠습니다."

그들은 송나라 백성이 요나라 병사의 타초곡에 포로로 잡혀가면 부유한 사람들만 금은과 비단으로 몸값을 치러 빠져나올 수 있고 그렇지 않은 사람들은 누구든 요나라 땅에서 죽음을 맞이해 유골조차 귀향하지 못한다는 사실을 잘 알고 있었다. 송과 요는 해마다 교전을 했기 때문에 돈이 있는 사람들은 일찌감치 내륙으로 도망을 간 상태였다. 이들 포로로 잡혀온 변경 백성들은 대부분 가난한 사람이었으니 어찌 금은과 비단으로 몸값을 치를 수 있겠는가? 그 때문에 자신들의 운명이 이미 소나 말과 다름없음을 알고 있던 터였는데 요나라 대왕이 뜻밖에도 자신들을 풀어주겠다고 하니 정말 상상조차 하지 못한 일이었다.

소봉은 난민들이 희색이 만면한 채 서로를 부축하며 남쪽으로 걸어가는 모습을 보고 생각했다.

'우리 거란인들이 저들을 붙잡아 데려오는 길에 두려움에 떨면서 수많은 고초를 겪게 만들었으니 지금 풀어준들 어찌 은덕을 베풀었다 할 수 있겠는가?'

난민들이 시야에서 점점 사라져갔지만 유탄지는 여전히 그 자리에 꼿꼿이 서 있자 소봉이 물었다.

"넌 어찌 가지 않는 게냐? 중원에 돌아갈 노자가 없는 것이냐?"

그는 이 말을 하면서 손을 뻗어 품 안에 집어넣었다. 금자를 꺼내 그에게 내줄 생각이었다. 그러나 몸에 지닌 돈은 없고 품속을 더듬다 기름천으로 된 작은 보자기가 손에 잡혀 나왔다. 그는 순간 속이 쓰려왔다. 보자기에 싸인 것은 바로 범문으로 된《역근경》이었다. 언젠가 아주가 소림사에서 훔쳐와 억지로 자신에게 맡긴 것이었다. 그런데 이제 사람은 없고 경전만 있으니 어찌 슬프지 않겠는가? 그는 보자기를 대충 품 안에 집어넣고 말했다.

"내 오늘은 사냥을 나오느라 가져온 금자가 없으니 쓸 돈이 필요하면 나와 함께 성으로 가서 가져가도록 해라."

유탄지가 큰 소리로 외쳤다.

"교가야! 죽이려면 어서 죽여라! 나 유가가 궁핍해 죽는다 한들 어찌 네놈의 돈을 단 한 푼이라도 쓸 수 있겠느냐?"

소봉은 옳은 말이라는 생각이 들었다. 자신은 그의 부친을 죽인 원수인데 그런 불공대천지 원수와는 화해란 있을 수 없는 일이 아니던가! 그는 더 말을 해봐야 소용없다고 느껴졌다.

"넌 죽이지 않겠다! 나한테 복수를 하려거든 언제든 날 찾아와도 무방하다."

아자가 황급히 말렸다.

"형부, 놔줄 수 없어요! 저 녀석은 비열하고 저급한 수단을 사용했어요. 후환을 남겨둬선 안 돼요."

소봉이 고개를 가로저었다.

"강호는 곳곳이 가시밭길이고 가는 길마다 위험이 도사리고 있다. 나 역시 그 길을 걸어왔다. 저 젊은이도 날 해치지는 못할 것이야. 그날 저 친구의 백부와 부친이 자결하도록 자극한 건 고의가 아니었다. 그 피맺힌 죄과는 내가 갚아야 할 것인데 어찌 또 유씨쌍웅의 후손까지 해칠 수 있겠느냐?"

그는 여기까지 얘기하고 돌연 흥미를 잃은 듯 다시 말했다.

"다들 돌아가자! 오늘은 사냥할 만한 게 없는 것 같다!"

아자가 입술을 삐죽거리며 불만을 토로했지만 감히 소봉의 말을 거역할 수 없어 곧바로 말 머리를 돌려 소봉과 어깨를 나란히 한 채 돌아갔다. 그녀는 수 장을 나아가다 고개를 돌려 유탄지를 향해 말했다.

"꼬맹아! 가서 무공을 백 년만 더 연마한 다음 그때 다시 형부한테 복수하러 와라!"

이 말을 하고 배시시 웃고는 채찍을 휘두르며 내달려갔다.

28

철가면을 뒤집어쓴 초개 같은 인생

유탄지가 돌연 손목을 뻗어 조련사의 뒤통수를 힘껏 밀어 그의 머리를 사자 우리 안에 넣어버렸다.
수사자는 큰 소리로 포효하며 조련사의 머리 반쪽을 물어뜯었다.

유탄지는 소봉 일행이 북쪽을 향해 떠난 후 시종 뒤도 돌아보지 않자 비로소 자신이 죽지 않았음을 실감할 수 있었다.

'저 간적奸賊이 어찌 날 죽이지 않는 거지? 흥! 근본적으로 날 무시하는 거로구나. 날 죽이면 손이 더럽혀질 것이라 느낀 거야. 한데… 놈이 요나라의 무슨 대왕이 됐다는 걸 보니 앞으로 복수를 하려면 더욱 어렵게 됐어. 어쨌든 저 간적의 거처를 알게 된 셈이다.'

그는 몸을 굽혀 석회포를 집어들고 소봉이 채찍으로 낚아채 던져버린 단도 역시 찾아 주웠다. 그때 왼쪽 풀숲 속에 기름천으로 된 작은 보자기 하나가 보였다. 그건 다름 아닌 소봉이 품속에서 꺼냈다가 다시 집어넣은 그 물건이었다. 그걸 집어들어 기름천을 펼쳐보자 안에는 책이 한 권 들어 있었다. 대충 훑어봤지만 각 쪽마다 구불구불한 문자들로 가득 차 있어 한 글자도 알아볼 수 없었다. 알고 보니 그 책을 보다 아주 생각에 정신이 팔린 소봉이 품 속에 제대로 집어넣지 못한 상태로 말 위에 있던 그의 몸이 흔들리면서 책이 풀숲 속에 떨어졌고, 이를 눈치채지 못한 채 가버렸던 것이다.

유탄지는 생각했다.

'이건 거란문자가 틀림없다. 그 간적이 이 책을 몸에 지니고 다닐 정도라면 매우 쓸모가 있는 물건이란 뜻이다. 돌려주지 말아야겠다.'

그는 소심하나마 일말의 복수에 대한 쾌감을 느끼며 그 책을 기름천에 다시 싸서 품속에 집어넣고 남쪽을 향해 걸어갔다.

그는 어려서부터 부친에게 무예를 배우긴 했지만 선천적으로 쇠약한 몸과 약한 완력으로 인해 유씨쌍웅이 지니고 있던 강맹한 외가外家 무공의 요구 조건에 전혀 부합되지 못했다. 그 때문에 무공을 3년이나 배웠지만 전혀 진전이 없어 명가의 자제라는 명색이 유명무실할 정도로 형편없는 실력을 지니고 있었다. 열두 살이 됐을 때 그의 아버지 유구는 실망에 빠진 나머지 형인 유기와 상의를 하며 공히 이런 생각을 했다.

'우리 유가의 자제 중에 저런 어설픈 실력을 가진 사람이 나왔으니 어찌 남들의 웃음거리가 되지 않겠는가? 저 녀석이 취현장 유씨쌍웅의 아들이자 조카라는 소리를 듣고 싸움이 일어나지 않는다면 몰라도 일단 싸움이 벌어지게 되면 누구든 전력을 다해 달려들 텐데 그리되면 단 일초 안에 목숨을 잃고 말 것이다. 그냥 얌전히 글이나 배우게 하는 게 목숨을 잃지 않게 만드는 길이야.'

이리하여 유탄지는 열두 살에 이르러 더 이상 무예를 배우지 않았고 아버지인 유구가 경험 많은 학자를 청해 글공부를 가르치게 한 것이다.

그러나 그는 글공부조차 제대로 힘쓰지를 않아 그를 가르치던 스승이 몇 번씩이나 화를 이기지 못하고 돌아가게 만들었다. 유구가 매를 수십 차례나 들었지만 때리면 때릴수록 고집을 피우며 말을 듣지 않았다. 유구는 불초한 아들의 모습에 연신 장탄식만 해가며 그냥 내버려두고 무시하는 수밖에 없었다. 유탄지는 열여덟 살이란 나이의 명문세가 출신임에도 불구하고 문무에 있어서는 전혀 문외한인 셈이었다. 백부와 부친이 자결로 세상을 떠나고 모친 또한 기둥에 머리를 부딪쳐 지아비를 따라간 이후 그는 의지할 곳 없는 고아 신세가 되어 오로지 교봉에게 복수를 하고 말겠다는 일념하에 도처를 유랑하고 있었다.

그는 과거 취현장 싸움이 벌어질 때 벽 뒤에 숨어 싸움을 관전하면서 교봉의 생김새를 똑똑히 볼 수 있었다. 또한 그가 거란인이라는 말을 듣고 아무 생각 없이 북쪽으로 올라왔다. 그러다 강호에서 한 좀도적이 석회포를 상대한테 던져 상해를 입히는 모습을 보고 괜찮은 방법이라 생각해 그걸 똑같이 만들어 몸에 지니고 다녔다. 변경을 마구 휘젓고 다니던 그는 거란 병사들이 타초곡을 할 때 잡혀가 뜻밖에 소봉을 만나게 됐고 석회포까지 뿌릴 수 있게 됐으니 그야말로 우연의 연속인 셈이었다.

그는 고개를 숙이고 발길 닿는 대로 마구 걸어갔다. '독사나 지네 같은 걸 잡아 놈의 침상에 몰래 풀어놓고 놈이 침소에 들 때 물려 죽게 만들어야겠어. 근데 그 낭자… 그 낭자는… 아. 어… 어쩌면 그리 예쁠 수가 있지?'

아자의 얼굴을 떠올리자 자기도 모르게 가슴이 뜨거워졌다.

'그 하얀 얼굴의 가냘프고 예쁜 낭자를 언제 다시 볼 수 있을지 모르겠구나.'

이런저런 생각을 하는 동안 어디선가 말발굽 소리가 들렸다. 눈밭에서 거란 기병 셋이 말을 타고 달려오다 그를 보고 환호성을 지르는 것이었다. 거란병 하나가 밧줄을 휘둘러 휙 하는 소리와 함께 그의 목을 휘감고는 힘껏 잡아당겼다. 유탄지가 황급히 손을 뻗어 줄을 잡아당겼지만 그 거란병은 쏜살같이 앞으로 내달려갔다. 그는 더 이상 서 있을 수가 없어 균형을 잃고 쓰러져 거란병이 이끄는 대로 끌려갈 수밖에 없었다. 그는 몇 번 비명을 지르다 곧 목이 밧줄에 조여 더 이상 소리를 낼 수가 없었다.

거란병은 그가 목이 졸려 죽을까 두려워 고삐를 당겨 말을 멈췄다. 유탄지가 발버둥을 치다 몸을 일으키고는 목을 묶은 밧줄을 느슨하게 풀었다. 거란병이 다시 힘껏 잡아당기자 유탄지는 휘청하며 넘어질 뻔했다. 그걸 본 거란병 세 명이 깔깔대고 웃다가 밧줄을 잡아당기던 거란병이 손을 휘두르며 다시 말을 몰고 달려갔다. 그러나 이번엔 빨리 질주하지 않았다. 유탄지는 또 목이 졸려 숨이 막힐까 두려워 할 수 없이 두 걸음 걷다가 다시 세 걸음 뛰는 방법으로 그들 뒤를 쫓아갔다.

그는 거란병 셋이 북쪽을 향해 나아가는 걸 보고 두려움을 느꼈다.

'교봉 그놈이 입으로는 듣기 좋게 풀어준다고 하더니만 돌아서자마자 날 잡아오라고 병사들을 보낸 모양이구나. 이번에 놈한테 잡혀가면 살아남지 못하겠지?'

그가 집을 떠나 북쪽을 향해 갈 때는 복수심만 가득했을 뿐 하늘 높은 줄 몰랐다. 우연치 않게 교봉을 만나게 되자 부모님이 참혹하게 죽는 장면이 떠올라 아무 생각 없이 석회포로 그의 눈을 멀게 하고 단도를 뽑아 들어 찔러 죽이려 했지만 일격에 적중시키지 못하는 바람에 예기가 꺾여버리고 말았다. 이제는 목숨이라도 건져야겠다는 생각으로 도망을 가던 와중에 다시 또 거란병에게 잡혀버리고 만 신세가 된 것이다.

처음 그가 거란병들의 타초곡에 잡혀갔을 때는 걸음이 빠르지 않은 부녀자들 무리에 섞여 있다 보니 쫓아가는 데 전혀 무리가 없어 그리 큰 고통을 당하지는 않았다. 기껏해야 잡혀가면서 칼등으로 등짝을 한 대 맞은 게 전부였다. 하지만 이번에는 전혀 달랐다. 몸을 비틀거리며 내달리듯 끌려가다 보니 숨이 헐떡거려 수십 걸음도 못 가 곤두박질 치기 일쑤였고 넘어질 때마다 목을 묶고 있는 밧줄에 피맺힌 상처가 계속 쓸려 통증이 이만저만이 아니었다. 그러나 그 거란 기병은 절대 멈추지 않았다. 그가 죽든 말든 신경도 쓰지 않고 그를 남경성까지 끌고 간 것이다. 성안으로 들어서자 유탄지의 온몸은 피범벅이 되어 있었다. 그는 이런 극심한 고초를 당하느니 차라리 죽어버리고 싶은 마음뿐이었다.

거란병 세 명은 성안에서 다시 몇 마장을 더 들어가 그를 한 커다란 집 안쪽으로 끌고 들어갔다. 유탄지는 바닥에 청석판이 깔려 있는 데다 기둥이 두껍고 문이 높다는 것만 보일 뿐 도대체 그곳이 어디인지 알 수가 없었다. 그를 끌고 온 거란병은 말을 타고 커다란 정원 안으로 들어가더니 갑자기 길게 휘파람을 불면서 두 다리를 조였다. 그러자 말이 말발굽을 달려 질주하기 시작했다. 유탄지는 그 병사가 정원 안에 들어와 갑자기 말을 내달릴 줄은 생각지도 못했던 터라 세 걸음을 쫓아가다 곧 바닥에 넘어지고 말았다.

거란 병사는 연신 휘파람을 불어대며 유탄지를 끌고 정원 안을 세 바퀴나 돌면서 말을 재촉해 갈수록 빨리 달렸다. 옆에서 지켜보던 수십 명의 관병들이 큰 소리로 외치며 기세를 북돋았다. 유탄지는 생각했다.

'이제 보니 저놈이 날 질질 끌고 다니다 죽여버릴 생각이로구나!'

그는 이마와 사지를 비롯한 온몸이 바닥에 깔린 청석에 부딪혀 아프지 않은 곳이 없었다.

모든 거란 병사의 떠들썩한 웃음소리 속에 낭랑한 여자 웃음소리가 섞여 있었다. 유탄지는 혼미한 정신 속에서 깔깔대고 웃으며 말하는 그 여자의 목소리를 어렴풋이 들었다.

"하하… 저 '사람 연鳶'이 진짜 떠오르지는 않겠지?"

유탄지는 생각했다.

'사람 연이 뭐지?'

순간 뒷목이 꽉 조여져오면서 몸이 하늘로 붕 떠오르는 느낌이 들자 그제야 깨달았다. 그 거란병은 말을 타고 내달리며 그를 하늘로 띄워 종이 연처럼 가지고 놀겠다는 심사였다. 전신이 공중에 떠오르자 뒷목의 통증 때문에 순간 모든 감각을 잃고 말았다. 입과 코에 바람이 가득 들어와 호흡조차 할 수 없었던 것이다. 그때 그 여자가 손뼉을 치며 웃어대는 소리가 들려왔다.

"좋았어! 훌륭해! 진짜 사람 연을 띄웠어!"

유탄지는 고개를 비스듬히 돌려 바라봤다. 손뼉을 치며 환호하는 사람은 바로 그 자줏빛 옷을 입은 미모의 소녀였다. 그는 그녀를 발견하자 가슴이 격하게 떨려왔다. 몸은 공중에 두둥실 떠 있고 머릿속은 멍한 상태로 무척이나 혼란스러웠다.

그 미모의 소녀는 바로 아자였다. 그녀는 유탄지가 소봉에게 암수를 썼음에도 소봉이 죽이지 않는 것을 보고 기분이 좋지 않아 말을 타고 돌아가는 도중 일부러 뒤로 멀찌감치 떨어져 시종에게 유탄지를 잡아오되 소 대왕에게는 절대 알리지 말라고 분부했다. 시종들은 소 대왕이 그녀를 무척이나 총애한다는 것을 알기에 선뜻 분부에 응했고 말뱃대끈을 정리한다는 핑계로 산비탈에 머물러 있다 소봉 일행이 멀리 사라지고 난 뒤, 방향을 바꿔 유탄지를 잡으러 간 것이었다. 아자는 남경에 돌아와 소봉의 거처에서 멀리 떨어져 있는 우성궁佑聖宮에서 기다렸다. 그녀는 거란인들에게 죄인을 고문할 때 새롭고 재미있는 방법이 뭐가 있는지 물었고 누군가 '사람 연 띄우기'라고 말하는 소리를 들었다. 아자는 그 방법이 마음에 쏙 들어 당장 시행을 해보라고 명했고 마침내 유탄지를 끌고 와 연처럼 띄우게 된 것이다.

아자는 무척이나 재미있는 듯 연신 환호성을 질렀다.

"내가 해볼게!"

그녀는 그 병사가 타고 있던 말 위에 올라 고삐를 전해받고 말했다.

"넌 내려!"

병사가 말에서 뛰어내리자 아자는 마음껏 사람 연을 띄웠다. 아자는 고삐를 잡아당겨 말을 타고 한 바퀴 돌더니 큰 소리로 환호성을 지르며 소리쳤다.

"재미있다! 재미있어!"

그러나 그녀는 중상을 입고 이제 갓 회복된 상태였던 터라 손목의 힘이 빠지면서 밧줄이 밑으로 처져버렸다. 쿵 하는 둔탁한 소리와 함께 유탄지가 밑으로 떨어져 청석판에 부딪혔다. 그것도 계단 모서리에 이마를 그대로 받는 바람에 이마에 구멍이 뚫리면서 피가 샘솟듯 뿜어져 나왔다. 아자는 흥이 깨지자 벌컥 화를 냈다.

"저 멍청한 녀석이 무겁기는 더럽게 무겁네."

유탄지는 기절하기 일보 직전에 이를 정도로 아팠다. 그녀가 자기 몸이 무겁다고 질책하는 소리에 뭐라고 변명이라도 할 작정이었지만 너무 아파서 말이 나오지 않았다. 한 거란 병사가 와서 그의 목에 묶인 밧줄을 풀어주었다. 또 다른 거란 병사는 그의 옷자락을 찢어 상처를 대충 싸매주었다. 하지만 상처에서 끊임없이 흘러내리는 선혈을 어찌 멈출 수 있겠는가?

아자가 말했다.

"됐다, 됐어! 좀 더 놀자! 다시 띄워봐라! 높으면 높을수록 좋아!"

우성궁 안의 정원이 크다고는 해도 말을 마음껏 달릴 수 있는 정도는 아니었다. 명을 받은 거란 병사는 아자에게 궁 뒤에 있는 커다란 연무장으로 가서 날리는 것이 좋겠다고 아뢰었다. 거란 병사 하나가 밧줄을 꺼내 유탄지의 겨드랑이 밑에 넣고 그의 몸을 한 번 묶었다. 목을 묶었다가 숨이 막혀 죽는 것을 피하기 위해서였다. 그러고는 소리쳤다.

"가자!"

그는 말을 재촉해 연무장으로 내달려가더니 연무장을 몇 바퀴 돌다 다시 그를 띄워 날리기 시작했다. 거란 병사가 손에 쥔 밧줄은 손에서 놓으면 놓을수록 길어졌고 유탄지의 몸도 점점 하늘 높이 두둥실 떠갔다.

거란 병사가 별안간 손을 놓자 휙 소리와 함께 유탄지는 별안간 활시위를 떠난 화살처럼 하늘 높이 솟구쳐올랐다. 아자와 관병들 모두 큰 소리로 갈채를 보냈다. 유탄지는 자기 의지와는 상관없이 하늘로 날아가며 생각했다.

'이번에는 꼼짝없이 죽겠구나!'

상승하는 힘이 모두 빠져버리고 나자 그의 머리는 바닥을 향해 그대로 떨어지고 말았다. 그의 머리가 딱딱한 바닥에 부딪히려는 순간 거란 병사 네 명이 동시에 밧줄을 휘둘러 던져 그의 허리를 감싸고 사방에서 잡아당겼다. 유탄지는 순간 정신을 잃고 말았다. 그러나 네 명이 잡아당기는 힘이 그의 몸을 공중에 멈추도록 만들었는데 머리와 땅바닥 간의 거리는 3척 정도밖에 되지 않았다. 이는 실로 위험하기 짝이 없는 놀이였다. 병사 네 명 중 단 한 사람이라도 밧줄을 늦게 던지거나 힘이 부족했다면 유탄지의 머리가 바닥에 부딪혀 피바다를 이루며 박살났을 것이다. 거란 병사들은 예전에도 송나라인을 잡아다 이런 장난을 치며 논 적이 있었다. 사람 연이 된 포로들 중 십중팔구는 머리를 부딪혀 죽기 일쑤였다. 초원의 부드러운 땅 위에서도 마찬가지였다. 이렇게 높은 곳에서 떨어진다면 머리를 직접 부딪히지 않더라도 목뼈가 부러져 죽어버리고는 했다.

갈채 소리가 울려퍼지는 가운데 거란 병사 네 명이 유탄지를 내렸다. 아자가 은자를 꺼내 관병들에게 상으로 다섯 냥씩 내렸다. 관병들은 큰 소리로 고맙다고 인사를 하며 물었다.

"낭자, 이번엔 무슨 놀이를 할까요?"

아자는 유탄지가 혼절을 한 상태라 죽었는지 살았는지조차 알 수가 없었고 조금 전 사람 연 놀이를 하면서 과도하게 힘을 써서 가슴에 통증이 몰려왔던 터라 더 이상 놀 기운이 없었다.

"충분히 놀았다. 저 녀석이 죽지 않았으면 내일 다시 데려와라. 다른 놀 거리를 찾아봐야겠다. 저놈은 소 대왕을 암살하려 했으니 절대 쉽게 죽여서는 안 된다."

관병들이 일제히 답을 한 뒤 온몸에 피범벅이 된 유탄지를 들고 물러갔다.

유탄지가 정신을 차려보니 곰팡이 냄새가 코끝을 찔렀다. 눈을 떴지만 칠흑 같은 어둠 속이라 아무것도 보이지 않자 가장 먼저 이런 생각이 들었다.

'내가 죽었나? 살았나?'

온몸은 아프지 않은 곳이 없고 목이 말라 견딜 수가 없었다. 그는 쉰 목소리로 부르짖었다.

"물! 물!"

그러나 그 누구도 거들떠보지 않았다.

그는 몇 번을 부르짖다 어렴풋이 잠이 들었다. 순간 백부님과 부친이 교봉과 싸우면서 피가 사방으로 튀는 모습이 보이다 다시 모친이 자기를 품에 안고 부드러운 목소리로 겁내지 말라고 위안하는 모습이 보였다. 곧이어 눈앞에 아자의 아름다운 얼굴이 나타나 밝게 빛나는 두 눈에서 특이한 광채를 발산했다. 그 얼굴은 별안간 작아지면서 삼각형의 뱀 머리로 돌변하더니 핏빛의 긴 혀를 내밀며 송곳니를 세워 그를 향해 물려고 덤벼들었다. 유탄지는 죽어라고 발버둥을 쳤지만 꼼짝도 할 수가 없었다. 그 뱀은 입을 크게 벌려 그를 깨물었다. 손과 다리, 목을 비롯해 깨물지 않는 곳이 없었고 이마는 특히 심하게 물었다. 그는 자신의 살점이 한 조각씩 물어뜯기는 것을 두 눈으로 보고 비명을 지르고 싶었지만 아무 소리도 낼 수 없었다….

이렇게 밤새 뒤척이다 잠에서 깨었을 때에도 꿈속에서 겪은 똑같은 고통을 겪어야만 했다.

이튿날 거란 병사 둘이 그를 다시 아자에게 끌고 갔다. 그의 몸은 여전히 고열로 뜨겁게 달궈져 있어 한 걸음 내디딜 때마다 앞으로 쓰러질 것만 같았다. 거란 병사 두 명이 각각 그의 왼팔과 오른팔을 하나씩 끌어당기며 큰 소리로 욕을 퍼부어대고는 그를 한 대저택으로 데리고 들어갔다. 유탄지는 생각했다.

'날 어디로 끌고 가는 거지? 끌고 가서 목이라도 치려는 건가?'

몽롱한 정신 때문에 생각조차 제대로 하기 힘들었다. 잠시 후 긴 회랑 두 곳을 지나 한 대청 밖에 도착했다. 거란 병사 두 명이 문밖에서 몇 마디 고하자 안에서 한 여자의 대답 소리가 들리고 대청문이 열리며 거란 병사들이 그를 안으로 끌고 들어갔다.

유탄지가 고개를 들자 대청 바닥에는 꽃무늬가 수놓아진 커다란 양탄자가 깔려 있고 그 양탄자 끝 비단 방석 위에 아름다운 소녀가 앉아 있었다. 바로 아자였다. 그녀는 맨발을 드러내놓고 양탄자 위에 앉아 있었다. 유탄지는 그녀의 새하얗게 빛나는 작은 발을 보고 옥처럼 매끄럽고 비단처럼 부드럽다는 느낌이 들어 순간 가슴이 쿵쾅쿵쾅 뛰기 시작했다. 그는 그녀의 두 발을 뚫어지게 쳐다봤다. 그녀의 발등 살색은 투명하기 그지없었다. 마치 연근으로 만든 묵 같은 발등 밑으로 푸른 힘줄이 은은하게 몇 가닥 비쳐 손을 뻗어 가볍게 어루만지고 싶다는 생각이 들었다. 거란 병사 둘이 그를 풀어주었다. 유탄지는 몇 번 휘청거리다 가까스로 서 있을 수 있었다. 그의 눈빛은 시종 아자의 작은 발에서 떠나지를 않았다. 열 개의 발톱이 모두 담홍색인 그녀의 발가락을 보자 마치 열 개의 작은 꽃잎처럼 느껴졌다.

아자는 온몸이 피투성이가 된 추악한 소년이 일그러진 얼굴로 아래

턱을 쭉 내민 채 탐욕스러운 눈빛을 발사하고 있는 모습을 보고 눈살을 찌푸렸다.

'뭐 좀 새로운 놀이로 이 자식을 괴롭힐 게 없을까?'

갑자기 유탄지가 목에서 흐흐하는 소리를 내며 어디서 나온 힘인지 모르지만 마치 한 마리 표범처럼 아자를 향해 재빨리 덮쳐갔다. 그러고는 순식간에 그녀의 다리를 안고 머리를 숙여 그녀의 두 발등에 입을 맞추었다. 아자는 깜짝 놀라 날카로운 목소리로 비명을 질렀다. 거란 병사 두 명과 아자를 시중드는 시녀 네 명이 일제히 호통을 치며 달려가 그를 떼어내려 했다.

그러나 그는 두 손을 꽉 부여잡고 끝까지 손을 놓지 않았다. 거란 병사 하나가 힘껏 잡아당겼지만 그만 비단 방석 위에 앉아 있던 아자마저 잡아당겨 아자를 양탄자에 곤두박질치게 만들었다. 거란 병사가 도저히 안 되겠다 싶어 유탄지의 등짝을 힘껏 후려갈기자 다른 병사 하나는 그의 오른쪽 뺨을 세차게 때렸다. 유탄지는 상처 부위가 부어 있고 고열마저 아직 가라앉지 않아 제정신이 아니었던 터라 눈앞에 벌어진 상황에 멍청하게 당하고만 있다가 아자의 다리를 꽉 붙잡고 그녀의 발등과 발바닥에 끊임없이 입을 맞추어댔다.

아자는 뜨거우면서도 바짝 마른 그의 입술이 자기 발바닥에 미친 듯이 입을 맞추자 속으로 겁이 나면서도 이상하리만치 간지러운 느낌이 들어 날카롭게 소리쳤다.

"아이고! 이놈이 내 발가락을 물었다!"

그는 두 명의 거란 병사를 향해 다급하게 말했다.

"너희들은 비켜라! 이놈이 미쳤다! 아이고! 이러다 이놈이 내 발가락을 깨물어 잘라버리겠어!"

유탄지가 가볍게 깨물고 있어 아프지는 않았지만 아자는 두렵고도 당황스러웠다. 거란 병사들이 그를 힘껏 때리기라도 하면 목숨을 돌보지 않고 마구 깨물까 걱정이 됐던 것이다.

거란 병사 둘은 어찌할 도리가 없어 손을 놓을 수밖에 없었다. 아자가 소리쳤다.

"그만 물어라! 널 죽이지 않으면 될 것 아니냐!"

제정신이 아닌 유탄지에게 그녀의 말이 들릴 리가 있겠는가? 거란 병사 하나가 허리에 차고 있던 칼을 뽑아 그의 뒷목을 후려쳐 목을 베어버리려 했다. 그러나 그가 두 손으로 아자의 다리를 꽉 붙잡고 있어 칼로 베다 아자까지 다치게 만들까 두려워 머뭇거리고만 있었다.

아자가 다시 말했다.

"이봐! 날 깨물어서 뭐 해? 어서 입을 풀어! 내가 널 치료해주고 중원으로 돌려보내줄게!"

유탄지는 여전히 신경도 쓰지 않았다. 이빨에 힘을 주지도 않았고 그녀를 아프게 문 것도 아니었다. 두 손으로 그녀의 발등 위를 가볍게 쓰다듬자 그의 마음은 두둥실 떠가는 듯해서 마치 다시 사람 연이 되어 구름 속으로 솟구쳐오르는 것 같은 느낌이 들 따름이었다.

거란 병사 하나가 좋은 생각이 떠오른 듯 유탄지의 목을 움켜잡았다. 유탄지는 목이 졸리자 자기도 모르게 입을 풀었다. 아자가 재빨리 발을 움츠려 그의 입안에 있던 발바닥을 빼내고 몸을 일으켰다. 그녀는 그가 다시 발작을 해서 깨물까 두려워 두 발을 비단 방석 뒤로 숨겼다. 거란 병사 둘이 유탄지를 붙잡아 일권으로 그의 가슴팍을 후려쳤다. 열 대 정도 때리자 그는 우웩 하고 소리를 지르며 선혈을 몇 모금 뿜어내 바닥에 있던 양탄자를 붉게 물들여버렸다.

아자가 소리쳤다.

"멈춰라! 그만 때려!"

그녀는 조금 전 위험한 순간을 겪으면서 유탄지가 오히려 기괴하고 재미있게 느껴져 당장 죽이고 싶지 않았다. 거란 병사들이 구타를 멈추자 아자는 비단 방석 위에 무릎을 꿇어 두 맨발을 엉덩이 밑에 넣고 속으로 생각했다.

'어떤 방법으로 저놈을 괴롭혀야 좋을까?'

고개를 들어보자 유탄지가 자신을 뚫어져라 쳐다보고 있었다.

"날 왜 그렇게 쳐다보는 것이냐?"

유탄지는 생사를 돌보지 않고 사실 그대로를 말했다.

"당신이 예뻐서 보고 있는 것이오!"

아자는 얼굴이 새빨개지며 생각했다.

'간덩이가 부은 놈이로구나. 감히 나한테 그런 경박한 말을 하다니!'

그러나 그녀는 젊은 남자에게서 예쁘다고 칭찬하는 말을 들어본 것이 평생 처음이었다. 성수파에서 무예를 배울 때는 많은 사형이 모두 그녀를 영리하고 짓궂기만 한 어린 계집애로 생각했을 뿐이었고 후에 나이가 좀 들어서는 그녀를 바라보는 사부의 눈빛이 이상해지면서 손을 뻗어 자신의 얼굴을 어루만지고 가슴을 더듬거릴 때가 있어 너무도 두려운 나머지 도망쳐나왔다. 그리고 소봉은 그녀가 문제를 일으키거나 갑자기 죽을까 염려한 나머지 예쁘게 생겼는지 못생겼는지에 대해서는 신경조차 쓴 적이 없었다. 따라서 유탄지가 그렇게 솔직히 칭찬한 것은 진심을 말한 것이라 그녀는 암암리에 기쁘지 않을 수 없었다. 그녀는 생각했다.

'저 녀석을 내 옆에 두고 심심풀이로 삼으면 괜찮겠어. 다만 형부가 놔주겠다고 했는데 내가 다시 잡아온 걸 알면 분명 화를 낼 거야. 형부가 끝까지 모르게 할 방법은 없을까? 형부가 갑자기 와서 저 녀석을 보면 어떡하지?'

그녀는 잠시 망설이다 퍼뜩 무슨 생각이 떠올랐다.

'아주 언니가 역용술에 능해 우리 아버지로 변장했을 때 형부도 알아보지 못했잖아? 저 녀석 얼굴을 바꿔버리면 형부도 알아보지 못할 거야. 하지만 본인이 원치 않으면 변장을 시켜놔도 분장을 지운 다음 원래 얼굴로 돌아갈 텐데 그럼 아무 소용 없잖아?'

그녀는 둥그런 눈썹을 찌푸리다 이내 좋은 생각이 났는지 손뼉을 치며 웃었다.

"바로 그거야! 그거! 그러면 되겠다!"

그녀는 당장 거란 병사 두 명에게 한참을 뭐라고 설명했다. 두 병사가 이해가 안 되는 듯 다시 얘기해줄 것을 청하자 아자는 다시 자세히 설명을 해주고 시녀에게 명해 은자 50냥을 꺼내와 그들에게 내줬다. 거란 병사 두 명은 은자를 받아들고 몸을 굽혀 예를 올리더니 유탄지를 양쪽에서 붙잡아 대청 밖으로 데려나갔다.

유탄지가 부르짖었다.

"난 저 낭자를 봐야 한다! 저 잔인하고 아름다운 낭자를 봐야 한단 말이다!"

거란 병사들과 시녀들은 한어를 알아듣지 못해 그가 뭐라고 소리치는지 알 수가 없었다.

아자는 그가 부르짖는 소리를 듣고 실눈으로 그의 뒷모습을 바라보다 스스로 아주 훌륭한 생각을 했다는 생각이 들어 더욱 득의양양해했다.

유탄지는 다시 지하 감옥으로 끌려와 건초 더미 위에 내팽개쳐졌다. 해 질 무렵이 되자 누군가 양고기 한 그릇과 밀전병 몇 조각을 가져와 내밀었다. 아직 고열이 내리지 않은 유탄지가 큰 소리로 마구 헛소리를 내뱉자 그 사람은 깜짝 놀라 먹을 것만 내놓고 즉시 물러갔다. 굶주림조차 느낄 수 없을 정도로 곤죽이 된 유탄지는 양고기와 밀전병을 시종 입에 대지도 않았다.

그날 밤 거란인 세 명이 감옥 안으로 들어왔다. 유탄지는 혼미한 정신 속에서도 그 세 사람 얼굴에 나타난 이상한 표정을 보고 필시 좋은 의도로 온 것은 아니라는 느낌이 들었다. 어슴푸레한 정신 속에서 뭔가 좋은 일은 아닐 것이란 생각이 들자 당장 발버둥을 치며 몸을 일으켜 어떻게든 기어서라도 도망치려 했다. 거란인 두 사람이 다가와 그를 붙잡더니 그의 몸을 뒤집어 얼굴이 하늘을 향하도록 눕혔다. 유탄지가 마구 욕을 해댔다.

"개 같은 거란 놈들아! 네놈들은 곱게 죽지 못할 것이다! 이 나리께서 너희들을 갈기갈기 찢어 죽여버리고 말 테다!"

순간 세 번째 거란인이 두 손으로 허연 뭉치를 받쳐들고 있는 모습이 보였다. 무슨 면화 같기도 하고 흰 눈 같기도 했다. 그자는 그걸 들어 그의 얼굴에 힘껏 찍어 눌렀다. 유탄지는 얼굴이 축축하고 시원해지며 순간 머리가 맑아지는 느낌이 들었다. 그러나 숨을 쉴 수가 없자 속으로 생각했다.

'이놈들이 내 칠규七竅[9]를 막아 질식사 시킬 생각이로구나.'

그러나 그의 이런 짐작이 틀렸음을 얼마 안 있어 알 수 있었다. 입과 코가 몇 번 찔리면서 곧바로 숨을 쉴 수 있게 된 것이다. 다만 눈을 뜰 수 없는 상황에서 얼굴이 축축하고 미끈거리며 누군가 그의 얼굴 곳곳을 계속 누르는 느낌이 들 따름이었다. 마치 축축한 밀가루 반죽이나 부드러운 진흙을 발라놓은 것 같았다. 유탄지는 어렴풋이 이런 생각이 들었다.

'이 못된 놈들이 무슨 기괴한 방법으로 날 죽이려는 건지 모르겠구나.'

잠시 후 얼굴에서 그 부드러운 진흙이 누군가에 의해 살짝 떼어내졌다. 유탄지가 눈을 뜨자 얼굴 옆에 축축한 밀가루로 찍어낸 얼굴 모형이 보였다. 그 거란인은 조금이라도 잘못될까 두려운 듯 아주 조심스럽게 두 손으로 받쳐들었다. 유탄지가 다시 욕을 해댔다.

"이 더러운 요나라 개놈들아! 내가 너희들을 뼈도 못 추리게 만들어 버릴 것이다."

거란인 세 명은 그의 말을 무시한 채 그 젖은 밀가루 반죽을 들고 나가버렸다.

유탄지는 불현듯 무슨 생각이 떠올랐다.

'맞아. 놈들이 내 얼굴에 독약을 바른 거야. 얼마 있으면 내 얼굴은 온통 썩어 문드러져서 살갗과 살점이 벗겨져 요괴처럼 변해버리는 거지….'

그는 생각하면 할수록 두려워 다시 생각했다.

'놈들한테 괴롭힘을 당하다 죽느니 차라리 머리를 박고 죽어버리는 게 낫겠다!'

이런 생각에 당장 자기 머리를 쾅쾅쾅 세 번 소리를 내며 벽에다 들이받았다. 밖에서 이 소리를 들은 옥졸이 재빨리 뛰어들어와 그의 손발을 모두 묶어버렸다. 거의 죽다시피 한 상태였던 유탄지는 옥졸이 하는 대로 내버려둘 수밖에 없었다.

며칠이 지났지만 그의 얼굴은 전혀 아프지도 않고 썩어 문드러지지도 않았다. 그러나 이미 죽기로 결심한 이상 배가 몹시 고팠지만 옥졸이 내온 음식에는 손도 대지 않았다.

넷째 날이 되자 그 거란인 세 사람이 와서 그를 다시 끌고 나갔다. 유탄지는 참혹한 고통 속에서도 달콤한 기대를 했다. 아자가 다시 그를 불러 모욕을 주고 고문을 할 것이라 생각하니 몸은 고달플지라도 그녀의 아름다운 용모를 다시 볼 수 있다는 마음에 씁쓸한 웃음을 금할 수 없었던 것이다.

거란인 세 사람은 그를 데리고 작은 골목 몇 개를 지나 한 어두컴컴한 석옥으로 들어갔다. 석옥 한편에는 숯불이 활활 타오르고 있고 울룩불룩한 근육질의 대장장이 하나가 상반신을 드러낸 채 커다란 모루[10] 옆에 앉아 있는 모습이 보였다. 그는 손에 뭔가 시꺼먼 물건을 들고 자세히 살펴보고 있던 중이었다. 거란인 세 명이 유탄지를 그 대장장이 앞으로 밀어놓고 두 명은 각각 그의 두 손을, 다른 한 명은 그의 등을 꽉 움켜잡았다. 대장장이가 고개를 돌려 그의 얼굴을 바라보다 다시 손에 있는 물건을 바라보는데 서로 비교를 하는 것 같았다.

유탄지는 대장장이 손에 있는 물건을 바라봤다. 그건 단철鍛鐵을 두

드려 만든 가면이었는데 그 위에는 입과 코 그리고 두 눈에 해당되는 네 개의 구멍이 뚫려 있었다. 그는 혼자 생각했다.

'저걸로 뭘 하려는 거지?'

그 대장장이는 그 가면을 들어 그의 얼굴에 덮어씌웠다. 유탄지가 자연스럽게 머리를 뒤로 젖혀 피하려 했지만 뒷머리를 누군가 밀고 있어 물러날 곳이 없었던 터라 그의 얼굴에 철가면이 씌워질 수밖에 없었다. 얼굴의 살갗이 무쇠와 닿아 얼음처럼 차갑게 느껴질 뿐이었다. 특이한 점은 이 가면이 그의 눈, 코, 입의 형상과 정확히 맞아떨어진다는 것이었다.

유탄지는 잠시 기괴하다고 느끼다 이내 까닭을 알게 되자 별안간 등이 오싹해졌다.

'아이고! 이 가면은 나한테 맞춰 만든 거로구나. 그날 놈들이 축축한 밀가루 반죽을 내 얼굴에 붙였던 건 이 가면의 모형을 만들려 했던 거였어. 놈들이 이 철가면을 그렇게 섬세하게 만든 이유가 뭘까? 혹시… 혹시….'

그는 속으로 이 거란인들의 악독한 의도를 짐작했지만 도대체 무슨 이유 때문에 이러는지는 알 수가 없었다. 그는 더 이상 생각할 겨를이 없어 필사적으로 발버둥을 치며 머리를 움츠렸다.

대장장이가 가면을 그의 얼굴에서 떼어내 매우 흡족한 듯 고개를 끄덕이고는 커다란 쇠 집게를 꺼내 가면을 집어 화로 속에 넣고 빨갛게 달구었다. 그러고는 오른손으로 쇠망치를 들어 땅땅땅 내려치기 시작했다. 그는 가면을 한참 두들기다 손을 뻗어 유탄지의 광대뼈와 이마를 만져보고 다시 가면과 들어맞지 않는 부분을 수정했다.

유탄지가 부르짖었다.

"천벌을 받을 요나라 개들아! 하늘이 너희들을 곱게 죽지 못하게 만들 것이다! 너희들의 우마가 급사를 하고 아이들도 요절하고 말 것이란 말이다!"

그는 한바탕 욕을 해댔지만 그 거란인들은 한 마디도 알아듣지 못했다. 대장장이가 돌연 고개를 돌리더니 흉악한 표정으로 째려보다 시뻘겋게 달아오른 쇠 집게를 들어 그의 두 눈을 향해 찌르려고 했다. 유탄지는 놀라서 날카로운 비명을 질렀다. 그 대장장이는 겁을 주려고 한 듯 깔깔대고 웃으며 쇠 집게를 가져가 다시 반구형 모양의 쇳조각을 집어 유탄지의 뒤통수에 가져다 대봤다.

적당한 수정을 끝마치자 대장장이는 가면과 바가지 모양의 덮개를 화로 속에 넣어 시뻘겋게 달구며 큰 소리로 몇 마디 외쳤다. 그러자 거란인 세 명이 유탄지를 들어올려 탁자 위에 가로로 눕히고 그의 머리를 탁자 가장자리 바깥까지 끌어당겼다. 다시 이를 도우러 온 거란인 둘이 그의 머리카락을 힘껏 잡아당기며 머리를 꼼짝도 하지 못하게 만들었다. 장정 다섯 사람이 손과 발을 꽉 누르고 있으니 유탄지가 어찌 조금이라도 움직일 수 있겠는가?

대장장이는 집게로 시뻘겋게 달아오른 가면을 집어들고 잠시 식을 때까지 기다렸다가 큰 소리로 고함을 치며 유탄지 얼굴에 덮어버렸다. 연기가 하얗게 피어올라 살 타는 냄새가 사방으로 퍼지자 유탄지는 큰 소리로 비명을 지르며 고통스러워하다 이내 기절해버리고 말았다. 거란인 다섯 명이 그의 몸을 뒤집자 대장장이가 또 다른 반구형 모양의 철가면 반쪽을 들어 그의 뒤통수에 씌웠다. 반구형 모양의 두 철가면이 하나의 철로 만든 공처럼 끼워져 그의 얼굴에 씌워졌다. 그 철가면은 뜨겁기가 이를 데 없어 살갗에 닿자마자 얼굴을 온통 피범벅이 되도록 태워버렸다. 연경성 내에서 가장 솜씨가 좋기로 유명했던 그 대장장이는 철가면의 두 반구형 틀을 합체시킨 후 빈틈없이 꽉 끼워넣었다.

유탄지는 마치 지옥에 발을 들여놓은 듯 온몸이 타버리는 고통을 겪었다. 그리고 얼마나 시간이 흘렀을까? 갑자기 머리에 차가운 물이 끼얹어지는 느낌이 들자 그제야 정신이 들었다. 그러나 얼굴과 뒤통수에 견디기 힘든 극도의 통증이 몰려오자 더 참지 못하고 다시 기절해버렸다. 이렇게 세 차례에 걸쳐 기절했다 다시 깨어나길 반복하다 그는 큰 소리로 부르짖었다. 그러나 목이 심하게 쉬어 있는 상태라 사람이 내는 목소리로 들리지 않았다.

그는 누워서 꼼짝도 못한 채 아무 생각도 할 수가 없었다. 이를 꽉 깨물어 얼굴과 머리의 고통을 억지로 참아냈다. 두 시진이 지난 뒤에야 마침내 손을 들어 자신의 얼굴을 더듬어봤다. 손에 닿는 느낌이 차갑고 딱딱한 걸로 보아 자신의 짐작처럼 철가면이 머리에 씌워진 게 확실했다. 그는 격분해서 가면을 힘껏 떼어내려 했다. 하지만 이미 견고하게 붙어 있는 가면을 어찌 떼어낼 수 있겠는가? 그는 절망에 빠진 나머지 참다못해 큰 소리로 울기 시작했다.

어쨌든 그는 워낙 젊은 나이였기에 비록 이런 큰 고통을 겪었지만 힘들게 사는 한이 있어도 쉽게 죽을 수는 없었다. 며칠이 지나자 상처가 조금씩 아물기 시작하면서 고통이 점차 줄어들고 허기를 느끼게 됐다. 양고기와 밀전병 냄새를 맡자 그 유혹을 이기지 못하고 음식들을 철가면의 입 구멍으로 꾸겨넣어 입까지 보내 먹기 시작했다. 그는 이미 철가면을 속속들이 더듬어봤기 때문에 이 철가면이 머리를 완전히 봉하고 있어 절대 벗을 수 없다는 사실을 알고 있었다. 처음 며칠 동안은 미친 듯이 화가 났지만 나중에는 평정심을 되찾았다.

'교봉 그 개 같은 간적이 내 얼굴에 이런 철가면을 씌운 건 도대체 무슨 의도일까?'

그는 이 모든 것이 소봉의 명으로만 알았기 때문에 이 철가면을 그의 얼굴에 씌운 이유가 소봉에게 그의 정체를 숨기기 위해 아자가 한 짓이라는 걸 알아채지 못했다.

이 모든 일은 실리 대장이 아자의 뜻을 받들어 행한 것이었다.

아자는 매일 실리에게 유탄지가 가면을 쓴 후 동정이 어떠한지를 물었다. 처음엔 가면 때문에 죽어버릴까 염려돼 기분을 잡쳤지만 아직 죽지 않았다는 사실을 알고 무척 기뻐했다. 어느 날 소봉이 남쪽 교외에서 열병閱兵을 한다는 사실을 안 아자는 실리에게 명해 유탄지를 단복궁端福宮으로 데려오라 명했다. 단복궁은 야율홍기가 소봉의 비위를 맞추기 위해 아자를 '단복군주端福郡主'에 봉하고 그녀가 거주할 수 있도록 마련한 거처였다.

아자는 가면을 쓴 유탄지 모습을 보자 기쁨이 물밀듯이 밀려왔다.

'아주 쓸 만한 묘책이었어. 저 녀석이 저런 가면을 쓰고 있으니 형부와 서로 마주보고 있어도 절대 알아보지 못할 거야.'

유탄지가 다시 앞으로 몇 걸음 나오자 아자는 손뼉을 치며 좋다고 소리쳤다.

"실리, 가면을 아주 잘 만들었어요. 내가 상으로 은자 50냥을 내릴게요. 그리고 은자 30냥을 가져가 대장장이한테 상으로 내리세요!"

실리가 답했다.

"네! 고맙습니다, 군주!"

유탄지는 가면의 두 눈 구멍을 통해 앞을 바라봤다. 아자가 만면에 웃음을 짓고 있는 모습이 보였다. 그녀의 천진난만한 모습에 그는 멍하니 바라보고 있을 수밖에 없었다.

아자는 얼굴에 가면을 쓴 그의 모습이 이상하긴 했지만 자신을 눈 하나 깜빡거리지 않고 보고 있는 정황은 알아볼 수 있었다. 그녀는 유탄지에게 물었다.

"멍청아! 난 왜 쳐다보는 거야?"

유탄지가 말했다.

"저… 저… 모르겠습니다. 너… 너무 예뻐서요."

아자가 미소를 지으며 말했다.

"너도 아주 예뻐! 그 가면을 쓰니까 편해? 안 편해?"

유탄지가 씩씩거리며 대꾸했다.

"편할 거 같아요? 안 편할 거 같아요?"

아자가 깔깔대고 웃었다.

"잘 모르겠는데?"

그녀는 그의 가면에 뚫린 구멍이 아주 좁아서 가까스로 탕을 마시거나 밥을 먹을 수 있을 정도였을 뿐 고기를 먹으려면 손으로 잘게 찢어야만 들어갈 수 있는 크기로밖에 보이지 않자 다시는 자기 발가락을 물지 못할 거라는 생각이 들었다.

"내가 너한테 가면을 씌운 건 다시는 날 물지 못하게 하기 위해서야."

유탄지는 기쁜 마음이 들어 말했다.

"그럼 군주가 절… 절… 곁에 두고 시중을 들게 하시려는 건가요?"

아자가 침을 뱉으며 소리쳤다.

"퉤! 아주 못된 놈이로구나. 내 곁에 두면 시시때때로 날 해치려 할 텐데 어찌 그걸 허락하겠느냐?"

"저… 전… 절대 군주를 해치지 않을 것입니다. 제 원수는 교봉뿐입니다."

"네놈이 우리 형부를 해치려 한다는 건 날 해치려 하는 거나 마찬가지가 아니더냐?"

유탄지는 그 말을 듣고 가슴이 쓰려 아무 대답도 하지 못했다.

아자가 생글생글 웃으며 말했다.

"네가 우리 형부를 해칠 생각이라면 그건 하늘에 오르기보다 힘들 것이다. 이 멍청아! 네놈이 죽고 싶은 게냐?"

"당연히 죽고 싶지 않습니다. 하지만 지금 머리에 이 꼴사나운 가면을 쓴 채 사람도 아니고 귀신도 아닌 모습을 하고 있으니 죽은 것이나 별반 차이가 없습니다."

"네가 죽을 생각이라면 그건 쉬워. 하지만 난 널 그렇게 쉽사리 죽이지는 않을 거야. 우선 네 왼손부터 베어주겠어!"

그는 고개를 돌려 옆에 서서 시중을 들던 실리를 향해 명했다.

"실리, 저놈을 끌고 가서 왼손을 베어버려요!"

실리가 답했다.

"네!"

실리가 손을 뻗어 그의 손목을 잡아당겼다.

유탄지는 요나라 변경에 오래 머물면서 이미 거란어를 대충 알아들었던 터라 그 말에 깜짝 놀라 소리쳤다.

"아뇨! 아뇨! 군주. 전 죽고 싶지 않습니다. 제… 제발… 손을 베지 마십시오!"

아자가 생글생글 웃었다.

"난 한번 내뱉은 말은 웬만해서 취소하지 않는다. 다만… 네가… 무릎 꿇고 빌면 또 모르지."

유탄지는 살짝 주저했지만 실리가 이미 그를 끌고 두 걸음 나아간 상태라 더는 지체할 수 없다 여겨 두 무릎을 힘없이 꿇어 엎드려 큰절을 했다. 철가면이 청석판에 부딪혀 깡 하는 소리가 울려퍼졌다. 아자가 깔깔대고 좋아하며 말했다.

"절하는 소리가 이렇게 듣기 좋다니. 이런 소리는 난생처음 들어봐. 절을 몇 번 더 해봐라. 어디 좀 더 들어봐야겠다."

유탄지는 취현장의 소장주였다. 집에 있을 때는 권세가 하늘을 찌르고 하인들이 부지기수일 정도로 존귀하게 자라왔던 그였는데 이런 굴욕을 어찌 받아들일 수 있겠는가? 그가 처음 소봉을 만났을 때는 차라리 죽을지언정 굴복하지 않겠다는 오기로 똘똘 뭉쳐져 있었으나 요 며칠 몸과 마음에 극히 두려운 상처를 입고 나자 가슴 가득했던 젊은이의 호기는 이미 온데간데없이 사라져버린 상태였다. 아자의 그 말을 듣자 그는 깡깡 소리를 내가며 연신 절을 해댔다. 그 선녀 같은 군주가 자신이 절하는 소리를 듣기 좋다고 칭찬하니 속으로 은근히 기뻤던 것이다.

아자가 싱글벙글 웃었다.

"아주 좋아. 앞으로 내 말을 거스르지 말고 고분고분 들어야지 그러지 않으면 언제든 네 손목을 베도록 할 것이다. 알겠느냐?"

"네! 네!"

"내가 너한테 그 가면을 씌운 게 무슨 이유 때문인지 알아?"

"잘 모르겠습니다."

"정말 멍청하기 짝이 없는 녀석이로구나! 네 목숨을 구해줬는데 아직까지 고맙다는 인사를 안 한단 말이야? 소 대왕이 널 잘게 저며 육장肉醬[11]을 만들려 한다는 걸 몰랐단 말이냐?"

"제 부친을 죽인 원수이니 당연히 저도 살려두지 않겠지요."

"소 대왕은 널 풀어주는 척했다가 다시 잡아와 네 몸을 잘게 저며 육장을 만들라는 명을 내리셨다. 난 네 녀석이 그리 나쁜 놈인 것 같지 않아 죽는 게 안타까웠지. 그래서 소 대왕을 속이고 널 숨겨준 거야. 소 대왕이 너랑 마주치면 네가 살아남을 수 있을 것 같아? 그럼 나까지도 책임을 지게 될 거야."

유탄지가 문득 뭔가를 깨달은 듯 대꾸했다.

"아. 이제 보니 군주께서 이 철가면을 만들어 저에게 씌워준 것은 저를 위해서… 제 목숨을 구하기 위해서였군요. 저… 정말 감사합니다! 정말 … 감사합니다."

아자는 그를 농락해 자신에게 진심으로 감격하도록 만들자 득의양양한 나머지 얼굴이 미소로 가득 찼다.

"그러니까, 다음에 소 대왕을 만나게 되면 절대 말을 하면 안 돼. 네 목소리를 들려주지 말란 말이야. 소 대왕이 널 알아보기라도 하면… 흥! 잇! 이렇게 네 왼쪽 팔을 잡아 뽑아버리고 다시 이렇게 잡아뜯어 네 오른쪽 팔을 찢어버릴 거야. 실리, 가서 이 녀석을 거란인 옷으로 갈아입히고 몸도 깨끗이 씻겨줘요. 온몸에 피비린내가 나서 아주 죽겠어요."

실리가 대답과 동시에 그를 데리고 나갔다.

얼마 지나지 않아 실리가 다시 유탄지를 데리고 들어왔을 때는 이미 거란인 옷으로 갈아입힌 뒤였다. 실리는 아자를 기분 좋게 만들기 위해 일부러 그에게 알록달록한 옷을 입혀 남자도 여자도 아닌 어릿광대 같은 모습으로 만들어놓았다.

아자가 입을 오므리며 웃었다.

"내가 이름을 하나 지어줄게. 뭐가 좋을까?… 음… 철추鐵丑라고 하자! 앞으로 내가 철추라고 부를 테니까 넌 그 즉시 대답해야 해? 철추!"

유탄지가 재빨리 답했다.

"네!"

아자는 무척이나 기뻐하다 갑자기 무슨 생각이 떠오른 듯 말했다.

"실리! 서역의 대식국大食國[12]에서 사자 한 마리를 보내왔다던데 맞죠? 가서 조련사한테 사자를 끌고 오도록 하세요. 호위 무사 10여 명도 같이 불러오고요."

실리가 답을 하고 나가 명을 내렸다.

손에 장모를 쥔 호위 무사 16명이 대전 안으로 들어와 몸을 굽혀 아자에게 예를 올렸다. 그들은 몸을 돌려 장모 16자루의 창끝이 밖을 가리킨 자세로 그녀를 보위했다. 얼마 후 대전 밖에서 몇 번의 포효 소리가 들려오자 장정 여덟 명이 커다란 철창을 들고 걸어들어왔다. 철창 안에는 수사자 한 마리가 어슬렁거리며 움직이고 있었는데 누런 털과 긴 갈기, 날카로운 발톱과 이빨을 지녀 매우 위압적인 모습이었다. 사자 조련사 하나가 손에 가죽 채찍을 쥐고 앞장서서 걸어왔다.

아자는 사납고 무시무시한 수사자를 보고 무척 기분이 좋아졌다.

"철추, 네가 입으로는 듣기 좋은 말만 했는데 그게 진짜인지 가짜인지 잘 모르겠어. 네가 내 말을 잘 듣는지 한 가지 시험을 해봐야겠다."

유탄지가 답했다.

"네!"

그는 수사자를 보고 의도가 뭔지 몰라 속으로 망설이다 그녀가 그렇게 말하자 가슴이 더욱 쿵쾅쿵쾅 뛰기 시작했다. 아자가 말했다.

"난 말이야. 네 머리에 쓴 철가면이 얼마나 견고한지 모르겠어. 그러니 머리를 철창 안에 넣어서 사자가 철가면을 물어뜯어 부술 수 있는지 봐야겠다."

유탄지가 깜짝 놀라 답했다.

"그… 그건 할 수 없습니다. 사자가 물어뜯어 부순다면 제 머리는…."

"정말 쓸모없는 녀석이로구나. 그런 사소한 일에 겁을 내다니. 사내대장부라면 응당 죽음을 두려워하지 않아야 하는 거 아니야? 더구나 내가 볼 때 사자도 철가면은 부수지 못할 거야."

"군주, 이건 장난이 아닙니다. 설사 부수지 못한다 해도 저 짐승이 철가면을 납작하게 만들기라도 하면 제 머리는…."

아자가 깔깔대고 웃었다.

"그래봐야 네 머리가 납작해지기밖에 더하겠어? 정말 피곤한 녀석이로구나. 원래 그렇게 잘생긴 것도 아니고 머리가 납작해져봐야 가면 안에 있으니 누가 볼 수도 없는데 보기가 좋은지 안 좋은지가 무슨 상관 있단 말이야?"

유탄지가 다급하게 말했다.

"보기 좋은 걸 따지자는 것이 아니라…."

아자의 안색이 굳어졌다.

"말을 안 듣겠다는 거야? 당장 시험해보란 말이야! 날 속일 생각이었어? 그럼 널 통째로 철창 안에 넣어 사자 밥이 되도록 해주마!"

그녀가 거란어로 실리에게 뭔가를 명하자 실리가 답했다.

"네!"

그는 곧 유탄지의 팔을 잡아당겼다.

유탄지는 속으로 생각했다.

'사자 우리 안으로 들어가면 어찌 살아남을 수 있겠어? 차라리 군주 말대로 철가면 머리를 넣어 운에 맡기는 수밖에 없지!'

이런 생각을 하고 큰 소리로 외쳤다.

"잡아당기지 말아요! 이거 놔요! 군주, 군주 말대로 하겠습니다!"

"그래야 착하지! 잘 들어. 다음부터는 내가 시키면 시키는 대로 해! 이런저런 핑계로 이 군주를 화나게 하지 말고 말이야. 실리, 채찍으로 30대만 후려쳐요!"

실리가 답했다.

"네!"

그는 조련사 손에 있던 가죽 채찍을 받아들어 철썩 소리를 내며 유탄지의 등짝을 후려갈겼다. 유탄지는 고통을 호소하며 큰 소리로 비명을 내질렀다.

아자가 말했다.

"철추, 내 말 잘 들어. 내가 널 때리는 건 널 잘 봐서 그러는 건데 그렇게 비명을 질러대는 건 내가 때리는 게 기분 나빠서야?"

"기분 좋습니다. 군주의 은혜에 감사드립니다!"

"좋아, 쳐라!"

실리가 철썩 철썩 철썩 하며 연이어 열 번을 후려갈기자 유탄지는 어금니를 꽉 깨물고 신음 소리조차 내지 않았다. 어쨌든 그는 머리에 철가면을 쓰고 있어 채찍이 그의 머리를 피해 가슴과 등짝만 후려쳐 그나마 참아낼 수 있었다.

아자는 그가 아무 소리도 내지 않고 참는 걸 보고 재미가 없다 느꼈는지 말했다.

"철추, 내가 널 때리는 게 좋지? 안 그래?"

"네!"

"지금 한 말 진짜야 가짜야? 아무 말이나 해서 날 속이려는 거 아니야?"

"정말입니다. 어찌 감히 군주를 속이겠습니까?"

"좋다면서 왜 웃지를 않아? 왜 맞아서 후련하다고 말을 안 하느냐고?"

유탄지는 그녀에게 당하는 고통이 무섭고 놀라워 분노조차 잊을 정도였다. 그는 할 수 없이 답했다.

"군주가 저한테 잘해주시려는 마음에 이렇게 때리시는 거지요. 하하하! 정말 통쾌합니다!"

"이제야 말 같은 말을 하는구나. 어디 시험해보자!"

철썩 하는 소리와 함께 다시 채찍을 내리치자 유탄지가 다급하게 말했다.

"제 목숨을 구해주신 군주의 은혜에 감사드립니다. 채찍질은 아주 잘하시는 겁니다!"

순식간에 20대가 넘는 채찍질을 하자 앞서 가한 채찍질까지 합쳐 이미 30대가 넘어버렸다. 아자가 손을 휘휘 내저었다.

"오늘은 이쯤 해두자. 머리를 우리 안으로 집어넣어라!"

유탄지는 온몸의 뼈가 갈라지듯 아팠지만 몸을 비틀거리며 우리 옆으로 걸어가 이를 악물고 머리를 철창 사이로 깊이 집어넣었다.

수사자는 느닷없이 그가 도발을 해오는 것을 보고 깜짝 놀라 뒤로 두 걸음 물러섰다. 그러고는 그의 철가면 머리통을 한참이나 살펴보다 다시 뒤로 두 걸음 물러서 입으로 어흥 하고 위협을 가했다.

아자가 소리쳤다.

"사자한테 물라 그래! 왜 안 무는 거야?"

조련사가 호통을 몇 번 지르자 사자는 호령에 응하듯 앞으로 덮쳐 가며 큰 입을 쩍 하고 벌려 유탄지의 머리를 덥석 깨물었다.

"빠직!"

순간 사자 이빨과 철가면의 강렬한 마찰음이 들렸다. 유탄지는 두 눈을 감았다. 철가면의 눈구멍과 콧구멍, 입 구멍을 통해 한 가닥 뜨거운 기운이 전해져오면서 자신의 머리가 사자 입안에 들어가 있다는 사실을 알게 됐다. 이어서 뒤통수와 이마에 극심한 통증이 느껴졌다. 그는 뜨겁게 달궈진 철가면을 뒤집어쓰면서 머리와 얼굴 곳곳에 화상을 입은 상태였다. 그 후 며칠 지나면서 서서히 흉터가 아물고 있었는데 사자가 한입 깨물자 철가면과 흉터가 있던 곳이 뒤틀리면서 모든 상처 부위가 일제히 터져 버리고 말았다.

수사자는 몇 번을 힘껏 깨물었지만 깨물리지도 않고 오히려 이빨에 통증이 느껴지자 위협적인 모습으로 오른 발톱을 뻗어내 유탄지의 어깨를 할퀴었다. 유탄지는 어깨에 극심한 통증이 느껴져 비명을 내질렀다. 사자는 갑자기 입안에 있는 물건에서 커다란 소리가 들리자 깜짝 놀라 입을 벌려 그의 머리를 놓고 철창 구석으로 도망갔다.

조련사가 큰 소리로 호통을 쳐서 사자에게 다시 유탄지를 물도록 했다. 유탄지가 대로하며 돌연 손목을 뻗어 조련사의 뒤통수를 움켜쥐고 힘껏 밀어 그의 머리를 강제로 철창 안에 넣어버렸다. 조련사가 큰 소리로 비명을 질렀다.

아자가 손뼉을 치며 깔깔대고 웃었다.

"좋았어! 아주 좋아! 아무도 상관하지 마라! 두 사람이 너 죽고 나 죽자 하며 싸우게 놔둬라!"

거란 병사들은 본래 앞으로 달려가 유탄지의 손을 잡아끌려 했지만 아자 말을 듣고 모두 꼼짝도 하지 않고 서 있었다.

조련사는 힘껏 발버둥쳤다. 유탄지는 야성이 발동해 절대 놓아주지 않았다. 조련사는 수사자에게 도움을 청하는 수밖에 없어 큰 소리로 외쳤다.

"물어! 놈을 힘껏 물어라!"

사자는 그가 재촉하는 소리를 듣고 큰 소리로 포효를 하며 덮쳐갔다. 이 짐승은 주인이 힘껏 물라는 소리만 알아들었지 뭘 물라는 것인지 모르고 허옇고 날카로운 이빨 두 줄을 서로 부딪치며 빠직 소리와 함께 조련사의 머리 반쪽을 물어뜯었다. 바닥은 온통 머리에서 나온 뇌장腦漿과 선혈로 가득했다.

아자가 신나게 웃으며 외쳤다.

"철추가 이겼다!"

그녀는 병사에게 조련사의 시신과 사자 우리를 들고 가라 명하고 유탄지에게 말했다.

"바로 그거야! 네가 날 기쁘게 해줄 수만 있다면 상을 내릴 거야. 어떤 상이 좋을까?"

그녀는 손으로 턱을 괴고 고개를 갸우뚱거리며 생각했다.

유탄지가 말했다.

"군주, 상은 필요 없고 한 가지 부탁이 있습니다."

"무슨 부탁?"

"절 군주 곁에 있도록 허락해주십시오. 군주의 노복이 되겠습니다."

"내 노복이 되겠다고? 어째서? 뭐가 좋아서? 음. 알았다. 소 대왕이 날 보러 올 때를 기다렸다가 기회를 봐서 손을 쓸 생각이구나? 부모님의 복수를 위해서!"

"아닙니다! 아닙니다! 절대 그게 아닙니다!"

"그럼 복수하고 싶지 않다는 거야?"

"하고 싶지 않다는 게 아니라 첫째, 복수를 할 수 없고 둘째, 군주까지 연루되도록 만들고 싶지 않습니다."

"그럼 어째서 내 노복이 되고 싶어 하는 거지?"

"군주는 하늘에서 내려온 선녀이자 천하제일 미인입니다. 전…

전… 매일 보고 싶습니다."

이는 무례하기 짝이 없는 말이었다. 더구나 지금 그가 처한 상황에서는 실로 대담하기 짝이 없었지만 아자에게는 오히려 듣기 좋은 말이었다. 그녀는 나이가 아직 어린지라 출중한 미모를 지녔어도 아직 성숙한 몸은 아니었다. 더구나 중상을 입은 몸에 초췌하고 누렇게 뜬 모습을 하고 있어 천하제일 미인이라고 하기에는 많이 모자랐다. 그런데 누군가 자신의 용모에 대해 이렇듯 매료됐다고 하니 기쁘지 않을 수 없었다.

갑자기 궁위宮衛가 고했다.

"대왕 납시오!"

아자가 유탄지를 향해 째려보다 나지막이 말했다.

"소 대왕께서 오신다는데 겁나지 않아?"

유탄지는 겁이 나서 죽을 지경이었지만 할 수 없이 떨리는 목소리로 말했다.

"겁나지 않습니다!"

대전 문이 열리자 소봉이 태연자약하게 걸어들어왔다. 그는 대전 문 안으로 들어오자마자 바닥에 선혈이 쏟아져 있고 또 유탄지가 머리에 뒤집어쓴 철가면 모양이 매우 기괴한 것을 보고 아자를 향해 빙긋 웃으며 물었다.

"오늘은 안색이 아주 좋구나. 또 무슨 새로운 놀이를 했더냐? 저 친구는 머리에 뭘 뒤집어쓴 거지?"

"저자는 서역의 고창국高昌國에서 진상한 철두인鐵頭人인데 이름이 철추예요. 사자도 저 사람 철두를 물어뜯어 부수지 못하더라고요. 보세요. 이게 사자 이빨 자국이에요."

소봉이 철가면을 보니 과연 맹수 이빨 자국이 완연하게 드러나 있었다.

아자가 말을 이었다.

"형부, 저자의 철가면을 벗겨낼 수 있어요? 없어요?"

유탄지가 이 말을 듣고 놀라서 혼비백산했다. 그는 소봉이 중원의 군웅과 싸움을 벌일 때의 그 신비한 위용을 직접 봤던 터였다. 그는 쌍권을 날려 백부와 부친 수중에 있던 강철 방패인 원순마저 진동으로 떨어뜨렸지 않았던가? 그렇다면 그가 자신의 머리에 쓴 철가면을 벗기는 건 그야말로 식은 죽 먹기라 할 수 있었다. 철가면이 그의 머리에 씌워졌을 때 그는 실의에 빠져 있었으나 지금은 오히려 철가면이 영원히 자기 머리에 남아 있어 소봉에게 자신의 진면목을 보여주지 않기만을 바랐다.

소봉이 손가락을 뻗어 그의 철가면 위를 몇 번 튕겨보고 땡땡 하는 쇳소리가 나자 웃으며 말했다.

"이 철가면은 재질이 아주 견고한 데다 정교하게 만들기까지 했구나. 이걸 부수면 어찌 아깝지 않겠느냐?"

"고창국 사자가 그랬어요. 이 철두인은 퍼런 얼굴에 송곳니를 가지고 태어나서 사람보다 괴물에 가까운 얼굴이라 사람들이 보고 다들 무서워 피해다녔대요. 그래서 이 사람 부모가 철가면을 만들어 씌워주고 남들이 놀라는 것을 방지하도록 한 거래요. 형부, 이 사람 진짜 얼굴을 보고 싶어요. 도대체 얼마나 무서운지 말이에요."

유탄지는 놀라서 전신을 부들부들 떨고 이빨까지 따다다닥 소리를 내며 부딪쳤다.

소봉은 그가 심하게 두려워하는 모습을 보고 말했다.

"이 사람이 이렇게 두려워하는데 굳이 가면을 벗길 필요 있느냐? 어릴 때부터 철가면을 쓰는 데 익숙해 있어 강제로 벗겨내면 아마 훗날 사는 데 지장을 초래하게 될 것이다."

아자가 손뼉을 치며 말했다.

"그래야 재미있잖아요? 거북이 등껍데기를 벗기는 것처럼 재미날 거 아니에요?"

소봉이 눈살을 찌푸렸다.

"아자, 얼마 전까지만 해도 그렇게 착하더니만 어찌 요즘 또 그렇게 사람이 반죽음 상태가 되도록 괴롭히는 걸 좋아하는 것이냐?"

아자는 천성이 잔인하고 악독한 건 아니었지만 어릴 때부터 성수파 문하에서 자라다 보니 음험하고 악랄한 짓을 심심치 않게 봐왔기에 그걸 당연하다고 여겼다. 그녀는 저만리에게 무례한 행동을 하고 마부인을 잔인하게 해쳤을 때도 속으로는 전혀 잘못이라 여기지 않았다. 이후 매일같이 소봉과 함께 장백산 아래에서 요양을 하며 조석을 함께하다 보니 속으로 말할 수 없는 희열을 느껴 소봉에게만은 전혀 다른 사람처럼 고분고분한 소녀로 바뀌었던 것이다. 그 후 남경에 와서는 궁녀들과 비복婢僕들이 시중을 들고 소봉도 군정 사무에 바빠 함께 지내는 시간이 적다 보니 어린 소녀 마음에 형부가 자신에 대해 애정이 식었다고만 생각했다. 그녀의 마음속에 형부는 이미 정랑情郎으로 바뀌어 가슴속에 간직한 정이 이미 그 정랑의 몸에 실타래처럼 단단하게 얽혀 있었다. 이로 인해 자신이 언니인 아주로 변해 소봉이 아주를 총애하듯 자신에 대해서도 생사를 불구하고 깊이 아끼고 사랑해 주기만 바랄 뿐이었다. 그러나 소봉은 마음속으로 아주가 죽은 이상 이 세상에 그 어떤 여자도 그의 마음을 움직일 사람이 없다고 여기고 있었다. 그가 아자에게 상냥하고 친절하게 대하는 것은 첫째, 아주가 임종 전에 한 부탁 때문이고 둘째, 자신이 실수로 아자에게 중상을 입혔기 때문에 불편한 마음을 금할 수 없어서일 뿐 아자가 자신에게 아무리 상냥하게 대한다 해도 애써 모른 체할 수밖에 없었다. 반면에 아자는 깊은 정을 품고 있어도 소봉이 아무런 반응을 보이지 않자 속으로 답답하고 우울한 마음만 더해갔다. 그녀가 유탄지에게 심한 고통을 가하는 것도 가슴속에 가득한 울적함을 발설하기 위해서였다.

아자가 흥 하고 코웃음을 쳤다.

"또 마음에 안 들어 하는군요! 물론 제가 아주 언니처럼 그렇게 좋지는 않겠죠. 제가 아주 언니였다면 어찌 연이어 며칠 동안 오지도 않고 거들떠보지도 않겠어요?"

"내가 그 꼴같잖은 남원대왕인가 뭔가를 한다고 매일같이 바빠 자리를 비울 수가 없다. 그래도 매일 와서 너랑 한동안 있어주지 않더냐?"

"한동안 있어준다고요? 흥! 한동안? 난 그렇게 '한동안 있어준다고' 하면서 대충 넘기려 하는 거 정말 싫어요. 제가 아주 언니라면 늘 제 곁에 머물며 아무리 쫓아내도 절대 안 갔을 거예요. '한동안'이고 '잠깐'이고가 아니라 말이에요!"

소봉은 그녀의 말을 듣자 그게 모두 사실인지라 아무 대답도 하지 못하고 그저 허허하고 웃을 따름이었다.

"이 형부는 어른이라 너 같은 어린애랑 같이 놀 마음이 없단다. 너랑 비슷한 나이의 여자 친구를 찾아 담소를 나누면서 답답한 걸 풀도록 해라!"

아자가 버럭 화를 냈다.

"어린애? 어린애… 전 어린애가 아니에요. 저랑 놀아줄 마음도 없다면서 여긴 뭐 하러 오는 거죠?"

"네 몸이 나아졌는지 살펴보러 온 거 아니냐? 오늘 웅담은 먹었느냐?"

아자가 의자 위에 있던 비단 방석을 들어 땅바닥에 힘껏 내동댕이치고 발로 걷어차며 말했다.

"기분이 안 좋을 때는 웅담 백 개를 먹는다 해도 몸이 좋아지지 않는단 말이에요."

소봉은 그녀가 성질을 부리자 만약 아주였다면 화를 풀어주기 위해 달래려 했겠지만 이 교활하고 포악하기만 한 아가씨를 보자 역겨운 생각이 들었다.

"어서 가서 쉬어라!"

그는 몸을 일으켜 그대로 자리를 떠났다.

아자는 그의 뒷모습을 보고 넋을 놓은 채 울고 싶었지만 유탄지를 힐끗 보자 가슴 가득 끓어오르는 분노를 그에게 쏟아부어야겠다는 생각이 들었다. 그녀는 큰 소리로 명을 내렸다.

"실리! 저 녀석을 채찍으로 30대만 더 후려쳐요!"

"네!"

실리가 대답과 동시에 채찍을 들자 유탄지가 큰 소리로 물었다.

"군주, 제가 또 무슨 잘못을 저질렀습니까?"

아자는 대답도 하지 않고 손을 휘저었다.

"어서 쳐라!"

실리가 휙 하고 채찍을 내뻗으며 후려쳤다. 유탄지가 말했다.

"군주. 도대체 제가 무슨 잘못을 저질렀습니까? 알려주시면 다음부터 다시는 안 그러겠습니다!"

실리가 휙 하고 채찍을 후려치자 철썩 소리가 났다.

아자가 소리쳤다.

"내가 때리겠다면 때리는 거야! 넌 무슨 죄인지 물어볼 것 없어! 내가 때리는 게 잘못되기라도 했단 말이야? 네가 무슨 잘못을 저질렀는지 물었지? 바로 그 질문 때문에 때리는 거야!"

"먼저 때리셔서 제가 물어본 겁니다. 제가 물어보지도 않았는데 군주께서 절 때리라고 명하셨어요."

휙 하는 채찍 소리와 함께 철썩 철썩 철썩 하고 연이어 세 번의 채찍질 소리가 들렸다.

아자가 깔깔대며 웃었다.

"난 네가 질문을 할 것이라 예상해서 먼저 때리라고 명한 것이다. 한데 과연 네가 질문을 했으니 내 예상이 귀신같이 맞은 것 아니겠느냐? 이는 네가 나한테 목숨을 바칠 자세가 안 돼 있다는 증거다. 내가 갑자기 사람을 때리고 싶은데 네가 충심이 있다면 자진해서 때려달라고 몸을 바쳐야 옳은 것이다. 한데 그렇게 기를 쓰고 나불거리며 불복해야겠느냐? 좋아. 나한테 맞기 싫다면 안 때리면 될 게 아니냐?"

유탄지는 '안 때리면 될 게 아니냐?'라는 말을 듣자 속으로 깜짝 놀라 머리털이 곤두섰다. 아자가 당장 때리지 않는다면 필시 또 다른 방법을 생각해내 그보다 열 배는 더 참혹한 형벌을 내릴 게 틀림없었기 때문이다. 심지어 그를 내쫓아 영원히 보지 않겠다고 할지도 모르는 일이었다. 그럴 바에야 차라리 순순히 채찍 30대를 맞는 것이 낫다고 생각하고 다급하게 말했다.

"소인이 잘못했습니다. 군주께서 절 때리는 건 크나큰 은덕이며 소인에게 득이 되는 일이니 부디 군주께서 많이 때려주십시오. 많이 때리실수록 소인은 좋습니다. 군주께서 절 때려주신다면 소인은 더 이상 기쁠 수가 없습니다!"

아자가 빙그레 웃었다.

"네가 머리가 있긴 하구나. 하지만 난 요령을 피우는 건 용납 못한다. 많이 때릴수록 좋다고 한 말은 내가 기분이 좋아져 용서를 해줄까 하고 그런 거지?"

"아닙니다. 소인이 어찌 감히 군주께 요령을 피우겠습니까?"

"그렇다면 네 원대로 해주지. 실리! 저놈의 발을 채찍으로 100대를 쳐요! 채찍으로 많이 맞을수록 좋다니까."

유탄지는 깜짝 놀라 펄쩍 뛰었다.

'채찍질로 100대를 맞으면 목숨이 남아날까?'

그러나 일이 이리된 만큼 자신이 원치 않는다 해도 때리겠다고 한 이상 때릴 것이 분명하니 항변을 해봐야 소용이 없었기에 아무 말도 할 수 없었다.

"왜 아무 말이 없는 거지? 속으로 불복하는 거야? 내가 널 때리는 게 도리에 어긋난다고 느끼는 것이냐?"

"소인은 달갑게 심복하고 있습니다. 군주께서 소인에게 채찍질을 하는 것이 소인의 원을 들어주시려는 호의에서 나온 것임을 잘 알고 있습니다."

"그럼 조금 전에는 왜 아무 말도 하지 않은 거지?"

유탄지는 아무 대답도 하지 않고 한동안 넋을 잃고 있다 입을 열었다.

"그… 그게… 소인은 군주께서 그토록 태산 같은 은덕을 베풀어주신다고 생각하니 너무도 감격한 나머지 아무 말도 나오지 않았습니다. 그저 장차 군주께 어찌 보답할지 모르겠다는 생각만 했습니다."

"좋아! 어찌 보답할지 모르겠다고? 내가 널 채찍으로 때리면 채찍 한 대마다 맺힌 원한을 가슴에 묻어두겠다는 거구나?"

유탄지는 연신 고개를 가로저었다.

"아니, 아니요! 아닙니다! 제가 말씀드린 보답은 진정한 보답을 말하는 겁니다. 소인은 군주를 위해 온몸이 가루가 되고 뼈가 부서져도 물불을 가리지 않고 나서겠다는 마음뿐입니다."

채찍을 50여 대쯤 맞았을 때 유탄지는 머리가 마비될 정도로 고통이 심하고 두 무릎에 힘이 빠져 천천히 무릎을 꿇어버리고 말았다. 아자는 미소를 지은 채 바라보며 그가 살려달라고 애원하기만 기다리고 있었다. 그가 용서해달라는 말을 하면 그녀는 다시 구실로 삼아 50대를 더 때릴 수 있었다. 그런데 유탄지가 인사불성이 된 상태로 살려달라고 빌기는커녕 나지막이 신음 소리만 내고 있지 않은가? 70여 대쯤 맞았을 때 그는 이미 기절해버린 뒤였다.

아자는 유탄지가 숨이 깔딱깔딱 넘어가며 죽어가는 것을 보고 기분을 망쳐버리고 말았다. 자신한테 아랑곳하지 않는 소봉의 표정을 떠올리자 우울하고 답답한 마음은 더욱더 풀리지 않았다.

"들고 나가요! 저 녀석은 재미없어! 실리, 다른 재미있는 거 뭐 또 없어요?"

한차례 호된 채찍질로 유탄지는 꼬박 한 달을 요양하고 나서야 상처를 치료할 수 있었다. 거란인들은 아자가 이미 그를 잊은 것으로 알고 더 이상 불러내서 괴롭히지 않았다. 대신 그를 송나라인 포로들 무리 안에 편입시켜 똥구덩이를 파내거나 양 우리를 청소하고, 소똥을 치우며 양가죽을 무두질하는 등의 갖가지 허드렛일을 시켰다.

유탄지가 머리에 철가면을 쓰고 있다 보니 사람들 모두 그를 비웃으며 모욕을 줬고 한인 동포들마저도 그를 괴물처럼 대했다. 그는 사람들의 모욕을 참고 견디기 위해 벙어리 행세를 하며 남들이 때리고 욕을 해도 절대 저항하지 않았다. 누군가 말을 타고 내달려가면 고개 들어 바라보면서 속으로 오로지 한 가지 걱정만 했다.

'언제쯤이면 군주가 다시 날 불러 채찍질을 할까?'

그는 오직 아자를 볼 수만 있다면 아무리 채찍에 맞아 죽다 살아날 정도로 아프다 해도 달게 받아들이고 절대 도망칠 생각은 하지 않았다.

이렇게 두 달 넘는 시간이 흘러 날이 점점 따뜻해졌다. 어느 날 유탄지는 사람들을 따라 남경성 밖에서 흙과 벽돌을 옮겨 남경 남문 쪽 성벽을 두텁게 쌓는 일을 하게 됐다. 별안간 어디선가 다그닥 다그닥 하고 말발굽 소리가 들리며 말 몇 마리가 남문 안에서 달려나왔다. 그러고는 누군가 낭랑한 목소리로 웃으며 말했다.

"아이고! 철추가 아직 안 죽었구나! 난 벌써 죽은 줄 알았네! 철추, 이리 와봐!"

그건 바로 아자 목소리였다.

유탄지가 밤낮으로 생각하며 고대한 바로 그 순간이었다. 그러나 유탄지는 아자의 목소리를 듣자 꼼짝도 할 수 없었다. 심장은 쿵쾅쿵쾅 널뛰면서 손바닥은 땀으로 축축해졌다.

아자가 또 소리쳤다.

"철추, 이 죽일 놈아! 내가 부르잖아! 안 들려?"

유탄지는 그제야 대꾸했다.

"네, 군주!"

그리고 몸을 돌려 그녀의 말 앞으로 걸어가서는 참다못해 고개를 들어 그녀를 쳐다봤다. 넉 달을 못 본 동안 아자는 혈색도 좋아지고 더욱 아름다워져 있었다. 유탄지는 심장이 쿵 하고 뛰는 순간 발이 돌부리에 걸려 앞으로 콱 고꾸라지고 말았다.

"와하하."

주변 사람들이 모두 큰 소리로 웃는 사이 그는 재빨리 몸을 일으켰다. 그러고는 더 이상 그녀를 감히 바라보지 못하고 허둥지둥 그녀 앞으로 걸어갔다.

아자는 기분이 좋은 듯 웃음 띤 얼굴로 말했다.

"철추, 어쩌다 아직 안 죽었어?"

"제… 제가 군주의 은혜에 보답하겠다고 말씀드렸지만 아직 보답을 못해 죽을 수가 없었습니다."

아자는 더욱 기분이 좋아 깔깔대고 웃었다.

"내가 마침 충성심으로 가득한 노복을 찾아 시킬 일이 있었다. 거란인들은 세심하지 못해 일을 그르칠까 염려했는데 네가 아직 살아 있으니 마침 잘됐구나. 날 따라와라!"

"네!"

그는 대답과 동시에 그의 말 뒤를 따라갔다.

아자는 손을 휘둘러 실리와 나머지 거란 호위 무사 세 명에게 따라올 필요 없으니 가보라는 명을 내렸다. 실리는 그녀가 무슨 말을 하건 간에 남의 간언 따위는 소용없다는 것을 잘 알고 있었다. 더구나 그 철가면은 매우 나약한 자라 그녀를 따라가서 해가 될 게 없다 보고 답했다.

"군주, 일찍 돌아오십시오!"

네 사람은 말에서 훌쩍 뛰어내려 성문 옆에서 대기했다.

아자는 말을 끌고 천천히 앞으로 걸어갔다. 7~8리쯤 나아가자 가면 갈수록 황량해지면서 음산하기 짝이 없는 한 산골짜기로 들어섰다. 바닥은 아주 오랫동안 썩어 문드러진 풀과 낙엽으로 가득한 진흙탕이었다. 다시 1마장쯤 더 가자 험한 산길이 나왔다. 아자는 더 이상 말을 타고 갈 수 없자 말에서 내려 유탄지에게 말을 끌라 명하고 다시 길을 나아갔다. 사방은 음침하기 짝이 없었고 차가운 바람이 좁은 산골짜기 통로를 통해 불어와 살갗을 파고들었다.

아자가 말했다.

"됐어. 바로 여기야!"

그녀는 유탄지에게 말고삐를 나무에 묶으라고 명했다.

"네가 오늘 본 건 남들한테 절대 말해선 안 돼. 그리고 이제 아무 질문도 하지 마! 알았어?"

"네! 네!"

그는 속으로 미칠 듯이 기뻤다. 아자가 뜻밖에도 자기 혼자만 데리고 이 외진 곳까지 왔으니 설사 그녀한테 혹독하게 채찍으로 한차례

맞는다 해도 기꺼이 받아들일 수 있을 것만 같았기 때문이다.

아자는 품속에 손을 넣어 짙은 황색의 작은 목정을 꺼내 땅바닥에 놓고 말했다.

"나중에 아주 기괴한 벌레들이 나타나도 너무 놀라지 마. 소리를 지르면 절대 안 돼!"

"네!"

아자는 다시 품속에서 작은 보자기 하나를 꺼내 펼쳤다. 그 안에는 노란색, 검은색, 자주색, 빨간색 향료가 들어 있었다. 그녀는 각 향료들을 조금씩 집어 목정 안에 집어넣고 부시와 부싯돌로 불을 붙여 태우기 시작했다. 그리고 목정 뚜껑을 닫으며 말했다.

"이제 저 나무 밑에 가서 지켜보자."

아자가 나무 밑에 좌정하자 유탄지는 감히 그 옆에 앉지 못하고 1장쯤 떨어진 한 바위 위에 앉았다. 차가운 바람이 불어오면서 그녀 몸에서 풍기는 은은한 향기가 바람에 실려오자 유탄지는 정신을 차릴 수가 없었다. 인생에 이런 순간을 맞이하게 되다니. 지난 시간 겪은 갖가지 고초마저도 전혀 억울하지 않다고 느껴질 뿐이었다. 그는 아자가 영원히 저 나무 밑에 앉아 있어 이대로 이렇게 그녀와 영원토록 함께 있을 수 있기만을 바랐다.

이렇게 혼자만의 상상에 취해 있는 순간 갑자기 풀숲 속에서 스슥하는 소리가 들려오며 푸른 풀 사이에서 새빨간 무언가가 움직이는 게 보였다. 다름 아닌 아주 큼지막한 지네였다. 그 지네는 온몸에 빛이 나고 머리 위에 작은 혹이 툭 불거져 나와 있었는데 보통 지네와는 전혀 다른 모습을 하고 있었다.

그 지네는 목정에서 풍겨나오는 냄새를 맡고 곧장 목정을 향해 다가가 목정 밑에 있는 구멍을 통해 들어가더니 다시는 나오지 않았다. 아자는 품속에서 두터운 비단 자락을 하나 꺼내 들고 살금살금 목정 쪽으로 접근해 목정을 그 비단 자락으로 덮어씌웠다. 그러고는 목정을 단단히 싸매 지네가 밖으로 나오지 못하도록 만들었다. 그다음 말목 옆에 걸어놓았던 가죽 주머니 안에 넣고 빙그레 웃었다.

"가자!"

이 말을 마치고 곧바로 말을 끌고 걸어갔다.

유탄지는 그녀 뒤를 따라가며 생각했다.

'저 작은 목정은 정말 기괴하기 짝이 없구나. 향료를 태워서 지네를 유인했나 보다. 한데 저 커다란 지네로 도대체 무슨 장난을 치려고 이런 산골짜기까지 와서 저걸 잡아가는 걸까?'

아자는 단복궁으로 돌아와 시위에게 대전 옆의 작은 방에 유탄지의 처소를 마련해주라고 지시했다. 유탄지는 이제 아자와 수시로 볼 수 있게 됐다는 사실에 너무도 기뻤다.

과연 이튿날 아침이 되자 아자가 유탄지를 편전으로 불러냈다. 그녀는 직접 편전 문을 닫아걸어 안에는 두 사람만 남게 됐다. 아자는 서쪽의 한 토기 항아리 쪽으로 걸어가 항아리 뚜껑을 열고 생글생글 웃으며 말했다.

"이거 봐! 정말 엄청나지 않아?"

유탄지는 항아리 속을 들여다봤다. 그 안에는 어제 잡아온 지네가 아주 빠르게 움직이고 있었다.

아자는 옆에 준비해놓은 커다란 수탉 한 마리를 꺼내 항아리 안에 집어넣었다. 그러자 안에 있던 지네가 닭의 머리 위로 올라가 피를 빨아먹기 시작했다. 그 수탉은 날개를 퍼덕거리며 날뛰었지만 어찌해도 부리로 지네를 쫄 수 없었다. 지네는 몸이 점점 부풀어올라 시뻘건 머리에서 피가 쏟아져 나올 것처럼 보였다. 잠시 후 수탉은 뻣뻣하게 굳어 꼼짝도 못한 채 중독이 돼서 죽어버렸다. 아자는 희열로 가득한 표정으로 나지막이 말했다.

"됐다! 됐어! 이제 무공 하나는 성공적으로 연마할 수 있겠다!"

유탄지는 생각했다.

'이제 보니 지네를 잡은 이유가 무공을 연마하기 위해서였어. 지네공이라고 해야 하는 건가?'

이렇게 이레 동안 매일 지네에게 수탉 한 마리의 피를 빨게 해주고 수탉을 독사시키게 만들었다. 그러자 그 지네의 몸도 점점 커졌다. 여드레째 되던 날 아자는 다시 유탄지를 편전으로 불러 싱글싱글 웃으며 말했다.

"철추, 내가 너한테 어떻게 대해준 거 같아?"

"군주께서는 소인한테 태산과 같은 은혜를 베푸셨습니다."

"네가 그랬잖아? 군주를 위해 온몸이 가루가 되고 뼈가 부서져도 물불을 가리지 않고 나서겠다고 말이야. 그 말 진심이야? 아니야?"

"당연히 진심입니다! 군주께서 명만 내리시면 소인은 기필코 따를 것입니다."

"아주 좋아! 잘 들어! 내가 무공을 연마하려고 하는데 이건 누군가의 도움이 있어야만 해. 내가 무공을 연마하는 데 도와줄 거야? 연성을 하면 내가 큰 상을 내리겠어."

"소인은 당연히 군주의 분부에 따를 것이며 상 같은 건 필요 없습니다."

"아주 좋아. 그럼 우리 시작하자."

그녀는 가부좌를 틀고 앉아 두 손을 서로 비비다 눈을 감고 운기를 하기 시작했다. 그리고 잠시 후 말했다.

"네가 손을 뻗어 항아리 속에 집어넣으면 분명 저 지네가 물 거야. 그럼 절대 움직이지 말고 지네가 네 피를 빨게 놔둬. 많이 빨게 할수록 좋아."

유탄지는 이레 동안 매일같이 그 지네가 수탉 피를 빨아먹다 얼마 지나지 않아 펄펄 살아서 뛰어다니던 커다란 수탉이 즉사하는 모습을 봐왔던 터였기에 지네 독이 얼마나 무서운지 알고 있었다. 그런데 아자가 그리 말하자 자기도 모르게 머뭇거리며 대답을 하지 못했다. 아자는 굳은 안색으로 물었다.

"왜? 하기 싫어?"

"싫은 게 아니라 다만… 다만…."

"뭐? 다만 지네의 독성이 무시무시해서 죽을까 두렵다고? 그거야? 네가 사람이야? 수탉이야?"

"수탉은 아니죠."

"그래. 수탉이 지네한테 피를 빨려 죽는다고 네가 수탉도 아닌데 어찌 죽겠어? 넌 날 위해 온몸이 가루가 되고 뼈가 부서져도 물불을 가리지 않고 나서겠다고 말했잖아? 지네가 네 피 좀 마신다고 온몸이 가루가 되고 뼈가 부서지겠어?"

유탄지는 할 말을 잃고 고개를 들어 아자를 바라봤다. 불그스름하고 앵두 같은 입술을 밑으로 축 내린 채 경멸의 눈빛으로 바라보는 그녀의 모습이 보였다. 입술 주변에 불거진 설백의 살갗은 실로 아름답기 그지없어 마치 귀신에 홀린 듯 정신을 잃고 말았다. 그는 곧 아자를 향해 답했다.

"좋습니다. 군주의 분부에 따르겠습니다."

그는 이를 꽉 깨물고 눈을 질끈 감은 채 천천히 항아리 속으로 오른손을 뻗어넣었다.

손가락을 항아리 속에 뻗어넣자마자 중지 끝에서 마치 바늘에 찔리는 듯한 극심한 통증이 밀려왔다. 그는 도저히 참을 수가 없어 손가락을 움츠렸다. 그러자 아자가 소리쳤다.

"가만! 가만있어!"

유탄지는 억지로 참아내며 눈을 떴다. 과연 지네가 자신의 중지를 깨물어 피를 빨아먹고 있는 모습이 보였다. 순간 머리카락이 곤두서며 손가락을 들어 지네를 땅바닥에 내팽개치고 발로 밟고 싶다는 생각이 들었다. 그러나 아주와 마주보고 서 있지는 않았지만 그녀가 날카로운 눈빛으로 자신의 등을 째려보고 있는 느낌이 들었다. 마치 날카로운 검 두 자루가 양쪽에서 겨누고 있는 형국인데 어찌 감히 움직일 수 있겠는가?

다행히 지네가 피를 빼는 게 그리 아프지는 않았다. 하지만 지네가 점점 부풀어오르기 시작하면서 자신의 중지는 은은한 자줏빛으로 덮여가고 있었다. 그러다 그 자줏빛은 점점 짙어지면서 천천히 까맣게 변해가고 있었다. 다시 얼마 후 검은색은 손가락에서 손바닥까지 퍼지고 다시 손바닥에서 팔을 따라 퍼져올라갔다. 유탄지는 이미 목숨 따위에 연연해하지 않고 있었던 터라 오히려 태연자약한 모습으로 입가에 미미한 웃음기까지 띠었다. 다만 이 웃음기는 철가면 속에 덮여 있어 아자가 알아채지 못했을 뿐이다.

아자는 두 눈을 부릅뜨고 한 치의 소홀함도 없이 지네 관찰에만 정신을 집중했다. 마침내 지네는 유탄지의 손가락에서 떨어져 항아리 밑에 웅크려 꼼짝도 하지 않았다. 아자가 말했다.

"지네를 살짝 들어서 목정 안에다 집어넣어! 조심해! 지네가 다치면 안 돼!"

유탄지는 아자 말에 따라 나무젓가락으로 지네를 살짝 집어 비단 의자 앞에 있던 목정 안에 집어넣었다. 그 지네는 꼼짝도 하지 않았다. 아자가 목정 뚜껑을 닫자 잠시 후 목정 구멍 속에서 검은 피가 한 방울씩 떨어져 내렸다.

아자가 희색이 만면해 다급하게 손바닥을 뻗어 그 피를 받아 가부좌를 틀고 운기행공을 시작했다. 그러자 그 피가 모두 손바닥 안으로 흡수되는 것이 아닌가? 유탄지는 생각했다.

'저건 내 피인데 그녀 몸으로 들어가는구나. 이제 보니 오공독장蜈蚣毒掌을 연마하는 거였어.'

사실 아자가 연마하고 있는 것은 독장이 아니라 불로장춘공과 화공대법이었다. 불로장춘공은 독으로 청춘을 유지시키는 무공이었고 화공대법은 남의 내력을 소실시키는 사술이었다. 아자는 사부로부터 이에 대한 연공법을 몰래 들은 적이 있었다. 하지만 사부가 대략적으로 한 말이라 그녀도 자세히는 알지 못했다. 그 때문에 연공법이 유효한지에 대해서는 그때그때 연마를 해볼 수밖에는 없었다.

한참 후에 목정에서 더 이상 검은 피가 흘러내리지 않자 아자가 목정 뚜껑을 열어보니 지네는 이미 빳빳하게 굳은 채 죽어 있었다.

아자는 두 손을 비비고 자기 손바닥을 살펴봤다. 두 손바닥이 백옥처럼 하얗고 핏자국은 전혀 남아 있지 않은 걸 보자 사부한테 훔쳐 들은 연공법은 이렇게 하는 것이 확실하다는 것을 알게 됐다. 그녀는 너무도 기쁜 나머지 목정을 받쳐들어 죽은 지네를 땅바닥에 버리고 서둘러 편전을 나섰다. 편전을 나서면서 유탄지에게는 눈길조차 주지 않았다. 마치 죽은 지네처럼 더 이상 아무 쓸모도 없다는 듯한 태도였다.

유탄지는 아자의 뒷모습을 시름없이 바라봤다. 그녀의 모습이 더 이상 보이지 않자 그는 옷을 풀어헤쳐 몸을 살펴봤다. 까맣게 변한 기운은 이미 그의 겨드랑이까지 퍼져 있었고 팔이 저리고 가렵기 시작했다. 삽시간에 수없이 많은 벼룩이 동시에 깨물고 있는 것처럼 느껴졌다.

그는 비명을 내지르며 몸을 일으켜 손으로 마구 긁어대기 시작했다. 일단 한번 긁으니 더욱더 가려워져서 마치 골수나 심폐 속에도 벌레들이 기어들어가 꿈틀거리는 것 같은 느낌이 들었다. 아픈 건 참을 수 있지만 가려운 건 참기가 힘들었다. 그는 펄쩍펄쩍 뛰어가며 큰 소리로 울부짖었다. 철가면을 쓴 머리를 벽에 힘껏 들이받자 깡깡 하는 소리가 울려퍼졌다. 당장이라도 기절해서 지각을 잃어버린다면 이 견디기 힘든 가려움증에서 벗어날 수 있으리라 기대한 것이다.

다시 몇 번을 들이받다가 털썩 하는 소리와 함께 품속에 있던 물건이 떨어졌다. 기름천으로 된 보따리가 떨어져 풀어지면서 누런색 겉표지의 작은 책 한 권이 모습을 드러낸 것이다. 그건 바로 얼마 전 그가 주운 범문으로 된 경서였다. 그러나 당장 너무도 가려운 나머지 책을 다시 주울 생각조차 할 수 없었다. 그 책은 바닥에 떨어져 펼쳐진 그대로 있었고 그는 참을 수 없는 가려움에 바닥을 떼굴떼굴 구르며 마구 비비고 부딪쳐댔다. 잠시 후 바닥에 엎드린 채 숨을 헐떡거리며 눈물과 콧물, 침 할 것 없이 물이란 물이 철가면의 입 구멍 틈 사이로 마구 흘러나와 바닥에 떨어져 있던 경서를 적셨다. 혼미한 정신 속에서 얼마나 시간이 지났을까? 책장 위는 이미 침과 눈물, 콧물로 범벅이 돼버렸다. 무의식중에 힐끗 쳐다보니 책장 위의 구불구불한 문자 사이에 뜻밖에도 한 줄의 한자漢字가 나타났다.

'마가타국摩伽陀國 욕삼마지단행성취신족경欲三摩地斷行成就神足經'

이 글자는 그 역시 정확히 알 수 없었지만 한자 옆에 이방인으로 보이는 승려 그림이 보였다. 이 승려는 특이한 자세를 하고 있었는데 머리를 가랑이 밑으로 집어넣어 뻗어내고 두 손으로 양발을 움켜쥐고 있었다.

그는 책 속의 기괴한 자세들을 유심히 살펴볼 마음의 여유가 없었다. 너무 간지러워서 숨조차 쉴 수 없는 지경이라 바닥에 엎드려 입고 있던 옷을 마구 찢고 있었기 때문이다. 그는 상의와 바지를 갈기갈기 찢고 다시 살갗을 땅바닥에 마구 문질렀다. 잠깐 문질렀는데도 살갗에서 피가 배어나왔다. 그는 떼굴떼굴 구르며 마구 비벼대다 순간의 부주의로 머리가 두 다리 사이로 들어가버렸다. 그러나 머리에 철가면을 쓰고 있어 곧바로 되돌릴 수가 없었다. 할 수 없이 손을 뻗어 빼내려다 오른손이 자연스럽게 오른쪽 발을 움켜잡게 됐다.

이때 그는 이미 기력이 모두 쇠진해 있던 참이라 순간 꼼짝도 할 수 없었다. 별수 없이 그 상태로 숨을 돌리는데 그 책이 눈앞에 펼쳐져 있었다. 책 속에 그려진 그 이방인 승려의 자세는 뜻밖에도 자신의 현재 모습과 약간 비슷했다. 놀랍고도 의아하면서도 한편으로는 우스꽝스러웠다. 더욱 이상한 것은 그 자세를 취한 다음부터 전신의 가려움증은 다를 바 없었지만 호흡은 훨씬 수월해졌다는 점이다. 그는 당장 머리를 가랑이 사이로 빼려고 하지 않고 그대로 땅바닥에 엎드린 채 아예 그림 속의 승려 자세를 따라 왼손까지 뻗어 왼발을 움켜잡고 턱을 바닥에 댔다. 이런 기이한 자세를 취했을 뿐인데 호흡은 더욱 수월해졌다.

그는 더 이상 움직일 생각이 들지 않았다. 한참 후에 다시 그 그림 속의 곱슬곱슬한 수염이 있는 승려와 그 몸 위에 그려진 화살표들을 보고는 자연스럽게 화살표가 가리키는 곳을 따라가봐야겠다는 마음이 들었다. 그때 오른팔의 이상한 가려움증이 마치 한 가닥 따뜻한 기운으로 바뀌는 느낌이 들었다. 그러다 그 기운은 후두에서 가슴과 배로 가서 몇 번을 돌다가 또 양어깨에서 정수리로 가서는 다시 가슴을 돌아 아랫배에 이르러 천천히 사라져버리는 것이었다.

승려 몸에 있는 화살표를 보고 연이어 이런 생각을 몇 번 하자 따뜻한 기운이 아랫배로 들어갈 때마다 팔에 있던 가려움증이 약간씩 줄어들었다. 그는 너무 놀라면서도 그 원인을 생각할 겨를이 없어 그대로 30여 차례를 더 따라 했다. 그러자 팔에는 약간의 가려움증만 남게 됐고 다시 10여 차례를 더 따라 하자 손가락과 손, 팔의 각 부위에 아무런 가려움증도 남지 않았다.

그는 머리를 가랑이 사이에서 빼내 손을 뻗어 살펴봤다. 그런데 손에 있던 검은 기운이 이미 모두 사라져버리고 안 보이질 않는가? 그는 기뻐서 어쩔 줄 몰라 하다 갑자기 깜짝 놀라 소리쳤다.

"아이고, 큰일이구나! 지네의 극독이 모두 배 속으로 들어갔나 보다!"

그러나 그때는 이미 가려움증이 멈춘 상태였던 터라 다른 후유증이 있다손 치더라도 어쩔 도리가 없었다.

'이 책 속에는 분명 글자뿐이고 그림이라곤 없었는데 어찌 갑자기 문자는 안 보이고 기괴한 화상들이 보이는 걸까? 무의식중에 내가 이 화상과 똑같은 자세를 취했구나. 이 화상은 보살이 분명하다. 내 목숨을 구하러 나타나신 거야.'

그는 당장 바닥에 엎드려 공손하게 그림 속의 기이한 승려를 향해 절을 했다. 철가면이 바닥에 부딪히면서 깡깡 소리가 울려퍼졌다.

그는 책 속의 그림이 천축天竺의 한 약초 물로 그려졌다는 것을 알 도리가 없었다. 물기에 젖으면 드러나고 말라 있을 때는 보이지 않기 때문에 아주와 소봉조차 발견하지 못했던 것이다. 그림 속의 자세와 운공의 선로는 원서인《역근경》이 아니라 천축의 극히 신비로운 요가술瑜伽術의 하나였다. 이는 마가타국에서 전해진《욕삼마지단행성취신족경》이라 불리는 것으로《역근경》과는 전혀 상관이 없었다. 소림의 윗대 고승들은 책 속의 범문에 따라 역근경 신공을 연성했지만 감추어진 글자로 기재된 이 신족경과는 전혀 관련이 없었다. 유탄지가 기이한 가려움증으로 참을 수 없었을 때 콧물과 눈물이 흘러내리면서 마침 책장에 떨어져 신족경 그림이 나타나게 된 것이다. 신족경은 본래 무공을 연마할 때 외부로부터 들어오는 심마心魔를 제거하는 묘법으로 천축국의 고대 고인들이 창시해낸 요가술법이었다. 따라서 그림 속의 인물 역시 천축의 승려였다. 유탄지가 돌연 이 자세를 취한 것은 우연의 일치가 아니었다. 음식을 먹다 목이 메면 기침을 하고 과하게 먹으면 구토를 하는 것이 인간의 본성이듯 그가 가려움을 참지 못했을 때 머리를 바닥에 대는 건 극히 자연스러운 것이라 이상할 것이 없었다. 다만 그가 흘린 콧물과 눈물이 마침 책장으로 흐른 것은 우연이 확실했다. 그는 한참을 멍하니 있다 피로가 극에 달해 땅바닥에 누워 잠이 들어버렸다.

이튿날 아침 아자가 총총히 편전으로 들어오다 그가 알몸을 드러낸 채 땅바닥에 이상한 자세로 웅크리고 있는 것을 보고 헉 하고 놀랐다.

"뭐 하는 거야? 어쩌다 아직 안 죽었어?"

유탄지는 깜짝 놀라 말했다.

"소인… 소인이 아직 안 죽었습니다!"

그녀의 이 말에 그는 속으로 상처를 받았다.

'이제 보니 내가 이미 죽은 줄 알고 있었구나.'

"안 죽었다니 다행이구나! 어서 옷을 입어라. 나랑 또 독충을 잡으러 가자!"

"네!"

그는 아자가 편전을 나서자 거란 병사에게 다가가 입을 옷을 달라고 부탁했다. 거란 병사는 그가 군주에게 총애를 받고 있다는 걸 알고 아주 깨끗한 옷을 가져다 갈아입혔다.

아자는 유탄지를 데리고 외진 곳으로 나가 신목왕정으로 독충을 유인해 잡고 닭 피로 키우고는 다시 유탄지의 혈액을 흡입하게 만든 후 그걸로 무공을 연마했다. 두 번째로 피를 흡입한 것은 푸른색 거미였고 세 번째는 커다란 전갈이었다. 유탄지는 매번 책에 그려진 그림에 따라 충독蟲毒을 해독했다.

아자가 과거 성수해에서 이 신공을 연마하는 사부 모습을 훔쳐볼 때는 매번 시신 한 구가 나오는 것을 봤다. 모두 본문의 제자가 사부의 명을 받들어 사로잡아온 근방의 향민들이었다. 따라서 유탄지가 중독되자 의심의 여지 없이 그가 죽을 것이라 짐작했건만 놀랍게도 버젓이 살아 있으니 속으로 이상하게 여기지 않을 수 없었다.

이렇게 끊임없이 독충을 잡아 연공을 한 지 석 달이 되자 남경성 밖 10여 리 주변의 독충들은 갈수록 줄어들었고 향기를 맡고 나타나는 독충들은 대부분 작고 약한 것들뿐이어서 아자 마음에 들지 않았다. 두 사람은 벌레를 잡으러 성에서 점점 더 먼 곳으로 나가게 됐다.

어느 날 성 서쪽 30여 리 밖으로 나가 목정 안에 향료를 태우고 한 시진 넘게 기다리자 비로소 풀숲에서 스르륵 소리와 함께 뱀 같은 동물이 기어나왔다. 아자가 큰 소리로 외쳤다.

"엎드려!"

유탄지는 재빨리 바닥에 엎드렸다. 풀숲에서는 범상치 않은 엄청난 소리가 들려왔다.

이상한 소리와 함께 구역질나는 비린내가 풍겨오자 유탄지는 숨을 죽인 채 꼼짝도 하지 않고 지켜봤다. 기다란 풀이 갈라지면서 하얀 몸에 검은 반점이 있는 커다란 비단구렁이 한 마리가 꿈틀꿈틀 기어오는데 세모꼴 모양을 한 머리 꼭대기에는 울퉁불퉁한 혹이 높이 달려 있었다. 북방 지역에는 원래 뱀들이 적은 편인 데다 이런 이상한 모양의 구렁이는 더욱 희귀한 것이었다. 구렁이는 목정 가까이 기어오다 목정 주변을 빙글빙글 돌았다. 이 구렁이의 길이는 2장가량 되고 두께는 팔뚝만 했기 때문에 도저히 목정 안으로 들어갈 만한 크기가 아니었다. 하지만 구렁이는 향료와 목정 냄새를 맡고 커다란 머리로 계속해서 목정을 힘껏 들이받았다.

아자는 저렇게 엄청난 놈을 불러들이리라고는 생각지도 못했던 터라 무섭기 짝이 없었다. 그녀는 살금살금 유탄지 옆으로 다가가 나지막이 말했다.

"어쩌지? 저 구렁이가 목정을 부숴버리면 어떡해?"

유탄지는 그녀가 그토록 부드러운 소리로 상의하는 말투는 난생처음 듣는 것이라 그녀의 과분한 대우에 몸 둘 바를 몰라 하다 대뜸 용기를 내서 말했다.

"염려 마십시오. 제가 가서 쫓아버리겠습니다!"

이 말을 하자마자 몸을 벌떡 일으켜 큰 걸음으로 성큼성큼 구렁이를 향해 걸어갔다. 그 구렁이는 발소리를 듣자 곧 똬리를 틀어 고개를 쳐들고 핏빛 혓바닥을 날름거렸다. 그러다 쉬쉬 하는 무서운 소리를 내며 공격 태세를 갖추었다. 유탄지는 이런 위협적인 모습에 감히 함부로 나아갈 수 없었다.

바로 이때 느닷없이 싸늘한 바람이 한차례 불어닥치며 서북쪽에서 화선火線 한 줄기가 주변을 태우면서 다가오더니 순식간에 눈앞에까지 태워버리는 모습이 보였다. 근방에 다가온 화선을 자세히 바라다보니 그것은 화선이 아니었다. 풀숲 속에서 뭔가가 기어오면서 푸른 풀과 부딪쳐 풀들을 불에 태우듯 말라비틀어지게 만드는 것이었다. 더구나 그 뭔가가 가까이 다가오면서 한기는 갈수록 심해졌다. 유탄지가 뒤로 몇 걸음 물러서서 바라보니 풀숲이 말라비틀어지면서 생긴 노란색 선은 목정을 향하고 있었다. 그건 다름 아닌 커다란 누에였다.

그 누에는 옥처럼 새하얗고 약간 푸른빛이 감돌았으며 보통 누에에 비해 두 배 넘게 커서 마치 커다란 지렁이처럼 보였다. 특이하게도 몸체는 마치 수정처럼 투명했다. 그 전까지 기세등등하던 구렁이는 그 누에를 보자 마치 생명에 위협을 느낀 듯 세모꼴의 머리를 자기 몸 밑으로 숨기려고 움츠리기 시작했다. 그 수정 누에는 아주 빠른 속도로 구렁이 몸으로 기어가 꼬리부터 위로 올라갔다. 그러자 누에가 지나간 구렁이의 등 위는 마치 뜨거운 불에 탄 것처럼 탄 자국이 한 줄 생겼다. 누에가 구렁이의 머리까지 기어오르자 껍질이 벗겨지며 구렁이의 긴 몸 가운데가 두 조각으로 갈라졌다. 누에는 구렁이의 머리 옆에 있는 독주머니 안으로 파고들어가 독액을 빨아먹었다. 삽시간에 누에 몸은 엄청나게 부풀어올랐는데 멀리서 바라보니 마치 수정 병 안에 청자색의 액즙을 가득 담아놓은 듯한 모습이었다.

아자가 놀라면서도 기뻐하며 나지막이 말했다.

"정말 굉장한 누에야. 독물毒物 중의 대왕인 것 같아."

유탄지는 걱정스럽고 초조한 마음에 생각했다.

'저런 극독의 누에충이 내 피를 빨아 먹는다면 목숨을 부지하기 힘들겠다.'

누에는 목정을 한 바퀴 빙글 돌다가 목정 위로 올라갔다. 그러자 누에가 지나가는 곳은 역시나 타버린 듯한 흔적이 한 줄 새겨졌다. 이 누에는 목정 위로 올라가 한 바퀴 돈 다음 목정 안으로 들어가면 죽음을 면치 못할 것이란 생각을 하는 듯 뜻밖에도 다른 독물들처럼 목정 안에 들어가지 않고 그냥 목정에서 내려와 서북쪽을 향해 기어갔다.

아자는 흥분이 되면서도 초조한 듯 소리쳤다.

"어서 쫓아가! 어서!"

그녀는 비단 보자기를 꺼내 목정 위를 덮어 목정을 싸서 안고 누에를 쫓아가기 시작했다. 유탄지도 아자 뒤를 따라 탄 흔적을 보며 쫓아갔다. 그 누에는 작은 벌레에 불과했지만 기어가는 속도가 바람처럼 빨라 눈 깜짝할 사이에 수 장을 기어갔다. 다행히 누에가 지나간 곳은 탄 흔적이 남아 있어 종적을 잃는 일은 없었다.

두 사람은 잠깐 사이에 서너 마장을 쫓아갔다. 갑자기 앞에서 졸졸 흐르는 물소리가 들려오며 한 시냇가에 이르렀다. 탄 흔적은 시냇가에 이르러 사라졌고 건너편을 바라봐도 누에가 기어간 흔적은 없었다. 누에가 개울물 속에 빠져 떠내려간 것으로 보였다. 아자가 발을 동동 구르다 원망을 하며 소리쳤다.

"좀 빨리 쫓아가지 뭐 했어? 이제 어디 가서 찾아야 하느냐고? 난 몰라. 네가 가서 잡아와!"

유탄지는 당혹스러운 나머지 누에를 찾아 이리저리 돌아다녔다. 하지만 그걸 어디 가서 찾아내겠는가?

두 사람이 한 시진 넘게 찾아봤지만 이미 날은 어두워지기 시작했다. 아자는 피로감이 몰려와 더 이상 참을 수가 없다는 듯 화를 내며 소리쳤다.

"어떻게 해서든 잡아와. 잡아오지 못하면 날 볼 생각 마!"

이 말을 하면서 몸을 돌려 자리를 떠나 성으로 돌아갔다.

유탄지는 초조한 마음에 시냇가를 따라 하류 쪽으로 찾아 내려갔다. 7~8리를 내려가자 모색이 창연한 가운데 돌연 건너편 풀숲 속에서 다시 누에의 탄 선이 보였다. 유탄지는 크게 기뻐하며 무심결에 환호성이 튀어나왔다.

"군주, 군주! 제가 찾았습니다!"

그러나 아자는 이미 멀리 떠나고 보이지 않았다.

유탄지는 물을 건너 탄 선을 따라 쫓아갔다. 탄 선은 앞쪽에 있는 산비탈을 향해 곧장 뻗어 있었다. 그는 기운을 내서 질풍같이 내달렸다. 산꼭대기 가까이에 이르자 그곳에는 놀랍게도 웅장하게 지어진 커다란 절이 하나 우뚝 서 있었다.

그는 빠른 걸음으로 가까이 다가갔다. 절 앞에 '민충사憫忠寺'라는 세 글자가 적힌 편액이 보였다. 절을 자세히 살펴볼 겨를도 없이 그는 곧장 탄 선을 쫓아갔다. 탄 선은 절 옆을 돌아 절 뒤쪽으로 이어져 있었다. 절 안에서 종소리, 경쇠 소리, 목탁 소리와 함께 불경을 외는 소리가 여기저기서 들려오는 것으로 보아 승려들이 예불을 드리는 중인 것 같았다. 그는 철가면을 쓰고 있는 자신에 대해 자괴감을 가지고 있었던 터라 승려들에게 들킬 것을 우려해 담장을 따라 살그머니 걸어갔다. 탄 선은 커다란 흙바닥을 통해 절 뒤쪽의 한 채소밭에 이르렀다.

그는 속으로 기뻐서 어쩔 줄 몰랐다. 채소밭에 사람이 있을 리 없다 짐작하고 누에가 풀을 뜯을 때 잡으면 될 것이라 생각했기 때문이다. 그는 채소밭 울타리 밖으로 걸어갔다. 그때 채소밭 안에서 누군가 큰 소리로 욕을 하는 소리가 들려 재빨리 걸음을 멈추었다.

그 사람이 욕하는 소리가 들렸다.

"넌 어찌 그리 제멋대로인 것이냐? 왜 혼자 몰래 놀러 나가는 거야? 네가 안 올까 봐 이 어른이 얼마나 걱정한 줄 아느냐? 내가 곤륜산 꼭

대기에서 널 데리고 그 먼 길을 달려왔건만 사리 분별을 못하고 널 대하는 이 어른의 고심을 몰라주는구나. 이대로 가면 너한테 무슨 발전이 있겠느냐? 장차 네 미래를 망치면 누구도 널 가엾게 보지 않을 것이야!"

그 사람은 무척이나 화가 난 듯했지만 그 안에는 기대와 동정으로 가득한 의미도 담겨 있었다. 마치 아버지나 형이 짓궂은 아들이나 아우를 훈계하는 것처럼 보였다.

유탄지는 생각했다.

'저 사람이 곤륜산 꼭대기에서 먼 길을 데리고 왔다고 말하는 걸 보니 부친은 아니고 사부나 선배쯤 되겠구나.'

살금살금 울타리 옆으로 다가가 살펴보니 그 말을 한 사람은 한 화상이었다. 그 화상은 매우 뚱뚱한 몸에 키가 아주 작고 배가 불룩 튀어나와 마치 8~9개월 된 임산부 같았다. 한마디로 커다란 두꺼비 같은 모습이었다. 그는 손가락으로 땅바닥을 가리키며 끊임없이 질책을 가하고 있었다. 유탄지는 땅바닥을 바라다보고 놀랍고도 기쁜 마음을 주체할 수 없었다. 그 배불뚝이 화상이 질책하는 상대는 다름 아닌 그 투명한 누에였기 때문이다.

기이한 외모를 지닌 배불뚝이 화상이 뜻밖에도 그 누에를 향해 그런 말투로 말하고 있으니 더욱 기가 찰 수밖에 없었다. 그 누에는 마치 도망이라도 치려는 듯 땅바닥을 재빨리 기어다녔다. 하지만 뭔지 모를 무형의 담장에 가로막혀 머리를 이리저리 돌렸다. 유탄지가 정신을 가다듬고 바라다보니 땅바닥에는 노란색의 둥그런 원이 그려져 있고 그 누에는 좌충우돌하며 시종 그 원을 넘어서지 못하고 있었다. 유탄지는 그제야 깨달았다.

'저 원은 약물로 그린 것이 분명해. 그 약물은 저 누에의 천적이고 말이야.'

배불뚝이 화상은 한바탕 욕을 하고 난 뒤 품 안에서 뭔가를 꺼내 뜯어 먹기 시작했다. 삶은 양 머리 고기였다. 그는 한참을 게걸스럽게 먹다 기둥에 걸려 있던 호리병을 꺼내 들어 뚜껑을 열고 목을 젖혀 꿀꺽꿀꺽 마셨다.

유탄지는 술 냄새를 맡고서야 호리병 속에 든 것이 술이란 것을 알았다.

'이제 보니 술과 고기를 먹는 파계승이었군. 저 누에는 저 화상이 아주 애지중지하며 기르는 것 같은데 저걸 어떻게 훔쳐가지?'

이런 생각을 하던 참에 갑자기 채소밭 반대편에서 누군가 외치는 소리가 들렸다.

"혜정慧淨! 혜정!"

배불뚝이 화상은 그 소리를 듣고 깜짝 놀라 황급히 양 머리 고기와 술이 든 호리병을 볏짚 더미 안으로 쑤셔넣었다. 다시 배불뚝이 화상을 부르는 소리가 들렸다.

"혜정, 혜정! 어찌 저녁 수업에 안 가고 여기 숨어 있는 게냐?"

그 배불뚝이 화상은 발 옆에 있던 곡괭이를 들어 허둥지둥 채소밭 안에다 곡괭이질을 하는 척하며 답했다.

"밭 갈고 있습니다."

그때 배불뚝이 화상 앞으로 걸어온 한 중년 화상이 차가운 목소리로 말했다.

"새벽 수업과 저녁 수업은 누구든 들어야 한다! 밭 갈 시간이 그렇게 없어 하필 저녁 수업 시간에 하고 있더란 말이냐? 어서, 어서 가! 저녁 수업이 끝나거든 다시 와서 밭을 갈아도 좋다. 아무리 행각승이라도 우리 민충사에 있는 한 우리 절의 규칙에 따라야지. 너희 소림사에는 그런 규칙도 없단 말이냐?"

혜정이라는 배불뚝이 화상이 답했다.

"알겠습니다!"

곡괭이를 내려놓은 배불뚝이 화상은 그를 따라가면서 감히 고개를 돌려 누에를 쳐다보지 못했다.

유탄지가 생각했다.

'저 배불뚝이 화상은 원래 소림사에서 왔구나. 소림사 화상들은 개개인이 모두 무공을 할 줄 안다고 하니 저 누에를 훔치려면 더욱 조심해야겠다.'

두 사람이 멀리 가고 사방이 조용해질 때까지 기다렸다 곧 울타리를 뚫고 안으로 들어갔다. 그는 누에가 여전히 노란색 원 안에서 이리저리 기어다니는 것을 보고 생각했다.

'이걸 어떻게 잡아가지?'

한참을 멍하니 있다 갑자기 좋은 생각이 난 듯 볏짚 더미 안을 더듬어 호리병을 꺼냈다. 호리병을 흔들어보니 안에 아직 술이 반 정도 남아 있었다. 그는 나무 뚜껑을 열어 몇 모금 마신 뒤 남은 술을 채소밭에 부어버렸다. 그러고는 호리병 주둥이를 천천히 노란색 선으로 그어진 원에 가져다 댔다. 호리병 주둥이를 원 안에 뻗어넣자 그 누에는 휙 하는 소리를 내며 호리병 속으로 쏙 들어갔다. 유탄지는 너무나 기뻐 재빨리 나무 뚜껑으로 호리병 주둥이를 막았다. 그는 곧 호리병을 두 손으로 받쳐들고 울타리를 뚫고 나와 신속하게 걸음을 옮겨 오던 길로 되돌아 도망쳤다.

민충사에서 불과 수십 장 떨어진 곳에 이르자 그 호리병은 이상하리만치 차가워서 얼음보다 더 차갑게 느껴졌다. 그는 호리병을 오른손에서 왼손으로 바꿔 들었다 다시 왼손에서 오른손으로 바꿔 들기를 반복했다. 그야말로 냉기가 뼛속까지 스며들어 손으로 들고 있을 수가 없었다. 어찌할 방법을 몰라 하던 그는 호리병을 머리 위에 이어봤지만 더욱 참을 수가 없었다. 냉기가 철가면으로 전해져 머리에 견딜 수 없는 통증이 올 정도로 얼어버렸기 때문이다. 궁하면 통한다 했던가? 그는 허리띠를 풀어 호리병의 허리를 묶어 들어봤다. 다행히 허리띠까지는 냉기가 전해지지 않아 문제없이 들 수 있었다. 그러나 냉기는 여전히 호리병 겉으로 빠져나와 순식간에 호리병 바깥 부분까지 하얀 서리가 한 층 쌓여버렸다.

星宿老仙
神通廣大

29

빙잠으로 연마한 장풍

그때, 징과 북 같은 악기를 들고 있거나 기다란 비단 깃발을 쥐고 있는 20여 명이 보였다.

풍악 소리가 울려퍼지는 가운데 한 백발의 노인이 느린 걸음으로 걸어나왔다.

거위 깃털로 만든 부채인 '아모선鵝毛扇'을 쥐고 흔드는 노인의 얼굴이 햇빛에 비치자, 불그스름한 얼굴에 백발이 성성하고 희끗희끗한 턱 밑 수염이 3척 정도 되는 큰 키의 동안인 모습이 드러났는데 그야말로 그림 속에 나오는 신선처럼 보였다.

유탄지는 호리병을 들고 빠른 걸음으로 남경으로 돌아가 아자에게 빙잠氷蠶을 잡아왔다고 고했다.

아자는 크게 기뻐하며 재빨리 그에게 누에를 토기 항아리 안에 넣도록 명했다. 이즈음은 3월 늦봄 무렵이어서 날씨가 점점 따뜻해졌지만 빙잠이 든 항아리가 있는 편전 안은 시간이 지날수록 추워졌다. 이날 밤 유탄지는 거소에서 벌벌 떨며 추워서 잠을 이루지 못하자 혼자 생각했다.

'정말 기괴함에 있어 천하에 다시 없는 누에다. 만일 군주가 저걸로 내 피를 빨게 한다면 독으로 죽진 않더라도 얼어 죽고 말 것이다.'

아자는 독사와 독충들을 계속해서 잡아와 누에와 싸움을 시켰는데 하나같이 빙잠이 옆에서 한 바퀴 돌기만 해도 얼어 죽어 빙잠에게 독액을 빨렸다. 이렇게 10여 일을 계속하는 동안 빙잠을 당해낼 수 있는 독충은 단 한 마리도 없었다. 어느 날 아자가 편전으로 달려와 말했다.

"철추, 오늘 빙잠을 죽일 거니까 네가 토기 항아리 안에 손을 뻗어 넣어서 누에한테 피를 빨 수 있도록 해라!"

유탄지가 며칠 동안 밤낮으로 노심초사하고 악몽까지 꾸어가며 두려워한 것이 바로 이 순간이었다. 아니나 다를까 아자가 인정사정 보지 않고 마침내 자신을 빙잠과 함께 희생시키려 하자 그는 암울한 마음에 아자를 한참이나 물끄러미 바라보며 아무 말 없이 꼼짝도 하지 않았다.

아자는 생각했다.

'우연치 않게 이런 기이한 보물을 얻었으니 이걸로 연성하게 될 신공은 사부님을 능가할지도 모른다.'

그는 유탄지를 향해 소리쳤다.

"어서 항아리 안에 손을 넣어!"

유탄지는 눈물을 줄줄 흘려가며 무릎을 꿇고 절을 했다.

"군주, 독장을 연성하고 나면 군주를 위해 죽은 소인을 잊지 말아주십시오. 제 성은 유, 이름은 탄지입니다. 철추로 기억하지 마십시오."

아자가 빙긋 웃으며 말했다.

"좋아. 네 이름이 유탄지라는 걸 기억하면 되잖아? 넌 나한테 충성을 다했다. 아주 좋아. 넌 정말 충심이 가득한 노복이었어!"

유탄지는 그녀가 칭찬하는 말을 듣자 크게 위안을 받고 다시 두 번 더 절을 하며 말했다.

"고맙습니다. 군주!"

하지만 속수무책으로 죽기만 기다릴 수는 없었기에 두 발을 뻗어 몸을 밑으로 구부리고 머리를 가랑이 밑으로 집어넣은 다음, 왼손으로는 발을 움켜잡고 오른손은 항아리 안에 뻗어 넣었다. 그는 속으로 경서 속의 괴승 몸에 표시된 붉은색 화살표를 생각했다. 별안간 식지 끝이 살짝 간지럽게 느껴지더니 한 가닥 한기가 얼음 화살처럼 팔을 따라 신속무비하게 가슴 쪽으로 움직였다. 유탄지는 속으로 작은 화살촉이 가리키는 방향만 생각했다. 그 한기는 과연 자신이 생각하는 맥락을 따라 손가락으로부터 팔로, 다시 머리로부터 가슴과 복부에 이르렀는데 그 가느다란 선이 이르는 곳은 뼈가 시릴 정도로 차가웠다.

아자는 그가 기괴한 자세를 취하는 것을 보고 우습기 짝이 없다가 한참이 지난 뒤에도 여전히 그가 몸을 가랑이 사이로 넣어 서 있는 것을 보고 의아한 생각이 들었다. 이에 가까이 다가가서 살펴보니 빙잠이 그의 식지를 깨물고 있었다. 빙잠의 몸이 수정처럼 투명하다 보니 한 가닥 핏줄이 빙잠의 입으로부터 흘러들어가 빙잠의 몸 왼쪽을 통해 한 바퀴 돈 다음 다시 오른쪽을 통해 입으로 들어가서는 유탄지의 식지로 되돌아 흘러가는 모습이 한눈에 보였다.

다시 한참 뒤에 유탄지의 철가면 위와, 옷 위, 손발 위에는 아주 얇은 서리가 한 층 끼었다. 아자가 생각했다.

'이 노비 녀석이 죽었구나. 그게 아니라면 살아 있는 사람 몸에는 열기가 있어야 하는 법인데 어찌 이렇게 서리가 낄 수 있단 말이야?'

빙잠 체내에 여전히 혈액이 흐르며 돌고 있는 것으로 보아 피를 아직 다 빨아들이지 못한 것 같았다. 갑자기 빙잠의 몸에서 어슴푸레하게 뜨거운 열기가 피어올라왔다.

아자가 의아하게 생각하는 순간 툭 하는 가벼운 소리와 함께 빙잠이 유탄지의 손가락에서 떨어졌다. 그녀는 손에 나무 막대기 하나를 들고 있다가 힘껏 짓눌렀다. 물론 빙잠은 영물이라 나무 막대기로 짓이겨 죽일 수 없을 것이라 생각했지만 빙잠이 유탄지의 손가락에서 떨어진 후 항아리 안에서 배를 하늘로 향하고 드러누워 경직이 된 채 몸을 똑바로 뒤집지 못하고 있었던 터라 아자가 나무 막대기로 짓이기자 곧 뭉개져버리고 말았다.

아자는 너무나 기뻐 재빨리 항아리 속으로 손을 뻗어 빙잠의 장액漿液과 혈액을 두 손바닥에 받아 눈을 감고 운기행공을 통해 장혈漿血을 손바닥 안으로 흡입시켰다. 그녀는 몇 번에 걸쳐 장혈을 받아 운기행공을 하면서 항아리 바닥에 고인 장혈을 깨끗이 흡입하고 나서야 멈추었다.

반나절 동안 힘들게 운기를 하다 몸을 일으켰다. 그런데 유탄지가 여전히 머리를 두 다리 사이에 찔러 넣은 채 거꾸로 서 있고 온몸에는 눈이 쌓인 듯 얼어버린 서리로 가득한 것이 아닌가? 그녀는 깜짝 놀라 손을 뻗어 그의 몸을 만져봤다. 손에 느껴지는 감촉은 이상하리만치 차가워서 옷까지 모두 얼어 딱딱하게 변해 있었다. 그녀는 심히 놀라면서도 한편으로는 그 모습이 우스꽝스럽게 느껴졌다. 그녀는 실리를 불러 유탄지를 끌고 나가 묻어주라 명했다.

실리는 거란 병사 몇 명을 데리고 유탄지의 시신을 마차에 실어 성 밖으로 나갔다. 그는 고이 안장하라는 아자의 분부가 없었던 데다 그 역시 수고스럽게 구덩이를 파고 묻기 귀찮았던 터라 길옆에 작은 개울이 보이자 시신을 개울 안으로 던져버리고 성으로 돌아와버렸다.

그러나 실리가 이런 꾀를 부리는 바람에 유탄지는 목숨을 부지할 수 있었다. 유탄지가 손가락을 빙잠에게 물리도록 만든 것은 바로《욕삼마지단행성취신족경》안에 있는 운공법이었다. 이 운공법으로 그는 독기를 해소하고 빙잠에게 흡입된 혈액을 다시 그의 손가락 혈관으로 되돌아오게 만들어 독하기 이를 데 없는 빙잠의 한독寒毒을 체내로 집어넣을 수 있었다. 아자가 빙잠의 장혈을 흡수했다지만 이는 전혀 무용지물로 공연한 헛수고만 한 셈이었다. 만일 유탄지가《신족경》의 모든 행공 요결을 연마했다면 스스로 빙잠의 독을 점차적으로 해소하면서 공력을 증강시켰겠지만 그는 단 1항의 비결밖에 배우지 못했던 터라 흡입할 줄만 알았지 내보낼 줄은 몰랐다. 더구나 그 빙잠의 기독은 음한陰寒하기로는 최고의 성질을 지니고 있다 보니 그를 순식간에 얼어붙게 만든 것이다.

실리가 그를 땅에 묻어버렸다면 수백 년이 지난 후에도 절대 변하지 않고 그대로 굳어버려 강시가 되고 말았을 것이다. 그러나 그의 몸은 개울물에 들어가 천천히 10여 리를 떠내려가다 물이 굽이쳐 흐르는 곳으로 접어들면서 개울가에 있던 갈대에 걸렸다. 얼마 지나지 않아 몸 근방에 있던 개울물은 모조리 얼어버렸다. 그러나 개울물이 끊임없이 충격을 가하면서 그의 몸을 씻으며 내려갔고 그의 체내에 있던 한기도 아주 조금씩 씻겨내려가 마침내 그의 몸 밖에 얼어붙었던 얼음도 천천히 녹아버렸다.

다행히도 그는 빨리 얼고 빨리 뜨거워지는 성질을 지닌 철로 된 가면을 쓴 덕분에 철가면 안팎의 얼음이 먼저 녹아 익사를 피할 수 있었다. 그는 정신이 들자 곧 개울 안에서 기어나왔다. 전신에는 여전히 달그락 소리를 내며 적지 않은 얼음이 남아 있었다. 사실 몸이 얼음으로 변했을 때도 의식이 없진 않았다. 다만 몸이 얼어버려 꼼짝도 하지 못했을 뿐이며 나중에는 의식불명 상태에 이를 정도로 얼어버렸던 것이다. 그러다 이렇게 사지에서 빠져나오게 되자 그는 마치 꿈을 꾼 것만 같았다.

그는 개울가에 앉아 곰곰이 생각해봤다. 자신은 기꺼이 독충의 먹잇감이 되는 충성을 바치면서까지 그녀의 무공 연마를 도왔건만 자신이 죽음을 맞이하는 순간에도 탄식소리조차 없지 않았던가? 당시에 그는 얼음이 된 상태로 그녀를 쳐다봤다. 그녀는 웃음꽃이 활짝 핀 얼굴로 빙잠의 장혈을 꺼내 손바닥에 발라가며 연공을 하고 있었다. 고개를 돌려 자신을 바라보긴 했지만 자신의 죽은 모습이 재미있고 매우 기이하다는 표정만 지었을 뿐 추호의 애석함도 찾아볼 수 없었다.

그는 다시 생각했다.

'빙잠이 지닌 극독은 수많은 독충과 독사의 독을 능가할 텐데 그녀가 그 독을 손바닥으로 흡수했으니 그녀는 필히 독장毒掌을 연성했을 것이다. 내가 다시 돌아가 그녀를 본다면….'

그는 갑자기 몸을 부르르 떨면서 몸서리를 쳤다.

'그녀는 보자마자 날 상대로 독장을 시험해볼 게 틀림없어. 만일 독장을 연성했다면 자연히 날 일장에 죽일 수 있을 테고 연성을 못했다면 또 나한테 독사와 독충을 잡아오라 시킬 것이다. 그러다 그녀가 독장을 연성해 날 일장에 죽일 수 있을 때 끝내겠지. 이리하나 저리하나 죽을 목숨인데 돌아가야 뭐 하겠어?'

그는 몸을 일으켜 몸에 붙은 얼음을 떼어내며 생각했다.

'어디로 가야 좋을까?'

교봉을 찾아가 부친의 원수를 갚는 것은 더 이상 생각조차 할 수 없는 일이었다. 잠시 결정을 내리지 못하고 광야와 황량한 산속을 발길 닿는 대로 정처 없이 걸으며 야생 과일을 따 먹고 새나 작은 짐승을 잡아먹었다. 이튿날 저녁이 되자 갑자기 몸이 추워지면서 견디기 힘들 정도로 떨려 《신족경》을 꺼내 들고 그림 속 괴승의 자세를 따라 배울 생각을 했다. 며칠 전 가려움증을 제거했듯이 추위도 물리칠 수 있으리란 기대에서였다.

그 경서는 개울물 속에서 흠뻑 젖어 여전히 마르지 않은 상태였다. 그는 책장이 찢어질까 두려워 아주 조심스럽게 책장을 넘겼다. 각 쪽마다 갑자기 한 괴승 그림이 나타났는데 자세가 각각 달랐다. 정신을 집중해 한참을 바라보다 마침내 경서 속의 그림은 젖으면 나타나는 것이며 결코 보살께서 나타나 목숨을 구해준 것이 아니란 사실을 알게 됐다. 그는 곧바로 맨 첫 장에 있는 그림을 따라 자세를 취하며 괴승의 붉은색 화살표를 염두에 두고 생각해봤다. 그러자 어렴풋이 매우 차가운 빙선氷線 한 가닥이 온몸을 돌아다니는데 마치 그 빙잠이 부활해서 몸 안을 기어다니는 것 같았다. 그는 두려움이 몰려와 황급히 몸을 일으켰다. 그러자 체내의 빙잠은 금방 사라져버렸다.

그렇게 두 시진 동안 그는 이런 생각을 했다.

'내 체내로 들어간 빙잠은 어디로 갔을까?'

하지만 만질 수도, 더듬어볼 수도 없고 종적조차 알 수 없었다. 그는 결국 참을 수가 없어 다시 기괴한 자세를 취해 괴승의 몸에 있는 붉은색 화살표를 생각했다. 얼마 지나지 않아 과연 그 빙잠은 다시 몸 안에서 기어다니기 시작했다. 그는 비명을 지르며 더 이상 머리에 떠올리지 않았다. 그러자 빙잠은 어디로 갔는지 사라졌고 다시 생각을 하면 또다시 기어다녔다.

빙잠이 기어다닐 때마다 한기는 줄어들었고 온몸은 말로 형언할 수 없이 따뜻하고 상쾌했다. 경서 속 괴승의 자세는 종류가 매우 많았고 괴승 몸의 화살표 역시 구불구불하게 돌고 있어 그 변화가 매우 복잡했다. 다른 자세를 따라 하며 빙잠을 소환해보니 체내가 갑자기 추웠다 따뜻해지면서 각기 다른 쾌감을 느낄 수 있었다.

한 달 후, 빙잠이 체내에서 운행하는 노선에 익숙해지자 이젠 알아서 움직이며 속으로 생각해서 움직일 필요가 없게 됐다. 유탄지는 그 경서 역시 더 이상 소중하게 바라보지 않았다. 그는 경서를 몇 번 훑어보고는 무의식중에 몇 쪽을 찢었다가 아예 버려버렸다.

그렇게 몇 달이 지나자 짐승들을 잡을 때 점점 손발이 기민하게 움직이고 있음을 느끼게 됐다. 훌쩍 몸을 날리는 거리나 달리는 속도가 과거에 비해 부쩍 늘어난 것이다.

어느 날 밤, 굶주린 이리 한 마리가 먹이를 찾아나섰다가 그를 향해 덮쳐왔다. 유탄지가 깜짝 놀라 도망가려는 순간 굶주린 이리의 날카로운 발톱이 그의 어깻죽지를 잡고 뾰족한 이빨을 드러낸 채 그의 목을 물려고 했다. 그는 놀랍고도 당황스러워 손이 가는 대로 일장을 날려 이리의 머리를 후려쳤다. 굶주린 이리는 그의 일장에 맞고 바닥에 구르다 몇 번 몸을 꼬더니 그 자리에서 꼼짝도 하지 않았다. 유탄지는 몸을 돌려 수 장을 도망가다 그 이리가 시종 꼼짝도 하지 않는 것을 보고 이상한 생각이 들어 돌멩이 하나를 집어던졌다. 돌멩이가 이리 몸에 맞았지만 이리는 여전히 꼼짝도 하지 않았다. 그는 놀랍고도 기쁜 나머지 살금살금 다가가 살펴봤다. 뜻밖에도 이리는 이미 죽은 상태였다. 그는 자신이 아무렇게나 내뻗은 일장이 그렇게 대단하리라고는 생각지도 못했다. 그는 자신의 손바닥을 앞뒤로 뒤집어가며 자세히 살펴봤지만 특이한 점을 찾을 수 없자 감정을 억제하지 못하고 나직이 외쳤다.

"빙잠의 영혼이 정말 신통하구나!"

그는 빙잠이 죽고 난 뒤 그 영혼이 그의 체내로 들어가 이런 어마어마한 능력을 가지게 됐다고만 생각했을 뿐 그게 순전히《신족경》의 공이란 것을 전혀 몰랐다. 더구나 그 빙잠은 보기 드물게 한독을 지닌 영물이라 그 무시무시한 한독이 그의 체내로 흡입되면서《신족경》에 실려 있던 신비한 옛 요가술의 연마와 더불어 내력에 극히 무서운 '음한의 기운'이 첨가된 것이란 것을 어찌 알 수 있었겠는가?

범문으로 된 이《신족경》은 본래 무학에 있어 지고무상至高無上의 보전寶典이었다. 다만 이를 연마하기 위한 요결이 쉽지 않아 필히 아상我相[13]과 인상人相[14]을 간파해야만 하며 마음속으로 무공을 연마한다는 생각을 담아두지 말아야 한다. 이 상승무공을 연마하는 승려들은 반드시 잡념을 버리고 정진해야만 연성을 기대할 수 있었던 것이다. 그러나 이런 절학을 하루라도 빨리 연마하고 싶지 않은 이가 어디 있었겠는가? 그 때문에 마음속에 담아두지 않는다는 것은 실로 어렵기 짝이 없는 일이었다. 소림사에는 과거 수백 년 동안《역근경》을 연마하는 고승들이 적지 않았다. 그러나 오랜 세월을 두고 힘써 노력했지만 아무 소득도 없자 많은 승려가 이 경서는 전혀 영험하지 않다고 여겼다. 아주가 이 경서를 훔쳐갔을 때 소림사 고승들이 격노하긴 했어도 그리 큰일이라 여기지 않았던 것도 그 이유 때문이었다. 투명 초액草液으로 그려진 요가술《신족경》은 천축의 옛 수도승이 쓴 것으로 후에 천축의 고승이 이 서책에 글이 보이지 않자 백지 서책으로만 알고 중원 땅까지 가져오게 됐는데 그 위에 달마조사가 창안한《역근경》을 범문으로 베껴 적었기 때문에 서책 한 권에 두 경서가 있다는 사실을 아는 사람은 아무도 없었다. 유탄지가 무심히 무공 연마를 하다가《신족경》에 그려진 그림에 따라 체내의 빙잠을 불러내고 이리저리 나타났다 사라졌다 하게 만든 것은 재미로 그런 것이지만 자기도 모르는 사이에 공력이 발전되는 결과를 가져오게 됐던 것이다.

그는 이후 며칠 동안 연이어 야생 짐승 몇 마리를 때려죽였다. 그는 자신의 장력이 매우 강해졌다는 것을 알고 더욱더 대담해지기 시작했고 그 김에 계속 남쪽을 향해 발길을 옮겼다. 그는 하루라도 빙잠의 영혼을 불러내지 않으면 이 잠귀蠶鬼가 사라져버릴까 두려워 매일같이 불러냈고 이를 절대 쉬지 않았다. 그 잠귀는 그가 부르면 즉시 나타나는 것이 정말 신통하기 이를 데 없었다.

남쪽을 향해 점점 내려가다 어느 날 하남 지역의 중주中州에 이르렀다. 그는 자신의 철가면이 끔찍하다는 걸 알고 있었기에 낮에는 황야와 산속 동굴, 또는 숲속에서 잠을 자고 날이 어두워진 후에야 인가로 가서 먹을 것을 훔쳐 먹었다. 이제는 솜씨가 매우 민첩해져서 남에게 발각되는 일은 전혀 없었다.

이날 그는 길옆에 있는 한 작은 잔사殘寺에서 묵어가게 됐다. 그때 갑자기 발소리가 들리며 알 수 없는 사람 셋이 절 안으로 들어오는 것이 아닌가?

그는 황급히 감실龕室[15] 뒤에 숨었다. 감히 그들과 마주칠 수는 없었기 때문이다. 세 사람이 대전 안으로 들어와 바닥에 앉아 뭔가를 허겁지겁 먹기 시작하는 소리가 들려왔다. 세 사람은 강호의 잡다한 일들에 대해 이런저런 얘기를 나누었다. 그러다 갑자기 한 사람이 물었다.

"교봉 그놈은 도대체 어디 숨어 있는 거지? 어찌 1년이 넘도록 아무 소식을 들을 수가 없는 거야?"

유탄지는 '교봉'이라는 한마디를 듣자 속으로 깜짝 놀라 곧바로 주의를 기울였다. 다른 한 사람의 말소리가 들렸다.

"그놈은 온갖 못된 짓을 다 했으니 비겁하게 숨어 있겠지. 아마 다시는 찾지 못할 거야."

앞서 말한 사람이 말했다.

"꼭 그렇지도 않아. 기회를 기다렸다 행동할 거야. 누군가 혼자 움직이기라도 하면 그때를 기다렸다가 단번에 해치우는 거지. 생각해봐. 취현장 싸움이 끝나고 놈이 몇 명을 죽였는지 알아? 서 장로, 담공 담파 부부, 조전손, 태산 철면판관 선 노영웅 가족, 천태산 지광대사, 개방의 마 부인, 백세경 장로… 에이. 정말 헤아릴 수가 없을 정도야."

유탄지는 취현장 싸움이란 말을 듣자 가슴이 쓰라려 그 사람의 다음 말조차 귀에 들어오지 않았다. 잠시 후, 노인으로 보이는 사람의 목소리가 들렸다.

"교 방주는 늘 인의로 사람을 대해왔네. 한데 뜻밖에도… 에이… 생각지도 못했어. 액운이 닥쳤다고 할 수밖에 없지. 어서 가세!"

이 말을 하고는 먼저 몸을 일으켰다.

다른 하나가 말했다.

"왕汪 형! 우리 개방에서 새로운 방주를 추대한다면 누구를 추대할 겁니까?"

그 노인으로 보이는 사람이 말했다.

"난 모르겠네! 서로 미루다가 벌써 1년이 넘지 않았나? 어쨌든 개방 사람 전체가 탄복하는 영웅호한이 나타나지 않은 셈이니 에이! 다들 더 두고 보세."

다른 한 명이 말했다.

"전 왕 형 마음을 잘 압니다. 왕 형께서는 늘 교봉 그놈이 다시 와서 방주를 하길 바라고 계시죠. 그런 쓸데없는 꿈은 하루빨리 버리시기 바랍니다. 그 말이 전全 타주 귀에 들어가기라도 하는 날에는 아마 왕 형께서도 목숨을 부지하기 힘들 겁니다."

그 왕 형이라는 사람이 다급하게 말했다.

"소필小畢, 그 말은 자네 말이 아닌가? 내가 언제 교 방주가 다시 와서 방주 자리를 맡기를 원한다고 했나?"

소필이 냉소를 머금었다.

"왕 형께서 말끝마다 교 방주가 어쩌고저쩌고하며 친한 척을 하니 그게 교 방주 그놈이 방주를 했으면 좋겠다고 생각하는 거 아니겠습니까?"

왕 형이 벌컥 화를 냈다.

"네놈이 한 번 더 헛소리를 한다면 내 당장 네놈을 쳐죽이고 말 것이다."

세 번째 사람이 만류하며 말했다.

"됐습니다! 됐어요! 다 같은 형제끼리 어찌 그런 일로 다투십니까? 어서 가시지요! 이러다 늦겠습니다. 교봉이 어찌 다시 와서 우리 방주가 될 수 있습니까? 그놈은 거란의 개 잡종이니 모두들 놈을 보자마자 너 죽고 나 죽자고 하면서 필사적으로 싸울 겁니다. 더구나 개방 사람들이 방주가 되어달라고 청한다 해도 그놈이 다시 와서 맡겠다고 하겠습니까?"

왕 형이 탄식을 하며 말했다.

"그 말도 일리가 있네."

이 말을 마치고 세 사람은 절을 나섰다.

유탄지는 생각했다.

'개방에서 교봉을 찾아내려 하는데 찾지를 못하고 있나 보군. 그놈이 요나라에서 남원대왕을 하고 있다는 걸 저들이 어찌 알겠는가? 내가 가서 말해줘야겠다. 개방은 사람이 많아 세력이 어마어마하니까 거기에 중원의 호한들을 끌어모은다면 그 악적을 죽일 수 있을지도 모르지. 저들과 함께 교봉을 죽여야겠다.'

그는 남경에 가면 아자를 볼 수 있으리라는 생각이 들자 이내 가슴이 불타올랐다.

당장 빠른 걸음으로 절을 빠져나왔다. 개방 제자 세 명이 산길을 따라 서쪽으로 향하는 것을 보고 살금살금 그 뒤를 좇아갔다. 그때는 이미 황혼이 짙게 깔린 후라 황량한 산에 사람이라고는 없었다. 수 마장을 걸어가자 한 산비탈이 나왔다. 저 멀리 산골짜기 안에 커다란 화톳불이 피어 있는 걸 보자 유탄지는 생각했다.

'이 철가면이 너무 이상하게 생겨서 저들이 보면 깜짝 놀랄 것이다. 일단은 풀숲 속에 숨어서 무슨 얘기를 하나 들어봐야겠다.'

그는 길게 자란 풀숲을 뚫고 들어가 천천히 화톳불 쪽을 향해 기어갔다. 떠들썩한 사람들 목소리가 들려 바라보니 화톳불 옆에 많은 사람이 모여 있었다. 유탄지는 그동안 수많은 고초를 겪어왔기 때문에 더 이상 경솔하게 행동할 수는 없었다. 그는 화톳불이 가까워질수록 더욱 천천히 기어가 마침내 한 커다란 바위에 이르렀다. 그곳은 화톳불에서 불과 수 장밖에 떨어지지 않은 곳이라 감히 더 이상 나아갈 수 없었다. 그는 몸을 납작 엎드린 채 귀를 기울였다.

화톳불 옆에 있는 사람들이 하나같이 선 채로 얘기를 나누고 있었다. 유탄지가 들어보니 개방의 대지분타 제자들이 모여 향후 개방 대회에 갔을 때 대지분타에서 누구를 방주로 추대할 것인지를 상의하고 있었다. 송 장로를 추대해야 한다고 주장하는 사람도 있었고 오 장로를 추대하자는 사람도 있었다. 그때 누군가 말했다.

"지용을 겸비한 인물을 놓고 말하자면 전 타주를 추대해야 합니다만 애석하게도 전 타주는 그날 공적인 명의를 빌려 사사로운 감정을 내세운 교봉 그놈한테 방내에서 축출당한 이후 아직까지 본방 일에 손도 대지 못하고 있습니다."

다른 한 사람이 말했다.

"교봉의 간악한 음모는 용감한 우리 전 타주께서 가장 먼저 폭로한 것입니다. 전 타주가 본방에 크나큰 공을 세웠으니 본방에 복귀하는 건 아주 간단한 일이라 할 수 있습니다. 대회가 열리면 우리는 우선 전 타주의 복귀 문제를 처리한 후에 다시 전 타주께서 그날 세웠던 공을 들어 방주로 추대해야만 합니다."

누군가 카랑카랑한 목소리로 말했다.

"본인의 복귀 문제는 의당한 일이라 할 수 있소. 다만 여러 형제가 날 방주로 추대하고자 하는 문제는 절대 거론해서는 안 되는 것이오. 그랬다가는 남들이 내가 교봉 그놈의 간악한 음모를 폭로한 것 자체를 사심에서 그런 것으로 생각할 것이오."

누군가 큰 소리로 말했다.

"전 타주! 인仁을 행함에 있어서는 사양이란 없는 법입니다. 본방의 몇몇 장로의 무공이 뛰어나긴 하지만 지모智謀에 있어서는 전 타주에 미치는 사람이 없습니다. 우리가 교봉 그놈에 대처하려면 힘이 아닌 지혜로 싸워야만 합니다. 전 타주…."

전 타주가 말했다.

"시施 형제, 난 아직 정식으로 복귀하지 않았네. 전 타주라는 호칭은 잠시 거둬두게."

화톳불을 둘러싸고 있던 200여 개방 걸개들이 앞을 다투어 말했다.

"본타의 타주 자리를 임시로 맡아달라는 송 장로의 분부가 있었습니다. 한데 전 타주라는 호칭을 왜 거두어야만 합니까?"

"장차 전 타주께서 방주가 되면 타주라는 직위는 별것 아닙니다."

"전 타주께서 방주 자리를 맡지 않으신다 해도 필시 장로 자리까지는 오를 것입니다. 그리된다 해도 부디 본타를 이끌어주시기 바랍니다."

"맞습니다. 전 타주께서 방주 자리에 오르신다 해도 우리 대지분타의 타주를 겸임해주십시오."

이렇게 한참 떠들썩하게 얘기가 오가는 순간 개방 제자 하나가 산비탈에서 빠른 걸음으로 달려와 큰 소리로 외쳤다.

"타주께 아룁니다. 대리국 단왕자가 타주를 뵙자 합니다."

전관청은 당장 몸을 일으키며 희색이 만면한 얼굴로 말했다.

"대리국 단왕자? 단왕자가 친히 날 보러 오다니 내 체면을 세워주는구나."

그러고는 큰 소리로 말했다.

"형제 여러분. 대리단가는 명성이 높은 무림세가요. 단왕자가 친히 이곳을 방문했으니 모두 다 같이 영접을 나갑시다."

그는 곧바로 제자들을 인솔해 산간 평지 입구까지 마중을 나갔다.

한 젊은 공자가 얼굴에 웃음기를 띠고 그곳에 서 있는데 뒤에는 일고여덟 명 정도 되는 시종들이 있었다. 그 젊은 공자는 다름 아닌 단예였다. 두 사람은 공수를 하며 예를 나누는데 이미 안면이 있는 사이로 얼마 전 무석의 행자림에서 본 적이 있었다. 전관청은 당시 단예의 신분 내력을 몰랐다가 이제야 알고 그날 일을 떠올렸다. 그날 자신이 교봉에게 개방에서 축출되는 추태를 단예가 모두 봤지 않은가? 그는 당혹감을 감출 수가 없었지만 곧 냉정을 되찾고 포권을 하며 말했다.

"단 공자께서 예까지 방문하셨는데 오시는 줄 몰라 멀리 마중을 나가지 못했으니 부디 용서해주시기 바랍니다."

단예가 빙긋 웃었다.

"별말씀을 다 하십니다. 소생은 가친의 명을 받들어 귀 방에 고할 것이 있어 왔는데 폐만 끼치는 게 아닌지 모르겠습니다."

두 사람은 의례적인 몇 마디 말을 주고받았다. 단예가 이곳에 함께 온 고독성, 부사귀, 주단신 세 호위를 소개하자 전관청은 단예를 화톳불 앞의 한 바위 위에 앉도록 안내하고 제자들에게 술을 올리라 명했다.

단예는 연신 술을 마셔가며 말했다.

"한 해 전쯤, 가친이 신양군信陽軍에 있는 귀 방의 고故 마 부방주 댁에서 귀 방의 여 장로를 비롯한 몇 분께 접대를 받고 또 귀 방에 실례되는 사건을 벌였으나 추궁을 하지 않으신 데 대해 감사의 말씀을 전하라 하셨습니다. 본래는 귀 방의 총타에 직접 가서 사죄를 드려야 마땅하나 현재 가친께서는 부상을 입으셨다 이제야 회복하셨고 귀 방의 여러 장로들 역시 행방이 묘연하여 만날 방법이 없다 보니 가친께서도 서찰 한 통 올릴 방법이 없었습니다. 수 일 전 귀 타에서 이곳에 집결한다는 소식을 접하고 그제야 소생에게 가보라 분부하시면서 첫째, 서찰을 전해드리고 둘째, 정중하게 감사의 뜻을 전하는 동시에 후한 예물을 올리라 하셨습니다."

그는 품속에서 서찰 한 통을 꺼내 몸을 일으켜 전했다. 그러자 옆에 있던 주단신이 준비해온 예물을 올렸다.

전관청은 두 손으로 받아들며 말했다.

"단왕자께서 친히 서찰을 전하시고 예물까지 가져오시느라 수고 많으셨습니다. 단왕야의 특별한 호의에 폐방의 모든 제자가 감사해 마지않는 바입니다."

그는 그 서찰이 단단하게 밀봉된 데다 겉봉투에 '개방의 여러 장로들께서 직접 뜯어보시기 바람'이라는 글씨가 적혀 있는 것을 보고 자신이 직접 뜯어볼 수가 없다는 생각이 들어 말했다.

"머지않아 폐방의 모든 제자가 모일 예정인지라 장로들도 마찬가지로 모두 참석할 것입니다. 그때 재하가 단왕야의 서찰을 여러 장로들께 전달하도록 하겠습니다."

단예가 말했다.

"그럼 수고 좀 해주십시오. 소생은 이만 물러가겠습니다."

전관청은 연신 고맙다는 인사를 하고 배웅을 했다.

"폐방의 백 장로와 마 부인이 불행히도 간적인 교봉에게 독수를 당했는데 그럼 그날 단왕야께서 그 참사를 직접 목격하셨단 말입니까?"

단예가 고개를 가로저었다.

"백 장로와 마 부인은 교 대협이 죽인 것이 아니며 마 부방주를 살해한 것도 다른 사람입니다. 그날 가친과 여 장로 등은 진범이 진상을 자백하는 소리를 직접 들었으니 전 타주께서도 여 장로를 비롯한 여러 분들 입으로 상세한 정황을 들으실 수 있을 겁니다."

단예는 이 말을 하며 생각했다.

'이 사건은 말하자면 길다. 네놈은 정신이 제대로 박힌 놈이 아니니 더 말하지 않겠다. 이건 네놈들 집안싸움일 뿐이니 네놈 편한테 직접 듣도록 해라!'

이런 생각을 하다 전관청을 향해 포권을 했다.

"다음에 또 뵙겠습니다. 멀리 나오지 마십시오!"

그가 몸을 돌려 산골짜기 입구로 걸어가자 맞은편에서 개방 제자 두 명이 사내 둘을 데리고 걸어왔다.

그 사내 둘은 서로 눈짓을 하더니 몇 걸음 걸어와 단예를 향해 몸을 굽혀 예를 행하고 진홍색의 청첩請帖을 한 장 올렸다.

단예가 받아들어 보니 청첩 위에 네 줄의 글자가 적혀 있었다.

'소성하蘇星河가 바둑에 정통한 무림의 인재들을 청하니 6월 보름에 여남汝南 뇌고산擂鼓山의 천농지아곡天聾地啞谷으로 왕림하시어 담소나 나누었으면 합니다.'

단예는 평소에 바둑을 좋아했던 터라 그 글을 보고 정신이 번쩍 들어 기뻐했다.

"그거 아주 좋군요. 소생이 별다른 일이 없으면 시간 맞춰 가도록 하겠소. 다만 두 분께서 소생이 바둑을 둘 줄 안다는 건 어찌 아신 거요?"

그 두 사내는 얼굴에 희색을 띤 채 입으로 어버버버 하고 알 수 없는 소리를 내며 크게 손짓을 했다. 알고 보니 두 사람 모두 벙어리였다. 단예는 그 두 사람이 하는 손짓을 이해하지 못해 살며시 미소를 지으며 주단신을 향해 말했다.

"뇌고산이 여기서 멀지 않지요?"

이 말을 하며 청첩을 그에게 건넸다.

주단신은 청첩을 받아들어 살펴보고 우선 그 사내 둘한테 포권을 했다.

"대리국 진남왕세자 단 공자가 총변聰辯선생께 인사를 올리니 감사의 말씀과 더불어 제시간에 맞춰 찾아뵙겠다고 전해주시오."

그는 단예를 가리키며 몇 번의 손짓을 하여 초청에 응하겠다는 표시를 했다.

사내 두 사람은 몸을 굽혀 단예에게 예를 올리고 곧바로 청첩 한 장을 더 꺼내 전관청에게 바쳤다.

전관청이 청첩을 받아들어 보고는 공손하게 되돌려줬다. 그리고 손을 내저으며 말했다.

"우선 개방 대지분타의 임시 타주 전관청이 뇌고산 총변선생께 인사 올린다고 전해주시오. 그리고 저 전관청은 바둑 솜씨가 부족하여 남들의 웃음거리가 될 것 같아 감히 초대에 응하지 못하니 총변선생께서 양해 바란다고도 전해주시오."

두 사내는 몸을 굽혀 예를 올린 뒤 다시 단예를 향해 한 번 더 예를 올리고 몸을 돌려 그 자리를 떠났다.

주단신이 그제야 단예에게 답을 했다.

"뇌고산은 여주汝州의 상채上蔡 남쪽에 있는데 여기서 그리 멀지 않습니다."

단예는 전관청과 작별을 고하고 산간 평지를 나서면서 주단신에게 물었다.

"총변선생 소성하는 어떤 인물입니까? 중원 내에서 바둑의 국수國手라도 되나요?"

주단신이 말했다.

"총변선생이 바로 농아聾啞선생입니다."

단예는 아 하는 소리를 내며 고개를 끄덕였다. 농아선생이란 명성은 그가 대리에 있을 때 백부와 부친으로부터 들은 바가 있었다. 중원 무림의 고수인 기숙耆宿으로 귀머거리에 벙어리지만 무공이 고강해 백부도 그를 거론할 때면 늘 존경하는 마음을 담아 말씀하시곤 했었다.

주단신이 다시 말했다.

"농아선생은 불구의 몸이지만 자칭 '총변선생'이길 고집합니다. 생각해보면 스스로 '마음의 청력'과 '글의 변론'이 보통 사람의 '귀의 청력'과 '혀의 변론'을 능가한다고 여기는 것 같습니다."

단예는 고개를 끄덕였다.

"일리 있는 말이로군요."

그 말을 하며 몇 걸음 걸어가다 길게 한숨을 내쉬었다.

'마음의 청력'과 '글의 변론'이 보통 사람의 '귀의 청력'과 '혀의 변론'을 능가한다는 농아선생에 대한 주단식의 말에 '구술 무공'이 보통 사람의 '권각과 무기'를 능가하는 왕어언을 떠올렸기 때문이다.

과거 단예는 무석에서 아주와 개방 사람들을 구하고 얼마 지나지 않아 포부동과 풍파악 두 사람이 와서 왕어언 그리고 아주, 아벽 두 낭자와 회합을 한 적이 있었다. 그 다섯 사람이 북쪽으로 모용 공자를 찾으러 떠난다고 했을 때 단예도 그들을 따라가고 싶었다. 그러나 풍파악은 그가 전갈 독을 대신 흡입해준 은혜를 생각해 환영의 뜻을 표했지만 포부동은 매우 무례한 말투로 단예가 모용 공자로 변장해 그의 명성에 먹칠을 했다고 질책하지 않았던가? 그뿐만이 아니었다. 나중에는 '당장 꺼지지 않으면 혼내주겠다'는 의도까지 드러냈었다. 왕어언 역시 마찬가지였다. 오로지 사촌 오라버니를 어디 가서 찾을 것인지 풍파악과 쉬지 않고 상의를 하고 있었을 뿐 곤궁에 처한 단예는 거들떠보지도 않았다.

오직 아벽만이 단예와 동행을 기대하는 눈빛을 드러냈지만 그녀는 너무 온순하고 수줍어 감히 말을 꺼내지 못했다. 단예도 어찌할 도리 없이 모용가 사람들과 작별을 할 수밖에 없었다. 그 역시 속으로 구마지에게 잡혀 북쪽으로 온 이후 백부님과 부모님이 염려하실 것이라 생각했고 스스로도 가족들이 그리워 대리로 돌아가게 된 것이다.

대리에서 1년 넘게 지내면서 단예는 매일같이 왕어언의 웃는 모습을 오매불망 그리워했다. 비록 그런 상사병에는 좋은 결과가 없기 마련이지만 자신의 염원을 포기할 순 없었기에 그는 하루가 다르게 초췌해져만 갔다.

단정순은 마대원 집에서 마 부인과 사적인 밀회를 가지던 날 하마터면 목숨을 잃을 뻔했지만 개방의 여 장로 등이 들이닥쳐 그를 고이 보내줬다. 이에 대해 단정순은 난감하면서도 고마운 마음을 품고 있었다. 그는 마 부인에게 부상을 당한 후 내력에 충격을 입고 와병 중이었던 터라 중원에 머물러 요양을 할 수밖에 없었다. 요양이라기보다는 사실 예남豫南에서 완성죽과 금슬 좋게 지내며 행복한 나날을 보내고 있었다. 단정순은 부사귀를 대리로 보내 보정제에게 자초지종을 고하게 했지만 옆에서 듣고 있던 단예가 마침 이를 구실로 보정제에게 자초지종을 설명한 뒤 부사귀를 따라 중원으로 다시 나와 부친과 해후를 하게 된 것이다.

부자 두 사람은 오랜만에 다시 만나자 기쁨을 금할 수 없었다. 단예는 부친에게 둘이 헤어진 이후의 상황을 간략하게 고했고 완성죽은 소왕자를 만나자 더욱 비위를 맞추려 애썼다. 아자는 이미 아무 말도 없이 떠나갔기 때문에 남매 두 사람은 서로 얼굴조차 볼 수 없었다. 단정순과 완성죽은 아주와 아자 얘기를 하기가 쑥스러웠던 나머지 지극히 간략하게 언급만 하고 끝낼 뿐이었다. 단예는 그런 상황이 부친에게 흔히 있는 일이라는 걸 알고 그리 이상하게 생각하지 않았기에 더 이상 추궁을 하지 않았다. 그리고 이날 부친의 명을 받들어 고독성과 부사귀, 주단신 세 호위를 대동해 개방에 사죄를 하고 감사의 뜻을 전하기 위해 떠났던 것이다.

단예가 연이어 탄식하는 모습을 본 주단신은 그게 왕어언을 향한 그리움 때문인지도 모르고 목완청에 대한 근심으로만 여겼다. 그는 달리 위로할 방법이 없자 그의 생각을 분산시키는 게 좋겠다고 여겨 말했다.

"총변선생이 곳곳에 청첩을 뿌려 바둑을 두러 오라 청한 걸 보면 기력棋力이 보통은 아닐 겁니다. 아무래도 진남왕께 돌아가 먼저 보고를 하신 후 총변선생한테 가시는 게 좋을 듯합니다."

단예가 고개를 끄덕였다.

"맞습니다. 바둑판 위의 흑백 돌을 보면 근심을 해소할 수 있지요. 다만 그녀가 천하 각 문파의 무공을 숙지하고 마음속에 수만 가지 용병의 지략을 품고 있다 해도 바둑을 두진 못할 겁니다. 그 때문에 총변선생의 이번 바둑 모임에 그녀는 오지 않을 겁니다."

주단신은 영문을 알 수 없었다. 그가 말한 그녀라는 게 누군지 몰랐기 때문이다. 이번 여정에서 단예는 늘 정신이 딴 데 팔려 있어 앞뒤 말을 다르게 하는 걸 익히 보고 수없이 들었던 터라 당장은 누구냐고 캐묻지 않았다.

일행은 말을 타고 서북쪽 방향으로 나아갔다. 단예가 말 위에서 갑자기 미간을 잔뜩 찌푸리다 불현듯 고개를 끄덕이고 미소를 지으며 혼자 중얼거렸다.

"불경에도 이런 말이 있었지. '미인에 대한 그리움은 몸에 피고름을 저장하는 것일 뿐 백 년이 지난 후에는 백골로 변할 것이다.' 이 말은 맞긴 하지만 그녀라면 백 년 후에 백골이 된다 해도 아름답기 그지없는 백골이 될걸?"

이 말을 하면서 왕어언의 신체 내부 골격이 어떤 모양인지 상상하는 순간 갑자기 뒤에서 말발굽 소리가 들리더니 말 두 마리가 질풍같이 내달려왔다. 말안장 위에는 각각 사람이 한 명씩 엎드려 있었는데 어둠 속이다 보니 누구인지 제대로 보이지를 않았다.

말 두 필은 마치 아무 제약도 받지 않는 듯 단예 일행을 향해 곧장 달려오고 있었다. 부사귀와 고독성이 각자 손을 뻗어 말고삐 하나씩을

낚아챘다. 말 등 위에 탄 사람들은 꼼짝도 하지 않았다. 부사귀가 약간 놀란 표정으로 가까이 다가가 살펴보니 그 사람은 농아선생이 보낸 사자였는데 얼굴에 웃는 듯 마는 듯한 표정을 지은 채 목숨이 끊어져 있었다. 조금 전까지만 해도 이 사람은 단예에게 청첩을 전했건만 어찌 잠깐 사이에 이리 죽임을 당했단 말인가? 또 다른 한 명 역시 농아선생의 사자였는데 역시 똑같은 얼굴 표정에 괴이한 웃음을 지은 채 죽어 있었다. 부사귀 등이 이를 보자마자 곧바로 두 사람의 몸이 극독에 중독돼 죽었다는 사실을 알고 말을 세워둔 채 두 걸음 물러서며 감히 시신을 건드리지 못했다.

단예가 격노하며 외쳤다.

"개방의 전 타주 그자는 정말 악독하기 그지없군. 어째서 이들한테 독수를 쓴 거지? 내가 따지러 가야겠다."

그는 말 머리를 돌려 전관청에게 달려가 따져물으려 했다.

전방의 어둠 속에서 돌연 누군가 소리를 쳤다.

"네 녀석이 하늘 높은 줄 모르는구나! 이 천하에 성수노선 문하 제자들을 제외하고 또 누가 이런 형체 없이 살인하는 능력을 지니고 있더란 말이냐? 농아 그 늙은이가 비겁하게 얌전히 숨어 있다면 모를까 세상에 모습을 드러낸다면 성수노선께서 절대 가만두지 않을 것이다. 이거 봐! 너! 이건 네 녀석하고는 상관없는 일이니 당장 꺼져라!"

주단신이 나지막이 말했다.

"공자, 저자는 성수파 사람 같으니 우리는 상관 말고 가시지요."

단예는 왕어언을 찾지 못해 진작부터 무료해하던 터였다. 농아노인의 두 사자가 목숨을 잃지 않고 위태로운 지경에 있었다면 분명 용감하게 나서서 도와줬을 테지만 지금은 이미 죽은 상태라 괜한 문제를 일으키고 싶지 않았다. 그는 한숨을 내쉬며 말했다.

"단지 농아라는 것만으로도 부족하구나. 애당초 눈이 멀고 코로 냄새를 맡지 못했다면 속으로 생각을 바꿀 수 없어 번뇌에서 해탈할 수 있었을 텐데."

그의 이 말은 왕어언을 만나고 난 후 그녀의 목소리와 미소, 일거수일투족이 가슴 깊이 각인돼 있어 설사 귀머거리에 벙어리였다 해도 그녀를 그리워하는 정은 끊어버릴 수 없었을 것이란 의미였다. 뜻밖에도 맞은편에 있던 그자가 박장대소를 하며 말했다.

"맞아, 맞아! 그 말에 일리가 있구나. 당연히 가서 놈의 눈을 멀게 만들고 코를 잘라낸 다음 다시 놈이 생각조차 하지 못하도록 후려 패줘야 맞지."

단예가 탄식을 했다.

"외부의 힘으로 학대를 하는 건 아무 소용이 없다. 불경에서도 스스로 수행을 해서 '색에 머물러 마음을 쓰지 말고, 성, 향, 미, 촉, 법에 머물러 마음을 쓰지 말 것이며, 머문 바 없는 곳에 그 마음을 써야 한다'고 했지만 모든 상相에서 벗어나는 이일체상離一切相이 정말 가능하다면 이미 보살이나 마찬가지 아니겠는가? 우리 같은 속인들이 어찌 그렇게까지 수양을 할 수 있겠는가? 원증회, 애별리, 구부득, 오음치성이야말로 인생의 가장 큰 고통인 것이다."

유탄지는 바위 뒤의 풀숲 속에 엎드려 단예 등 일행이 왔다 가는 걸 지켜보다가 곧이어 앞에서 누군가 호통치는 소리를 듣게 됐다. 바로 그때 개방 제자 두 명이 빠른 걸음으로 달려와 전관청을 향해 나지막이 고했다.

"전 타주, 그 벙어리 둘이 어찌 죽임을 당했는지 모르겠지만 손을 쓴 자가 성수파의 성수노선인가 뭔가 하는 자의 수하를 자칭하고 있습니다."

전관청이 깜짝 놀라 안색이 굳어졌다. 그는 평소에 성수해의 성수노괴란 명성을 익히 들었던 터였다. 그자는 극독 사용에 능하고 무공 역시 고강하기 이를 데 없다고 말이다. 그는 곰곰이 생각했다.

'그자 제자가 농아노인의 사자를 살해했다면 우리와는 상관없는 일이니 괜한 화를 자초하지 않는 게 좋겠다.'

이런 생각을 하고는 말했다.

"알았다. 귀신들끼리 싸우게 두고 우린 신경 쓰지 말아야겠다."

별안간 앞에서 누군가의 목소리가 들렸다.

"네 녀석이 어디서 허튼소리를 하느냐? 내가 성수노선의 제자라는 걸 알면서 어찌 감히 날 귀신이라 욕을 하는 것이냐? 네가 살고 싶지 않은 게로구나!"

전관청은 깜짝 놀라 자기도 모르게 뒤로 한 걸음 물러섰다. 불빛 아래 누군가 눈앞에 꼿꼿이 서 있는 모습이 보이는데 그건 바로 자신의 수하 제자였다. 다시 정신을 가다듬고 바라보자 그 제자가 웃는 듯 마는 듯 기괴한 표정을 짓고 있고 그 뒤에는 마치 또 다른 누군가 서 있는 것으로 보였다. 그는 호통을 쳤다.

"귀하는 누구기에 귀신 흉내를 내는 것이오? 무슨 짓을 하려는 거요?"

그 개방 제자 뒤에 있던 사람이 음산한 목소리로 말했다.

"간덩이가 부었구나. 네가 또 '귀신'이란 말을 들먹거려? 난 성수노선의 제자시다. 성수노선께서 중원에 강림하시면 당장 독사 20마리와 독충 백 마리가 필요해 여기 온 것이야. 너희 개방에는 독사와 독충이 늘 준비되어 있으니 어서 상납하도록 해라! 그렇지 않으면 흥! 이놈처럼 되고 말 것이다!"

"펑!"

강력한 소리가 울려퍼지며 눈앞에 있던 개방 제자가 돌연 몸을 날리더니 화톳불 더미 옆으로 고꾸라지고는 꼼짝도 하지 않았다. 알고 보니 그 제자는 이미 죽은 상태였다. 그 개방 제자가 날아간 자리에는 갈색 옷을 입은 난쟁이가 모습을 드러냈다. 그가 언제 가까이 다가왔는지 모르지만 그는 이미 개방 제자를 죽이고 그 뒤에 숨어 있었던 것이다.

전관청은 놀라면서도 화가 치밀어올랐다. 그는 곰곰이 생각해봤다.

'성수노괴가 우리 개방을 노리고 온 것이로군. 일이 이리됐으니 굴복하지 않는 이상 목숨 걸고 싸울 수밖에 없다. 위험을 감수해야 하는 게 문제지만 내가 저자의 위협에 굴복해 독사와 독충을 바친다면 우리 개방 형제들이 다시는 날 거들떠보지 않을 것이다. 그럼 개방의 방주가 되는 건 꿈도 꾸지 못하고 방내에 발도 못 붙이고 말 것이야. 다행히 성수노괴가 직접 온 것이 아니라 저놈 혼자 온 것 같으니 겁낼 필요 없다.'

이런 생각을 하다 곧바로 미소를 띠며 말했다.

"이제 보니 성수파의 대선大仙께서 왕림하셨군. 대선께선 고성대명이 어찌 되시오?"

그 난쟁이가 말했다.

"내 법명은 천랑자天狼子다. 어서 독사와 독충을 준비해라!"

전관청이 껄껄 웃었다.

"독사와 독충쯤이야 별것 아니니 염려 마시오."

그는 손이 가는 대로 땅바닥에서 포대 자루 하나를 집어들었다.

"여기 독사 몇 마리가 있으니 대선께서 살펴보시오. 성수노선께 쓸모가 있을지 말이오."

천랑자는 전관청이 '성수노선'을 거론하며 자신에 대해선 '대선'이라고 호칭하자 속으로 기뻐서 어쩔 줄 몰랐다. 더구나 그가 공손한 태도를 보이자 속으로 생각했다.

'개방이 중원의 제일대방이라고 하더니만 우리 사부 어르신 명성을 듣자마자 놀라서 꼼짝도 하지 못하는구나. 저 독사와 독충을 가져가면 사부님께서 무척 좋아하시겠지? 일처리를 잘했다고 칭찬하실 거야. 어찌 됐건 간에 이게 다 사부 어르신의 위대한 명성 덕분이지 뭐.'

그는 곧 포대 자루 주둥이 안을 들여다보려고 고개를 숙였다.

별안간 눈앞이 캄캄해지면서 누군가 포대 자루를 자신의 머리 위에 뒤집어씌우는 것이었다. 천랑자는 깜짝 놀라 재빨리 손을 휘둘러냈지만 허공을 후려칠 뿐이었다. 바로 그때 얼굴과 이마, 뒷덜미가 동시에 아파왔다. 포대 자루 안에 있던 독물들한테 깨물린 것이다. 천랑자는 머리에 덮인 포대 자루를 벗겨내지 못해 연이어 2장을 세차게 후려치고는 걸음아 나 살려라 하고 미친 듯이 뛰어갔다. 그는 머리에 포대 자루를 쓰고 있어 아무것도 볼 수 없었기에 두 손을 뻗어 마구 휘둘러대기만 할 따름이었다. 머리와 얼굴 여기저기는 또다시 독물들한테 깨물려 아프고 간지러워 견딜 수가 없었다. 그는 두렵고 다급한 마음에 빠른 걸음으로 내달릴 수밖에 없었다. 순간 발을 헛디디면서 산비탈 위에서 밑으로 데굴데굴 굴러떨어지다 풍덩 소리와 함께 산비탈 밑에 있는 강물에 빠져 흘러내려가기 시작했다.

전관청은 원래 그자를 죽여 입막음을 하려 했다. 그런데 순식간에 그토록 멀리 도망을 칠 줄 누가 알았겠는가! 비록 얼굴이 전갈에 물린 데다 강물에 처박혀버렸으니 목숨을 부지하기 힘들겠지만 성수파가 독물 사용에 능하다는 점을 생각해볼 때 그자는 필시 해독법을 알고 있을 것이며, 또한 성수해에 거주하고 있어 물질에 능할 테니 물에 빠져 죽는 일도 없을 것이다. 만일 그자가 죽지 않았다면 성수파에서 이 소식을 듣고 대거 몰려와 보복을 하지 않겠는가! 그는 잠시 생각에 빠져 있다 말했다.

"어서 독사진毒蛇陣을 펼쳐라! 성수노괴와 필사의 일전을 벌여야겠다. 교봉 한 명이 없다고 우리 개방이 자립을 못한 채 이대로 남들한테 능욕을 당해야겠느냐? 성수파가 극독 사용에 능하니 우리도 무기와 권각을 쓸 게 아니라 놈들과 똑같이 독으로 맞서야만 한다."

개방 제자들은 우렁찬 목소리로 일제히 대답을 하고 그 즉시 사방으로 흩어져 화톳불 주위로 수 장 떨어진 곳에 진세를 펼치고 각자 가부좌를 틀고 앉았다.

유탄지는 전관청이 포대 자루 하나로 천랑자를 물리치는 장면을 목격하자 혼자 생각했다.

'저자가 중원에서 가져온 포대 자루 속에 독물이 들어 있었구나. 그럼 저 많은 포대 자루 안에 모두 독사와 독충이 들어 있다는 건가? 비렁뱅이들이야 뱀이나 벌레를 잘 잡으니 이상할 건 없지. 저 포대 자루들을 훔쳐서 아자 군주한테 가져다주면 무척 기뻐할 텐데.'

개방 제자들은 자리에 앉은 후 아무 소리도 내지 않았다. 사람들 옆에는 각자 포대 자루 몇 개가 놓여 있었는데 그중 일부는 크기가 엄청난 포대 자루도 있어 안에 있는 것들이 꿈틀대며 움직이고 있었다. 유탄지는 보기만 해도 머리가 곤두서는 느낌을 받았다.

'저들이 저 포대 자루를 내 머리에 씌운다면 난 머리에 철가면을 두르고 있으니 두려울 것이 없다. 하지만 저 포대 자루로 내 몸 전체를 씌우기라도 한다면 그 안에 있는 독사와 독충과 함께 놓이는 꼴이 되지 않겠는가? 그럼 난 끝장이다.'

몇 시진이 흘렀지만 시종 아무런 동정이 없었다. 그렇게 다시 또 시간이 흘러 날이 점점 밝아지다 해가 뜨기 시작해 온 산과 들판을 환히 비추었다. 나뭇가지 끝에 앉은 새들의 요란한 울음소리 속에서 갑자기 전관청의 나지막한 목소리가 들려왔다.

"왔다! 다들 조심해라!"

그는 펼쳐놓은 진 밖의 한 바위 옆에 가부좌를 틀고 앉아 있었다. 그러나 그 옆에는 포대 자루가 없고 손에 쇠피리 하나만 쥐고 있었다.

서북쪽에서 풍악 소리가 은은하게 울리며 사람들 한 무리가 걸어오는데 풍악 소리 속에는 종소리와 북소리가 조화롭게 섞여 매우 듣기가 좋았다. 유탄지가 생각했다.

'무슨 혼례 행렬인가?'

풍악 소리가 점점 가까워지면서 10장 밖에 이르러 멈추자 몇 사람이 동시에 외쳤다.

"성수노선께서 중원에 친히 행차하셨으니 개방의 제자들은 속히 무릎을 꿇고 맞이하라!"

말이 끝나자마자 둥둥둥둥 하고 북소리가 울려퍼졌다. 북소리가 세 차례에 걸쳐 울려퍼지고 지잉 하는 징소리가 들리자 북소리는 멈추고 수십 명의 사람들이 일제히 소리쳤다.

"성수노선께서 대법을 널리 펼치시어 개방의 하찮은 비렁뱅이들을 항복시켜주십시오!"

유탄지는 생각했다.

'마치 무슨 도사가 의식을 치르는 것 같구나.'

그는 바위 뒤에서 살그머니 머리를 반쯤 내밀어 훔쳐봤다. 서북쪽에 20여 명이 일자로 늘어서 있는데 징과 북 같은 악기를 들고 있는 사람도 있고, 기다란 비단 깃발을 쥐고 있는 사람도 보였다. 알록달록한 것이 무척이나 아름다운 그 깃발들을 멀리서 바라보니 깃발 위에는 '성수노선', '신통광대神通廣大[16]', '법력무변法力無邊[17]', '위진천하威震天下[18]' 등등의 글자가 수놓아져 있었다. 풍악 소리가 울려퍼지는 가운데 한 노인이 느린 걸음으로 걸어나오자 그 뒤로 수십 명이 두 줄로 늘어서서 그와 수 장의 거리를 두고 뒤따라왔다.

손에 거위 깃털로 만든 부채인 아모선鵝毛扇을 쥐고 흔드는 그 노인의 얼굴이 햇빛에 비치자, 불그스름한 얼굴에 백발이 성성하고 희끗희끗한 턱 밑 수염이 3척 정도 되는 큰 키의 동안인 모습이 드러났는데 그야말로 그림 속에 나오는 신선처럼 보였다. 그 노인은 개방 제자 무리로부터 약 3장가량 되는 거리까지 걸어와 꼼짝도 하지 않고 서서 쇠호각을 입술에 대고 힘껏 불었다. 극히 날카로운 호각 소리가 몇 번 들리자 그는 아모선을 흔들어 소리를 밀어보내는 시늉을 했다. 바닥에 앉아 있는 개방 제자들 중 네 명이 뒤로 벌렁 나자빠졌다.

유탄지는 깜짝 놀랐다.

'저 성수노선이란 자는 법력이 정말 굉장하구나.'

노인은 얼굴에 살짝 미소를 지었다. 다시 삑 하는 호각 소리와 함께 아모선을 흔들자 개방 제자 한 명이 소리에 반응해 그 자리에서 쓰러졌다. 노인의 호각 소리는 마치 무형유질無形有質의 무서운 암기처럼 보였다. 삽시간에 개방 제자 무리 중 예닐곱 명이 그 자리에 쓰러졌다. 사실 개방 사람들을 쓰러뜨린 것은 호각 소리가 아니라 그의 쇠호각에서 분출된 독분毒粉이었다. 독분을 부채로 밀어보내 상해를 입힌 것이다.

노인 뒤에서 그를 칭송하는 사람들의 목소리가 들렸다.

"사부님의 공력은 시대를 거스를 정도로 위대합니다. 저 비렁뱅이들이 우리와 맞서는 것은 반딧불이 일월 앞에서 빛을 뽐내는 격이지요."

"하룻강아지 범 무서운 줄 모르는 주제넘는 것들입니다. 정말 가소롭기 짝이 없습니다!"

"사부 어르신께서는 담소를 나누는 와중에도 저 하찮은 비렁뱅이들을 사지에 몰아넣어 이렇게 마른풀과 썩은 나무를 꺾어버리듯 승리를 쟁취하시니 이는 이 제자가 듣도 보도 못한 일입니다!"

"이는 천하에 전무후무한 위대한 공적입니다. 사부 어르신께서 이 한 수를 보여주지 않으셨다면 중원의 무인들은 세상에 이런 무공이 있는지조차 몰랐을 것입니다."

한바탕 그의 공덕을 찬양하는 소리가 귓가에 가득 울려퍼지자 풍악 소리마저 그 소리에 장단을 맞추기 시작했다.

동안학발의 이 노인은 바로 중원 무림 인사들에게 있어 증오의 대상인 성수노괴 정춘추였다. 그는 성수파의 삼보三寶 중 하나인 신목왕정을 여제자인 아자에게 도둑맞자 수차에 걸쳐 제자들을 보내 잡아오게 하고 심지어 대제자인 적성자까지 보냈었다. 그러나 번번이 비합전서飛鴿傳書[19]를 통해 전해져오는 소식은 모두 실패했다는 내용들뿐이었다. 마지막으로 아자가 개방 방주인 교봉을 배후로 삼아 적성자를 반송장으로 만들어놨다는 소식을 듣고 정춘추는 한편으로는 놀라면서도 한편으로는 분노가 치밀어올랐다. 개방이 중원 무림의 제일대방이라 만만한 상대가 아님을 알게 된 데다 농아노인이 근자에 강호에 얼굴을 내밀고 행동 개시를 했다는 말을 들었기 때문이다. 그의 가장 큰 우환거리인 농아노인을 제거하지 않고서는 마음을 놓을 수 없었기에 신목왕정을 되찾고 난 후 이 기회에 과거의 대사를 끝맺겠다고 결심을 한 것이다.

그가 연마하는 화공대법은 수시로 독사와 독충의 독질을 손바닥에 발라 체내로 흡입해야만 하며 만일 이레 동안 이를 바르지 않으면 공력이 즉시 감퇴해버리고 만다. 신목왕정은 기본적으로 특이한 냄새를 가지고 있는 데다 목정 안에서 향료를 피우기 때문에 순식간에 독충들을 유인할 수가 있어 반경 10리 안에 있는 어떤 독충도 그 향기의 유혹을 뿌리칠 수 없었다. 과거 정춘추는 이 기이한 목정을 손에 지니고 있어 독충들을 손쉽게 잡을 수 있었고 화공대법도 자연히 연마하면 할수록 심후해지고 정교해졌다. 이 화공대법은 정춘추의 부전지비였던 터라 대제자인 적성자조차 구사할 줄 몰랐다. 그 때문에 아자가 이 신공을 연마하기 위해선 몰래 훔쳐보고 목정을 훔쳐서 달아나지 않으면 안 됐던 것이다.

책략에 능한 아자는 사부가 독물을 잡는 날을 택해 사부에게 작별을 고하고 동쪽으로 향했다. 성수노괴가 신목왕정을 도둑맞았다는 걸 알아차렸을 때는 이미 이레가 지난 후였고 아자는 벌써 먼 곳에 가 있었다. 대부분 외진 오솔길을 이용해 움직이다 보니 그녀를 잡기 위해 나선 사형들의 무공이 그녀보다 고강하긴 했지만 지략에 있어서는 그녀에게 미치지 못해 그녀는 허장성세, 성동격서 같은 계략을 몇 번이나 연이어 펼치며 그들을 따돌릴 수 있었다.

성수노괴의 거처는 수많은 독사와 독충이 번식하고 있는 어둡고 습한 심곡 속이라 신목왕정 없이도 독충들을 잡아 독질을 흡수하는 건 그리 어려운 일이 아니었다. 그러나 일반 독충들은 잡기 쉬웠지만 예전처럼 잡았다 하면 희귀하고 기괴하며 무시무시한 독충류는 구하기가 쉽지 않았다. 그를 더더욱 근심스럽게 만든 건 중원의 고수들이 왕정의 내력을 간파하고 당장이라도 없애버릴까 하는 우려였다. 그 때문에 하루라도 빨리 되찾아오지 않으면 도저히 안심할 수가 없었다.

그는 제자들과 합류한 후 대제자인 적성자가 다행히 목숨을 보전하긴 했지만 무공을 모두 상실해 다른 제자들에게 구타를 당하는 등 곤욕을 치르며 철저하게 망가진 모습을 보고 둘째 제자인 사자코 마운자에게 대사형의 직위를 이어받도록 했다. 제자들은 사부가 직접 말을 끌고 길을 나서자 놀랍고도 두려운 마음이 앞섰다. 사부가 내린 임무를 완수하지 못했으니 필시 감당하기 어려운 극한의 벌을 받게 될 것이라 여긴 것이다. 다행히도 성수노괴는 당장 사람이 필요한 시기라 처벌을 잠시 미뤄두고 각자에게 공을 세워 속죄하도록 조치했다.

성수파 일행은 길을 나서 개방 소식을 탐문하려 했다. 그러나 이들은 하나같이 특이한 모습을 지닌 데다 말과 행동 역시 남들에게 혐오감을 일으키는 자들이었던 터라 그 누구도 소식을 얘기해주는 사람이 없었다. 더구나 소봉이 요나라에 가서 남원대왕이란 관직에 있다는 사실은 무림에서도 아는 사람이 거의 없어 제대로 된 소식을 들을 수 없었고 심지어 개방의 총타가 어디로 가버렸는지조차 알아낼 수 없었다. 이날은 천랑자가 무심코 개방의 대지분타가 집회를 한다는 소식을 입수해 공을 세울 욕심에 일각도 지체할 수 없다는 마음만 가지고 혼자 들이닥쳤다가 전관청의 암수에 걸려들었다. 체내에 독질을 품고 있던 그는 독사와 전갈 독에 영향을 받지 않아 간신히 목숨을 건진 후 재빨리 사부한테 달려와 고했고 이를 들은 정춘추가 지체 없이 달려온 것이다.

정춘추는 왼손을 휘둘러 풍악을 그치게 하고 전관청을 향해 냉랭하게 소리쳤다.

"너희 개방에 교봉이란 놈이 있다던데 지금 어디 있느냐? 어서 좀 보자고 해라."

전관청이 물었다.

"귀하께서는 교봉을 무슨 일로 보려는 것이오?"

정춘추가 꼿꼿한 표정으로 대꾸했다.

"이 성수노선이 묻고 있는데 어찌 답을 하지 않고 이러쿵저러쿵 따져묻는 것이냐? 교봉은 어디 있느냐?"

개방의 오대 제자가 호통을 쳤다.

"넌 뭐 하는 놈이냐?"

이 말이 채 끝나기도 전에 휙 하고 정춘추를 향해 일장을 후려갈겼다.

이 일장은 질풍 같은 기세로 매우 맹렬한 기운을 뿜어내며 정춘추의 가슴 한가운데를 향해 후려쳐나갔다. 그러나 정춘추는 아무 기척도 없고 오히려 일장을 날린 개방 제자가 무릎에 맥이 풀려 땅바닥에 쓰러지더니 잔뜩 웅크린 채 두 번 정도 살짝 경련을 일으키다 꼼짝도 하지 않았다. 모든 개방 제자가 일제히 소리쳤다.

"왜 그래?"

개방 제자 둘이 손을 뻗어 그를 부축해 일으키려 했지만 두 사람은 그의 몸에 손을 대자마자 몇 번 흔들 하더니 그 자리에 고꾸라져버렸다. 나머지 개방 제자들은 깜짝 놀라 멍한 표정을 지은 채 감히 손을 뻗어 쓰러진 동료를 건드릴 엄두조차 내지 못했다.

전관청이 호통을 쳤다.

"저 늙은이 몸에 독이 있다. 놈에게 손대지 말고 암기를 쏴라!"

오대 제자 여덟아홉 명이 암기를 꺼내 정춘추를 향해 강표와 비도, 수전, 비황석 등을 앞다투어 쏘아댔다. 정춘추가 대갈일성 하며 옷소매를 휘두르자 그를 향해 날아오던 10여 개의 암기는 개방 제자들을 향해 반격해 나아갔다.

"아이쿠!"

"으악!"

"악!"

연이은 비명 소리와 함께 예닐곱 명의 개방 제자가 자신들이 쏜 암기에 적중됐다. 이 암기들은 급소에 적중된 것이 아니라 살갗을 약간 스친 데 불과할 뿐이었지만 경미한 부상을 입었음에도 그 자리에 맥없이 쓰러졌다.

전관청이 부르짖었다.

"물러서라!"

별안간 휙 소리와 함께 강표 하나가 세차게 날아왔다. 그건 정춘추가 개방 제자들이 던진 강표를 받아두었다 경력을 돋우어 그에게 내던진 것이었다. 전관청이 재빨리 손에 쥐고 있던 쇠피리를 휘둘러 막자 깡 하는 소리와 함께 강표는 저 멀리 날아가버렸다. 성수노괴의 솜씨가 보통이 아님을 알아챈 그는 독사진으로 방어하겠다는 생각에 피리로 독사들을 조종하려 했다. 그러나 그가 쇠피리를 입에 가져다 대는 순간 입술이 마비되기 시작하면서 머리가 어질어질하고 눈앞이 캄캄해졌다. 곧바로 그는 꽈당 소리와 함께 뒤로 벌렁 나자빠져버렸다.

개방 제자들은 깜짝 놀랐다. 제자 두 명이 달려와 그를 부축하자 전관청이 혼미한 정신 속에서 외쳤다.

"나… 난 중독됐다. 모… 모두들… 어… 어서… 떠나라…."

혼비백산한 개방 제자들이 그를 들쳐 업고 마치 나는 듯이 내달려 도망치면서 땅바닥에 널린 포대 자루들은 아무도 챙기지 않았다. 성수파 제자 몇 명이 신기한 듯 포대 자루를 펼치자 포대 안에서 독사 수십 마리가 기어나왔다. 일부 제자들이 앞으로 다가가 잡으려 했지만 그중 한 명이 독사에게 물려 바닥에 쓰러지며 큰 소리로 비명을 지르자 나머지는 멀찌감치 피해 다시는 가까이 접근하지 못했다.

유탄지는 너무 놀란 나머지 풀숲 속에서 몸을 일으켰다. 더 이상 머무를 곳이 못 된다는 생각에 재빨리 자리를 뜨려 한 것이다.

성수파 제자들은 별안간 머리에 철가면을 쓴 괴상한 모습을 한 그가 나타나자 소스라치게 놀라고 말았다. 너무도 기괴한 나머지 그 누구도 감히 나서서 아는 척을 할 수 없었다. 그때 정춘추가 손짓을 하며 불렀다.

"이봐, 철가면! 이리 와봐라! 이름이 무엇이냐?"

남들에게 모욕을 당하는 데 익숙해 있던 유탄지는 상대방이 무례하게 나오는데도 전혀 개의치 않고 말했다.

"유탄지라 합니다!"

이 말을 하면서 앞으로 몇 걸음 걸어나갔다. 정춘추가 다시 물었다.

"저 비렁뱅이들이 죽은 것이냐? 네가 가서 코 밑을 더듬어봐라. 숨이 붙어 있는지 말이야."

유탄지가 답했다.

"네!"

몸을 굽혀 한 걸개의 코 밑에 손을 가져다 대자 이미 숨이 끊어져 있었다. 또 다른 걸개한테 똑같이 시험해보니 역시 숨이 끊어져 있었다.

"모두 죽었습니다. 숨이 끊어졌어요."

성수파 제자들은 남의 불행을 즐기는 듯 조롱으로 가득한 표정을 짓고 있었다. 그는 이유를 알 수 없어 다시 한번 말했다.

"모두 죽었습니다. 숨이 끊어졌어요."

사람들 얼굴에 드리워진 조롱 섞인 표정이 점점 사라지고 조금씩 의아해하는 표정으로 변했다가 다시 매우 놀랍다는 표정으로 변했다.

그때 정춘추가 다시 말했다.
“저 개방 비렁뱅이들마다 모두 살펴보고 살릴 수 있는 놈이 있는지 봐라.”
“네!”
그는 개방 제자 10여 명을 모두 살핀 후 고개를 가로저었다.
“모두 죽었습니다. 노선생께선 공력이 정말 대단하십니다.”
정춘추가 냉소를 머금었다.
“네 항독抗毒 공력도 대단하기 이를 데 없구나.”
유탄지가 의아한 듯 물었다.
“제… 제가 무슨… 항독 공력이라니요?”
그는 정춘추의 그 말이 무슨 의미인지 도무지 이해가 가지 않았다. 자신이 개방 제자들의 호흡을 살필 때마다 저승길을 한 번씩 다녀온 것이며 자신에게 항독 공력이 없었다면 10여 명의 개방 제자들을 살필 때 이미 10여 차례나 생사의 관문을 넘나들었다는 사실을 전혀 생각하지 못하고 있었던 것이다.
원래 성수노괴는 살인을 밥 먹듯 하고 사람의 목숨을 초개같이 여기는 자라 유탄지가 개방 제자들의 생사를 확인토록 만들어 그 김에 기괴한 모습을 하고 있던 그를 제거하려 했다. 뜻밖에도 유탄지는 몇 달 동안 수련을 계속해온 터라 빙잠의 기독이 이미 그의 체질에 융합되어 정춘추가 개방 제자들 몸에 묻혀놓은 독질조차 그를 해칠 수 없었다.
정춘추가 곰곰이 생각했다.
‘손등의 피부나 말하는 목소리로 봐서는 나이가 꽤 어린 것 같다. 그렇다면 진정한 실력을 갖췄다고 볼 순 없어. 아마 몸에 독물을 극복할 수 있는 웅황주雄黃珠나 액막이를 하는 기이한 향기 같은 보물을 숨겨 놓고 있을 것이다. 아니면 사전에 영험한 해약을 복용해 기독의 침입을 받지 않는 것일 수도 있고 말이야.'

이런 생각을 하고 그에게 말했다.

"유 형제, 이리 와봐라! 할 말이 있다."

진지한 어조로 한 말이지만 유탄지는 그가 연달아 개방 사람들을 악랄하게 죽이는 모습을 직접 봤기에 상대하기 어려운 사람이니 아무래도 공손한 자세로 멀리하는 편이 낫겠다는 생각이 들었다.

"소인은 긴한 일이 있어 어르신 말씀을 받들기가 힘듭니다. 전 이만 물러가겠습니다."

이 말을 하고 몸을 돌려 걸음을 옮겼다.

몇 걸음 가다 별안간 옆에서 가벼운 바람이 스쳐 지나가더니 양 손목이 조여지면서 누군가에게 붙잡히고 말았다. 유탄지가 고개를 돌려 보니 그를 붙잡은 건 성수파 제자 중 한 대한이었다. 그는 상대가 무슨 의도로 그러는지 모른 채 섬뜩한 미소로 가득한 그의 얼굴을 보자 왠지 좋지 않은 예감이 들어 깜짝 놀라 소리쳤다.

"이거 놓으시오!"

이 말을 하며 힘껏 뿌리쳤다.

순간 머리 위로 획 하는 바람 소리가 들리며 커다란 몸집의 사람 하나가 등 뒤에서 자신의 머리 위로 훌쩍 지나가 퍽 하고 건너편에 있는 석벽에 둔탁하게 부딪혔다. 곧이어 두개골이 박살나면서 머리 안의 골수가 삐져나와 줄줄 흘러내렸다.

유탄지는 사람이 날아가 그토록 세차게 벽에 부딪히는 걸 보고 믿을 수가 없었다. 그는 멍하니 있다가 그제야 그 사람이 자기를 붙잡고 있던 대한인 것을 보고 더욱 기이한 생각이 들었다.

'멀쩡한 사람이 어찌 갑자기 벽에 머리를 박고 자결을 한 거지? 머리가 어떻게 된 건가?'

그는 자신이 뿌리치면서 강력한 힘으로 그 대한을 석벽에 내동댕이쳤다는 데 대해서는 짐작도 하지 못하고 있었다.

성수파의 여러 제자가 일제히 아연실색한 표정을 지었다.

정춘추는 그가 자신의 제자를 내동댕이쳐서 죽이는 수법이 무척 어설픈 것을 보고 상승무공이 아닌 그저 완력이 특별히 강한 것일 뿐이라 여겼다. 그가 천부적으로 초인적인 힘을 지니긴 했지만 무공은 평범하다 생각한 것이다. 그가 눈 깜짝할 사이에 몸을 날리고 손을 뻗어 철가면 위를 지그시 누르자 유탄지는 미처 방어할 틈도 없이 그의 힘에 눌려 땅바닥에 무릎을 꿇고 말았다. 그는 몸을 꼿꼿이 세워 다시 일어서려 했지만 머리 위에 만 근이나 되는 돌산이 솟아 있는 듯 꼼짝도 할 수 없었다. 그는 즉각 애걸복걸하며 빌었다.

"노선생, 제발 살려주십시오."

정춘추는 제발 살려달라는 그의 말에 더욱 안심이 돼서 물었다.

"네 사부가 누구더냐? 간덩이가 부은 놈이로다. 내 제자는 어째서 죽인 것이냐?"

"저… 전 사부가 없습니다. 노선생의 제자를 죽일 생각은 없었습니다."

정춘추는 긴말할 필요 없이 그를 죽여 입막음을 하겠다는 생각에 손을 풀어 유탄지를 일으켜 세우고 일장을 휘둘러 그의 가슴팍을 후려쳤다. 유탄지는 깜짝 놀라 황급히 오른손을 뻗어 손바닥을 내밀었다. 정춘추의 일장은 그 기세가 심히 완만해서 유탄지가 오른손을 내밀어 막을 때 마침 그의 손바닥에 맞닥뜨리게 됐다. 이는 정춘추가 바랐던 바여서 손에 축적된 독질을 내경을 따라 곧바로 내보냈다. 이것이 바로 그가 수십 년 동안 명성을 떨치게 한 화공대법이었다. 이 일장에 제대로 맞은 사람은 극독이 묻거나 아니면 경맥에 손상을 입어 내력을 펼칠 수 없게 되고 마치 내력을 모두 뺏긴 것처럼 지배되고 만다. 정춘추는 평생 이를 이용해 무수히 많은 살인을 했다. 그로 인해 무림에서는 화공대법이라는 말만 들어도 모두들 혐오감을 느끼는 동시에 놀라서 벌벌 떨 정도였다.

두 사람이 서로 손바닥을 맞닥뜨리자 유탄지는 몸이 흔들리면서 턱턱턱 하고 연이어 예닐곱 발짝 뒤로 밀려났다. 몸을 일으켜 자세를 바로잡으려 했지만 끝내는 뒤로 곤두박질쳐버렸고 게다가 여전히 남아 있던 상대의 밀어내는 힘에 엉덩방아를 찧으면서 등짝이 바닥에 부딪히고 철가면마저 땅바닥에 처박히고 말았다. 연달아 세 군데를 바닥에 부딪히고 나서야 멈추자 그는 황급히 절을 해가며 부르짖었다.

"노선생, 살려주십시오! 제발 살려주십시오!"

정춘추는 그와 손바닥을 맞닥뜨릴 때 그의 내력이 매우 강하고 음한한 기운을 지니고 있으며 심지어 극독까지 품고 있는 것을 보고 무척이나 괴이하다고 느꼈다. 그가 비록 자신에게 쓰러져 곤궁에 빠지긴 했지만 자신의 독장으로 그의 경맥을 손상시키지 못하고 내력의 운행마저 멈추게 만들지 못했다고 생각하니 내력과 독경의 대결만 놓고 봤을 때 결코 자신보다 하수가 아니었다. 그런데 어찌 자신에게 살려달라고 소리를 치는 것인가? 설마 일부러 자신을 조롱하는 게 아닐까? 그는 몇 걸음 앞으로 나가 물었다.

"나한테 살려달라고 한 말이 진심이냐? 아니면 거짓이냐?"

유탄지가 연신 절을 했다.

"진심으로 드리는 말씀입니다. 부디 목숨만 살려주십시오."

정춘추가 곰곰이 생각해봤다.

'이 녀석이 무슨 방법을 사용했고 또 어떤 기연을 만나 체내에 축적한 독질이 나보다 많은지는 모르겠지만 실로 기이한 놈이로다. 이 녀석을 거두어서 연공을 어찌했는지 탐문하고 놈의 몸에 축적된 독질을 흡수한 다음 없애야겠다. 쉽사리 죽여버린다면 너무 아까운 일이 아닌가?'

그는 손을 뻗어 다시 그의 철가면을 누르며 슬그머니 내력을 운행했다.

"네가 날 사부로 모신다면 모르겠지만 그게 아니라면 어찌 내가 네 목숨을 살려둘 수 있겠느냐?"

유탄지는 머리에 쓴 철가면이 마치 불에 달궈진 듯 얼굴 전체가 뜨거워지자 속으로 무섭기 짝이 없었다. 그는 아자에게 갖은 괴롭힘을 당한 이후 이미 어떤 고초도 참고 견딜 수 있었지만 시비와 선악의 구별이나 강직한 기개 같은 관념에 대해서는 깨끗이 잊은 지 오래였다. 그는 오로지 목숨만을 보전할 생각에 다급하게 답했다.

"사부님, 제자 유탄지가 사부님 문하에 들어가고자 하니 부디 사부님께서 거둬주십시오."

정춘추가 크게 기뻐하며 숙연한 어조로 말했다.

"네가 날 사부로 모시겠다면 안 될 것 없다. 다만 본문의 규율은 한 두 가지가 아닌데 네가 그걸 준수할 수 있겠느냐? 사부의 명이 있다면 성심성의껏 복종하고 절대 거역하지 않을 자신 있느냐?"

"이 제자는 규율을 준수하고 사부님의 명에 복종할 것입니다."

"이 사부가 네 목숨을 취하겠다고 해도 기꺼이 죽겠느냐?"

"그… 그건…."

"잘 생각하고 말해라. 기꺼이 그럴 수 있다면 기꺼이 하겠다고 하고 그게 아니라면 아니라고 말하란 말이다."

'당신이 내 목숨을 취하겠다고 하면 당연히 그렇게 못하지. 만일 꼭 그래야 한다면 그때 가서 도망칠 수 있으면 도망치고 도망칠 수 없다면 기꺼이 못하겠다고 해도 달리 방법이 없지 않은가?'

이렇게 생각하고 대답했다.

"제자가 사부님을 위해 기꺼이 목숨을 바치겠습니다."

정춘추가 껄껄대고 큰 소리로 웃었다.

"좋아, 아주 좋아! 그럼 어디 네 평생 이력에 대해 상세하게 말해보거라."

유탄지는 자신의 이력과 최근 며칠 동안 겪은 갖가지 일에 대해 자세히 얘기하고 싶지 않아 자신은 농가의 자제이며 요나라인의 타초곡에 끌려가 머리에 철가면을 쓰게 된 것이라고만 얘기했다. 정춘추가 그의 몸에 축적된 독질의 내력에 대해 묻자 유탄지는 빙잠과 혜정 화상을 어찌 만났으며 빙잠을 어찌 훔쳤는지 털어놓고는 자신이 실수로 호리병 속의 빙잠한테 손가락을 물려 전신이 얼어버리고 빙잠도 죽어버렸다고 거짓말을 했다. 아자가 독장을 연마한다는 등의 얘기에 대해서는 슬쩍 생략하고 거론조차 하지 않았다. 정춘추는 그에게 빙잠의 생김새가 어찌 되며 당시 정황이 어떠했는지 자세히 캐물으며 부러워하는 표정을 감추지 못했다. 유탄지가 생각했다.

'내가 만일 물에 젖으면 그림이 보이는 그 괴상한 책 얘기를 한다면 필시 끝까지 추궁을 할 것이다. 다행히 그 책은 벌써 버려버렸잖아?'

정춘추가 어떤 기괴한 무공을 연마했는지 재차 물었지만 그는 시종 입을 열지 않았다.

요가술인 신족경 무공에 대해 알 리 없는 정춘추는 형편없는 무공 실력을 지닌 그가 음한한 내경을 연성한 것이 순전히 빙잠의 신비한 효력 때문인 것으로만 알고 속으로 끊임없이 악담을 퍼부었다.

'그런 신물이 하필이면 이런 녀석 체내로 들어가버리다니 애석하기 짝이 없구나.'

그는 한참 동안 골똘히 생각하다 물었다.

"빙잠을 잡았다는 그 뚱뚱한 화상한테 사람들이 혜정이라고 부르는 걸 들었다고? 소림사 화상인데 남경 민충사의 행각승으로 있다고 했지?"

"그렇습니다."

"혜정 화상이 그 빙잠을 곤륜산 꼭대기에서 찾아냈다고 했겠다? 좋아. 그곳에서 한 마리가 나왔다면 당연히 두 마리, 세 마리가 있을 것이다. 하지만 곤륜산은 반경 수천 리에 이르니 그쪽 길에 익숙하지 않은 사람이 인도를 한다면 빙잠을 찾아내기가 쉽지 않을 것이다."

그는 빙잠의 영험한 효과를 직접 체험해보고 싶었다. 그게 신목왕정보다 더욱 귀한 것처럼 느껴졌기 때문이다. 그는 그 혜정이란 화상을 잡아다 길을 안내시키고 곤륜산에 가서 빙잠을 잡는 것이 급선무라고 생각했다. 그 화상이 소림승이란 점은 골치 아프긴 했지만 다행히도 남경에 있다고 하니 처리하기 쉽겠다는 생각이 들었다. 그는 당장 유탄지에게 사부인 자신 앞에서 절을 하고 입문하는 예를 행하도록 명했다.

성수파 제자들은 사부가 그를 중시하는 태도를 보고 유탄지에게 칭찬과 아부의 말을 입에서 나오는 대로 마구 쏟아냈다.

일행은 즉각 동북쪽을 향해 길을 나섰다. 정춘추의 뒤를 따라가던 유탄지는 소맷자락을 펄럭이며 가벼운 발걸음으로 걷는 그의 모습이 마치 신선처럼 보이자 순간 자연스럽게 존경심이 우러나왔다.

'내가 이런 대단한 사부를 모시게 되다니 정말 전생에 쌓은 복이 들어왔나 보다.'

성수파 일행은 이렇게 사흘을 걸어갔다. 그날 오후, 일행은 큰길에 있는 한 정자에 앉아 물을 마시며 휴식을 취했다. 그때 별안간 뒤에서 말발굽 소리가 들리며 말 네 필이 이들이 온 길로 쏜살같이 내달려왔다.

네 필의 말은 정자 근처까지 내달려왔고 순간 앞장선 말 한 필 위에 탄 사람이 소리쳤다.

"큰형님, 둘째 형님! 정자 안에 물이 있으니 목 좀 축이고 말들도 좀 쉬게 합시다."

이 말을 하고는 말에서 뛰어내려 정자 안으로 들어섰다. 이어서 나머지 세 사람 역시 말에서 내렸다. 네 사람은 정춘추 등 일행을 보자 속으로 살짝 어리둥절해하다 약수 항아리 쪽으로 걸어가 사발을 들고 항아리 안의 물을 떠서 마셨다.

유탄지가 보니 앞장서서 온 검은색 옷을 입은 사람은 마르고 작은 몸집에 팔자수염을 기르고 있었는데 무척이나 날렵해 보였다. 두 번째 사람은 황갈색 장포를 입고 역시 깡마른 몸이었지만 키는 훨씬 크고 양쪽 눈썹이 사선으로 처져 병색이 완연한 얼굴에 괴팍해 보이기까지 했다. 세 번째 사람은 밤색 장포를 입고 우람한 체격에 각진 얼굴과 큰 귀를 지니고 있었으며 턱 밑에는 덥수룩하고 희끗희끗한 수염을 기르고 있어 마치 부유한 지방 토호처럼 보였다. 마지막 쉿빛의 유생 의복에 두건을 쓴 나이가 쉰 전후로 보이는 사람은 실눈을 가늘게 뜬 모습이 글공부를 과하게 해서 시력이 좋지 않은 듯했다. 그는 물을 마시러 가지 않고 호리병을 꺼내 혼자 술을 벌컥벌컥 마셨다.

바로 그때 맞은편 길에서 한 승려가 큰 걸음으로 성큼성큼 걸어와 정자 밖에 이르러 두 손으로 합장을 하더니 공손하게 말했다.

"시주 여러분, 소승이 지나는 길에 목이 말라 정자에서 물 한잔하고 좀 쉬어가려 합니다."

흑의를 입은 사내가 웃으며 말했다.

"스님께서는 예가 지나치시오. 다들 지나는 과객이고 이 정자는 우리가 지은 것도 아니지 않소? 그냥 들어와 마시도록 하시오."

"아미타불, 고맙습니다."

승려는 깍듯하게 인사를 하고 정자 안으로 들어왔다.

그 승려는 스물서넛 정도 되는 나이에 진한 눈썹과 큰 눈 그리고 커다란 코에 콧구멍이 하늘을 향해 있어 용모가 추하기 짝이 없었다. 승포 곳곳에는 기운 자리가 있었지만 오히려 아주 깔끔해 보였다. 그는 먼저 온 세 사람이 다 마시길 기다렸다가 약수 항아리로 다가가 토기 사발에 물을 떠 두 손으로 받쳐들고 두 눈을 낮춰 공손하게 게송揭頌[20]을 읊었다.

"부처님께서 한 사발의 물을 보시고 8만 4천 마리의 벌레가 있으니 이 주문을 외우지 않으면 중생들이 고기를 먹는 것과 같다고 하셨느니라."

이 말을 하고 주문을 외웠다.

"암박실바라마니사가唵縛悉波羅摩尼莎訶."

그는 주문을 외우고 사발을 들어 물을 마셨다.

그 흑의인이 이상한 듯 바라보며 물었다.

"소스님, 지금 중얼거리면서 외운 주문이 뭐요?"

승려가 말했다.

"물 마실 때 외우는 주문입니다. 부처님께서 말씀하셨습니다. 물 한 사발마다 8만 4천 마리의 벌레가 들어 있으니 출가인은 살생을 금해야 하기에 이 음수 주문을 외워야 마실 수가 있다고 말입니다."

흑의인이 껄껄대고 웃었다.

"그 물은 깨끗해서 벌레 한 마리 없소. 소스님께서는 농담도 잘하시는구려."

승려가 말했다.

"시주께서 모르시는 바가 있습니다. 저 같은 범부가 보기엔 당연히 물 안에 벌레가 없지만 부처님께서 천안天眼[21]으로 물을 보시고는 물 속에 수없이 많은 작은 벌레가 있다고 하셨습니다."

흑의인이 껄껄 웃었다.

"그럼 음수 주문을 외우고 난 후 8만 4천 마리의 작은 벌레들이 배 속으로 들어가면 그 벌레들이 죽지 않는단 말이오?"

승려가 머뭇거리다 말했다.

"그… 그건… 사부님께서 가르쳐주지 않으셨습니다. 아마 죽지 않을 겁니다."

황의를 입은 사람이 불쑥 끼어들었다.

"아니로소이다, 아니로소이다! 그래도 벌레들은 죽을 것이오. 다만 소스님이 주문을 외운 후에 8만 4천 마리 벌레들이 서천의 극락세계로 왕생하게 될 뿐이오. 소스님께서 물 한 사발을 마시고 8만 4천의 중생을 제도하는 셈이지. 공덕무량功德无量이로소이다. 공덕무량!"

승려는 그가 한 말의 진위 여부를 알 수 없어 두 손으로 물 사발을 받쳐들고 넋이 나간 듯 멍하니 있다가 중얼거렸다.

"일거에 8만 4천 마리의 생명을 제도한다고? 소승에게 그런 크나큰 법력은 전혀 없습니다."

황의인이 그의 곁으로 다가가 그의 손에 있던 사발을 받아들고는 사발 안을 뚫어지게 응시하다 숫자를 헤아렸다.

"하나, 둘, 셋, 넷, 다섯, 여섯… 천, 2천… 만, 2만… 아니로소이다, 아니로소이다! 소스님, 이 사발 안에는 벌레가 8만 3,999마리밖에 없으니 스님이 한 마리 더 셌소."

승려가 말했다.

"나무아미타불. 시주께서 농담을 하시는군요. 시주 역시 범부이거늘 어찌 천안의 신통력이 있다는 말씀입니까?"

"그런 소스님은 천안의 신통력이 있단 말이오?"

"소승은 당연히 없습니다."

"아니로소이다, 아니로소이다! 내가 보기엔 천안통이 있소. 그렇지 않다면 날 단 한 번 봤을 뿐인데 어찌 내가 속세에 내려온 보살이 아니라 범부란 걸 안단 말이오?"

승려는 그를 훑어보다 도저히 알 수 없다는 표정을 지었다.

대추색 장포를 입은 대한이 걸어가 물 사발을 받아들어 승려 손에 돌려주며 웃었다.

"스님, 어서 물이나 드시오! 우리 형제가 농을 하는 것이니 곧이들을 것 없소."

승려는 물 사발을 받아들고 공손히 답했다.

"고맙습니다. 고맙습니다."

그가 마음의 결정을 내리지 못한 듯 물을 마시지 못하자 그 대한이 말했다.

"소스님께서는 걸음걸이가 매우 씩씩하고 힘찬 것을 보니 무공을 할 줄 아는 것 같구려. 스님에 대한 호칭을 어찌해야 하며 어느 보찰寶刹에 출가하셨는지 가르침을 내려주시오."

승려는 물 사발을 항아리 뚜껑 위에 올려놓고 살짝 몸을 굽히며 답했다.

"소승은 허죽虛竹이라고 하며 소림사에 출가했습니다."

흑의인이 소리쳤다.

"훌륭하군요, 훌륭해! 이제 보니 소림사의 고수셨군요. 자자! 어디 한번 겨뤄봅시다!"

허죽이 연신 손사래를 치며 거부했다.

"소승의 무공은 보잘것없는데 어찌 감히 시주와 겨루겠습니까?"
흑의인이 빙긋 웃었다.
"며칠 동안 싸움을 안 했더니 손이 근질근질해서 말이오. 그냥 진짜로 싸우자는 게 아니라 초식이나 좀 겨루자는 건데 두려울 것 뭐 있소?"
허죽이 두 걸음 뒤로 물러섰다.
"소승이 수년 동안 연마를 하긴 했지만 신체 단련을 위한 것일 뿐 싸움은 못합니다."
흑의인이 말했다.
"소림사 화상들은 하나같이 고강한 무공을 지니고 있지. 무공을 처음 배우는 화상은 문밖으로 한 발짝도 나가지 못하지 않소? 소스님께서 하산을 하셨다는 건 필시 일류고수라는 증거요. 자, 자! 그냥 딱 백 초만 겨뤄봅시다. 누가 이기고 지는지는 상관 말고 말이오."
허죽이 다시 두 걸음 물러섰다.
"시주께서 모르시어 그렇습니다. 소승이 이번에 하산한 건 무공을 할 줄 알아서가 아니라 저희 사찰에서 제자들을 파견해 곳곳에 서찰을 전달하던 참에 사람이 부족해 소승 차례까지 오게 된 것입니다. 소승은 영웅첩 열 장을 가지고 나왔는데 사부님께서 영웅첩 열 장을 모두 전달하면 곧바로 돌아오되 절대 남에게 무력을 쓰지 말라 명하셨습니다. 현재 넉 장을 전달하고 여섯 장이 남아 있지요. 시주께선 무공이 뛰어나신 듯하니 이 영웅첩을 받으십시오."
이 말을 하고 품속에서 기름천으로 싼 보자기를 꺼내 펼쳐서는 진홍색 청첩을 하나 꺼내 공손하게 넘겨주었다.
"시주의 고성대명을 알려주시면 소승이 절에 돌아가 사부님께 잘

고하겠습니다."

흑의인이 청첩을 받아들지 않고 말했다.

"나랑 겨루어보지도 않았는데 내가 영웅인지 겁쟁이인지 어찌 안단 말이오? 우선 몇 초만 겨뤄보고 나서 내가 스님을 이기면 그때 영웅첩을 받을 체면이 설 것 아니겠소?"

이 말을 하고 두 걸음 내딛어 왼 주먹을 날리는 시늉을 하다 허죽을 향해 오른 주먹을 날렸다. 그는 주먹으로 허죽의 안면을 향해 내질렀다 다시 거두며 소리쳤다.

"어서 반격하시오!"

우람한 체격의 사내가 허죽이 '영웅첩'이라는 말을 하자 관심을 보이며 끼어들었다.

"넷째 아우, 비무는 급하지 않네. 영웅첩에 뭐라고 적혀 있는지 먼저 보세."

이 말을 하고 허죽이 들고 있던 청첩을 받아들었다. 청첩에는 이렇게 적혀 있었다.

'소림사 주지 현자가 합장으로 천하 영웅들을 정중히 청합니다. 12월 초여드레 납팔절臘八節[22]에 숭산 소림사에 왕림해주시어 좋은 인연을 폭넓게 맺으시고 고소모용씨의 '상대가 쓴 방법을 상대에게 펼친다'는 고명한 풍모도 구경하시기 바랍니다.'

그 대한이 헉 하고 소리치며 청첩을 옆에 있는 유생에게 건네더니 다시 허죽을 향해 말했다.

"소림파에서 영웅대회를 개최하는 게 이제 보니 고소모용씨를 곤란하게 만들려는 것이로군…."

흑의인이 소리쳤다.

"묘하군, 정말 묘해! 나 일진풍 풍파악이 바로 고소모용씨의 수하요. 소림파가 고소모용씨를 힘들게 하려면 영웅대회 같은 건 개최할 필요 없소. 내가 당장 소림파 고수께 한 수 가르침을 받도록 하겠소."

허죽은 다시 두 걸음 물러서 왼발을 정자 밖에 디디며 말했다.

"이제 보니 풍 시주셨군요. 사부님께서 말씀하셨습니다. 폐사에서는 고소모용 시주께서 왕림하시도록 공손하게 청하는 것일 뿐 감히 기분을 상하게 만들려는 건 아니라고 말입니다. 단지 강호에 떠도는 소문에 따르면 무림에서 최근 몇 년 동안 적지 않은 영웅호한이 고소모용씨의 '상대가 쓴 방법을 상대에게 펼친다'는 신공 아래 목숨을 잃었다고 합니다. 소승의 사백조이신 현비대사께서 대리국 신계사에서 원적하셨는데 고소모용씨가 관련이 있는지 없는지 몰라 폐파敝派의 방장대사 이하의 모든 사람이 의구심을 가지고 있습니다. 다만 감히 함부로 고소모용씨 일가를 원망할 수 없어 그 때문에…."

흑의인이 말을 자르며 끼어들었다.

"그 일은 말이오, 우리 고소모용씨와 추호도 관련이 없소. 허나 내가 이렇게 말한다 해도 분명 믿지 않을 것이오. 말로만으로는 알 수 없으니 할 수 없이 실력을 겨뤄 진실을 밝힐 수밖에 없겠소. 이럽시다. 우리 두 사람이 오늘 먼저 한번 겨루는 거요. 이건 연극을 하기 전에 징과 북을 한번 치거나 화본話本[23]을 읽기 전에 우선 약간의 맛보기를 얘기해 흥을 돋우는 것이나 마찬가지인 것이오. 12월 초여드레 납팔절에는 이 풍 모가 다시 소림사로 갈 테니 밑에서부터 하나하나 순서대로 싸우면서 올라가면 그뿐이오. 통쾌하겠군! 통쾌하겠어! 많아야

열일고여덟 명 정도와 싸우고 나면 이 풍 모는 만신창이가 돼서 더 이상 싸울 수 없을 테니 현자 방장과 겨루고 싶어도 그럴 기회와 인연이 없을 것이오. 애석하군! 애석해!"

이 말을 하며 주먹을 문지르고 손을 비비다 앞으로 나와 싸우려는 자세를 취했다.

우람한 사내가 나서서 말렸다.

"넷째 아우, 멈추게! 제대로 해명하고 싸워도 늦지 않네."

황의인이 말했다.

"아니로소이다, 아니로소이다! 제대로 해명한 후에는 싸울 필요가 없지요. 넷째 아우! 기회를 놓치지 말게. 싸울 거라면 해명을 해서는 안 되네."

우람한 사내가 아랑곳하지 않고 허죽을 향해 말했다.

"재하는 등백천이며 여기는 둘째인 공야건이오."

이 말을 하고 그 유생을 가리키고 다시 황의인을 가리키며 말했다.

"그리고 여기는 셋째인 포부동이오. 우리 모두 고소모용 공자의 수하들이오."

허죽은 네 사람을 향해 일일이 합장을 한 채 예를 올렸다.

"등 시주, 공 시주…."

포부동이 끼어들며 말했다.

"아니로소이다, 아니로소이다! 우리 둘째 형님은 복성인 공야公冶씨요. 공 시주라고 부르는 건 대단히 큰 실례라 할 수 있소이다."

허죽이 황급하게 말했다.

"실례했습니다. 실례했습니다! 소승이 아는 바가 적어 그런 것이니 부디 공야 시주께서 책망은 말아주십시오. 포 시주….”

포부동이 다시 끼어들며 말했다.

“또 틀렸소이다. 내가 포가인 게 맞긴 하지만 평생 화상과 비구니에 대해 보시를 한 적이 없기에 포 시주라고 할 수는 없는 것이오.”

허죽이 말했다.

“네, 네! 포 셋째 나리. 풍 넷째 나리.”

포부동이 말했다.

“또 틀렸소. 우리 풍 넷째 아우는 잠시 후 스님과 싸움을 벌여 누가 이기고 지든 간에 스님에게 경험을 쌓게 해주고 무공에 장족의 발전이 있게 만들어줄 것이니 스님께 보시를 하는 셈이나 마찬가지 아니겠소?”

허죽이 말했다.

“네, 네! 풍 시주. 허나 싸움은 절대 안 합니다. 출가인은 수행이 본업이며 무예를 배우는 건 부차적인 것입니다. 무공에 장족의 발전이 없다 해도 별 상관은 없습니다.”

풍파악이 탄식을 하며 말했다.

“무학을 저리 가볍게 본다면 무공 실력 역시 평범할 것 같구먼. 이 싸움은 안 하는 게 좋겠소.”

이 말을 하고 고개를 연신 가로저으며 흥미를 잃은 듯한 표정을 지었다. 허죽은 마치 큰 짐을 내려놓은 듯 만면에 희색을 띠었다.

“네, 네!”

등백천이 말했다.

“허죽 스님, 이 영웅첩은 우리가 우리 공자를 대신해 받아두겠소. 한

데 우리 공자께서 이미 2년여 전에 귀 사를 방문한다고 길을 떠나셨는데 아직까지 들르지 않으셨던 거요?"

허죽이 말했다.

"오신 적 없습니다. 방장 대사께선 모용 공자가 오길 기대하고 한동안 기다렸지만 아무 소식이 없자 두 차례나 귀부에 사람을 보내셨습니다. 허나 모용 노시주께선 이미 귀천하셨고 소시주께서는 출타하셨다는 말만 전해들었을 뿐이었지요. 방장 대사께서 이번에 다시 달마원達磨院 수좌首座를 소주로 보내 존부에 서찰을 전달하려 했지만 모용 소시주께서 여전히 댁에 안 계실까 염려돼 하는 수 없이 강호에 영웅첩을 퍼뜨려 초청하게 된 것입니다. 실례된 점이 있다면 네 분께서 모용 공자께 설명을 해주시기 바랍니다. 그 점에 대해서는 후에 모용 시주가 폐사에 왕림하시면 방장 대사께서 친히 사죄드릴 것입니다."

등백천이 말했다.

"소스님, 예는 거두시오. 대회까지는 아직 반년 이상 남았으니 정한 기일 내에 우리 공자께서 반드시 귀 사에 가서 방장 대사를 알현할 것이오."

허죽이 합장을 한 채 몸을 굽혀 말했다.

"모용 공자와 여러분께서 소림사에 오시면 저희 방장 대사께서 열렬히 환영하실 것입니다. 알현을 한다는 표현은 당치 않습니다."

풍파악은 그가 고지식하기 이를 데 없는 데다 무림인들의 호탕하고 의기 넘치는 모습이라곤 전무해 화상은 화상인데 천하에 명성이 퍼져 있는 '소림 화상'처럼 보이지 않자 속으로 참을 수가 없어 더 이상 상대도 하지 않고 고개를 돌려 정춘추 등 일행을 훑어봤다. 손에 무기를 쥐고 있는 성수파 제자들을 무림 사람들로 보고 이들 중에서 상대를 몇 명 골라 싸움을 벌일 생각을 한 것이다.

유탄지는 풍파악 등 네 사람이 정자 안으로 걸어들어오는 것을 보고 사부 뒤에 몸을 움츠리고 있었다. 몸집이 큰 정춘추 뒤에 가려 있다 보니 등백천 등 네 사람은 철가면을 쓴 그의 괴상한 모습을 발견하지 못했다. 풍파악은 동안학발의 준수한 용모에 신선의 풍채와 도인의 골격을 지닌 정춘추가 속세 밖의 고인처럼 보이자 내심 존경심이 우러나와 감히 함부로 나서서 도전할 수가 없었다.

"여기 계신 노선배님, 실례지만 고성대명이 어찌 되십니까?"

정춘추가 빙긋 웃었다.

"난 정丁가요."

그때 허죽이 돌연 비명을 질렀다.

"사숙조, 어르신께서도 오셨군요."

풍파악이 고개를 돌려보자 큰길 위에 일고여덟 명의 화상이 보였다. 맨 앞에 노승 두 명이 있고 그 뒤로 화상 둘이 들것을 들고 오는데 그 위에 사람이 하나 누워 있었다. 허죽은 빠른 걸음으로 정자 밖으로 나가 두 노승을 향해 예를 올리고 등백천 일행의 내력을 고했다.

오른쪽에 있던 노승이 고개를 끄덕이며 정자 안으로 들어가 등백천 등 네 사람을 향해 예를 올렸다.

"노납은 현난이라 하오."

그는 또 다른 노승을 가리키며 말했다.

"여기 이 사람은 내 사제인 현통玄痛이오. 고소모용가의 네 대협을 만나뵙게 되어 천만다행이오."

등백천은 현난이란 이름을 익히 들어왔던 데다 만면에 주름이 가득하고 신광이 번뜩이는 눈을 지닌 그의 모습을 보자 황급히 답례를 했다. 풍파악이 입을 열었다.

"대사께서는 소림사 달마원의 수좌이자 뛰어난 신공을 지니고 계시다는 말씀을 익히 들었습니다. 공교롭게 오늘 이렇게 만나뵙게 되는군요."

현난이 온화한 미소를 지었다.

"노납은 현통 사제와 함께 방장의 하명을 받들어 강남 연자오 모용 시주부로 청첩을 전달하러 가는 길이오. 폐사에서 연자오로 가는 것은 이번에 세 번째인데 이런 곳에서 네 분을 해후하게 되었으니 깊은 인연이 있는 듯하외다."

이 말을 하며 품속에서 진홍색 청첩을 한 장 꺼냈다.

등백천이 두 손으로 받아들어 보니 겉봉투에 '삼가 고소 연자오 모용 시주께 올림'이란 글이 적혀 있었다. 청첩 안의 내용은 허죽이 준 것과 같은 것으로 보였다.

"두 분 스님께서는 소림의 고승대덕으로 무림에서 명망이 높으심에도 이렇게 친히 폐장敝莊에 왕림하신다니 고소모용의 체면이 서는 것 같습니다. 조금 전 여기 허죽 소스님께서 영웅첩을 건네 이미 받았으니 가능한 한 빨리 모용 공자께 고할 것입니다. 12월 초여드레 납팔절에 폐장의 모용 공자가 귀 사로 가서 예불을 드리고 소림의 여러 고승께 감사 인사를 드릴 것이며 또한 천하 영웅들 앞에서 갖가지 오해를 해명할 것입니다."

현난이 생각했다.

'당신이 말한 '갖가지' 오해란 현비 사형이 당신네 모용씨한테 살해당한 일을 말하는 것인가?'

별안간 등 뒤에서 누군가 나지막이 소리쳤다.

"어? 사부님. 바로 저 사람입니다."

현난이 고개를 돌려보자 기괴한 모습을 한 사람이 손가락으로 들것을 가리키며 한 백발의 노인 귓전에 대고 말하고 있었다.

유탄지가 정춘추의 귓전에 대고 말했다.

"들것에 누워 있는 저 배불뚝이 화상이 바로 빙잠을 잡아온 사람입니다. 한데 어찌 소림파 사람들한테 실려왔는지 모르겠습니다."

정춘추는 그 배불뚝이 화상이 빙잠의 원주인이라는 말을 듣고 기쁘기 짝이 없어 나지막이 물었다.

"틀림없느냐?"

"틀림없습니다. 저 사람이 바로 혜정입니다. 사부님, 저 하늘 높이 솟아오른 불룩한 배를 보십시오."

정춘추는 혜정의 배가 산달이 다 된 여인보다 더 큰 것을 보고 속으로 저렇게 큰 배를 가진 화상은 누구든 한 번만 보면 영원히 기억할 것이라 생각해 현난을 향해 말했다.

"대사, 저 혜정 화상은 제 친구인데 혹시 병이 든 것입니까?"

현난이 합장을 하고 말했다.

"시주께서는 고성대명이 어찌 되시오? 노납의 사질을 어찌 아시는지 모르겠소?"

정춘추는 생각했다.

'저 혜정이란 자가 소림사 화상들과 함께 있으니 골치 아프게 생겼

구나. 다행히 길에서 만났으니 지금 뺏는다면 소림사로 가서 잡아오는 것보다 훨씬 쉽겠다.'

그는 빙잠의 신묘한 효험을 생각하자 자기도 모르게 가슴이 달아올랐다.

"재하는 정춘추라 합니다."

정춘추라는 세 글자가 입에서 떨어지자 현난과 현통, 등백천, 공야건, 포부동, 풍파악 등 여섯 사람은 마치 약속이나 한 듯이 깜짝 놀라며 서서히 안색이 바뀌었다. 성수노괴 정춘추의 악명은 천하에 널리 퍼져 있었던 터라 그가 이렇게 품위가 있고 근엄한 모습의 인물이라고는 그 누구도 생각지 못했고, 더구나 이런 곳에서 만나리라고는 더더욱 생각지 못했던 것이다. 여섯 사람은 곧 경계 태세를 취했다. 등백천, 공야건, 포부동, 풍파악 네 사람은 정춘추와 만타산장 왕가의 관계를 익히 듣긴 했지만 직접 본 적이 없고 오늘이 첫 대면이었다.

현난이 순간 냉정을 찾으며 말했다.

"이제 보니 성수해 정 노선생이셨군요. 노선생의 명성은 익히 들어 잘 알고 있습니다."

그는 만나뵙게 되어 영광이라는 등의 인사치레는 하지 않고 이런 생각을 했다.

'누구든 당신을 만나게 된 건 전생의 업보라 할 수 있지.'

정춘추가 말했다.

"별말씀을 다 하시오. 소림 달마원 수좌 수리건곤袖裏乾坤의 명성은 천하에 널리 퍼져 있어 노부도 경모해하고 있었소. 저기 혜정 스님은 노부가 마침 도처에 수소문하고 있던 차요. 한데 여기서 만나게 되다니 이보다 더 좋을 순 없소. 아주 잘됐소."

현난이 이맛살을 찌푸렸다.

"말씀드리기 부끄러우나 노납의 저 혜정 사질은 폐사에서 제대로 가르침을 내리지 못한 탓에 승려로서 지켜야 할 계율을 파계하고 1년여 전 함부로 하산하여 적지 않은 악행을 일삼아왔소. 폐사의 방장 사형께서 사람을 시켜 도처를 수소문한 끝에 어렵사리 찾아내 데리고 돌아가는 중이오. 정 노선생께서는 사질을 본 적이 있으시오?"

"병이 난 것이 아니라 스님들한테 맞은 것이로군요. 상처가 심합니까?"

현난은 대답을 하지 않고 잠시 머뭇거리다 말했다.

"사질이 방장의 하명을 받들지 않고 오히려 출수를 해서 사람을 해쳤소."

이 말을 하고 생각했다.

'사질이 당신 같은 사악한 이단아와 교분을 맺은 것 또한 크나큰 계율을 어긴 셈이오.'

정춘추가 말했다.

"제가 곤륜산에서 아주 어렵사리 빙잠 한 마리를 잡았소. 제게는 아주 유용한 물건이지만 뜻밖에도 저 혜정 스님한테 도둑을 맞았소. 내가 저 멀리 성수해에서 중원까지 나온 것은 바로 빙잠을 되찾기 위해서…."

그의 말이 채 끝나기도 전에 혜정이 소리쳤다.

"내 빙잠이? 이보시오, 내 빙잠을 봤단 말이오? 그 빙잠은 내가 갖은 고생을 다해 곤륜산에서 찾아온 것인데… 다… 당신이 훔쳐갔단 말이오?"

유탄지가 모습을 드러낸 이후 풍파악의 시선은 줄곧 철가면 주변을 맴돌고 있었을 뿐 현난과 정춘추, 혜정 세 사람이 얘기하는 빙잠에 대해서는 관심조차 없었다. 그는 유탄지 주변을 몇 번이나 돌면서 그 가면이 아주 정교하게 만들어져 머리에 제대로 붙어 떨어지지 않는 것을 보고 손을 뻗어 두드려보고 싶은 마음이 들었다. 그는 다시 한번 더 살펴보다 말했다.

"이보시오, 친구! 안녕하시오?"

유탄지가 대꾸했다.

"아… 안녕합니다."

그는 기운이 넘치고 금방이라도 손을 쓸 것 같은 풍파악의 모습을 보고 심히 두려웠다. 풍파악이 다시 말했다.

"친구, 이 가면은 어쩌다 쓰게 된 것이오? 나 풍 모가 천하를 유랑하면서 이런 얼굴은 난생처음 보는 것 같소."

유탄지는 수치스러운 마음에 고개를 숙였다.

"네, 저… 제 의지로 한 것이 아니라… 방법이 없었습니다."

풍파악은 불쌍한 듯 말하는 그를 보고 벌컥 화를 내며 물었다.

"누가 이런 못된 짓을 했단 말이오? 이 풍 모가 좀 만나봐야겠소."

이 말을 하며 곁눈질로 정춘추를 째려봤다. 그 노인이 한 짓이라고만 생각한 것이었다. 유탄지가 다급하게 말했다.

"우… 우리 사부님은 아닙니다."

풍파악이 말했다.

"멀쩡한 사람이 그런 무쇠 가면을 뒤집어쓰는 게 무슨 의미가 있소?

자, 내가 없애주겠소."

이 말을 하고 신발 속에서 비수를 하나 꺼내는데 서슬이 퍼렇고 예리하기 이를 데 없었다. 그는 그 비수로 그의 가면을 떼어내려 했다.

유탄지는 가면이 이미 자신의 얼굴, 뒤통수에 있는 피와 살과 엮여 있어 억지로 벗겨내면 목숨마저 위태롭다는 걸 알고 있기에 다급하게 만류했다.

"아니, 아니! 안 됩니다!"

"두려워 마시오. 내 이 비수는 보통 예리한 게 아니오. 살갗은 절대 다치지 않을 것이오."

"아니요. 안 됩니다."

"당신한테 철가면을 씌운 사람이 두려워 그렇군. 아니오? 다음에 만날 때 나 일진풍이 제거해줬다고 하시오. 당신 의지대로 못한다면 그 악인을 나한테 데려오면 그뿐이오."

이 말을 하면서 그의 왼팔을 움켜잡았다.

유탄지는 그가 들고 있는 서슬 퍼런 비수를 보고 너무 놀란 나머지 비명을 질렀다.

"사부님, 사부님!"

그는 정춘추 쪽으로 고개를 돌리며 도움을 요청했다. 정춘추는 들것 옆에 서서 혜정을 흥미 있게 바라보고 있던 터라 그의 비명 소리를 들은 체 만 체했다. 풍파악이 비수를 들어 철가면을 벗겨내려 하자 유탄지는 다급한 나머지 오른손을 힘껏 휘둘러 상대를 밀어버리려 했다. 그러나 그는 무공 실력이 어설픈 데다 출수 또한 엉터리였던 터라 퍽 하는 소리와 함께 풍파악의 왼쪽 어깨를 가격하고 말았다.

풍파악은 철가면을 제거해주기 위해 온 정신을 집중한 채 약간의 실수만 해도 그의 얼굴을 베어버릴까 염려하던 중이었을 뿐 느닷없이 일장이 날아올 줄은 생각지도 못하고 있었다. 더구나 기세가 지극히 강력한 그의 일장에 풍파악은 괴로운 신음 소리를 내지르며 바닥에 쓰러져버리고 말았다.

등백천과 공야건, 포부동 세 사람은 유탄지가 느닷없이 독수를 날려 자신들의 의형제를 쓰러뜨리는 것을 보고 깜짝 놀랐다. 더구나 풍파악의 안색이 창백한 걸 보고 더욱 걱정스러웠다. 공야건이 맥을 짚어 매우 빠르게 뛰는 맥박을 보고 약간의 중독 증상이 있는 것으로 짐작했다. 그는 유탄지를 가리키며 욕을 퍼부었다.

"이런 못된 녀석 같으니! 누가 성수노괴 제자 아니랄까 봐 은혜를 원수로 갚는단 말이냐? 감히 독수를 써서 사람을 해치다니!"

그는 재빨리 품 안에서 작은 병 하나를 꺼내 해독약 한 알을 풍파악 입안에 넣어줬다.

등백천과 포부동 두 사람은 신형을 흔들 하면서 정춘추와 유탄지 앞을 가로막았다. 포부동이 암암리에 왼손의 기운을 돋우어 갈고리 모양으로 만든 다섯 손가락으로 유탄지의 가슴팍을 후벼파려고 했다. 등백천이 저지했다.

"셋째 아우, 멈추게!"

포부동이 준비 자세만 취한 채 눈을 돌려 바라보자 등백천이 말했다.

"우리 넷째 아우가 호의를 가지고 철가면을 제거해주려 한 것인데 어찌 성수파에서 출수를 해서 사람을 해친 것이오? 정 노선생께서 가르침을 내려주시오."

정춘추는 새로 거둔 제자가 단 일장 만에 고소모용씨 수하의 고수를 때려눕히는 것을 보고 성수파의 위세를 떨친 것 같아 속으로 득의양양했다. 그는 빙잠의 신묘한 효력이 더욱 부럽게 느껴졌다.

"저 풍 넷째 나리는 싸움을 얼마나 잘하는지 몰라도 남의 일에 쓸데없이 끼어들길 좋아하는구려. 우리 성수파 제자가 머리에 동모자를 쓰고 있든 철모자를 쓰고 있든 고소모용씨에 무슨 지장이 있다 그러시는 것이오?"

이때 공야건이 이미 풍파악을 부축해 바닥에 앉혀놓았다. 풍파악은 전신을 부들부들 떨고 이를 따다닥 마주치며 마치 얼음 창고에 들어가 있는 듯 힘겨워했다. 잠시 후 입술마저 자줏빛으로 물들었고 하얀 안색은 점점 시퍼렇게 변해만 갔다. 신통한 효력을 지닌 공야건의 해독환을 먹었음에도 망망대해에 돌을 던진 듯 아무 효과도 발휘하지 못했다.

공야건이 황급히 손을 뻗어 그의 호흡 상태를 살폈다. 돌연 차가운 냉풍이 손바닥에 불어오는데 그 한기가 뼛속까지 파고들었다. 공야건은 재빨리 손을 거두고 소리쳤다.

"아니! 어찌 이리 차가울 수 있단 말인가?"

그는 입으로 뿜어내는 숨이 이 정도로 차갑다면 체내에 중독된 한독은 엄청날 것이라는 생각이 들었다. 심각한 상황임을 간파한 그는 시시비비를 따지기엔 이미 늦었다 판단하고 정춘추를 향해 몸을 돌려 말했다.

"우리 아우가 당신 제자의 독수에 중독됐으니 해약을 내주시기 바라겠소."

풍파악이 중독된 독은 바로 유탄지가 신족경 내공으로 내뿜은 빙잠의 극독이었다. 당연히 정춘추에게는 해약이라곤 없었고 해약이 있다 해도 줄 마음이 없었다. 그는 고개를 쳐들어 하늘을 향해 큰 소리로 웃으며 소리쳤다.

"아오륙노공啊烏陸魯共! 아오륙노공!"

그는 알 수 없는 주문을 외우더니 소맷자락을 휘날리며 세찬 회오리바람을 일으켰다. 성수파 제자들은 돌연 정자에서 달려나가 질풍처럼 내달렸다.

등백천 등과 소림승들은 이 세찬 바람이 감당이 안 될 정도로 눈을 찌르는 느낌이 들어 눈물을 줄줄 흘리며 눈을 뜰 수가 없었다. 이들은 하나같이 같은 생각을 했다.

'당했다!'

정춘추의 소맷자락 안에 숨겨져 있던 독가루가 소맷자락을 휘두를 때 뿜어져 나왔다는 걸 알아차린 것이다. 등백천과 공야건, 포부동 세 사람은 약속이나 한 듯이 풍파악 앞을 가로막아 상대가 더욱 무서운 독수를 쓸 때를 대비했다. 현난이 눈을 감고 일장을 내뿜었지만 그 일장은 정자의 기둥을 가격했다. 그러자 기둥이 부러지면서 정자의 절반이 무너져 내려 와르르 소리를 내며 기왓장과 흙더미가 쏟아져 내렸다. 사람들이 눈을 떴을 때 정춘추와 유탄지는 이미 종적을 감추고 사라져버린 뒤였다.

소림승 몇 명이 소리쳤다.

"혜정은? 혜정은?"

혼란의 도가니 속에서 혜정은 이미 정춘추에게 잡혀가버렸고 들것은 한 소림승 머리 위에 덮여 있었다. 현통이 대로하며 소리쳤다.

"뒤쫓아라!"

그는 몸을 날려 정자 밖으로 뛰쳐나갔다. 등백천과 포부동이 이어서 뒤쫓아가고 현난은 왼손을 휘두르며 제자들을 모아 지원을 위해 달려갔다.

공야건은 반쯤 무너진 정자 안에 남아 풍파악을 돌봤다. 여전히 눈에 통증이 남아 눈물이 그치지 않았다. 풍파악의 이마에서 식은땀이 끊임없이 흘러내려 순식간에 서리로 얼어버리는 게 보였다. 이런 당황스럽고도 다급한 순간, 발소리가 들려왔다. 등백천이 포부동을 안고 빠른 걸음으로 돌아온 것이다. 공야건이 깜짝 놀라 외쳤다.

"형님, 셋째 아우도 다쳤나요?"

등백천이 말했다.

"그 철가면의 독수에 또 맞았네."

곧이어 현난 역시 소림승들을 이끌고 정자로 돌아왔다. 현통은 허죽의 등에 업힌 채 이를 따다닥 마주치며 추위에 몸서리를 치고 있었다. 현난과 등백천, 공야건은 서로를 멀뚱멀뚱 쳐다볼 뿐이었다.

등백천이 말했다.

"그 철가면과 셋째 아우가 일장을 겨룬 다음 이어서 현통대사와 일장을 겨뤘네. 한데 그… 성수파의 독한장이 그토록 무시무시한 줄은 정말 몰랐어."

현난이 품 안에서 작은 나무 상자 하나를 꺼내며 말했다.

"폐파의 육양정기단六陽正氣丹이 한독을 치료하는 효과가 있소."

그러고는 뚜껑을 열어 피처럼 검붉은 색의 단약을 세 알 꺼내 두 알을 등백천에게 건네고 남은 한 알은 현통에게 먹였다.

한 식경쯤 지났을까! 현통 등 세 사람의 몸서리가 점차 잦아들었다. 포부동이 입을 열어 쌍욕을 했다.

"그 철가면, 제… 제기랄! 그게 무슨 장력이지?"

등백천이 포부동을 달래며 말했다.

"셋째 아우, 욕은 천천히 해도 늦지 않네. 일단 앉아서 운기행공부터 하게."

포부동이 말했다.

"아니로소이다, 아니로소이다! 지금 욕을 안 하면 목숨을 잃고 난 후에는 하려고 해야 할 수도 없소이다."

등백천이 미소를 지었다.

"염려 말게. 죽지는 않아!"

이 말을 하며 내력으로 그의 한독을 제거하기 위해 손바닥을 그의 등에 있는 지양혈至陽穴에 가져다 댔다. 공야건과 현난 역시 각각 내력으로 풍파악과 현통의 독을 제거하려 했다.

현난과 현통 두 사람의 내력은 매우 심후했다. 잠시 후 현통이 긴 한숨을 내쉬며 말했다.

"됐다!"

그는 몸을 일으키며 다시 말했다.

"정말 굉장하군!"

현난은 포부동과 풍파악의 독을 제거하는 데 돕고자 했지만 상대가 도와달라고 청하지도 않았고 자신이 직접 나서서 도와주겠다고 하면 상대의 내공을 우습게 본다는 혐의를 피할 수 없었다. 무림에서는 이런 일이 금기시되어 있었다.

갑자기 현통이 몸을 두 번 흔들 하더니 이를 다시 따다다닥 맞부딪치며 떨기 시작했다. 그는 곧 다시 앉아 운기행공을 하며 말했다.

"사… 사형, 이… 한… 한독은 정말… 기괴하기 짝이 없습니다…."

현난이 재빨리 운공을 다시 해 그를 도왔다. 세 사람이 끊임없는 운기행공을 통해 체내의 한독을 잠시 치유했지만 잠시 후 또다시 발작을 하는 이런 상황은 저녁때까지 되풀이됐다. 이들은 각자 육양정기단을 세 알씩이나 먹었지만 한기는 좀처럼 물러가지 않았다. 현난이 가져온 열 알의 단약은 이제 단 한 알밖에 남지 않았다. 그는 이 한 알을 셋으로 나눠 세 사람한테 먹였다. 포부동은 이를 안 먹겠다고 버텼다.

"백 알을 더 먹는다 해도 소… 소용없을 것이오…."

현난은 달리 방법이 없자 다급하게 말했다.

"포 시주 말이 옳소. 이 육양정기단은 효과가 없는 것 같소. 그렇다고 우리 내공으로 이 음독을 제거하기는 어려울 것 같으니 노납이 보기엔 설신의를 찾아가 치료를 부탁하는 방법밖에 없을 듯싶소. 네 분 의견은 어떠하시오?"

등백천이 말했다.

"'염왕적'이란 별호를 가진 설신의가 어떤 난치병도 손을 대기만 하면 낫게 해준다는 얘기는 익히 들었습니다. 한데 대사께서는 설신의가 어디 기거하는지 아십니까?"

현난이 말했다.

"설신의는 낙양 남쪽의 유종진柳宗鎭에 기거하고 있으니 이곳에서 그리 멀지 않소. 그분과는 노납이 몇 번 마주친 인연이 있어 치료를 청한다면 거절은 하지 않을 것이오."

그리고 잠시 후 다시 말했다.

"고소모용씨의 명성은 천하에 널리 퍼져 있어 설신의도 평소 앙모해왔으니 네 분 영웅과 벗을 맺을 인연이 있다고 하면 필시 매우 기뻐할 것이오."

포부동이 끼어들며 말했다.

"아니로소이다, 아니로소이다! 우리가 가봐야 매우 기뻐하지는 않을 것 같소. 허나 우리 공자의 '상대가 쓴 방법을 상대에게 펼친다'는 수법을 무림 사람들은 모두 싫어해도 설신의만은 두려워하지 않긴 하지요. 훗날 그에게 무슨… 뜻밖의 변고라도 생겼을 때 우리 공자를 찾아가 상대가 쓴 방법을 상대에게 펼치는 수법으로 그… 그 노인의… 목숨을 구할 수도 있을 테니 말이오."

모든 이가 큰 소리로 웃다 곧 정자를 나섰다. 이들은 근방에 있는 마을로 가서 큰 수레 세 대를 빌려 부상자 세 사람을 뉘인 다음 요양토록 했다. 등백천이 은자로 말 몇 필을 사서 소림승들이 앉아 갈 수 있도록 배려했다.

일행은 두세 시진가량 나아가다 잠시 쉬어가며 현통 등 세 사람이 한독에 맞서 운기행공을 하는 것을 도와야만 했다. 나중에는 현난도 더 이상 거리낌 없이 소림 신공으로 포부동과 풍파악을 도왔다. 그곳에서 유종진까지는 수백 리에 불과했지만 산길이 평탄치 않고 가는 도중에 몇 번이나 쉬면서 가다 보니 나흘째 저녁에야 다다를 수 있었다. 설신의의 집은 유종진에서 남쪽으로 30여 리 떨어진 깊은 산속에 있었다. 다행히 그가 과거 취현장에서 현난에게 가는 길을 자세히 설명해준 적이 있어 일행은 큰 힘 들이지 않고 길을 찾아 설가의 문 앞까지 이를 수 있었다.

현난은 작은 개울 변에 우뚝 솟아 있는 흰 담장의 검은 기와로 지은 큰 집 몇 칸과 문 앞에 커다란 약포藥圃[24]가 있는 것을 보고 설신의의 거처임을 알아차렸다. 말을 몰고 가까이 다가가보니 문 앞에는 백지로 만든 커다란 등롱 두 개가 걸려 있었다. 그는 놀랍고도 의아한 생각이 들었다.

'설신의도 치료하지 못하는 환자가 있나?'

다시 앞으로 수 장을 다가가니 문미門楣에 삼베 몇 조각이 붙어 있고 문 옆에는 혼을 부르는 종이 깃발 하나가 꽂혀 있었다. 필시 집안에 상사喪事가 있는 것이 분명했다. 종이 등롱 위에는 검은 글씨로 두 줄의 글이 적혀 있었다.

'설공모화지상薛公慕華之喪, 향년오십오세享年五十五歲'

현난은 깜짝 놀랐다.

'설신의가 스스로 치료를 못하고 세상을 떠났나 보구나. 이런 낭패가 있나?'

그는 옛 벗이 영면에 들어 유명을 달리하게 됐다는 생각에 비통함을 금할 수 없었다.

이어서 등백천과 공야건이 말을 끌고 다가오더니 일제히 소리쳤다.

"아이쿠!"

대문 안쪽에서 곡성이 터져 나오면서 한 부인의 목소리가 들렸다.

"나리! 신 같은 의술을 가지신 분이 어찌 돌연 급병에 걸려 우리를 버리고 가십니까? 나리! 염왕적이라 불리던 분이 결국 염라대왕을 넘어서지 못하시다니요! 나리께서 저승에 가시면 염라대왕이 나리께 묵은빚을 갚으려 할 텐데 그 고초를 어찌 다 겪으려 하십니까?"

얼마 지나지 않아 마차 세 대와 소림승 여섯 명이 앞다투어 당도했다. 등백천이 말에서 뛰어내려 큰 소리로 외쳤다.

"소림사 현난대사가 벗들을 대동해 설신의께 도움을 청하러 왔습니다."

종소리처럼 까랑까랑한 그의 목소리에 대문서 들리던 곡성이 즉시 멈췄다.

잠시 후 종복으로 보이는 한 노인이 걸어나왔다. 그의 얼굴은 눈물로 얼룩진 채 매우 상심한 듯 여전히 훌쩍거리며 울고 있었다. 그는 가슴을 내리치며 말했다.

"나리께서는 어제 오후에 별세하셨습니다. 이제… 나리를 뵐 수 없습니다."

현난이 합장을 한 채 물었다.

"설 선생께서 무슨 병으로 서거하셨는지요?"

노복이 말했다.

"무슨 병인지는 모르지만 갑자기 숨을 거두셨습니다. 나리께서는 평소 매우 건강하셨고 연세도 그리 많지 않았는데 정말 뜻밖의 변고입니다. 어르신께서는 남들이 걸린 병에 대해선 약만 가지고도 치료하셨지요. 한데… 한데 어르신 본인께선…."

현난이 다시 물었다.

"설 선생 댁에는 또 어떤 분이 계시오?"

노복이 말했다.

"없습니다. 아무도 없습니다."

공야건과 등백천은 서로의 얼굴을 쳐다봤다. 노복의 그 두 마디 말이 진심에서 우러나오는 소리로 들리지 않았기 때문이다. 더구나 조금 전 한 부인의 곡성이 들리지 않았는가? 현난이 탄식하며 말했다.

"생사는 운명에 달린 것이오. 이왕 이리됐으니 우리도 옛 벗 영전에 절이라도 해야겠소."

노복이 말했다.

"그… 그건… 네! 네!"

그는 사람들을 이끌고 대문 안으로 들어갔다.

공야건은 한 걸음 뒤처져서 등백천을 향해 나지막이 말했다.

"형님, 왠지 수상쩍은 부분이 있소. 저 노복한테 뭔가 꿍꿍이가 있는 것 같단 말이오."

등백천이 고개를 끄덕이며 노복을 따라 영당에 이르렀다.

영당은 조촐하게 차려져 있고 기물들도 제대로 구비되어 있지 않았다. 영위靈位 위에는 '설공모화지영위薛公慕華之靈位'란 글이 적혀 있었는데 글자에 강력한 힘이 느껴지는 걸로 보아 학식이 풍부한 사람의 필체로 보였고 그 노복이 쓸 수 있을 만한 것은 아니었다. 공야건은 이를 눈여겨봤지만 겉으로 내색하지 않았다. 일행은 각자 영위 앞에서 예를 올렸다. 공야건이 고개를 돌려보니 안마당의 대나무 장대 위에 열 벌이 넘는 옷이 걸려 있었는데 부인의 옷과 남자아이나 여자아이 옷으로 보이는 작은 옷들도 몇 벌 걸려 있었다.

'설신의에게는 분명 가족이 있을 텐데 노복은 어찌 아무도 없다고

하는 거지?'

현난이 말했다.

"우리들은 설 선생에게 치료를 부탁하려 먼 곳에서 달려왔소. 한데 설 선생께서 이미 선화하셨다니 침통한 심정을 금할 길 없구려. 날이 저물어가니 오늘 밤은 댁내에서 하루 묵어가야겠소."

노복은 난색을 표했다.

"그게… 그게… 음… 좋습니다! 대청에 좀 앉아 계십시오. 소인이 가서 먹을 걸 좀 준비하겠습니다."

현난이 말했다.

"집사께서는 너무 애쓸 것 없소. 밥과 소찬이면 충분하오."

노복이 말했다.

"네, 네!"

그는 사람들을 이끌어 바깥 대청으로 안내하고 몸을 돌려 안으로 들어갔다.

시간이 한참 지났지만 노복은 차조차 내오지 않았다. 현난이 생각했다.

'노복이 주인 상을 당한 지 얼마 안 되다 보니 정신이 없는 모양이로군. 에이. 현통 사제가 중독된 한독은 어찌 치료하면 좋을지 모르겠구나.'

사람들이 반 시진 가까이 기다렸지만 노복은 좀처럼 모습을 드러내지 않았다. 포부동이 초조해하며 말했다.

"내가 가서 마실 물 좀 찾아오겠소."

허죽이 나서서 말했다.

"포 선생, 선생께서는 앉아서 쉬고 계십시오. 제가 그 노인을 도와 물을 끓여오겠습니다."

그는 몸을 일으켜 내당을 향해 걸어갔다. 공야건이 설가의 동정을 살펴봐야겠다는 생각을 하고 말했다.

"내가 같이 가겠소."

두 사람은 뒤쪽을 향해 걸어갔다. 설가는 보통 넓은 것이 아니어서 앞뒤로 모두 다섯 채의 집이 있었다. 하지만 안팎으로 사람이라고는 단 한 사람도 보이지 않았다. 두 사람이 주방을 찾아 들어갔지만 그 노복조차 보이지를 않았다.

공야건은 뭔가 이상하다 느끼고 빠른 걸음으로 대청으로 돌아와 말했다.

"이 집의 정황이 뭔가 수상하오. 설신의가 죽었다는 건 거짓말인 것 같소."

현난이 몸을 일으키며 의아한 표정으로 말했다.

"그게 무슨 말이오?"

공야건이 말했다.

"대사, 관을 열어봐야겠습니다."

그는 영당 안으로 달려가 손을 뻗어 관을 들려다가 갑자기 무슨 생각이 들었는지 두 손을 움츠리고 안마당에 있는 대나무 장대에서 옷가지 하나를 가져와 손에 감았다. 풍파악이 말했다.

"형님, 관에 독이 묻었을까 봐 그러시오?"

공야건이 말했다.

"사람 마음은 헤아리기 어려우니 대비해야 하네."

그는 경력을 돋우어 관을 들었다. 매우 무겁게 느껴지긴 했지만 결코 사람의 시신은 아닌 것 같아 말했다.

"역시 설신의는 죽은 게 아니었소."

풍파악이 단도를 꺼내 들고 말했다.

"관 뚜껑을 뜯어봅시다."

공야건이 말했다.

"신의라는 별호를 가진 사람이니 필시 독약 사용에 능할 것이네. 넷째 아우, 조심하게."

풍파악이 말했다.

"물론이오."

그는 단도를 관 뚜껑 틈 사이에 끼우고 위쪽으로 젖혔다. 삐걱 하는 소리와 함께 관 뚜껑이 천천히 열렸다. 풍파악은 관 속의 독가루가 날릴까 두려워 숨을 멈췄다.

포부동은 안마당으로 몸을 훌쩍 날려 계수나무 밑에서 벌레를 쪼아 먹고 있던 암탉 두 마리를 잡아 영당으로 돌아왔다. 그리고 팔을 들어 암탉 두 마리를 관에 스치듯 지나가도록 집어던졌다. 암탉 두 마리는 꼬꼬댁하고 큰 소리로 울다가 영좌靈座 앞에 떨어지더니 다시 안마당을 향해 뛰어가기 시작했다. 그러나 얼마 못 걸어가 갑자기 몸을 뒤집으며 두 발을 몇 번 쭉 뻗더니 꼼짝도 하지 못하고 죽어버렸다. 이때 행랑 쪽에서 한풍이 불어오면서 죽은 암탉 두 마리 몸에 있던 깃털들이 어지럽게 흩날려 바람을 타고 춤을 추었다. 사람들은 아연실색하지 않을 수 없었다. 암탉 두 마리가 중독이 돼서 죽자마자 몸에 있는 깃털마저 빠져버렸다는 건 독성이 얼마나 지독한지를 짐작할 수 있는 방증이었으니 말이다. 순간 누구도 감히 관 옆으로 접근하지 못했다.

현난이 말했다.

"등 시주, 어찌 된 연고요? 설신의가 정말 죽은 척을 했단 말이오?"

이 말을 하면서 몸을 일으켜 왼손으로 대들보를 꽉 붙잡고 관 안쪽을 살펴봤다. 관 속에는 돌멩이로 가득 차 있고 돌멩이 가운데에 커다란 그릇이 하나 놓여 있었다. 그 그릇 안에는 맑은 물이 가득 담겨 있었는데 맑은 물 한 그릇은 당연히 독약이었다. 현난은 고개를 가로저으며 몸을 표연히 날려 내려와 말했다.

"설 시주가 치료를 해주기 싫다고 해도 이런 악랄한 장치로 우리를 해칠 필요까지는 없지 않겠소? 소림파는 그와 그 어떤 원한도 없건만 이런 짓을 한다는 건 너무 무례한 것이 아니오? 혹시… 혹시…."

그는 연이어 두 번의 '혹시…'란 말을 해놓고 입을 다물었다. 그는 속으로 이런 생각이 들었다.

'혹시 그가 고소모용씨와 어떤 깊은 원한이 있는 것은 아닐까?'

포부동이 말했다.

"모용 공자와 설신의는 전혀 모르는 사이라 더욱 원한이 있을 리 없소이다. 만일 어떤 악감정이 있었다면 우리가 지금 받는 고통의 열 배는 더 심한 고통을 겪는다 해도 절대 낮은 자세로 와서 원수에게 치료를 청하지는 않았을 것이오. 대사께서는 저 포가와 풍가를 그런 하찮은 머저리로 보시는 겁니까?"

현난이 합장을 하며 말했다.

"포 시주 말씀이 옳소. 노승이 함부로 짐작을 한 것 같구려."

그는 도리가 있는 고승이었던 터라 마음속으로 그렇게 생각만 하고 입으로 내뱉지 않았지만 스스로 잘못을 인정한 셈이었다.
등백천이 말했다.
"이곳은 독기로 가득 차 있으니 오래 지체할 수 없소. 어서 앞의 대청으로 건너갑시다."
일행은 곧 앞에 있는 대청으로 건너가 각자 자기 의견을 제시해봤지만 다들 설신의가 죽은 것으로 가장해 함정을 파놓은 원인에 대해서는 짐작할 수가 없었다. 포부동이 말했다.
"설신의가 이토록 악독하다면 놈의 소굴을 모조리 불질러버립시다."
등백천이 말했다.
"그건 안 되네. 어쨌든 설 선생은 소림파의 친구이니 현난대사 체면을 봐서라도 함부로 행동해서는 아니 될 것이네."
이때 날이 이미 암흑 속으로 접어들어 대청에는 등불도 켜놓지 않은 데다 다들 허기가 지고 목이 말랐다. 그러나 감히 집 안에 있는 차나 물을 건드릴 수가 없었다. 현난이 말했다.
"여기서 나가는 것이 좋겠소. 주변의 농가로 가서 차와 먹을 것을 좀 얻어봅시다. 설 선생은 계책이 뛰어난 사람이라 절대 관 하나에만 그런 함정을 파놓지는 않았을 것이오. 여러 시주들이 일을 당하기라도 한다면 우리만 송구할 따름이오."
그와 공야건 등은 비록 자초지종을 정확히 모르긴 했지만 모용가의 '상대가 쓴 방법을 상대에게 펼친다'는 명성이 널리 알려져 있다 보니 강호에서 맺어진 수많은 연고 없는 원한들의 상대가 설신의의 친한 벗일 수도 있기에 그 모든 원한을 고소모용씨에게 씌웠을지도 모른다고 짐작했다.

사람들은 몸을 일으켜 대문을 향해 걸어갔다. 갑자기 서북쪽 하늘에서 밝은 빛이 번뜩이더니 이어서 붉은 화염 한 줄기가 흩어지다 곧 푸른빛으로 변했다. 마치 하늘 가득 꽃비가 내리듯 어지럽게 떨어지는데 그 변화가 아름답기 이를 데 없어 무척이나 보기 좋았다. 풍파악이 말했다.

"에이. 누가 폭죽을 터뜨리는 거야?"

그때는 원소절도 아니고 중추절도 아니었는데 어찌 폭죽을 터뜨리는 사람이 있을 수 있겠는가? 얼마 지나지 않아 다시 감귤색의 폭죽이 공중으로 솟아오르더니 수많은 유성처럼 서로 정신없이 부딪쳤다.

공야건이 뭔가 생각이 난 듯 말했다.

"저건 폭죽이 아니라 적이 대거 몰려와 습격을 한다는 신호야."

풍파악이 소리쳤다.

"좋구먼, 좋아! 시원하게 한번 싸워봅시다!"

등백천이 말했다.

"셋째 아우, 넷째 아우! 자네들은 대청 안으로 들어가 있게. 내가 앞을 막고 둘째 아우가 뒤를 맡겠네. 현난대사, 이 일은 소림파와 전혀 상관이 없어 보이니 여러분께서는 가만히 구경이나 하십시오. 양쪽 다 돕지 않는다면 모용가에서 감사해 마지않을 것입니다."

현난이 말했다.

"등 시주, 그런 말씀이 어디 있소? 습격해오는 적이 여러분들과 어떤 원한이 있다 해도 그 안의 시비곡직에 대해서는 우리 역시 공정한 판단을 내릴 것이며 저들이 위급한 상황을 틈타 많은 수로 남을 해치는 걸 두고 볼 수만은 없는 것이오. 만일 설신의와 한패거리라면 저들이 몰래 함정을 파놓았으니 우리는 공동의 적에 대해 함께 대처하는 것이 옳거늘 어찌 수수방관할 수 있단 말이오? 모든 비구는 적을 맞이할 준비를 하라!"

혜방慧方과 허죽 등 소림승들이 일제히 답했다. 현통이 나섰다.

"등 시주, 나와 두 분 사제는 동병상련이라 할 수 있으니 서로 협력해서 적에 맞서야 하오."

이 말을 하는 동안 다시 두 번의 폭죽이 하늘 높이 치솟아올랐는데 이번에는 더욱 가까워졌다. 그리고 잠시 후 다시 두 번의 폭죽이 치솟아올랐다. 이로써 여태까지 터진 폭죽은 모두 여섯 개였다. 그런데 폭죽마다 각각 색깔과 형상이 모두 달랐다. 어떤 건 커다란 붓처럼 길었고 어떤 건 네모반듯해서 마치 바둑판처럼 생겼으며 또 어떤 건 도끼처럼 생겼고 어떤 건 거대한 모란꽃처럼 보였다. 그 후 하늘은 칠흑같이 어두워졌다.

현난이 명을 내려 소림 제자 여섯 명에게 집 주변을 지키도록 했지만 한참이 지나도록 적들은 아무 기척도 없었다.

모두들 숨을 죽인 채 정신을 가다듬고 다시 한 식경이 지났다. 갑자기 동쪽에서 노래를 부르는 여자 목소리가 들려왔다.

버들잎 같은 두 눈썹을 그려본 지 오래구나 柳葉雙眉久不描
남은 분가루가 눈물과 함께 비단 수건을 적신다 殘妝和淚汚紅綃
머리 빗고 세수를 한 적이 그 언제던가 長門自是無梳洗
진주로 이 적막한 마음을 어찌 달랠 수 있을까? 何必珍珠慰寂寥

이 노랫소리는 매우 부드럽고 감미로우면서도 기품이 있고 처절했다.

그 목소리가 한 곡을 다 부르고 나자 곧 남자 목소리로 바뀌며 말했다.

"아, 그대여! 과인이 한동안 그대를 보지 못해 무척이나 그리웠소. 하여 그대에게 진주 한 섬을 하사하니 그대는 받아주시오."

그자의 말이 끝나자 다시 여자 목소리가 들렸다.

"폐하께는 양귀비가 있어 조례마저 없애셨다는데 저 같은 박명한 여자를 마음에 담아둘 여가가 어디 있으시겠사옵니까? 흐흑…."

여기까지 말하고 뜻밖에도 울음을 터뜨렸다.

허죽 등 소림승들은 속세 일에 익숙하지도 않고 그 사람이 남자로 분했다 여자로 분했다 하면서 말하는 게 무슨 수작인지도 몰라 속으로 처량하다는 생각만 할 뿐이었다. 등백천 등은 그자가 당 명황明皇[25]과 매비梅妃[26] 이야기 속의 역을 맡아 돌연 매비로 분했다 다시 당 명황으로 분하며 목소리와 말투를 똑같이 묘사한다는 사실을 알아차렸다. 이런 시점에 갑자기 그런 영인伶人[27]이 나타난 데 대해 하나같이 미심쩍게 여겼다. 그자가 무슨 의도로 그러는지 몰랐기 때문이다.

그자가 다시 말했다.

"비, 울지 말고 어서 주연이나 마련하시오. 비가 피리를 불면 과인은 그대를 위해 노래를 한 곡조 불러 비의 적막함을 풀어줄 것이오."

그자는 이어서 여자 목소리로 분해 말했다.

"천첩은 밤낮을 안 가리고 눈물로 세수를 하며 폐하의 얼굴을 한 번만이라도 보길 바랐을 뿐입니다. 오늘 이렇게 뵈올 수 있게 되다니 천첩은 죽어도 여한이 없습니다. 아아… 흐흑…."

포부동이 큰 소리로 소리쳤다.

"과인은 안녹산安祿山이다! 당 명황 이융기李隆起 이 어리석은 황제야! 어서 양옥환楊玉環[28]과 매비를 헌납해라!"

밖에 있던 그자는 곡성을 그치더니 돌연 앗 하고 비명을 질렀다. 깜짝 놀란 모양이었다.

순식간에 사방은 다시 쥐 죽은 듯 잠잠해졌다.

30

위기에 빠진 영웅호걸들

도끼를 쓰는 목수는 마른 겨 몇 줌과 흙을 들어 절구에 넣었다. 그는 옆에 있던 커다란 절굿공이를 들어 쿵 하고 힘껏 찧더니 이어서 쿵 하고 다시 한번 찧었다.

잠시 후, 갑자기 은은한 꽃향기가 풍겨오자 현난이 소리쳤다.

"적이 독을 풀었소! 어서 호흡을 멈추고 해약을 맡으시오!"

그러나 그 후에도 별다른 느낌이 없고 오히려 머리가 상쾌해지는 느낌이 들었다. 꽃향기 속에는 독이 없었던 것이다.

문밖에서 누군가 말했다.

"칠사저七師姐, 오셨소? 오사형 집에 괴인이 있는데 안녹산을 자처하네요."

한 여자 목소리가 말했다.

"대사형만 아직 안 왔군요. 이사형, 삼사형, 사사형, 육사형, 팔사제! 어서 다들 모습을 드러내요!"

그녀의 이 말이 끝나자마자 대문 밖에 돌연 밝은 빛이 발하면서 기이한 빛으로 감싸고 있는 남자 다섯 명과 여자 하나가 나타났다. 그 빛 속에서 한 검은 수염의 노인이 큰 소리로 외쳤다.

"오사제! 어서 나오지 않고 뭐 해?"

그는 오른손에 네모난 나무판자 하나를 들고 있었다. 그리고 유일한 여자 한 명은 중년의 미부인이었다. 나머지 네 사람 중 둘은 유생 차림이었고 한 사람은 목수라도 되는 듯 손에는 짧은 도끼 그리고 등에는 긴 톱을 메고 있었다. 나머지 한 사람은 시커먼 얼굴에 뻐드렁니를 드러내놓고 있었는데 붉은색 머리카락에 퍼런 수염을 하고 있어 마치 무슨 요괴처럼 기괴하기 짝이 없는 모습이었다. 더구나 온몸에는 번쩍번쩍 빛이 나는 금포를 입고 있었다.

등백천이 자세히 눈여겨보고는 그자가 원래 그렇게 생긴 것이 아니라 얼굴에 유채油彩를 이용해 분장을 한 것임을 알아차렸다. 그는 연극무대에서 노래하고 연기를 하는 영인처럼 분장을 했는데 조금 전에 이미 당 명황과 매비를 분한 것도 자연히 그자임을 알 수 있었다. 등백천은 큰 소리로 외쳤다.

"여러분께서는 존성대명이 어찌 되시오? 재하는 고소모용씨의 수하인 등백천이오."

상대방이 대답도 하기 전에 대청 안에서 검은 그림자 한 무더기가 뛰쳐나가 도광을 번뜩이며 그 배우를 향해 연이어 칠도七刀를 베어갔다. 바로 일진풍 풍파악이었다. 그 배우는 갑작스러운 습격에 대비를 못하고 이리저리 피해다니며 난감해하는 와중에도 계속해서 노래를 불렀다.

힘이 산을 뽑아버릴 듯하고 기운은 온 세상을 덮을 만하지만 力拔山氣蓋世
때가 이롭지 않아 오추마도 달리지를 않는구나 時不利兮騅不逝
오추마가 달리지 않으니 어쩌면… 騅不逝兮可 …

그러나 풍파악의 공세가 세차기 그지없어 세 번째 구절을 다 끝낼 수 없었다.

흑수염 노인이 욕을 퍼부었다.

"무례하기 짝이 없는 놈이로다. 밑도 끝도 없이 마구 칼을 휘둘러대다니! 나의 대철망大鐵網 초식 맛 좀 보거라!"

그는 손에 들고 있던 나무판자를 흔들더니 풍파악의 정수리를 향해 그대로 내리쳤다.

풍파악은 혼자 중얼거렸다.

"내 평생 크고 작은 수많은 싸움을 해봤지만 저런 나무판자를 무기로 쓰는 사람은 본 적이 없다."

그는 단도를 신속하게 내려쳐 나무판자를 베어갔다.

"깡!"

그의 일도가 나무판자의 가장자리를 갈랐지만 나무판자는 미동도 하지 않았다. 알고 보니 그 네모난 판자가 겉보기에는 나무판자처럼 생겼지만 실제로는 단단한 강철로 겉에 나뭇결무늬만 칠해놨을 뿐이었다. 풍파악은 곧바로 칼을 거두고 다시 내려치려 했다. 그런데 뜻밖에도 팔을 거둬 단도를 빼려 했지만 단도가 강철에 붙어 꼼짝도 하지 않는 것이 아닌가? 풍파악이 깜짝 놀라 경력을 돋우어 힘껏 뿌리치고 나서야 단도를 강판에서 분리할 수 있었다. 그는 호통을 쳤다.

"사악하기가 이를 데 없구나! 네 그 철판은 흡철석吸鐵石으로 만든 것이더냐?"

그자가 빙긋 웃으며 말했다.

"사악하다니 별말씀을! 이건 노부의 밥줄이나 마찬가지지."

풍파악이 힐끗 쳐다보니 그 판자 위에는 세로로 한 줄, 가로로 한 줄 수많은 직선이 그려져 있어 마치 바둑판처럼 보였다.

"정말 기괴하기 짝이 없구나! 끝까지 싸워보자!"

칼을 질풍같이 내뻗어 갈수록 속도를 빨리했지만 상대의 흡철석 바둑판에 자기 칼을 다시 부딪치게 둘 수는 없었다.

그동안 그 배우는 숨을 헐떡거리며 거친 목소리로 노래를 불렀다.

오추마가 달리지 않으니 어쩌면 좋단 말인가? 騅不逝兮可奈何
우虞여, 우여! 그대를 어찌해야 한단 말이오? 虞兮虞兮奈若何

그는 돌연 여자 목소리로 바꿔 간드러진 음성으로 말했다.

"대왕, 너무 고민하지 마십시오. 오늘 해하垓下 전투에서는 불리했지만 천첩이 대왕을 따라 포위망을 뚫고 나가겠사옵니다."

포부동이 호통을 쳤다.

"이런 빌어먹을 초패왕楚霸王, 우희虞姬야! 어서 자결해라! 내가 바로 한신韓信이다!"

그는 몸을 훌쩍 날려 손을 뻗으며 그 배우의 어깻죽지를 움켜잡으려 했다. 배우는 어깨를 늘어뜨려 피하며 계속해서 노래를 불렀다.

"큰 바람이 불어와 구름이 날아가네. 어찌… 아이고! 나 한고조漢高祖와 여후呂后[29]가 너를 없애겠노라."

그는 왼손으로 허리춤에 있던 연편을 뽑아 휙 소리를 내며 포부동을 향해 후려갈겼다.

현난은 이들 몇 명이 마치 어린애 장난을 치듯 싸우는 것처럼 보였지만 양쪽 다 무공이 뛰어난 데다 상대의 내력을 알 수 없어 눈살을 찌푸리며 호통을 쳤다.

"모두들 그만두시오. 일단 말로 합시다!"

그러나 풍파악이 싸움을 포기하도록 만드는 것은 실로 만만한 일이 아니었다. 그는 자신이 한독에 중독된 이후 체력이 평소에 못 미치는 데다 한독이 언제든 다시 발작할 수 있기에 기운이 떨어지면 제대로 싸울 수 없다는 사실을 알고 있었다. 그럼에도 불구하고 그는 단도를 들고 질풍 같은 속도로 공격을 펼쳐 조기에 상대방을 제압하려 했다.

네 사람이 격렬한 싸움을 벌이는 와중에 대청 안에서 다시 누군가 뛰쳐나와 챙 하는 소리를 내며 계도戒刀 두 자루를 서로 맞부딪쳤다. 위풍당당한 모습을 드러낸 그는 다름 아닌 현통이었다. 그는 큰 소리로 말했다.

"독을 써서 사람을 해치려 했던 간악한 놈들아! 이 노화상이 오늘 살계殺戒[30]를 크게 한번 범해야겠다."

그는 며칠 동안 계속 한독 때문에 고초를 겪으며 쌓인 화를 풀 곳이 없었던 터였기에 더 이상 따져묻지도 않고 당장 쌍도를 들어 그 두 유생을 향해 베어나갔다. 유생 하나가 몸을 날려 피했지만 다른 한 명은 품 안에 손을 넣어 판관필 모양의 무기 한 자루를 꺼내더니 약삭빠른 재주를 펼쳐내며 현통에 맞서 싸우기 시작했다.

또 다른 유생이 고개를 갸웃거렸다.

"기이한 일이로다! 출가인이 어찌 저리 크게 화를 낼 수 있단 말인가? 어느 경전에 그리 나와 있는지 모르겠구나."

그는 손을 뻗어 품속을 더듬거리다 의아한 듯 말했다.

"어? 어디 갔지?"

그는 왼쪽 주머니를 더듬거리다 다시 오른쪽 주머니 안을 뒤적거렸다. 다시 소맷자락을 털어보고 가슴을 두드려봤지만 아무것도 찾지를 못했다.

허죽이 호기심이 발동해 물었다.

"시주, 뭘 찾으시오?"

그 유생이 말했다.

"저 대화상의 무공이 고강하여 우리 형제가 당해내지 못할 것 같아 무기를 꺼내 2대 1로 싸우려 하고 있소. 어? 이상하군, 이상해! 내 무기를 어디다 뒀지?"

그는 자기 이마를 때려가며 생각을 해내려 애썼다. 허죽이 생각했다.

'싸움터에 나와 싸우겠다는 사람이 무기를 어디 둔지 모르다니 정말 재미있구나.'

이런 생각을 하고 물었다.

"시주, 어떤 무기를 사용하시오?"

"군자는 '선례후병先禮候兵' 한다 했소. 이 말은 곧, '군자는 예의부터 지키고 후에 무력을 사용한다'는 말이오. 내 최고의 무기는 바로 서책이오."

"어떤 서책 말씀이오? 무공 비결입니까?"

"아니, 아니오! 그 서책은 바로 《논어》요. 난 성인의 말씀으로 상대를 감화시키려는 것이오."

이 말을 하면서도 한편으로는 여전히 몸 이곳저곳을 더듬어가며 찾고 있었다.

포부동이 소리쳤다.

"소스님. 어서 저놈을 치시오!"

허죽이 말했다.
"이 시주가 무기를 찾고 나서 손을 써도 늦지 않습니다."
그 유생이 말했다.
"송나라와 초나라의 홍수泓水 전투 때 초군이 강을 건너오지 못하고 전열을 정비 못하고 있어 공격하기에는 적기였으나 송양공宋襄公[31]이 말했소. '지금 공격하는 건 군자가 아니다.' 소스님의 그 마음은 바로 송양지인宋襄之仁[32]이라 할 수 있는 것이오."
목수 차림을 한 사내는 현통이 계도 한 쌍을 들고 아래위로 나는 듯 매섭기 이를 데 없는 초식을 날리는 걸 보고 이대로 몇 초만 더 겨뤘다가는 판관필 서생의 목숨이 위태로울 것 같아 당장 도끼를 휘두르며 앞으로 달려나가 서생을 도와주려 했다. 그때 공야건이 그를 향해 획 하고 일장을 후려쳐갔다. 공야건은 겉보기에는 선비 같지만 장력은 실로 웅후하기 이를 데 없어 강남제이江南第二라는 별호를 지니고 있었다. 과거 그가 소봉을 상대로 술과 장력 대결을 펼쳤을 때에도 비록 지긴 했지만 소봉이 그에 대해 존경을 표시했을 정도로 내력에 있어 조예가 범상치 않았다. 그 목수는 몸을 틀어 피한 뒤 도끼를 횡으로 베어 갔다.
여전히 《논어》를 찾고 있던 그 유생은 동료가 판관필 초식을 어지럽게 휘날리기만 하며 현통의 쌍도를 막아내지 못하는 걸 보고 현통을 향해 소리쳤다.
"이보시오, 대화상! 공자께서 이리 말씀하셨소. '군자는 밥을 먹는 순간에도 인仁을 지키고, 경황이 없는 중에도 인을 지키며, 곤경에 처했을 때에도 그러해야 한다.' 따라서 당신이 출수를 해서 내 사사제를 죽이려 하고 있으니 그건 불인不仁인 것이오. 안연顔淵[33]이 인에 대해 물었을 때 공자께서는 또 이리 말씀하셨소. '나를 이기고 예로 돌아감이 인이 되며, 단 하루라도 자신을 이기고 예로 돌아가면 천하가 인으로 돌아간다.' 또 이런 말씀도 하셨소. '예가 아닌 것은 보지 말고, 예가 아닌 것은 듣지 말며, 예가 아닌 것은 말하지 말고, 예가 아니면 행동하지 말라.' 한데 당신은 쌍도를 마구 휘두르며 흉악하게 사람을 죽이려고만 드니 그런 행동은 전혀 나를 이기는 것이 아니며 오히려 예가 아닌 것의 극치라 할 수 있는 것 아니오?"

허죽은 나지막이 옆에 있던 소림승인 혜방을 향해 물었다.

"사숙, 저 사람이 멍청한 척을 하는 겁니까?"

혜방이 고개를 가로저으며 말했다.

"나도 모르겠다. 이번에 하산할 때 사부님께서 누구든 조심하라 이르시지 않았더냐? 강호 사람들은 교활하기 짝이 없어 무슨 허튼수작을 부릴지 모른다고 말이야."

그 책벌레가 다시 현통을 향해 말했다.

"대화상, 공자께서 그러셨소. '인자仁者는 반드시 용기가 있고 용자勇者는 반드시 어질다.' 당신은 용기가 있기는 하지만 어질다고 할 수 없으니 진정한 군자라고 할 수 없는 것이오. 공자께서 그러셨소. '내가 원치 않는 것을 남에게 행하지 말라.' 남이 당신을 죽이려 한다면 당신도 당연히 원치 않을 것이오. 당신 자신은 죽기를 원치 않으면서 어찌 남을 죽이려 하는 거요?"

현통은 판관필 서생과 앞뒤로 몸을 날려가며 칼을 휘둘러 격렬한 싸움을 벌이고 있었다. 그 책벌레가 현통을 따라 동에 번쩍 서에 번쩍,

좌우로 이리저리 오가며 시종 그와 3척 이상 떨어지지 않은 채 끊임없이 충고를 하는 것으로 보아 무공이 약해 보이지 않았다. 현통은 암암리에 경계를 했다.

'저 녀석이 헛소리를 해대는 건 정신을 분산시키려는 수작이다. 내 초식 중에 허점을 발견하는 즉시 허를 찌르며 들어오겠지. 저자의 무공은 저 판관필을 사용하는 자보다 고강하니 방어하지 않으면 안 된다.'

이리되자 정신의 6푼은 책벌레를 방어해야 했고 4푼으로는 판관필 서생을 공격할 수밖에 없었다. 그러자 그 서생의 상황은 이내 호전됐다.

다시 10여 초를 겨루다 현통이 초조해지기 시작하자 대뜸 호통을 쳤다.

"꺼져라!"

그는 계도를 거꾸로 돌려 칼자루를 곧추세워 그 책벌레의 가슴팍을 향해 찔러갔다. 책벌레는 몸을 날려 살짝 피하며 말했다.

"내 보기에 대사의 무공이 매우 고강해서 나와 우리 사사제 두 사람이 2대 1로 싸운다 해도 이길 것 같지가 않소. 내 좋은 말로 권하건대 그냥 이쯤에서 그만두는 게 좋겠소. 공자께서 말씀하셨소. '사람으로서 인仁하지 못하면 예禮를 어떻게 행하며, 사람으로서 인하지 못하면 악樂을 어떻게 행할 수 있겠느냐?' 대화상께서 '사람으로서 인하지 못한다'면 정말 성품이 최악이라 할 수 있소."

현통이 버럭 화를 내며 말했다.

"난 출가한 승려다. 너 같은 썩어빠진 서생이 어찌 인하다느니 불인하다느니 하는 말로 내 마음을 움직이려 한단 말이냐?"

책벌레가 손가락을 뻗어 자신의 이마를 연이어 치며 말했다.

"지극히 옳소! 지극히 옳은 말씀이오! 나란 사람은 글을 읽다가 바보가 됐다고 할 수 있소. 진정한 책벌레라 할 수 있지. 대화상께서는 분명 불문의 제자인데 내가 공자와 맹자의 인의도덕을 논했으니 어울리지 않는 것은 당연한 이치지요."

풍파악은 그 철제 바둑판을 쓰는 자와 오랫동안 격투를 벌였지만 이기기가 만만치 않은 데다 시간이 많이 지체되면서 아랫배에 은근히 한독이 밀려오는 느낌을 받았다. 또한 배우와 상대하던 포부동은 상대의 무공이 그리 고강하진 않지만 초식의 변화가 극히 복잡하다는 사실을 알아차렸다. 그자는 순간 서시西施로 분해 미간을 찌푸린 채 가슴을 부여잡고 사뿐사뿐 걸어가는 절세가인의 모습을 보이는가 하면, 순식간에 시주풍류詩酒風流로 대변되는 이태백으로 분해 한껏 취한 얼굴로 쓰러질 듯 말 듯 비틀거리며 걷는 시늉을 했다. 그런데 묘한 것은 그가 각양각색의 인물로 분하면서도 하나같이 일련의 무공과 결합해 수중의 연편이 때로는 미인의 긴 소맷자락이 되기도 하고 선비의 채필彩筆이 되기도 했다는 것이다. 그 때문에 포부동은 웃을 수도 울 수도 없어 순간 어찌할 바를 몰랐다.

책벌레가 한바탕 스스로를 원망하고 한탄하다가 돌연 긴소리로 읊조렸다.

"속세의 탐욕을 버린다면 마음을 가다듬어 집중할 수 있지 않겠는가? 만일 치달리지 않아도 흩어지지 않는다면 실상의 지혜를 얻었다고 할 수 있지 않겠는가?"

현난과 현통 모두 깜짝 놀랐다.

'저 책벌레는 정말 박학다식한 자로구나. 동진東晉의 고승인 구라마집鳩摩羅什[34]의 게구偈句까지 외우고 있다니 말이야!'

그가 계속해서 읊조리는 소리가 들렸다.

"'필경공畢竟空[35]의 상相 중에는 그 마음이 즐거워할 바가 없도다. 선禪의 지혜를 즐긴다면 이는 법성法性이라 비출 곳이 없을 것이다. 허망한 마음은 본심과 다르니 마음에 머물 곳이 아니니라.' 대화상, 나머지 두 구절은 어찌 되오? 내가 잊어버렸소."

현통이 답했다.

"인자仁者가 터득한 법이 있다면 부디 그 요체를 보여주기 바라겠소."

책벌레가 껄껄대고 큰 소리로 웃으며 말했다.

"그거 보시오! 당신 같은 불가의 대사조차 '인자'를 말하고 있지 않소? 천하의 도리는 다 똑같은 것이오. 내 충고를 들으시오. 깨달으면 극락이란 말도 있지 않소? 어서 칼을 내려놓으시오!"

현통은 속으로 깜짝 놀라 갑자기 대오 각성한 듯 말했다.

"선재로다! 선재로다! 나무아미타불, 나무아미타불!"

그는 챙챙 하고 두 번의 소리를 내며 계도 두 자루를 땅바닥에 던져버린 후 가부좌를 틀고 앉았다. 그러고는 얼굴에 미소를 띤 채 눈을 감고 아무 말도 하지 않았다.

판관필 서생은 그와 치열하게 싸우던 현통이 별안간 그런 모습으로 앉아 있자 깜짝 놀라 공격을 멈췄다.

허죽이 소리쳤다.

"사숙조, 한독이 또 발작한 건가요?"

그는 손을 뻗어 부축하려 했지만 현난이 호통을 쳤다.

"건드리지 마라!"

이 말을 하고 현통의 코끝에 손을 가져다 댔다. 역시 호흡은 이미 멈춰 있었다. 벌써 원적에 든 것이다. 현난은 두 손으로 합장을 하고 왕생주往生呪[36]를 외기 시작했다. 나머지 소림승들은 현통이 원적한 것을 보고 일제히 대성통곡을 하다 각자 선장禪杖과 계도를 움켜쥐고 두 서생과 필사적으로 싸우겠다는 태세를 갖췄다. 현난이 말했다.

"멈춰라! 현통 사제는 진여眞如[37]를 깨닫고 극락왕생하여 정과正果[38]를 얻었으니 다들 기뻐해야 할 것이니라."

격투를 벌이던 모든 이가 갑작스러운 변고에 일제히 손을 멈추고 물러섰다.

그 책벌레가 소리쳤다.

"오사제, 설薛 사제, 어서 나와보게! 상대가 내 한마디에 흥분을 해서 죽었다네. 어서 나와 나 좀 살려주게! 이 빌어먹을 설신의! 네가 나와서 살려주지 않으면 큰일이 나고 말 것이야."

등백천이 말했다.

"설신의는 집에 없소. 선생께선…."

책벌레는 여전히 목청을 높여 갈팡질팡하며 소리쳤다.

"설모화, 설 오사제. 염왕적, 설신의! 빨리 나와서 사람 좀 구해줘! 네 삼사형이 사람을 흥분시켜 죽였다고! 저들이 우릴 가만두지 않을 거란 말이야!"

그 배우가 이어서 외쳤다.

"설 오사형! 어서 나오시오! 난 조조라 신의는 화타華佗만 죽인답니다!"

포부동이 대로해서는 호통을 쳤다.

"너희들이 사람을 죽여놓고 아직까지도 능청스럽게 거드름을 피우고 있단 말이냐?"

그는 곧 휙 하고 일장을 뻗어내 그 책벌레를 향해 후려친 후 이어서 왼손을 오른 손바닥에서 뽑아내며 노룡탐주老龍探珠 초식을 날려 그의 수염을 움켜쥐려 했다. 그 책벌레는 슬쩍 몸을 날려 피했다. 풍파악과 공야건 등은 싸움에 흥이 오를 대로 오른 상태라 이대로 손을 놓고 싶지 않아 다시 싸우기 시작했다.

등백천이 소리쳤다.

"맛 좀 봐라!"

그는 왼손을 내밀어 그 배우의 등짝을 움켜잡았다. 등백천은 고소모용씨 수하 중 첫 번째 위치를 차지하고 있을 만큼 무공에 정통하고 내력 또한 웅후했다. 그는 배우를 움켜잡는 동시에 그를 바닥에 내동댕이쳤다. 그러나 그 배우도 몸놀림이 매우 민첩한 편이었다. 그는 왼쪽 어깨로 땅을 짚고 몸을 반 바퀴 돌아 오른발로 횡으로 쓸 듯 등백천의 다리를 걷어찼다. 그의 이 발길질은 기세가 무척이나 빨랐던 반면에 비대한 몸집의 등백천은 이를 피할 수 있을 만큼 민첩하지 못했다. 그는 피하기가 어려울 것으로 보이자 당장 진기를 하반신으로 내려보내 그의 발길질을 당차게 받아냈다.

그 배우는 연달아 몇 번을 바닥에서 구르더니 수 장 밖까지 굴러간 뒤 큰 소리로 외쳤다.

"이런 젠장맞을 방연龐涓[39] 이 간적 놈아! 나 손빈孫臏의 멀쩡한 다리를 작두로 잘라버리다니! 아이고! 내 다리야!"

알고 보니 그의 다리에 두 줄기 경력이 교차하면서 그 배우가 등백천의 내력을 당해내지 못하고 다리가 부러지고 만 것이었다.

이때 한쪽 옆에서 줄곧 우아하게 서 있던 미부인은 그 배우의 다리가 부러지고 다른 동료 몇 명 역시 상대의 공세에 밀리는 위험한 상황이 이어지는 것을 보고 입을 열었다.

"당신네들 지금 이게 무슨 경우죠? 우리 오사형 집 안을 점거한 것도 모자라 다짜고짜 연유도 묻지 않고 사람을 해치다니 말이에요."

그녀는 상대방을 추궁하고 있음에도 말투는 여전히 부드럽고 우아했다.

그때 배우가 바닥에 쓰러져 뒤로 벌렁 나자빠진 상태에서 대문 입구에 걸려 있는 등롱 두 개를 바라보다 깜짝 놀라 소리쳤다.

"뭐? 뭐야? '설공모화지상'? 우리 오사형이 돌아가셨단 말이야?"

바둑판을 사용하던 자와 두 서생 그리고 도끼를 사용하는 목수, 미부인 등이 일제히 그의 손가락을 따라 눈길을 돌려 등롱을 쳐다봤다. 등롱 두 개는 안에 있던 촛불이 이미 꺼져버려 어두컴컴한 가운데 걸려 있었다. 그들은 이곳에 당도하자마자 싸움이 벌어졌던 터라 그 누구도 등롱에 주의를 기울이지 못했다가 그 배우가 땅바닥에 쓰러지고 나서야 발견하게 된 것이다.

그 배우가 대성통곡을 하며 노래를 불렀다.

"아이고! 아이고! 우리 사형이시여! 우리가 도원결의를 하며 고성古城에서 만난 이후로 사형께서 다섯 개 관문의 여섯 명의 장수를 베던 그 때가 얼마나 위풍당당했었나요…."

그가 처음으로 부른 노래는 〈곡관우哭關羽〉라는 희문이었는데 나중에는 감정이 복받치는 듯 곡조조차 제대로 맞지 않았다. 그때 나머지 다섯 사람 역시 앞다투어 부르짖고 있었다.

"누가 오사제를 죽인 거지?"

"오사형, 오사형! 어느 천하의 죽일 놈이 형님을 해친 게요?"

"오늘 네놈들하고 사생결단을 내고 말 것이다!"

현난과 등백천은 서로의 얼굴을 쳐다보며 생각했다.

'저자들은 모두 설신의의 결의형제들인 것 같군.'

등백천이 말했다.

"우린 부상을 당한 동료가 있어 설신의한테 치료를 청하러 온 것이오. 한데…."

그 미부인이 말했다.

"한데, 오라버니가 치료를 원치 않자 당신네들이 죽였다는 거군요. 그렇죠?"

등백천이 말했다.

"아니…."

'오'라는 마지막 말이 입에서 채 나오기도 전에 소맷자락을 터는 미부인의 모습이 보였다. 순식간에 콧속으로 진한 향기가 풍겨오면서 머리가 어질어질해지고 마치 발밑에 구름과 안개가 있어 두둥실 타고 오르는 듯 똑바로 서 있을 수가 없었다. 그 미부인이 소리쳤다.

"쓰러져라! 쓰러져!"

등백천이 대로하며 호통을 쳤다.

"이런 요부 같으니!"

그는 손에 경력을 돋우어 휙 하고 일장을 후려쳤다. 그 미부인은 등백천의 몸이 흔들리는 걸 보고 이미 자신의 올가미에 걸려들었다고 생각해 그가 대뜸 일장을 후려쳐낼 줄은 몰랐다. 그녀가 몸을 비틀어 재빨리 피하려 했지만 이미 때는 늦은 상황이었다. 순간 엄청난 위력을 지닌 기세가 밀려오면서 숨이 막혀와 자기도 모르는 사이에 바깥쪽으로 나동그라졌다. 우두둑 하는 몇 번의 소리와 함께 팔과 어깨뼈가 부러지면서 몸이 땅바닥에 닿기도 전에 혼절해버리고 말았다. 등백천 역시 눈앞이 깜깜해지는 느낌이 들며 그대로 쓰러져버렸다.

양쪽에서 각자 한 명씩 쓰러지자 나머지 사람들도 앞을 다투어 출수를 하기 시작했다. 현난이 곰곰이 생각해봤다.

'뭔가 수상쩍은 구석이 있어. 우선 상대를 모조리 잡아야만 쌍방의 사상자를 줄일 수 있겠다.'

이런 생각을 마치고 말했다.

"선장을 가져와라!"

소림파의 혜경慧鏡이 몸을 돌려 문 옆에 기대놓았던 선장을 들고 와 현난에게 건넸다. 판관필을 쓰는 서생이 몸을 날려 오른손에 쥐고 있는 판관필로 혜경의 가슴을 후려쳐갔다. 그때 현난이 손을 내뻗어 후려치자 그 손이 이르기도 전에 현난의 장력이 먼저 서생의 등에 전해지며 그 자리에 쓰러져버렸다. 현난이 길게 한번 웃고는 선장을 손에 든 채 두 걸음 옆으로 걸어가 이번엔 바둑판을 쓰는 자를 향해 내리쳐갔다.

바둑판 사내는 자신을 향해 날아오는 기세가 매섭기 이를 데 없는데다 선장이 이르기도 전에 선장을 휘두르며 일어난 바람에 전신이 휘감겨도는 느낌을 받자 이내 팔의 경력을 돋운 다음 두 손으로 바둑판을 들어 막았다. 깡 하는 어마어마한 파열음과 함께 불꽃이 사방으로 튀었다. 그는 팔이 시큰거리고 두 손아귀가 찢어지는 느낌이 들었다. 현난이 선장을 치켜들자 그 바둑판까지 함께 들렸다. 그 바둑판은 본래 극강의 자성으로 상대 무기를 흡착시키는 기능을 지니고 있었지만 오늘은 상대 힘이 더 강하다 보니 반대로 현난의 선장에 흡착되어 버리고 만 것이다. 현난이 선장을 들어 그자의 정수리를 향해 내리쳐 가자 그가 다급하게 소리쳤다.

"진신두鎭神頭에다 의개倚蓋 초식을 동시에 펼쳐내니 당해낼 수가 없군!"

이 말을 하면서 앞을 향해 질풍처럼 도망쳤다.

현난이 선장을 회수하며 호통을 쳤다.

"책벌레야, 납작 엎드리지 못하겠느냐?"

선장을 옆으로 쓸면서 후려쳐가는 그 위세를 당해낼 수 없다 여긴 책벌레가 말했다.

"공자께서는 시의적절한 분이라 '풀은 바람이 불면 드러눕는 법'이라 하셨지. 납작 엎드리라면 엎드리겠소. 안 될 것 뭐 있겠소?"

그는 이 말을 채 끝내기도 전에 이미 바닥에 엎드렸다. 이때, 소림승 몇 명이 달려나가 그를 붙잡았다.

소림사 달마원 수좌는 과연 평범하지 않았다. 단 한 번의 출수로 세 명의 상대방 고수를 쓰러뜨린 것이다.

그 도끼를 쓰는 사내는 포부동과 풍파악 두 사람을 동시에 상대하며 제대로 대처를 못해 패색이 짙어가고 있었다. 그러자 바둑판을 쓰는 자가 말했다.

"됐다, 됐어! 육사제! 이쯤에서 패배를 인정하세! 이번 대국은 더 할 필요가 없어. 대화상, 이것만 물어봅시다. 우리 오사제가 당신들한테 무슨 죄를 지었기에 죽여버린 것이오?"

현난이 말했다.

"그런 일이 어찌 있었…."

말이 채 끝나기도 전에 갑자기 띵띵 하고 두 번의 금琴 소리가 멀리서부터 들려왔다. 이 두 번의 금 소리가 고막으로 전해지자 사람들의 심장 또한 격렬하게 두 번 뛰었다. 현난이 깜짝 놀라는 동안 금 소리가 다시 띵띵 하고 두 번 더 들렸다. 이번 금 소리는 더욱 가까워서 사람들의 심장도 더욱 심하게 뛰었다. 풍파악은 순간 가슴이 답답해지면서 오른손의 힘이 빠져 챙 소리와 함께 단도를 바닥에 떨어뜨리고 말았다. 포부동이 재빨리 일장을 내뻗어 돕지 않았다면 적의 도끼에 어깻죽지가 베이고 말았을 것이다. 책벌레가 부르짖었다.

"대사형, 어서 오시오! 큰일 났소! 어찌 그 요물단지 같은 금만 타면서 꾸물대고 있는 게요? 공자께서도 '임금이 부르시면 수레에 말 매는 것을 기다리지 않으셨다'라고 하셨지 않소?"

금 소리가 연이어 들리며 한 노인이 커다란 소맷자락을 휘날리며 느린 걸음으로 걸어왔다. 넙데데하고 불룩 튀어나온 이마를 가진 기괴한 용모에 실실 웃는 극히 온화한 기색을 지닌 그는 손에 요금瑤琴 하나를 안고 있었다.

책벌레를 비롯한 일행이 일제히 소리쳤다.

"대사형!"

그자는 가까이 다가와 현난을 향해 포권을 하며 말했다.

"어떤 분이 소림 고승이시오? 이 늙은이가 실례 좀 하겠소."

현난이 합장을 하고 말했다.

"노납은 현난이라 하오."

그 노인이 말했다.

"허허… 현난 사형이셨군요. 귀 파의 현고대사가 대사의 사형제 아니시오? 그분과는 여러 번 만난 인연이 있지요. 서로 의기투합해서 얘기도 많이 나눴고 말입니다. 근자에 몸은 어떠신지 모르겠소?"

현난이 침울한 표정을 지었다.

"현고 사형께서는 이미 원적에 드셨소이다."

그 노인은 한참을 넋이 빠진 채 있다가 돌연 하늘로 1장 넘게 펄쩍 뛰더니 다시 땅에 내려서기도 전에 허공에서 비통한 목소리로 울기 시작했다. 현난과 공야건 등이 모두 깜짝 놀랐다. 나이가 꽤 먹은 것처럼 보이는 노인이 그토록 어린아이처럼 울 줄은 생각지도 못했기 때문이다. 그는 두 발이 땅에 닿자마자 그대로 주저앉아 자기 수염을 힘껏 잡아당기고 두 발로 북을 치듯 땅바닥을 끊임없이 쳐대며 울었다.

"현고, 어찌 나한테 귀띔도 하지 않고 그렇게 훌쩍 가버린 것이오? 이런 경우가 어디 있단 말이오? 내가 쓴 〈범음보안주梵音普安奏〉 곡을 수많은 사람이 듣고 그 안의 이치를 이해하지 못할 때 당신만은 그 안에 선심禪心[40]이 내포되어 있다고 말하며 듣고 또 듣지를 않았소? 한데 당신의 현난 사제는 당신 같은 깨달음이 있는 것 같지 않아 보이니 내가 그 곡을 금으로 타준다면 쇠귀에 경 읽기나 마찬가지가 아니겠소? 아이고, 내 팔자야!"

현난은 처음 그가 통곡을 하기 시작할 때는 워낙 감성적이라 현고 사형의 죽음을 비통해한다고 여겼지만 들으면 들을수록 그게 아니란 걸 알게 됐다. 그는 세상에 지음知音이 한 명 줄어든 데 대해 슬퍼하는 것이었다. 심지어 울음 끝에는 자신에게 금을 타는 것이 쇠귀에 경 읽기라고 말하지 않는가? 하지만 그는 덕을 갖춘 고승이었다. 화를 내기는커녕 살며시 웃으며 생각했다.

'이 무리의 구성원들은 하나같이 제정신이 아니구나. 이 사람도 저 사제들이란 사람들과 같은 족속이다. 유유상종이란 말도 있지 않은가!'

그 노인이 계속 울면서 말했다.

"현고! 현고! 난 지기에 대한 보답의 의미로 심혈을 기울여 〈일위음一葦吟〉이라는 당신을 위한 신곡을 만들었소. 당신네 소림사 시조인 달마 노조께서 갈대로 강을 건넜던 위대한 업적을 칭송하는 곡이란 말이오. 당신이 어찌 그걸 듣지 못할 수 있소?"

그러다 갑자기 현난을 향해 물었다.

"현고 사형의 묘소가 어디 있소? 어서 날 좀 데려가주시오. 어서! 빠르면 빠를수록 좋소. 내가 그분 묘소에 가서 내 신곡을 연주해드릴 것이오. 그걸 듣고 후련한 마음에 살아 돌아올지도 모르는 일이오."

현난이 말했다.

"시주께서는 말씀을 삼가주시오. 우리 사형께서는 원적에 드신 후 화장을 해서 재가 되셨소이다."

그 노인은 멍하니 있다 다시 말했다.

"그럼 잘됐소. 그분의 유분이라도 주시오. 내가 소가죽으로 만든 갖풀[41]로 그분 유분을 내 요금 밑에다 붙여놓도록 하겠소. 그럼 내가 곡을 탈 때마다 그분도 들을 수 있을 것이오. 절묘하지 않소? 하하… 하하! 그럴듯한 생각 아니오?"

그는 말을 하면 할수록 즐거워하며 자기도 모르게 박장대소를 했다. 그러다 별안간 미부인이 한쪽에 쓰러져 있는 것을 보고 깜짝 놀라 말했다.

"어? 칠사매, 왜 그래? 누가 사매를 해친 거야?"

현난이 말했다.

"상호 간에 오해가 좀 있어 안 그래도 해명을 하려던 중이오."

배우가 부르짖었다.

"대사형, 저자들이 오사형을 죽였소. 어서 오사형의 복수를 해주시오."

금을 타는 노인의 안색이 급변하며 소리쳤다.

"어찌 이런 일이! 염왕적인 오사제를 염라대왕이 어찌 건드릴 수가 있단 말이냐?"

현난이 말했다.

"설신의는 죽음을 가장한 것이며 관 안에는 독약만 있고 시신은 없었소이다."

금 타는 노인을 비롯한 사형제들이 모두들 기뻐하며 앞다투어 질문 공세를 폈다.

"오사제가 어째서 죽음을 가장한 것이오?"

"시신은 어디로 간 것이오?"

"죽지를 않았는데 어찌 시신이 있을 수 있겠어?"

갑자기 저 멀리서 아주 가느다란 목소리가 바람에 실려왔다.

"설모화, 설모화! 네 사숙 어르신께서 당도하셨다. 어서 마중을 나오거라."

그 목소리가 끊어질 듯 말 듯하는 것으로 보아 거리가 꽤 되는 것으로 보였다. 그러나 똑똑히 들리는 것으로 봐서는 소리치는 사람의 내공이 무척 심후한 것 같았다.

배우와 책벌레, 목수 등이 약속이나 한 듯이 일제히 경악을 금치 못했다. 금 타는 노인이 소리쳤다.

"재앙이 닥쳤구나, 재앙이 닥쳤어!"

이 말을 하면서 이곳저곳을 두리번거리는데 두려움으로 가득 찬 표정이었다.

"더 늦기 전에 도망가자. 어서! 어서! 다들 집 안으로 들어가자!"

포부동이 큰 소리로 말했다.

"무슨 재앙이 닥쳤다는 거요? 하늘이라도 무너진답디까?"

금 타는 노인이 떨리는 목소리로 말했다.

"어서, 어서 들어가시오! 하늘이 무너져 내리는 건 별일 아니지만 그…."

포부동이 말했다.

"노선생께서는 하고 싶은 대로 하시오. 난 들어가지 않겠소."

금 타는 노인이 돌연 오른손을 쭉 뻗어내서는 포부동의 가슴 혈도를 움켜잡았는데 그의 출수는 신속하기 이를 데 없었다. 포부동은 방어할 틈도 없이 속수무책으로 당해 상대의 손에 몸이 들리고 두 발이 땅에서 떨어진 채 자기 의지와 상관없이 그대로 대문 안으로 끌려들어갔다.

이를 매우 의아하게 여긴 현난과 공야건이 뭐라고 말을 하려는 순간 바둑판을 쓰는 사내가 나지막이 말했다.

"노스님, 다들 빨리 집으로 들어갑시다. 무시무시한 대마두大魔頭가

곧 있으면 들이닥칠 것이오."

현난은 신공을 지니고 있는 몸이라 무림에서조차 적수가 드물었기에 대마두건 소마두건 두려워할 상대가 없었다. 그는 의아한 듯 물었다.

"대마두란 누구를 말하는 것이오? 교봉 말이오?"

바둑판 사내가 고개를 가로저으며 말했다.

"아니, 아니오! 교봉보다 훨씬 더 잔인하고 흉악한 자요. 바로 성수노괴!"

현난이 슬쩍 비웃었다.

"성수노괴라면 그보다 더 좋을 순 없소. 노납이 마침 그자를 찾아가려던 참이었소."

바둑판 사내가 말했다.

"노스님은 무공이 고강하니 당연히 두렵지 않겠지요. 허나 여기 있는 모든 사람이 그에게 죽임을 당하고 노스님 혼자 살아남을 텐데…자비롭기가 참 이를 데 없소."

그의 이 몇 마디는 비아냥대는 말이었지만 오히려 효과가 있었는지 현난이 어리둥절해하다 말했다.

"좋소, 모두 들어갑시다!"

바로 그때 금 타는 노인은 이미 포부동을 내려놓고 다시 문안에서 밖을 향해 달려나가며 다급한 목소리로 재촉하고 있었다.

"빨리! 빨리! 뭘 더 기다리는 거요?"

풍파악이 소리치며 물었다.

"우리 셋째 형님은?"

그 노인이 왼손을 뒤로 뺐다가 그의 오른쪽 뺨을 향해 일장을 후려치려고 했다. 풍파악은 체내에 한독이 발작하기 시작해 견디기 힘들었던 상황임에도 그의 손바닥이 날아오는 것을 보고 재빨리 고개를 숙여 피했다. 그런데 그 노인은 왼손의 일장을 끝까지 펼치지 않고 돌연 방향을 바꾸어 아래쪽으로 내리더니 풍파악의 뒷덜미를 움켜쥐며 말했다.

"어서, 어서! 어서 들어갑시다!"

그는 마치 작은 새를 들어올리듯 그를 들고 안으로 들어갔다.

공야건은 그 노인에게 악의가 있는 것 같지는 않았지만 의형제 두 사람을 모두 일초 만에 제압하는 걸 보고 당장 큰 소리를 내지르며 앞으로 달려가 손을 쓰려 했다. 그러나 노인의 신법이 어찌나 빠른지 이미 대문 안으로 들어간 뒤였다. 판관필 서생은 배우와 목수를 안고 미부인을 부축해 역시 집 안으로 들어갔다.

현난은 사태가 기이하고 복잡해진 것을 보고 속으로 괜한 소란이 일어나지 않도록 경거망동하지 말아야겠다는 생각이 들어 공야건을 향해 말했다.

"공야 시주, 안으로 들어가 천천히 신중하게 상의하는 게 좋겠소."

이에 허죽과 혜방은 현통의 시신을 둘러메고, 공야건은 등백천을 안고 함께 집 안으로 들어갔다.

금 타는 노인이 또다시 나와 재촉하려다 사람들이 안으로 들어오는 걸 보고 재빨리 대문을 닫고 빗장을 가져와 걸었다. 바둑판 사내가 말했다.

"대사형, 대문은 열어두는 것이 좋을 것 같습니다. 그게 바로 '실즉허지實則虛之 허즉실지虛則實之'라는 겁니다. 실한 것은 허한 것으로 보이게 하고 허한 것을 실한 것으로 보이게 하라는 말이니 그자가 함부로 들이닥치지 못하게 만드는 것입니다."

그 노인이 말했다.

"그래? 좋아, 그럼 자네 말을 듣도록 하지. 이… 이럼 되겠나?"

그 말에는 자신이 없어 보였다.

현난과 공야건은 서로를 쳐다보며 공히 생각했다.

'저 노인은 무공이 고강한 것 같은데 어찌 저리 당황하며 어쩔 줄을 몰라 하는 거지? 저 나무 문짝 하나 가지고는 보통 도적조차 막아내지 못할 것이다. 하물며 상대는 성수노괴인데 문을 닫고 안 닫고가 무슨 차이가 있겠는가?'

노인이 연이어 소리쳤다.

"육사제, 방법을 생각해보게. 어서 방법을 생각해봐."

현난은 수양을 한 몸이지만 그가 그토록 당황하고 두려워하는 모습을 보고 노기를 참지 못했다.

"노인장, 그 성수노괴가 아무리 잔인하고 악랄하다 해도 우리 모두 힘을 합쳐 저항하면 절대 패배하진 않을 것이오. 한데 어찌 이리… 이리… 허… 이리 소심한 태도를 보이는 것이오?"

그때 대청에는 이미 촛불이 켜져 있어 주변 상황이 모두 보였다. 노인은 당황스럽고도 놀란 표정을 짓고 있었고 바둑판 사내와 책벌레, 목수, 판관필 사내 등도 마찬가지로 두려움에 바들바들 떨고 있었다. 현난은 이들 모두 무공이 그리 약한 편이 아니란 걸 두 눈으로 직접 목격한 상태였다. 더구나 정신이 나간 듯 태연자약한 모습만 놓고 보면 마치 인생을 유희처럼 생각하는 대범한 사람들로만 알았다. 그런데 갑자기 이토록 두려움에 떨며 비열하기 짝이 없는 쓸모없는 겁쟁이들로 변해버린 것이 실로 불가사의하게 느껴졌다.

공야건은 포부동과 풍파악 모두 한독이 발작해 끊임없이 몸을 떨고 있긴 해도 의자에 멀쩡하게 앉아 있는 것을 보고 우선 등백천을 부축해 의자에 앉혔다. 다행히도 맥박이 고르고 그저 술에 취해 곤히 잠든 것처럼 보일 뿐 절대 다른 위험한 증상은 보이지 않았다.

사람들은 서로 얼굴만 쳐다보며 아무 말도 하지 않았다. 한참 후에 그 도끼를 쓰는 목수가 품 안에서 곱자 하나를 꺼내 대청 내 모퉁이를 재어보고는 고개를 갸우뚱거리며 촛대를 들어 후청을 향해 걸어갔다. 사람들 모두 그의 뒤를 따라가자 그는 사방을 훑어보다 갑자기 몸을 훌쩍 날려 대들보 위에 올라 재어보고는 다시 고개를 가로저으며 뒤쪽을 향해 걸어갔다. 그러다 설신의의 가짜 관 앞에 이르러 몇 번 들여다보고는 역시 고개를 가로저으며 말했다.

"애석하구나, 애석해!"

금 타는 노인이 말했다.

"쓸모가 없다는 건가?"

도끼를 쓰는 목수가 말했다.

"안 됩니다. 사숙이 알아차릴 게 분명합니다."

금 타는 노인이 노하며 말했다.

"아니… 아직까지 그자를 사숙이라 칭하는 건가?"

도끼를 쓰는 목수가 고개를 가로저으며 아무 말도 하지 않고 뒤쪽으로 걸어갔다.

공야건이 생각했다.

'저자는 고개를 가로젓기만 하고 다른 일은 아무것도 하지 않을 것 같아.'

도끼를 쓰는 목수는 담벼락 귀퉁이를 재어보고 발을 디뎌 걸음 수를 손가락으로 꼽아보더니 마치 집을 짓는 재인梓人[42]처럼 한 길로 걸어가며 후원에 이를 때까지 걸음 수를 헤아렸다. 그는 촛대를 들어 한참 동안 골똘히 생각하다가 회랑에 한 줄로 늘어서 있는 다섯 개의 돌절구를 향해 걸어갔다. 그러다 다시 잠시 뭔가를 생각하다 촛대를 바닥에 내려놓고 왼쪽에서 두 번째 있는 돌절구 옆으로 걸어가 마른 겨 몇 줌과 흙을 들어 절구 안에다 넣었다. 그러고는 옆에 있던 커다란 절굿공이를 들어 절구 안에 쿵 하고 힘껏 찧더니 이어서 쿵 하고 다시 한 번 찧었다. 절굿공이가 무척이나 무거워 내리칠 때는 매우 힘이 있었다.

공야건은 가볍게 한숨을 내쉬며 생각했다.

'이번에는 정말 운수가 사납구나. 이런 미치광이들을 만나다니 말이야. 지금 이런 상황에서 절구질을 할 마음이 어디 있단 말인가? 쌀이라도 빻는다면 몰라도 절구 안에 넣은 건 쌀겨와 흙이잖아? 에이!'

잠시 후, 포부동과 풍파악 역시 잠시 한독이 멈추자 후원으로 달려왔다.

"쿵, 쿵, 쿵! 쿵, 쿵, 쿵!"

절구질하는 소리가 끊이지 않고 들려왔다.

포부동이 참다못해 입을 열었다.

"노형, 지금 쌀을 찧어 밥을 지으려는 것이오? 한데 지금 찧는 건 쌀이 아니지 않소? 아무래도 밭부터 갈고 씨앗을 뿌려 싹이 나길 기다려야…."

돌연 화원의 동남쪽 7~8장 되는 곳에서 삐걱하는 소리가 몇 번 들려왔다. 그 소리는 아주 심하진 않았지만 매우 특이했다. 현난과 공야건 등은 소리가 들리는 곳을 쳐다봤다. 그곳에는 계수나무 네 그루가 줄지어 서 있을 뿐이었다.

"쿵! 쿵!"

도끼 목수가 쉬지 않고 절구질을 하자 말도 안 되는 일이 일어났다. 수 장 밖에 있는 동쪽에서 두 번째 계수나무가 갑자기 나뭇가지를 흔들더니 천천히 바깥쪽으로 이동하는 것이었다. 그리고 다시 잠시 후에 사람들은 도끼 목수가 절구질을 한 번 할 때마다 계수나무도 아주 조금씩 움직이는 모습을 볼 수 있었다. 금 타는 노인이 환호성을 내지르며 그 계수나무를 향해 달려가 나지막이 말했다.

"맞아, 맞았어!"

사람들이 그를 따라 달려갔다. 계수나무가 이동한 곳에는 커다란 석판이 하나 드러났는데 그 석판 위에는 손으로 잡아당길 수 있는 쇠고리가 하나 달려 있었다.

공야건이 깜짝 놀라면서도 감탄을 하며 부끄러운 마음에 말했다.

"정말 교묘하기 이를 데 없이 만든 지하 장치요. 정말 상상을 초월하는군요. 저 형씨께서 그 짧은 시간에 이 장치가 있는 곳을 발견해내다니 정말 총명함과 기지가 이 장치를 만든 사람 못지않소."

포부동이 말했다.

"아니로소이다, 아니로소이다! 이 장치를 저 형씨 자신이 만들었는지 어찌 알겠소?"

공야건이 빙그레 웃었다.

"내 말은 저 형씨의 재기가 장치를 만든 사람 못지않다는 걸세. 저 형씨 자신이 만들었다면 자기 재기가 자기 자신보다 위에 있을 수는 없지 않은가?"

도끼 목수가 다시 10여 차례 더 절구질을 하자 커다란 석판 전체가 드러났다. 금 타는 노인이 쇠고리를 걸어쥐고 위쪽으로 확 잡아당겼지만 석판은 미동도 하지 않았다. 잠시 후 기운을 돋우어 다시 잡아당기려 하자 도끼 목수가 깜짝 놀라며 부르짖었다.

"대사형, 멈추시오!"

그는 몸을 훌쩍 날려 한 절구 옆에 가서 바지를 벗고 그 안에 오줌을 갈겨대기 시작하더니 대뜸 큰 소리로 외쳤다.

"모두들 오시오, 다 같이 오줌을 쌉시다!"

금 타는 노인이 어리둥절해하다 황급히 쇠고리를 내려놓았다. 삽시간에 바둑판 사내와 책벌레, 판관필 사내에다 금 타는 노인과 도끼 목수까지 다 함께 절구 안에다 오줌을 싸기 시작했다.

공야건 등은 그 다섯 사람이 미친 듯이 오줌을 갈겨대는 것을 보고 모두들 배꼽을 잡고 웃었다. 그러나 갑자기 코에 화약 냄새가 풍겨왔다. 도끼 목수가 말했다.

"됐다! 이제 위험하지 않아!"

그중 금 타는 노인의 오줌 줄기가 가장 길어 오줌을 끊임없이 싸면서 입으로 혼자 중얼거렸다.

"죽어도 싸지, 죽어도 싸! 내가 또 장치 하나를 망가뜨렸어. 육사제,

자네가 적시에 알아채지 못했다면 화약이 폭발해 우리 모두 산산조각 났을 것이네."

공야건 등은 속으로 경악을 금치 못했다. 순식간에 이미 저승 문턱을 넘어갔다 돌아온 것이나 마찬가지였기 때문이다. 쇠고리 밑에는 부시와 부싯돌, 화약선이 연결되어 있어 쇠고리를 잡아당기면 인화선引火線에 점화가 돼서 미리 숨겨놓은 화약이 폭발하게 되어 있는 것으로 보였다. 다행히 도끼 목수의 눈치가 빨라 다 함께 오줌을 갈겨댄 덕분에 인화선을 적셔 큰 화를 피할 수 있었던 것이다.

도끼 목수는 오른쪽 첫 번째 절구 옆으로 걸어가 경력을 돋우어 돌절구를 오른쪽으로 세 바퀴 돌렸다. 그러고는 하늘을 향해 고개를 들고 입으로 나지막이 구결口訣을 외더니 한참 동안 헤아려보다 돌절구를 다시 왼쪽으로 여섯 바퀴 반을 돌렸다. 경미하게 드르륵 대는 소리가 한차례 들리고는 커다란 석판이 옆으로 움직이며 동굴이 하나 나타났다. 이번에는 금을 타는 노인이 감히 경솔하게 덤비지 않고 도끼 목수를 향해 손을 휘저으며 앞장서라는 시늉을 했다.

돌연 땅 밑에서 누군가 욕을 했다.

"성수노괴 이 빌어먹을 후레자식아! 좋다, 좋아! 네놈이 결국에는 날 찾아내다니 대단하긴 하구나! 네놈이 온갖 못된 짓은 다 하고 다니니 언젠가는 그에 대한 대가를 받게 될 것이다. 와라, 들어와서 날 죽이란 말이다!"

서생과 목수, 배우 등이 일제히 환호성을 질렀다.

"오사제는 역시 죽지 않았어!"

"오사형은 역시 죽지 않았어!"
금을 타는 노인이 부르짖었다.
"오사제, 우리가 왔네."
바닥 밑의 그 목소리가 순간 멈추었다가 곧이어 소리쳤다.
"정말 대사형이시오?"
그 목소리 속에는 기쁨이 가득했다.
휙 하는 소리와 함께 동굴 안에서 한 사람이 튀어나왔다. 바로 염왕적 설신의였다.
그는 금을 타는 노인 등 결의형제들 외에 적지 않은 외부인이 있는 것을 보고 잠시 어리둥절해하다가 현난을 향해 말했다.
"대사, 대사도 오셨군요! 여기 계신 분들이 모두 친구입니까?"
현난이 살짝 망설이다 말했다.
"그렇소, 모두 친구들이오."
본래 소림사에서는 현비대사가 고소모용씨 손에 죽었다고 확신해 모용씨를 대원수로 여기고 있었다. 그러나 이번에 유종진에서 치료를 청하기 위해 함께 오는 도중 현비대사가 절대 모용 공자에게 살해당한 것이 아니라는 등백천과 공야건의 역설을 듣고 현난은 이미 6~7푼 정도 믿고 있었다. 더구나 이번에 위난을 함께 겪으면서 한마음 한뜻으로 곤경을 헤쳐오다 보니 이미 이들을 친구로 여기게 됐다. 공야건은 현난이 그리 말하자 그를 향해 고개를 끄덕였다.
설신의가 말했다.
"모두 친구라니 이보다 더 좋을 순 없소. 모두 밑으로 내려갑시다."
그가 앞장을 서서 동굴 입구를 통해 지하도로 걸어내려가자 나머지 사람들은 각자 부상자를 부축해 줄지어 안으로 들어갔고 현통의 시신까지 둘러메고 들어갔다.

설신의가 장치를 조작하자 커다란 석판이 저절로 덮였고 장치를 또 한 번 움직이자 드르륵대는 소리가 어슴푸레 들렸다. 모두들 아까 옮겨졌던 계수나무가 석판 위로 되돌아오는 소리임을 짐작할 수 있었다. 동굴 안은 돌을 쌓아 만든 지하도여서 각자 허리를 굽히고 걸어가야만 했다. 한참을 걸어가니 지하도가 점점 높아지면서 자연적으로 생성된 수도隧道 안에 이르게 됐다. 다시 10여 장을 더 걸어가니 아주 넓은 석동石洞이 나왔다. 그 안쪽에는 횃불이 켜져 있었는데 석동 안에는 통풍구가 있어 연기가 외부로 스며나갔다. 횃불 옆에 앉아 있던 남녀노소 20여 명이 발소리를 듣고 일제히 고개를 돌려 바라봤다.

설신의가 말했다.

"여기는 우리 가족들이오. 긴박한 상황이라 인사는 시키지 않을 테니 부디 무례를 탓하지는 말아주시오. 대사형, 이사형! 여긴 어찌 오셨소?"

그는 금 타는 노인이 대답을 채 하기도 전에 당장 부상자들의 상세부터 살폈다. 가장 먼저 현통을 살펴본 설신의가 말했다.

"이 대사께서는 도를 깨닫고 원적에 드셨으니 다 함께 기뻐하고 감축드릴 일이오."

그는 다시 등백천을 살펴보며 빙긋 웃었다.

"우리 칠사매의 화분花粉은 사람을 취하게 만들 뿐이니 잠시 후면 깨어날 것이며 독은 전혀 없소."

중년 미부인과 배우가 입은 상처는 가볍지 않은 외상이었지만 설신의에게는 대수롭지 않은 일이었다. 하지만 포부동과 풍파악의 맥을 짚어 두 사람의 병세를 진찰할 때는 눈을 감은 채 고개를 쳐들어 고심을 했다.

한참 후에 설신의가 고개를 가로저었다.

"이상하군, 이상해! 이 두 형씨한테 상처를 입힌 사람은 어떤 사람이오?"

공야건이 말했다.

"생김새가 아주 기괴한 소년이었소."

설신의가 고개를 가로저었다.

"소년? 그 사람의 무공은 정사正邪 양 문파의 장점을 겸비하고 있는데다 내공이 심후해 적어도 30년은 수련한 것으로 보이는데 어찌 소년일 수가 있단 말이오?"

현난이 거들었다.

"소년이 틀림없었소. 다만 장력이 웅후해 현통 사제도 그의 한독에 맞고 중상을 입게 된 것이오. 성수노괴의 제자였소."

설신의가 깜짝 놀라 말했다.

"성수노괴 제자 중에 그토록 대단한 자가 있단 말이오? 무시무시하군!"

그는 고개를 가로저었다.

"부끄럽기 짝이 없군요. 이 두 형씨의 한독은 재하도 힘을 써볼 도리가 없소. '신의'라는 별호를 입에 담기조차 쑥스럽소."

어디선가 돌연 우렁찬 목소리가 들려왔다.

"설 선생, 그렇다면 우린 당장 가봐야겠소."

이 말을 한 사람은 등백천이었다. 그는 화분에 정신을 잃었다가 때마침 정신을 차려 설신의가 마지막에 한 몇 마디를 들었다. 포부동이 덧붙여 말했다.

"그렇소! 이 지하에 숨어 뭘 어쩌겠다는 거요? 사내대장부의 생사는 운명에 달린 법인데 어찌 비겁한 두더지처럼 지하 동굴 속에 숨어 있을 수 있단 말이오?"

설신의가 냉소를 머금었다.

"배포가 대단하시구려. 지금 밖에 누가 와 있는지 아시오?"

풍파악이 말했다.

"당신들은 성수노괴를 두려워하지만 난 두렵지 않소. 내 보기엔 당신들의 그 고강한 무공이 아깝소. 성수노괴라는 이름만 듣고도 그토록 혼비백산을 하니 말이오."

금 타는 노인이 끼어들며 말했다.

"내 적수조차 안 되면서 무슨 망발을 하는 것이오? 성수노괴는 내 사숙인데 어찌 두려워하지 않을 수 있겠소?"

현난이 화제를 돌렸다.

"노납이 오늘 보고 들은 바 중에 이해할 수 없는 부분이 좀 있어 가르침을 받고자 하오."

설신의가 대뜸 말했다.

"우리 사형제 여덟 명은 '함곡팔우函谷八友'라 불리는 사람들이오."

그는 금 타는 노인을 가리키며 말했다.

"저분께서는 우리 대사형이고 난 다섯째요. 자세한 사정을 얘기하자면 말이 길어지는 데다 남들한테 알릴 바도 못 되기에…."

여기까지 얘기할 때 별안간 누군가 소리를 치는 듯한 가느다란 음성이 들려왔다.

"설모화, 어찌 날 마중 나오지 않는 게냐?"

그 목소리는 마치 거미줄처럼 가늘어서 어렴풋이 들릴 뿐이었지만 동굴 안의 모든 사람이 똑똑히 들을 수 있었다. 마치 금속으로 만든 아주 가느다란 실처럼 10여 장 두께의 지면을 뚫고 구불구불한 지하도를 따라 들어와 사람들 고막으로 파고들어오는 듯했다.

금 타는 노인이 놀라서 몸을 벌떡 일으키고는 덜덜 떨었다.

"성… 성수노괴다!"

풍파악이 큰 소리로 외쳤다.

"큰형님, 둘째 형님, 셋째 형님! 나가서 필사의 일전을 벌입시다!"

금 타는 노인이 말했다.

"그건 아니 되오! 절대 아니 되오! 당신들이 이대로 나가서 헛되이 죽는 건 그렇다 칩시다! 그로 인해 이 지하 밀실 위치가 들통나버리고 말 것이고 여기 있는 수많은 생명마저 당신같이 용기뿐인 필부로 인해 목숨을 잃게 될 것이오."

포부동이 소리쳤다.

"그자의 말소리가 땅 밑까지 들리는데 우리가 여기 있는 걸 어찌 모르겠소? 당신이 거북이처럼 움츠리고 있다 해도 그자가 당신을 끄집어낼 테니 숨으려 해도 숨을 수 없을 것이오."

판관필 서생이 말했다.

"지금 당장 들어올 수는 없을 것이오. 다 같이 묘책을 생각해봅시다."

금 타는 노인이 말했다.

"좋아! 현난대사, 그 대마두가 오면 우리 사형제 여덟 명은 놈의 독수를 벗어나기 힘들 것이오. 여러분들은 외부인이라 대마두가 덤벼도 우리 사질들을 상대하는 데 정신이 팔려 충분히 도망칠 여유가 있을 테니 절대 영웅호한을 자처하면서 그와 대적할 생각은 마시오. 기억하시오. 누구든 성수노괴의 손바닥 안에서 목숨을 건진다면 그는 대단한 영웅호한이라 할 수 있소."

포부동이 소리쳤다.

"구리구나, 구려!"

사람들은 각자 코를 킁킁대며 맡아보다 아무 냄새도 나지 않자 포부동을 의아한 표정으로 바라봤다. 그러자 포부동이 금 타는 노인을 가리키며 말했다.

"저자가 개방귀 같은 헛소리를 지껄이니 구린내가 나서 참을 수가 없어!"

그는 조금 전 단 일초 만에 그 노인에게 제압을 당했던 터라 분해서 어쩔 줄을 모르고 있었다. 마침 한독이 발작해 수족에 기운이 없었던 데다 자기 무공이 도저히 그에게 미치지 못한다는 걸 알았지만 상대가 강하면 강할수록 욕을 해야 직성이 풀리는 성격이었다.

바둑판 사내가 그를 한번 째려보았다.

"당신은 우리 대사형의 손바닥 위를 벗어나지 못할 것이오. 하물며 우리 사숙의 무공은 우리 대사형보다 열 배는 더 고강한데 어찌 감히 헛소리를 지껄인다는 말을 하시오?"

포부동이 대꾸했다.

"아니로소이다, 아니로소이다! 무공이 고강한 것과 헛소리를 지껄이는 것은 전혀 상관이 없는 것이오. 무공이 고강하다고 헛소리를 지껄이지 말란 법은 없지 않소? 헛소리를 지껄이지 않는다고 무공이 반드시 고강하단 말이오? 공자께서도 무공을 모르는데 그럼 그 어르신이 헛소리만 지껄인단…."

등백천이 암암리에 생각했다.

'저자들 말에 일리가 없진 않은데 셋째 아우가 저들과 터무니없는 말다툼을 벌이며 괜한 시간만 낭비하는구나.'

이런 생각에 곧바로 입을 열었다.

"여러분들의 내력에 관해서는 재하가 아직 가르침을 받지 못했소. 조금 전에는 오해가 있어 두 친구에게 상해를 입혔으니 정말 송구하기 짝이 없소. 오늘 이렇게 요사한 자를 맞아 공동으로 대처해야 하는 상황에 처했으니 우리 모두가 한 가족인 셈이오. 이제 강적이 당도하면 우리 고소모용 공자 휘하의 부하들은 비록 변변치 못한 실력이지만 절대 도망가지는 않을 것이오. 정말 적을 당해내지 못한다면 모두가 이곳에서 생을 마감해야 할 것이오."

현난이 말했다.

"혜경, 허죽! 너희들은 기회가 될 때 도망칠 방법을 강구해 소림사로 가서 방장께 소식을 전하도록 해라. 이 모든 사람이 요사한 자에게 일망타진을 당해 소식조차 전하지 못하는 사태를 만들 수는 없다."

소림승 여섯 명이 합장을 하며 말했다.

"법지法旨를 받들겠습니다."

설모화와 등백천 등은 현난의 말을 듣고 그가 여기 있는 모든 이들과 생사고락을 함께하기로 결심을 했다는 걸 알아차렸다. 그러나 성수노괴의 상대가 될지에 대해서는 장담하지 못하는 것으로 보였다.

설모화가 말했다.

"여러 소림파 스님들께서 소림사로 돌아갔을 때 방장 대사께서 자초지종을 물으신다면 아마 답을 하지 못할 것이오. 이 문제는 본디 폐파 내부의 치부인지라 외부인에게 알리기에는 적당치가 않소. 허나 무림 내의 화근을 제거하는 데 소림파 고승께서 대국을 주지하지 않는다면 필시 성공하긴 어려울 것이오. 재하가 여러분께 상세하게 고하긴 하겠지만 여러분께서 귀 파의 방장께 고하는 것 외에는 부디 남들한테 발설하지 않길 바라는 바요."

혜경과 허죽 등이 일제히 알겠다고 답을 했다.

설모화가 금 타는 노인인 강광릉康廣陵을 향해 말했다.

"대사형, 여기에 얽힌 연유는 소제가 말해야겠습니다."

강광릉은 여러 사형제 중 우두머리이고 무공 역시 동료들보다 훨씬 고강하긴 했지만 사람됨이 그리 성숙하지 않았다. 설모화가 그에게 이런 말을 한 것은 외부인들 앞에서 그의 체면을 세워주기 위함이었을 뿐이다. 강광릉이 말했다.

"거 참 이상하구먼. 입은 자네 머리에 달려 있는데 말해야겠다면 하면 그뿐이지 나한테는 왜 굳이 묻는 건가?"

설모화가 말했다.

"현난대사, 등 대협! 우리 은사께서는 무림에서 총변선생으로 불리는 분…."

현난과 등백천 등이 모두 깜짝 놀라 일제히 말했다.

"당신들 모두 그분의 제자란 말이오?"

총변선생은 농아노인으로 선천적인 농아였지만 굳이 '총변선생'이라는 별호로 불리기를 원했으며 그 문하의 제자들이 하나같이 그에게 귀를 찢기고 혀를 잘렸다는 사실은 이미 강호에 널리 알려져 있었다. 그러나 그의 제자라는 이들은 모두 다 멀쩡히 들을 수 있고 또한 달변인 것을 이상하게 생각하지 않을 수 없었던 것이다.

설모화가 말을 이었다.

"가사家師 문하의 제자들이 모두 농아였던 건 수십 년 전 일이오. 가사께서는 과거 귀머거리는 물론 벙어리도 아니셨소. 사제인 성수노괴 정춘추에게 자극을 받아 농아로 변하신 것이오."

현난 등이 모두 아 하고 수긍을 했다. 설모화가 말했다.

"우리 사조師祖께서는 제자를 두 명 거두셨는데 대제자의 성은 소蘇, 이름은 성星 자 하河 자인 우리 가사셨고, 둘째 제자가 바로 정춘추였소. 그 두 분의 무공은 본래 백중세였지만 후에 고하가 갈리게 된 것…."

포부동이 끼어들며 말했다.

"하하… 당신 사숙인 정춘추가 당신 사부를 이긴 게로군. 그건 말할 필요 없소이다."

설모화가 말했다.

"말을 그리하시면 아니 되오. 우리 가사께서는 뛰어난 학문을 지니고 계시오. 가슴에 삼라만상을 품고 계신다고 할 정도로 말이오…."

포부동이 대꾸했다.

"아니로소이다, 아니로소이다!"

설모화는 그의 특기가 언쟁을 즐기는 것임을 이미 알기에 아랑곳하지 않고 계속 말을 이었다.

“처음 가사께선 정춘추와 똑같은 무공을 배웠지만 후에 마음을 바꿔 조사의 금 타는 음률에 관한 학문을 공부하기 시작했소….”

포부동은 강광릉을 가리키며 말했다.

“하하… 당신의 그 금 타는 괴상한 재주도 그렇게 사부한테 배운 것이로군.”

강광릉이 포부동을 째려보며 말했다.

“내 재주를 사부님한테 배우지 그럼 당신한테 배우겠소?”

설모화가 말을 이었다.

“만일 가사께서 금 타는 재주만 배웠다면 오히려 별다른 문제가 없었을 것이오. 하필이면 우리 사조께서는 능통하신 분야가 너무 광범위해서 금기서화琴棋書畵, 의복성상醫卜星相[43], 공예잡학工藝雜學, 무천종식貿遷種植[44] 등 모르는 분야가 없고 정통하지 않은 것이 없으셨소. 가사께서는 금 타는 기술을 배우기 시작한 뒤 얼마 지나지 않아 바둑을 배우고 다시 그림을 배우게 됐소. 다들 생각해보시오. 이들 학문은 각 분야마다 심혈을 기울이고 많은 시간을 투여해야 가능한 것들이오. 정춘추는 처음에는 똑같이 따라서 배우는 척하다가 보름도 채 배우지 못하고 스스로 자질이 부족하다는 이유로 모두 포기한 채 무공에만 전념하게 됐소. 그렇게 10년 가까운 세월이 흘러가자 사형제 두 사람의 무공은 상당한 차이를 드러내게 된 것이오.”

현난이 고개를 끄덕였다.

“탄금이나 바둑은 반평생 정력을 쏟아붓는다 해도 모자란 법인데 총변선생은 놀랍게도 여러 가지 방면에 능통했다 하니 실로 쉽지 않은 일이오. 정춘추가 한 가지 분야에만 전력투구해서 무공에 있어 사형을 능가한 것도 그리 놀라운 일이라 할 수는 없소."

강광릉이 끼어들었다.

"오사제, 더 중요한 사실이 있는데 어찌 말을 하지 않는 건가? 어서 말하게, 어서!"

설모화가 말했다.

"정춘추가 무학에 전념한 것은 나쁘다 할 수 없는 일이지요. 허나… 에이… 이 일을 얘기하면 우리 사문의 체면은 땅에 떨어지고 말 것이오. 그 정춘추는 우리 사조에 비해 20~30세 어린 나이와 준수한 용모만 믿고 놀랍게도 우리 사조의 정인과 동거를 하는 바람에 우리 사조께서는 체면에 큰 손상을 입게 됐소. 우리 역시 그 사실을 가슴속에만 묻어둔 채 그 누구도 감히 입에 담지를 못하고 그분 면전에서나 뒤에서나 귀머거리인 척 벙어리인 척을 했던 것이오. 그뿐 아니라 정춘추는 갖가지 비열한 수단을 사용하고 암암리에 무시무시한 사술 몇 가지를 배워 우리 사조를 대로하게 만들었소. 한데 사조께서 그를 없애려 할 때 정춘추가 선수를 쳐서 오히려 사조에게 중상을 입힐 줄 누가 알았겠소? 사조께서는 어찌 됐건 절학을 몸에 익히신 분이라 방비를 못한 상태에서 암수를 당하셨지만 가사가 구하러 올 때까지 아주 힘들게 버텨내실 수 있었소. 하지만 가사의 무공은 그 악적에 미치지 못했던 터라 악전고투를 벌인 끝에 가사마저 부상을 입게 됐고 사조께서 깊은 골짜기에 추락해 생사를 알 수 없는 상황에 이르게 된 것이오. 가사께선 잡다한 학문을 돌보시느라 무공 실력에 있어서는 부족했지만 잡다한 학문을 배운 것이 무용지물은 아니었소. 위기의 순간에 기문둔갑술奇門遁甲術을 펼쳐 정춘추와 팽팽하게 대치하는 상황을 만들어냈으니 말이오. 정춘추는 순간 가사께서 펼쳐낸 진을 파괴해 가사를 죽일 수 없었소. 더구나 본문에 적지 않은 오묘한 신공이 있었지만 사조께서 시종 사형제 두 사람에게는 전수하지 않았다는 사실을 알고 있었기에 사조께서 임종 전 그 신공 비급이 있는 곳을 가사께 말했을 것이라 짐작하고 가사께서 그걸 실토하도록 천천히 압박을 가하며 사숙조가 옆에서 거들게 만들 수밖에는 없었던 것이오. 그는 한발 물러서서 가사께서 그때부터 아무 말도 하지 않는다면 더 이상 찾아와 괴롭히지 않겠다고 약속했소. 그 당시 가사 문하에는 우리 여덟 명의 쓸모없는 제자들이 있었지만. 가사께서는 서한을 써서 우리를 해산시키고 더 이상 우리를 제자로 여기지 않으셨소. 그때부터 농아 행세를 하면서 말도 하지 않고 듣지도 않으시면서 그 후에 다시 거둔 제자들에 대해서는 모두 귀를 찢고 혀를 잘라 농아문聾啞門이란 문파를 창시하신 것이오. 미루어 짐작해보면 가사께서는 과거 잡학에 한눈을 팔아 무공이 정춘추에 미치지 못하게 된 상황을 깊이 후회하고 있음을 알 수 있소. 농아 행세를 하고 나서부터 각종 잡학은 내려놓으셨으니 말이오. 우리 사형제 여덟 명은 사부로부터 무공은 물론 각자 잡학을 한 가지씩 배웠는데 그건 정춘추가 사문을 배반하기 전의 일이오. 그때는 가사께서 다른 학문에 한눈을 파는 폐해에 대해 깊이 깨닫기 전이었기에 잡학을 금지하지도 않았을뿐더러 오히려 장려를 하시며 성의껏 가르침을 내려주셨소. 해서 강광릉 대사형이 금 타는 기술을 배우게 된 것이오."

포부동이 나서서 말했다.

"쇠귀에 금을 타봐야 무슨 소용 있다고?"
강광릉이 벌컥 화를 냈다.
"내가 금을 못 탄다고 비웃는 것이오? 지금 당장 들려드리겠소."
이 말을 하면서 요금을 무릎 위에 길게 얹었다.
설모화가 황급히 손사래를 치며 저지하더니 바둑판을 쓰는 사내를 가리키며 말했다. "여기 이사형 범백령范百齡은 바둑을 배워 당금의 천하에서는 적수가 거의 없소."
포부동은 범백령을 힐끗 보고 말했다.
"어쩐지 바둑판을 무기로 삼더라니. 다만 바둑판을 자철로 만들어 무기를 흡착시켜버리는 건 교활한 수단이니 성인군자가 할 짓은 못 되는 것이오."
범백령이 말했다.
"바둑에서는 진용을 갖추고 정정당당하게 두는 방법도 있지만 기이한 전술로 상대를 기만하는 방법도 금지하지 않소."
설모화가 말했다.
"우리 범 이사형이 바둑판을 자철로 만든 것은 기술을 깊이 연구하기 위함이오. 그는 길을 걸어가든 누워 있든 간에 갑자기 묘수풀이가 생각나면 당장 흑돌 백돌을 나열해놓지요. 이사형의 바둑판은 자철로 만들어 쇠로 만든 바둑알을 올려놓고 수레 안이나 말 위에 있어도 바둑알이 움직일 일이 없소. 나중에 그 편의성 때문에 바둑판을 무기로 삼고 바둑알을 암기로 쓰게 된 것이지 자철을 이용해 이득을 보고자 할 의도는 전혀 없었소."
포부동은 속으로 수긍하긴 했지만 입으로는 다른 말을 했다.

"이치에 맞지 않는 이유요. 전혀 이치에 맞지 않소이다. 범 형의 무공 실력이라면 나무로 만든 바둑판에 쇠로 만든 바둑알을 놓고 박아 넣을 수도 있소. 그럼 바둑알이 떨어질 리 없지 않겠소?"

설모화가 말했다.

"어쨌든 쇠바둑판보다 편리하진 않을 것이오. 여기 이 구苟씨 성에 외자인 독讀 자를 쓰는 우리 삼사형은 글공부를 좋아해 제자백가에 관해 들여다보지 않은 부분이 없는 그야말로 학식이 뛰어난 노유老儒라 할 수 있소. 여러분들도 이미 가르침을 받았을 것이라 생각하오."

포부동이 말했다.

"소인유小人儒[45]일 뿐이오. 거론할 가치도 없소."

구독이 성질을 내며 말했다.

"뭐? 날 소인유라고 했소? 그럼 당신은 군자유君子儒[46]라도 된단 말이오?"

포부동이 답했다.

"어찌 감히, 어찌 감히!"

설모화는 그 두 사람이 논쟁을 벌이기 시작하면 사흘 밤낮이 걸려도 끝나지 않을 것임을 알고 재빨리 화제를 돌려 판관필을 쓰는 서생을 가리키며 말했다.

"이분은 제 사사형이시오. 서화에 정통해 산수화와 인물화, 조화鳥畫와 화초도花草圖 등을 아주 정교하게 그릴 수 있지요. 성은 오吳인데 사문에 들어오기 전에 대송 조정에서 영군領軍 장군 직위를 역임한 적이 있어 모두들 오영군吳領軍이라 부르지요."

포부동이 말했다.

"영군 장군 시절에는 싸움만 나가면 패전을 했을 테고 그림을 그리면 사람인지 귀신인지 분간을 못하겠지."

오영군이 말했다.

"귀하의 얼굴을 그린다면 사람인지 귀신인지 분간이 안 될 것은 확실하오."

포부동이 껄껄대고 크게 웃었다.

"언제고 시간이 나거든 이 포부동 얼굴을 견본으로 삼아 귀취도鬼趣圖[47]나 한 폭 그려보시오. 아주 절묘할 것 같소."

설모화가 말했다.

"포 형께서는 준수하고 품위 있는 용모를 지니셨는데 어찌 그리 겸손하신지 모르겠소? 계속 말을 잇도록 하겠소. 재하는 서열이 다섯째요. 의술을 배워 강호에서도 보잘것없는 명성이 있는 셈이지만 사부님으로부터 전수받은 무공 역시 잊지 않고 있지요."

포부동이 말했다.

"풍한이 들어 기침 좀 하는 정도는 억지로 치료할 수 있겠지요. 허나 재하가 중독된 한독을 만나면 속수무책이질 않소? 그 말은 곧 큰 병에 대해선 치료를 못하고 작은 병에 대해선 죽지만 않게 해준다는 것이 아니오? 하하… 신의라는 별호가 과연 명불허전이구려."

강광릉이 긴 수염을 쓸어내리며 곁눈질로 바라보다 말했다.

"노형께서는 성질도 참 특이하시구려. 남들과는 다른 점이 있소."

포부동이 말했다.

"하하하… 난 성이 포包, 이름은 부동不同이오. 그러니 남들과 다른 게 당연한 것 아니오?"

강광릉이 껄껄대고 큰 소리로 웃었다.

"정말 포씨에 이름이 부동이오?"

포부동이 말했다.

"설마하니 거짓을 말하겠소? 음. 여기 장치를 만들어내는 노형께선 필시 토목과 공예에 관한 학문에 정통하겠군. 노반선사魯班先師[48]의 제자라도 되시오?"

설모화가 말했다.

"그렇소. 육사제 이름은 풍아삼馮阿三으로 본래 목공 출신이오. 우리 사문에 들어오기 전에 이미 솜씨가 좋은 장인이었지만 후에 다시 가사로부터 기예를 배워 더욱 솜씨가 정교해졌소. 칠사매는 성이 석石인데 꽃 재배에 정통해 천하의 그 어떤 진기한 꽃과 풀도 그녀가 키우면 아주 잘 자라지요."

등백천이 말했다.

"석 낭자가 날 혼절시킨 약물은 자신이 기른 화초의 분말이지 독약은 아니겠군요."

그 석씨 성의 미부인 이름은 청풍淸風이었다. 그녀가 미소를 지으며 말했다.

"조금 전에는 실례가 많았어요. 등 대협께서 용서해주시길 바랄 뿐입니다."

등백천이 말했다.

"재하가 경솔했던 나머지 출수가 심했으니 낭자께서 양해해주시오."

설모화가 입만 열면 노래를 하고 연기를 하는 사람을 가리키며 말했다.

"팔사제 이름은 이괴뢰李傀儡라고 하오. 평생 희문 안의 역할에만 빠져 미친 사람처럼 행동하고 무학 연마에는 소홀했지요. 에이. 어찌 팔사제뿐이겠소? 우리 동문 여덟 명이 모두 마찬가지요. 사실 가사께서 전수해주신 무공은 우리가 평생 연마해도 연성해내지 못할진대 굳이 탐욕을 부려 도처에서 남의 절초들을 배웠다가 오히려… 에이…."

이괴뢰는 땅바닥에 벌렁 누워 부르짖었다.

"과인은 이존욱李存勖[49]이로다. 강산을 사랑하기보다 연기를 더 사랑했노라. 허. 훌륭한 연기로다. 훌륭한 연기야!"

이때는 북송 연간으로 영인들이 연기하는 희문은 보잘것없었다. 참군參軍이나 포로鮑老, 회홀回鶻 같은 몇몇 극중 인물이 전부였지만 이괴뢰는 시서를 많이 읽었던 터라 스스로 옛 인물로 분해 연기했다. 남녀를 막론하고 아주 똑같이 흉내를 내서 당시 극 중 배역을 맡은 사람들을 능가했던 것이다.

포부동이 말했다.

"과인은 이사원李嗣源이로다. 네 강산을 뺏고 네 목을 벨 것이다."

책벌레 구독이 끼어들었다.

"이존욱은 수하 영인인 곽종겸郭從謙에게 시해를 당했지 이사원 손에 죽은 것이 아니오."

포부동은 역사에 대해서는 문외한이었던지라 문자를 쓰는 데 있어선 구독을 능가할 수 없다는 걸 알고 소리쳤다.

"어허 쳇! 내가 바로 곽종겸이니라. 아하! 짐은 진시황이다. 짐이 분서갱유를 할 때는 소인유들만 파묻었노라!"

설모화가 말했다.

"우리 사형제 여덟 명이 비록 사문에서 축출되긴 했지만 감히 사부님의 가르침에 대한 은덕을 잊을 수가 없어 우리를 '함곡팔우函谷八友'라 칭하게 됐소. 이는 과거 사부님께서 함곡관函谷關 부근에서 무예를 전수해주신 은혜를 기리기 위함이지요. 남들은 우리가 불손한 의도로 의기투합을 했다…."

포부동이 코를 몇 번 킁킁대다 말했다.

"냄새가 난다, 냄새가 나!"

구독이 말했다.

"《역경》, 〈계사〉에 이르길 '마음을 함께하는 사람들이 말하면 그 냄새는 난초와 같다'고 했으니 여기서 말하는 냄새는 향기라 할 수 있소. 노형께선 지식이 전혀 없구려."

포부동이 말했다.

"노형 말에서 방귀 냄새 같은 향기가 나는구려."

설모화가 말했다.

"우리가 원래 동문 사형제라는 사실은 그 누구도 모릅니다. 우리는 그 성수노괴가 중원에 다시 등장해 그에게 일망타진당하는 걸 방지하기 위해 2년마다 한 차례씩 모이고 평소에는 각자의 거처에 흩어져 살고 있소. 얼마 전에 정 노괴가 제자를 보내 한 배불뚝이 화상을 치료해야 하니 나더러 와달라고 했소. 나 설가는 고약한 성미가 있어서 누가 병을 치료해달라고 할 때 좋은 말로 청하지 않으면 치료를 해주지 않아왔소. 하물며 치료를 청한 사람이 정 노괴의 제자였으니 당연히 가고 싶지 않았던 것이오. 그 제자는 아무리 강요를 해도 안 되자 발끈하며 그냥 가버렸소. 난 정 노괴가 조만간 다시 찾아올 것이라 생각해 죽음을 가장해 관 속에 극독을 숨겨두고 놈이 걸려들기만을 기다리며 온 가족이 이 지하 동굴에 숨어 있었던 것이오."

포부동이 말했다.

"누군가 좋은 말로 부탁을 해야만 치료를 하는 게 뭐 대단하다 그러시오? 나 포가도 못된 성깔이 있어서 남이 내 병을 치료하려고 할 때 좋은 말로 부탁하지 않고 상대가 세력만 믿고 강요를 하면 설사 죽을 병이 걸렸다 해도 절대 치료를 맡기지 않소."

강광릉이 껄껄대고 웃었다.

"당신이 뭐 그리 대단한 사람이라고 치료를 해주면서 굳이 애걸복걸하며 부탁을 한단 말이오? 혹시 당신이… 당신이…."

그는 순간 당신이 '누구'면 모를까라고 얘기하려다 생각이 나질 않았다.

포부동이 말했다.

"혹시 당신이 내 아들이라면 모를까…."

강광릉은 깜짝 놀랐다. 속으로 그 말이 틀린 것이 아니란 생각이 들어서였다. 자기 부친이 병이 들어서도 의사에게 보이기를 원하지 않는다면 자신이 애걸복걸해야 할 것이 아니겠는가? 그는 도리를 따지는 사람이었기에 포부동의 그 말이 자기 잇속을 챙기는 말이라고는 생각지 못했다. 그는 포부동에게 말했다.

"그렇소. 하지만 난 당신 아들이 아니지 않소?"

포부동이 말했다.

"당신이 내 아들인지 아닌지는 당신 어머니만 알 수 있는 일이지. 당신이 어찌 알겠소?"

강광릉이 순간 어리둥절해하다 다시 고개를 끄덕였다.

"일리 있는 말이오."

포부동이 껄껄대고 웃으며 생각했다.

'정말 멍청하기 짝이 없는 자로구나. 아무리 자기 잇속을 챙기려 해도 정당한 방법이 아니면 빛이 나지 않는 법이지.'

설모화가 말했다.

"공교롭게도 지금이 바로 우리 사형제 여덟 명이 매년 한 차례씩 모이는 때였소. 한데 우리 노복이 여러분들을 제가 두려워하는 상대로 오인한 나머지 긴박한 상황이라 생각해 내 당부대로 하지 않고 여러 동문에게 신호를 보내는 유성 화포에 불을 붙였던 것이오. 그 유성 화포는 우리 육사제가 솜씨를 발휘해 만든 것으로 공중에 터뜨리면 그 빛이 수 마장을 비추는데 우리 동문 여덟 명은 각자 다른 색의 화포를 가지고 있지요. 이번 상황이 다행이면 다행이고 불행이면 불행이라 할 수 있소. 다행인 것은 우리 함곡팔우가 위기의 순간에 한자리에 모일 수 있게 되어 함께 적에 대항할 수 있게 됐다는 점이며 이대로 성수노괴한테 일망타진당한다면 매우 불행한 것이라 할 수 있소."

포부동이 말했다.

"성수노괴가 아무리 대단하다 해도 소림 고승인 현난대사보다 고강하다고 할 수는 없을 것이오. 거기에 비록 오합지졸이긴 해도 우리가 옆에서 함성을 지르며 기세를 돋아 필사의 일전을 펼친다면 누가 승자가 될지는 알 수 없는 것이오. 한데 군이 그렇게… 그렇게… 그렇게…."

그는 연이어 '그렇게…'란 말을 반복하며 이를 따다다닥 부딪칠 뿐 한독이 발작해 더 이상 말을 잇지 못했다.

이괴뢰가 소리 높여 노래를 불렀다.

"내가 바로 진시황을 시해하려 했던 형가荊軻다! 바람은 쓸쓸하고 온몸이 차갑구나. 장사의 몸은 떨리는데 입을 열기 어렵도다!"

별안간 땅바닥에서 인영이 날아오르더니 머리를 세워 그의 가슴팍을 들이받았다. 이괴뢰가 비명을 지르며 팔을 휘둘러 물리쳤다. 그 사람은 이괴뢰를 붙잡고 격렬하게 싸우기 시작했는데 다름 아닌 일진풍 풍파악이었다. 등백천이 다급하게 소리쳤다.

"넷째 아우, 무례하게 굴지 말게!"

그는 손을 뻗어 풍파악을 잡아끌었다.

등백천이 말했다.

"여러분께서 솔직한 말씀으로 망신스러운 일마저 숨기지 않으니 친구라 하기에 충분하오. 적이 당면한 상황이라 곧 있으면 생사를 장담할 수 없어 우리 고소모용 역시 있는 그대로 말씀드리겠소. 과거 모용 어르신께서 우리에게 담론을 하시면서 정춘추가 사조에게 배운 무공 중 '천장지구불로장춘공天長地久不老長春功'이란 것이 있다고 말씀하셨소. 모용 어르신께서는 신선처럼 영원히 사는 건 거짓이며 세상에 죽지 않는 사람은 절대 있을 수 없지만 내공 수련을 제대로 하면 젊음을 유지하고 늙지 않을 수는 있다고 하셨소. 30~40대 여자가 열여덟아홉처럼 수련할 수 있고 50~60대 부인은 매끈하고 빛나는 피부와 흰 얼굴에 붉은 입술을 가진 20~30대로 수련할 수 있다고 말이오. 여자들은 누구나 청춘을 유지하고 싶어 하지만 남자인들 그러길 원치 않을 리 있겠소? 정춘추가 당신네 사조를 죽이지 않은 것은 필시 그를 압박해 장춘공을 전수받으려 한 것이 틀림없소. 정 노괴가 그 공법을 연마했다 해도 언젠가는 효력이 다할 것이고 지금도 천천히 노색이 나타나고 있을 것이며 만일 장춘공이 점점 효력을 다한다는 걸 안다면 소주로 와서 서책을 찾아보려 할 것이오."

구독이 말했다.

"서책을 찾아봐? 그거 이상하군. 그런 건 나한테 물어봐야 하는데."

등백천이 말했다.

"구 선생께서 비록 다섯 수레 분량의 글공부를 해서 학식이 풍부하긴 하지만 정춘추가 찾으려 하는 건 장춘공의 무공 요결이니 아마 다섯 수레 안에는 없고 여섯 번째 수레 안에나 있을 것이오. 정춘추가 사조의 정인을 유혹해 소주로 도주한 뒤 은거한 곳은 태호의 한 마을이오. 허니 그 두 사람이 훔쳐온 대량의 무공 비급 역시 소주에 숨겨뒀을 것이오."

현난이 말했다.

"단지 서책을 찾으려는 것이라면 그냥 찾아보라고 하면 될 것이 아니겠소?"

등백천이 말했다.

"우리는 정 노괴의 목표가 그렇게 사소한 건 아니라고 보고 있소. 그 장춘공이 단지 젊음을 유지하고 늙지 않는 효과만 있다면 그가 젊어지는 데 불과할 테니 우리가 그 더러운 얼굴을 보지 않으면 그뿐이오. 하지만 그의 진정한 속셈은 그의 화공대법을 강화하기 위한 것이오."

현난이 깜짝 놀라 말했다.

"하나만 묻겠소. 그 화공대법이 도대체 어떤 무학이기에 무림인들이 하나같이 두려움에 떨며 혐오하는 것이오?"

설모화가 말했다.

"듣기로는 그 사공邪功을 연마하려면 적지 않은 독사와 독충의 즙액을 손바닥에 흡입하고 남에게 손을 쓸 때 다시 그 독극들을 상대의 경맥에 주입해야 한다더군요. 우리가 무공을 연마할 때 그 내력은 경맥에서부터 나오지요. 예를 들어 관원혈은 삼음과 임맥이 모이는 곳이며 대추혈은 수족삼음과 독맥이 모이는 곳이 아닙니까? 이 두 혈도에 만일 독질이 묻는다면 임맥과 독맥 속의 내력이 찰나의 순간에 소리 없이 종적을 감추게 되는 것이지요. 사람들은 와전된 말을 그대로 듣고 정 노괴가 사람의 공력을 제거해버릴 수 있는 능력이 있다고 말하고 있소. 사실 재하가 볼 때 이미 연성한 공력은 제거할 수 없습니다. 정 노괴는 극독을 경맥에 침투시켜 사람의 내력을 일시에 펼쳐내지 못하게 할 뿐이지만 이를 당한 사람은 내력을 그에게 제거당했다고 여기는 것이오. 그 때문에 누군가 중독이 되고 나면 그 독질이 뇌로 침입해 수족을 마비시키고 수족의 기운은 제거되고 말지요. 재하의 판단에 잘못된 점이 있다면 대사께서 가르침을 내려주십시오."

현난은 고개를 끄덕이며 말했다.

"신의의 견해가 지극히 옳소. 노납이 모르고 있던 이치를 깨닫게 만들어 가슴속에 품고 있던 의구심이 해소됐소."

바로 그때, 아주 가느다란 목소리가 다시 동굴 안으로 전해져왔다.

"소성하의 제자와 손제자들은 어서 나와 투항해라! 그럼 목숨을 보전할 수 있을지 모른다. 더 이상 지체한다면 결과가 좋지 않을 것이다. 그때 가서 이 어르신이 동문의 의리를 저버린다고 탓하지 마라."

강광릉이 화가 치밀어올라 말했다.

"정말 뻔뻔스럽기 짝이 없군. 지금 이 상황에 동문의 의리를 거론하다니!"

풍아삼이 설모화를 향해 말했다.

"오사형, 이 지하 동굴은 나뭇결이나 석재로 보아 300여 년 전에 지어진 것 같던데 어느 문파의 장인 솜씨인지 모르겠소?"

설모화가 말했다.

"이곳은 우리 선조들께서 전해주신 산물로 대를 이어 전해내려온 것이네. 이렇게 피난할 곳이 있다는 사실만 알게 됐을 뿐 누가 지은 것인지는 나도 잘 모르네…."

이 말이 채 끝나기도 전에 갑자기 지진이라도 난 듯 펑 하는 엄청난 소리가 울려퍼졌다. 동굴 안의 모든 사람은 발밑이 흔들리는 느낌이 들어 제대로 서 있을 수가 없었다. 풍아삼이 아연실색하며 말했다.

"큰일이오! 정 노괴가 폭약을 터뜨려 공격해오려는 것 같소!"

강광릉이 화를 내며 말했다.

"비열하고도 뻔뻔스럽기 짝이 없구나! 우리 사조와 사부님 모두 토목에 관한 학문에 능해 장치를 변화시키는 건 본문이 자랑하는 비장의 수법이거늘 성수노괴 저자는 어찌 장치를 깨뜨릴지 심사숙고하기는커녕 무지막지하게 폭약을 사용해 부수려고 하니 어찌 본문의 제자 자격이 있단 말인가?"

포부동이 냉랭하게 말했다.

"사부를 죽이고 사형을 해친 자를 어찌 아직까지 동문 사숙이라 여기는 것이오?"

강광릉이 말했다.

"그건…."

그때 쾅 하는 엄청난 소리가 다시 한번 울려퍼지며 동굴 안에 흙먼지가 날아올라 모두들 눈을 똑바로 뜰 수 없는 지경에 이르렀다.

현난이 말했다.

"그자가 동굴을 폭파시켜 공격해 들어오게 놔두지 말고 우리가 나가서 일전을 벌이는 게 낫겠소!"

등백천과 공야건, 포부동, 풍파악 네 사람은 일제히 그 말에 동조하며 소리쳤다.

범백령이 생각해보니 현난은 소림 고승인지라 적을 피해 지하 동굴에 숨어 있다는 것이 실로 소림파의 명성에 흠집이 가는 행위로 여기는 것으로 보였다. 어차피 이곳에서 생사의 일전을 벌인다면 숨을 곳도 없지 않은가?

"그렇다면 다 함께 나가 노괴와 필사의 일전을 벌입시다."

설모화가 말했다.

"현난대사는 노괴와 아무런 원한도 없으니 괜한 일에 발을 들여놓을 것 없소. 소림파 여러 스님께선 그냥 지켜만 보고 계시오."

현난이 말했다.

"중원 무림 일은 소림파에서 간여하지 않을 수 없으니 여러분께서 용서하시오. 더구나 우리 현통 사제가 원적에 들게 된 것도 성수파 제자의 독수에 걸린 데 기인한 것이니 소림파가 성수노괴와 원한이 없다고 할 수는 없소."

풍아삼이 말했다.

"대사께서 의리를 중시해 도와주시겠다니 우리 사형제들로선 감사하다는 말씀밖에 드릴 수가 없겠습니다. 오사형의 가속들과 포 대협, 풍 대협 두 분께선 이곳에 남아 계셔도 좋소. 노괴가 이곳까지 수색하지는 않을 것이오."

포부동이 그를 힐끗 째려보았다.

"아무래도 당신이 남는 것이 좋겠소."

풍아삼이 다급하게 말했다.

"재하가 두 분을 경시해 그런 것이 아니오. 다만 두 분께서는 중상을 입은 몸이니 출수를 하기에는 수월하지 않을 것이라 말씀드리는 것이오."

풍파악이 말했다.

"상처가 중할수록 싸울 때 더욱 기운을 내는 법이오."

범백령 등은 모두 고개를 가로저었다. 그 두 사람이 매우 용감무쌍한 성격이라 이치를 들어 이해시키기는 어렵다고 느꼈기 때문이다. 풍아삼은 곧장 장치를 반대로 움직여놓고 재빠른 걸음으로 나아갔다.

드르륵하는 소리가 들리면서 출구에 아주 좁은 틈이 드러나자 풍아삼은 그 틈으로 화포 세 개를 던졌다.

"펑! 펑! 펑!"

세 번의 화포 소리가 울려퍼지며 하얀 연기가 자욱하게 피어올랐다. 세 번의 화포 소리와 함께 석판을 이동시켜 드러난 틈은 사람이 지날 수 있는 크기였다. 풍아삼은 다시 화포 세 개를 던지며 그 틈으로 훌쩍 뛰쳐나갔다.

풍아삼의 두 다리가 미처 땅에 닿기도 전에 검은 그림자가 하얀 연기 속을 옆으로 달려나가더니 밖에 있던 사람들 숲으로 뛰어들며 소리쳤다.

"누가 성수노괴더냐? 이 풍가와 한번 겨뤄보자!"

바로 일진풍 풍파악이었다.

그는 눈앞에 갈색 옷을 입은 사내가 보이자 호통을 쳤다.

"내 일권을 받아라!"

퍽 하는 소리와 함께 그자의 가슴팍을 냅다 후려쳤다. 그자는 성수파의 아홉 번째 제자였는데 그의 몸이 흔들리자 풍파악은 두 번째 주먹으로 다시 그의 어깻죽지를 후려갈겼다. 퍽 소리가 끊임없이 이어졌다. 풍파악의 출수가 어찌나 신속했는지 거의 모든 일권과 일장이 모두 상대의 몸을 가격했다. 그러나 그는 중상을 입어 힘이 없던 터라 성수 제자들을 쓰러뜨릴 수는 없었다. 그때 현난과 등백천, 강광릉, 설모화 등도 모두 동굴 안에서 뛰어올라왔다.

눈앞에는 우람한 체격을 지닌 노인이 서남쪽에 서 있었고 그의 앞 좌우에는 두 줄의 크고 작은 사내들이 서 있었는데 그 철가면 역시 그 안에 있었다. 강광릉이 소리쳤다.

"정 노적老敵, 아직도 죽지 않았더냐? 날 기억하고 있겠지?"

그 노인은 바로 성수노괴 정춘추였다. 정춘추는 소림승인 혜정을 잡아다 빙잠을 찾아내도록 강요할 생각이었지만 그가 중병에 걸렸다는 사실을 알고 설모화에게 치료를 맡기려 했다. 설모화가 이를 대비해 죽음을 가장했지만 결국 화를 피하지 못하게 된 것이다. 정춘추는 상대가 여러 명임을 한눈에 알아보고 손에 든 우선羽扇을 몇 번 휘두르다 말했다.

"모화 현질! 네가 그 배불뚝이 소림승을 치료해준다면 목숨만은 부지하게 해줄 것이다. 단, 너는 날 사부로 모시고 우리 성수파 제자로 들어와야 한다."

그는 오로지 설모화가 혜정을 치료하면 그를 곤륜산 봉우리로 데려가 빙잠을 잡게 만들고 또한 설모화를 자기 제자로 거두어 그와 함께 불로장춘공 요결 내의 이해가 안 가는 부분을 연구하겠다는 생각뿐이었다.

설모화가 그의 말투를 들어보니 앞에 있는 다른 이들은 안중에도 없어 이들의 생사존망이 모두 자기 뜻에 달려 있는 것 같다고 느껴졌다. 그는 사숙이 얼마나 무서운 사람인지 잘 알고 있었기에 심히 두려움을 느꼈다.

"정 노적, 난 이 세상에서 단 한 사람 말만 듣는다. 그 어르신께서 나한테 누굴 살리라고 하면 난 살릴 수 있다. 네가 날 죽이는 건 손바닥 뒤집기보다 쉬울 테지만 나한테 누굴 치료하게 만들려면 그 어르신한테 가서 청해야 가능할 것이다."

정춘추는 냉랭한 어투로 말했다.

"소성하의 말만 듣겠다는 것이로구나. 그러하냐?"

설모화가 말했다.

"금수보다 못한 무뢰한만이 사부를 속이고 사문을 욕되게 할 뿐이다!"

그가 이 말을 내뱉자 강광릉과 범백령, 이괴뢰 등이 일제히 갈채를 보냈다.

정춘추가 말했다.

"아주 좋아, 아주 좋아! 너희 모두 소성하가 아끼는 제자들이었지? 허나 소성하가 사람을 보내 이 말을 전해왔다. 너희 여덟 명은 이미 문파에서 축출당했기 때문에 더 이상 소성하의 제자라 할 수 없다고 말이다. 설마 소가가 자기 말과 달리 여전히 너희와 사제의 명분을 몰래 남겨두고 있었더란 말이냐?"

범백령이 말했다.

"하루를 모신 사부라도 평생 아버지와 같이 존경하고 모시는 법이다. 사부님이 우리 여덟 사람을 문하에서 축출한 것은 맞다. 그 몇 년간 우리는 그 어르신을 단 한 번도 뵐 수가 없었다. 배알을 하러 가도 어르신께서는 굳이 만나려 하지 않으셨으니 말이다. 허나 사부님을 경애하는 우리의 마음은 추호도 줄어들지 않았다. 정가야! 우리 8인이 떠돌이 신세가 되어 사문에 의지할 수 없게 된 것은 모두 정 노적 네 놈이 하사한 것이다."

정춘추가 껄껄대고 웃었다.

"옳은 말이다. 소성하는 내가 너희에게 악랄한 술수를 펼쳐 하나하나 죽일까 두려웠던 것이다. 그가 너희를 사문에서 축출한 것은 너희 목숨을 보전해주기 위한 의도였지. 차마 너희들 귀를 찢고 혀를 자르지 않은 것만 봐도 너희들에 대한 정이 얼마나 깊은지 알 수가 있다. 흥! 그렇게 나약해서야 어찌 큰일을 할 수 있겠느냐? 흐흐… 아주 좋아. 너희들 입으로 말해봐라. 도대체 소성하가 너희 사부라고 할 수 있느냐?"

강광릉 등은 그의 말을 듣고 '소성하의 제자'라는 명분을 버리지 않는다면 정춘추가 당장 살수를 쓸 것임을 알고 있었다. 그러나 사부의 은혜가 태산처럼 깊은데 어찌 목숨을 탐하고 죽음이 두려워 사문을 배반할 수 있겠는가? 여덟 명의 동문 중 몸에 중상을 입고 지하 동굴에서 나오지 않은 석청풍을 제외한 나머지 일곱 명이 일제히 소리쳤다.

"우리가 사문에서 축출당하긴 했지만 사제 간의 명분은 죽을 때까지 변치 않을 것이다!"

이괴뢰가 갑자기 큰 소리로 외쳤다.

"난 성수노괴의 늙은 어미니라. 내가 과거에 이랑신二郞神[50]이 데리고 다니는 효천견哮天犬[51]과 사통을 했다가 너 같은 짐승을 낳게 됐구나. 내가 그 개 같은 다리를 분질러놓고 말 것이다!"

그는 노부인 목소리를 흉내 내다 이어서 멍멍멍 하며 세 번의 개 짖는 소리를 냈다.

강광릉과 포부동 등이 모두 미친 듯이 소리 내어 웃었다.

정춘추는 노기를 억제 못하고 돌연 눈에서 기괴하기 짝이 없는 광채를 발하며 왼손 도포 자락을 털었다. 그러자 새파란 도깨비불이 유성처럼 빠른 속도로 이괴뢰를 향해 날아갔다. 이괴뢰는 이미 오른쪽 다리가 부러져 한 손으로 나무막대기를 짚고 있는 거동이 불편한 상태였던 터라 날아오는 불을 보고 피하려 했지만 이미 때는 늦어 확 하는 소리와 함께 온몸에 불이 붙어버렸다. 그는 황급히 땅바닥을 떼굴떼굴 굴렀지만 구르면 구를수록 불은 점점 더 활활 타올랐다. 범백령이 다급하게 바닥에서 흙모래를 움켜쥐어 그의 몸에 뿌렸다.

정춘추는 도포 자락 안에서 연이어 다섯 점의 도깨비불을 날려 설모화 한 명만 빼고 강광릉 등 다섯 명을 향해 각각 쏘아냈다. 강광릉은 쌍장을 동시에 뻗쳐 불꽃을 밀어냈다. 현난이 장력을 내뻗어 불꽃 두 점을 갈라버렸지만 풍아삼과 범백령 두 사람 몸에는 이미 불이 붙어 버린 뒤였다. 삽시간에 이괴뢰 등 세 사람은 불길에 휩싸여 으악 소리를 연발하며 마구 비명을 질러댔다.

정춘추의 여러 제자들이 소리 높여 정춘추를 칭송했다.

"사부님께서 소소한 재주만 펼치셨는데 모두 돼지 구이로 변해버렸구나. 어서 무릎을 꿇고 투항하지 못할까!"

"사부님께서는 무한한 능력을 지니신 분이다. 고금을 통틀어 사부님에 대항할 자는 없다. 오늘 너희 중원의 개돼지들은 우리 성수파의 실력을 제대로 맛보게 될 것이다."

"사부 어르신께서 싸움에 나서면 백전백승이며 그 어떤 적들도 뿔뿔이 흩어지고 만다."

포부동이 소리쳤다.

"헛소리, 헛소리 마라! 에이! 손발이 오글거려 죽겠구나! 정 노괴, 정말 낯가죽도 두껍다!"

포부동의 말이 채 끝나기도 전에 불꽃 두 점이 그를 향해 질풍처럼 날아갔다. 등백천과 공야건이 각각 일장을 내뻗어 불꽃 두 점을 쳐냈지만 두 사람은 동시에 마치 거대한 망치로 가슴을 얻어맞은 듯한 충격을 받으며 두 번의 신음 소리와 함께 턱턱턱 뒤로 세 걸음 물러섰다. 알고 보니 정춘추는 극강의 내력으로 불꽃을 날려보낸 것으로 현난과 강광릉은 내력이 고강한 편이라 장력으로 불꽃을 쳐내고도 손상을 입지 않았지만 등백천과 공야건은 이를 견뎌내지 못했던 것이다.

현난이 이괴뢰 앞으로 다가가 일장을 후려치자 그 장력은 그의 몸을 평범하게 스쳐 지나는가 싶었지만 찌익! 하는 소리가 들리는 곳에서 장력에 의해 찢긴 커다란 옷 조각이 떨어져 나갔다. 그러자 그의 몸을 태우고 있던 도깨비불도 장풍에 의해 꺼져버렸다.

한 성수파 제자가 부르짖었다.

"저 땡중의 장력이 약하지 않은 것 같구나! 우리 사부님의 10분의 1은 되겠어!"

다른 제자가 말했다.

"쳇! 우리 사부님 100분의 1밖에 안 돼!"

현난이 곧바로 손을 뒤로 빼서는 이장을 휘둘러내자 범백령과 풍아삼 몸에 붙은 도깨비불이 꺼져버렸다. 그때 등백천과 공야건, 강광릉 등은 이미 몸을 날려 일제히 성수파 제자들을 공격해가고 있었다.

정춘추가 긴 수염을 쓰다듬으며 외쳤다.

"이보시오 소림 고승! 과연 공력이 범상치 않으시구려. 소제가 오늘 가르침을 받아보겠소."

이 말을 하면서 왼손을 가볍게 날려 현난을 향해 후려쳐갔다. 그는 젊은이 행세를 하기 위해 스스로를 노부老夫라고 칭하지 않고 소제小弟라 칭했다.

현난은 정 노괴가 온몸에 극독을 지니고 있으며 화공대법에도 능하다는 사실을 알고 있어 감히 소홀히 할 수 없었다. 그는 대뜸 쌍장을 교차해 휘두르며 정춘추를 향해 연이어 18장을 가격해갔다. 연쇄적으로 내뻗은 그의 장력은 왼손을 거두어들이기도 전에 오른손이 이미 뻗어나갔기 때문에 쾌속하기 이를 데 없었다. 정춘추가 독을 펼칠 한 치의 여유도 주지 않았던 것이다. 이 소림파의 쾌장快掌 초식은 극강의 위력을 지니고 있어 정춘추가 끊임없이 뒤로 물러가도록 압박했다. 결국 현난이 연이어 18장을 뻗어내자 정춘추 역시 뒤로 열여덟 걸음을 물러나게 만들었다. 현난이 18장을 모두 펼치고 난 후, 다시 두 다리로 원앙연환퇴鴛鴦連環腿를 펼쳐 신속무비하게 36차례에 이르는 발길질을 가했다. 정춘추는 재빨리 몸을 움직여 이 36차례에 이르는 발길질을 가까스로 피할 수 있었지만 뜻밖에도 퍽퍽 하는 두 번의 소리와 함께 어깻죽지에 양권을 맞고 말았다. 알고 보니 현난이 마지막 두 차례의 발길질을 날리면서 동시에 양권을 후려쳐낸 것이었다. 정춘추는 발길질은 피했지만 그의 양권까지 피할 수는 없었다. 정춘추가 혀를 내둘렀다.

"대단하군!"

이 말을 하며 몸을 두 번 비틀거렸다.

현난은 순간 현기증이 느껴지면서 가물가물하게 뭔가 잘못됐다는 걸 알아차렸다. 조금 전 그가 양권을 날릴 때 정춘추 옷에 묻어 있던 극독에 암수를 당했던 것이다. 그는 즉각 숨을 고르며 체내의 진기를 회전시키고 왼손으로는 정춘추를 향해 후려쳐나갔다. 정춘추는 오른손으로 그의 일권을 막으며 이어서 왼손을 강력하게 후려쳐냈다.

현난은 중독된 후 온몸이 신통치 못해 이를 피하기 어렵자 오른손을 뻗어내며 막을 수밖에 없었다. 이 지경에 이르자 고수 간에 진력을 겨루는 상황이 돼버렸다. 현난은 속으로 깜짝 놀랐다.

'이자와 내력을 겨뤄서는 안 된다!'

그러나 주먹에 내력을 펼쳐내지 않는다면 상대의 내력에 충격을 받아 곧 오장육부가 산산조각 나고 말 것이다. 그는 잘못됐다는 걸 뻔히 알면서도 내력을 운용해 막지 않을 수 없었다. 경력을 운용하긴 했지만 이상하게도 내력이 응집되지 않고 마치 순식간에 사라져버리는 느낌을 받았다. 그제야 그는 조금 전 설모화의 설명처럼 자신의 경맥이 이미 중독돼버렸다는 사실을 알게 됐다.

정춘추가 껄껄대고 웃으며 어깨를 들썩거리자 퍽 소리와 함께 현난이 땅바닥에 고꾸라졌다. 탈진 상태에 이른 것이다.

정춘추는 현난을 쓰러뜨리자 사방을 둘러봤다. 공야건과 범백령 두 사람이 땅바닥에 쓰러져 부들부들 떨고 있는 모습이 보였다. 이미 유탄지의 한독장에 적중된 것이다. 등백천과 설모화 등은 여전히 여러 제자와 악투를 벌이며 성수파 제자 중 일곱 명을 죽이거나 부상을 입힌 상태였다.

정춘추가 길게 웃음소리를 한번 내는가 싶더니 소맷자락을 휘둘러 등백천의 등 뒤쪽을 향해 덮쳐가 일장을 겨룬 뒤 다시 몸을 돌려 일각으로 포부동을 걷어찼다. 등백천은 오른손으로 정춘추와 일장을 겨룰 때 가슴이 허전하다는 느낌을 받았다. 잠시 후 숨을 들이쉬며 정신을 집중하려 했지만 정춘추의 일장이 다시 날아왔다. 등백천은 어쩔 수 없이 다시 손을 내밀어 상대의 공격을 받아쳤다. 그러자 손바닥이 미미하게 차가워지고 전신이 나른해지면서 순식간에 기운이 빠져버렸다. 눈앞에는 그저 어슴푸레하게 보이는 하얀 연기뿐이었다. 한 성수파 제자가 걸어와 팔을 뻗어 밀어젖히자 등백천은 힘없이 땅바닥에 고꾸라졌다.

순식간에 모용씨 수하와 현난이 이끌고 온 소림승들 그리고 강광릉 등 사형제들이 모두 정춘추와 유탄지 두 사람에게 쓰러져버리고 말았다. 유탄지는 본래 웅후한 내력만 있을 뿐 무공 실력은 평범하기 그지 없었지만 정춘추로부터 며칠 지도를 받은 이후 장법 7~8초를 배우게 됐고 이를 통해 체내에 축적해둔 빙잠의 한독이 발휘되면서 엄청난 위력을 보유하게 됐다. 공야건 등도 그의 몸에 장력을 날려 적중시키기는 했지만 그의 체내에 있는 한독에 반격을 당해 오히려 부상을 입고 말았다.

이제 부상을 입지 않은 사람은 오로지 설모화 한 사람뿐이었다. 그는 수차에 걸쳐 공격을 가했지만 성수파 제자들은 하나같이 피하기만 할 뿐 반격을 해오지 않았다.

정춘추가 껄껄 웃으며 말했다.

"설 현질, 네 무공이 네 사형제들에 비해 고강하구나. 정말 대단하다!"

설모화는 동문 사형제들이 하나하나 쓰러지는데 자기 혼자만 멀쩡한 것을 보고 정춘추가 자신에게 사정을 봐줬기 때문이란 걸 알고 있었다. 그는 장탄식을 하며 말했다.

"정 노적, 내가 배불뚝이 화상의 외상은 쉽게 치료하겠지만 내상은 치료하기 힘들어 며칠 살지 못할 것이다. 나한테 그 화상을 치료해내라고 강요할 생각이라면 일찌감치 단념해라!"

정춘추가 손짓을 하며 불렀다.

"설 현질, 이리 와라!"

설모화가 말했다.

"날 죽이려면 죽여라! 네가 무슨 말을 해도 듣지 않을 것이다!"

이괴뢰가 소리쳤다.

"설 오사형은 정말 정의롭고 당당하시오! 오사형은 소무蘇武[52]와도 같소. 19년 동안 억류되고도 한나라의 절개를 욕되게 하지 않았으니 말이오."

정춘추가 싱긋 웃으며 설모화 앞으로 세 걸음 다가가 섰다. 그러고는 왼손을 천천히 그의 어깨 위에 얹어놓고 미소를 지으며 물었다.

"설 현질, 네가 무공 연마를 몇 년 동안 했지?"

"45년!"

"그 45년이란 긴 세월 동안 얼마나 많은 공을 들였느냐? 듣기론 네가 의술로 남들의 무학과 교환해서 각 문파의 정묘한 초식들을 적지 않게 배웠다던데 사실이더냐?"

"내가 그 초식들을 배운 것은 널 죽이기 위해서였다. 허나… 허나 그 어떤 정묘한 초식도 너의 사술을 만나면 전혀 무용지… 에이!"

그는 이 말을 하면서 고개를 가로젓다 한숨을 내쉬었다.

"그렇지 않아! 비록 내력이 근본이고 초식은 나뭇가지라 할 수 있지만 근본이 튼튼하면 나뭇가지는 자연스럽게 무성해지는 법이니 초식이 무용지물이라 할 수는 없다. 네가 내 문하에 들어온다면 너에게 천하무쌍의 정묘한 내력을 전수해주도록 하마. 그럼 앞으로 네가 중원을 주름잡는 것은 식은 죽 먹기가 될 것이다."

설모화가 벌컥 화를 내며 말했다.

"나에게는 사부가 있다. 나 설모화가 네 문하로 들어갈 바엔 차라리 머리를 부딪쳐 죽어버리는 게 낫다!"

정춘추가 껄껄대고 웃었다.

"정말 머리를 부딪쳐 죽으려 해도 힘이 있어야 가능하지 않겠느냐? 네 내력이 파괴되어버린다면 한 걸음도 걷기 힘들 텐데 어찌 머리를 부딪쳐 죽는단 말이냐? 45년 동안 힘들게 쌓은 공이 하하… 아깝구나, 아까워!"

설모화는 그 말을 듣고 이마에서 식은땀을 줄줄 흘렸다. 그때 자신의 어깨 위에 얹어놓은 그의 손바닥에서 미미하게 열이 나는 느낌이 들었다. 그가 마음만 먹으면 극독을 쏟아부어 자신이 45년 동안 부지런히 연마한 공력이 소리 없이 사라져버리게 될 것이었다. 그는 이를 악물고 말했다.

"넌 자기 사부와 사형을 악랄하게 해칠 수 있는 사람이니 우리 사형제 여덟 명쯤 더 죽이는 걸 어찌 대수롭게 여기겠느냐? 45년간 힘들게 쌓은 내 공력이 하루아침에 파괴되는 건 애석한 일이긴 하지만 목숨이 남아 있지 않은 마당에 공력을 힘들게 쌓고 안 쌓고가 무슨 의미가 있단 말이냐?"

포부동이 갈채를 보내며 말했다.

"기개가 넘치는 말이오. 성수파 문하에 어찌 당신 같은 영웅이 있는지 모르겠소!"

정춘추가 말했다.

"설 현질, 잠시 목숨만은 살려두마. 한마디만 묻겠다. 그 배불뚝이 화상을 치료하겠느냐? 치료하지 않겠느냐? 이 질문에 대한 첫 대답으로 '치료하지 않겠다'라고 한다면 네 대사형인 강광릉을 죽일 것이다. 두 번째 대답에도 치료하지 않겠다고 하면 네 이사형인 범백령을 죽일 것이다. 여섯 번째 대답에서도 치료하지 않겠다고 하면 네 그 미모의 사매를 찾아 죽일 것이다. 일곱 번째는 네 팔사제인 이괴뢰를 죽일 것이다. 여덟 번째 질문에도 여전히 치료하지 않겠다고 답을 한다면 내가 어찌할 것인지 맞혀봐라!"

설모화의 안색이 창백해지며 떨리는 목소리로 말했다.

"그때는 날 죽여버리면 그뿐이며 우리 동문 여덟 명도 함께 죽으면 그뿐이다."

정춘추가 씨익 웃으며 말했다.

"널 죽이는 건 급하지 않아. 여덟 번째 질문에 네가 치료하지 않겠다고 답한다면 난 자칭 '총변선생'이라는 소성하를 죽여버릴 것이다."

설모화가 큰 소리로 부르짖었다.

"정 노적! 감히 우리 사부님한테 손을 대겠다는 말이냐?"

"감히라니? 이 성수노선께서는 일을 행함에 있어 늘 자유롭게 해왔다. 오늘 한 말은 내일 잊을 수도 있는 것이다. 내가 소성하에게 앞으로 입을 닫고 산다면 죽이지 않겠다고 말하긴 했지만 네가 날 화나게 한다면 제자가 진 빚을 그 사부가 갚아야 하는 법이니 내가 놈을 죽이겠다는데 천하에 그 누가 막을 수 있겠느냐?"

설모화는 심란한 마음을 감추지 못했다. 정춘추가 자신을 핍박해 혜정을 치료토록 하는 건 매우 간악한 의도라는 것을 잘 알고 있었다. 자신이 그를 치료해주는 건 그야말로 폭군을 도와 포악한 일을 대신 하는 것이나 다름없는 일이니 말이다. 그러나 자신이 그 배불뚝이 화상을 치료하지 않겠다고 고집한다면 사형제 일곱 명이 목숨을 부지하지 못하는 것은 물론 사부인 총변선생마저 놈의 손에 죽임을 당할 처지가 되지 않겠는가? 그는 한참을 망설이다 말했다.

"좋다! 굴복하겠다. 대신 내가 그 배불뚝이 화상을 치료하고 나면 절대 여기 있는 여러 친구와 우리 사부님, 사형제들을 힘들게 해서는 안 된다."

정춘추가 크게 기뻐하며 다급하게 말했다.

"그럼, 그럼, 그럼! 모두의 목숨을 살려주겠다고 약속하마."

등백천이 소리쳤다.

"사내대장부가 간사한 자의 독수에 잘못 걸렸으니 죽으면 그뿐이오. 누가 당신더러 목숨을 부지하게 해달라고 했소?"

그의 목소리는 원래 종소리처럼 큰 편이었지만 이때는 진기가 모두 쇠해 어조가 매우 격앙되어 있었음에도 기력은 전혀 없었다.

포부동이 거들며 소리쳤다.

"설모화, 놈에게 속아넘어가지 마시오! 저 개 같은 간적은 자신이 방금 한 말조차도 책임지지 않을 것이오."

설모화가 말했다.

"맞아! 방금 네 입으로 말하지 않았느냐? 오늘 한 말은 내일 잊을 수도 있는 것이라고 말이다."

정춘추가 말했다.

"설 현질, 첫 번째 질문을 하겠다. 그 배불뚝이 화상을 치료하겠느냐? 치료하지 않겠느냐?"

그는 이 질문을 하면서 왼발을 허공에 뻗어 발끝을 강광릉의 태양혈에 가져다 댔다. 설모화 입에서 '치료하지 않겠다'란 말이 나오기만 하면 오른발을 내뻗어 즉시 강광릉을 죽여버리겠다는 뜻이었다. 사람들은 모두 가슴이 쿵쾅쿵쾅 뛰기 시작했다. 그때 누군가 큰 소리로 부르짖었다.

"치료하지 않겠다!"

이 '치료하지 않겠다!'라고 외친 사람은 설모화가 아니라 바로 강광릉이었다.

정춘추가 냉소를 머금었다.

"내가 당장 이 일각으로 네 목숨을 없애버리게 만들려는 생각인가 본데 그게 그리 쉽지는 않을 것이다."

그는 설모화를 향해 고개를 돌려 물었다.

"내 손을 빌려 네 대사형을 먼저 죽이길 원하느냐?"

설모화가 한숨을 내쉬었다.

"됐다! 내가 그 배불뚝이 화상을 치료하겠다고 답하면 그뿐 아니냐?"

강광릉이 욕을 퍼부어댔다.

"오사제! 사람이 어찌 그리 못났는가? 저 정 노적은 우리 사문의 대원수네. 한데 어찌 비겁하게 죽음이 두려워 놈의 위협에 굴복할 수 있는가?"

설모화가 말했다.

"놈이 우리 사형제 여덟 명을 죽이는 건 문제 될 게 없소. 허나 저 노적이 우리 사부님마저 해친다고 하지 않소?"

사부님의 안위를 생각하자 강광릉을 비롯한 사형제들은 모두 할 말이 없어졌다.

포부동이 입을 열었다.

"겁…."

그는 '겁쟁이'라고 욕을 하고 싶었지만 '겁…'이란 말을 내뱉자마자 등백천이 손을 뻗어 그의 입을 틀어막아버렸다. 포부동은 큰형님에 대해 경외심을 가지고 있었던 터라 억지로 노기를 참고 하려던 욕을 도로 집어삼키고 말았다.

설모화가 말했다.

"정가야! 너에게 굴복은 하겠다만 내가 널 대신해 그 배불뚝이 화상을 치료하는 것이니 우리 여러 친구에게 공손하게 대하도록 해라. 그러지 않으면 나 역시 오늘 한 말을 내일 잊을 수도 있다고 할 수 있으니 배불뚝이 화상을 며칠 내로 치료하지 못할 수도 있다."

정춘추가 말했다.

"모든 건 네 뜻에 맡기겠다."

그는 당장 제자에게 명해 혜정을 데려오도록 했다.

설모화가 혜정에게 물었다.

"당신은 오랜 기간 무서운 독물과 가까이 지낸 탓에 한독이 오장육부에 깊이 침투하게 된 것이오. 그게 어떤 독물이오?"

혜정이 말했다.

"곤륜산의 빙잠이오."

설모화가 고개를 가로저으며 더 이상 묻지 않고 우선 그에게 시침을 한 다음 다시 비상부자환砒霜附子丸 두 알을 먹였다. 그리고 사람들마다 접골할 곳은 접골하고 상처를 치료할 사람은 치료해주면서 날이 밝을 때까지 바쁘게 움직이다 손을 놓았다. 부상을 입은 사람들 역시 그제야 각자 누워서 휴식을 취할 수 있게 됐다. 설가의 가족이 나서서 국수를 만들어 사람들에게 먹였다.

정춘추는 국수 두 그릇을 비우더니 설모화를 향해 싱긋 웃으며 말했다.

"그래도 네가 상황 파악을 할 줄은 아는구나. 국수 안에 독을 안 탔으니 말이다."

"독을 쓰는 데 있어 천하에 널 능가하는 사람이 어디 있다 그러느냐? 그러고 싶은 마음은 굴뚝같지만 공자 앞에서 문자를 쓸 수는 없는 일이다."

정춘추가 껄껄대고 웃었다.

"가속한테 시켜 노새가 끄는 수레를 열 대만 빌려오라고 해라."

"수레를 열 대나 어디 쓰려는 것이냐?"

정춘추가 두 눈을 부릅뜨고 차가운 표정으로 말했다.

"쓸데가 있다."

설모화는 어쩔 수 없이 가속에게 분부해 수레를 빌려오도록 했다.

오후가 되자 수레 열 대가 앞다투어 도착했다. 정춘추가 명했다.

"마부들을 모조리 죽여라!"

설모화가 깜짝 놀라 말했다.

"무엇이라고?"

성수파 제자들의 손이 올라가는 곳마다 퍽 소리가 들리며 마부 열 명이 시체로 변해 바닥에 널브러졌다. 설모화가 화를 내며 말했다.

"정 노적! 이 마부들이 너한테 무슨 죄를 지었단 말이냐? 아니… 이런… 이런 독수를 쓰다니!"

"성수파에서 사람 몇 명 죽이는데 시시비비를 가리고 도리를 논해야 한단 말이냐? 너희 모두 빠짐없이 수레 안으로 들어가라. 단 한 명도 남아선 안 된다!"

소림승들 중 혜경과 허죽 등 승려 여섯 명은 본래 현난의 지시를 받고 도망쳐 소림사로 돌아가 소식을 전하려 했으나 정춘추의 삼엄한 경계에 막혀 멀리 도망가지 못하고 모두 잡혀오고 말았다. 석청풍 역시 지하 동굴 안에 숨어 있었지만 성수파 제자들에게 잡혀 밖으로 끌려나왔다. 소림사의 현난 등 승려 일곱 명과 고소모용 수하의 등백천 등 네 명, 함곡팔우 강광릉 등 여덟 명, 총 19명 중 설모화 한 사람 외에 그 나머지는 경맥이 극독에 중독됐거나, 내력을 펼쳐낼 수 없거나, 정춘추의 장력에 부상을 입었거나, 유탄지의 빙잠 한독에 중독되어 하나같이 꼼짝도 하지 못했다. 거기에 설모화의 가속 수십 명 역시 각각 열 대의 수레에 나뉘어 올라타게 됐다.

성수파 제자들은 마부가 되거나 아니면 말에 올라 옆에서 압송에 가담했다. 수레 위의 휘장을 모두 내려 밧줄로 꽁꽁 묶어버리자 수레 안에 빛이라고는 없다 보니 바깥 풍경은 전혀 볼 수가 없었다. 현난 등이 속으로 똑같은 의구심을 품었다.

'저 노적이 우리를 어디로 끌고 가는 거지?'

사람들 모두 입을 열어 묻기라도 한다면 성수파 제자들에게 굴욕만 당할 뿐 아무 대답도 듣지 못하리라는 걸 알기에 각자 속으로 생각할 뿐이었다.

'일단은 참자. 때가 되면 알게 되겠지.'

〈7권에서 계속〉

미주

▶ **모든 주석은 옮긴이 주이다.**

1 사지와 머리를 말에 묶고 각 방향으로 달리게 하여 사지를 찢어 죽이는 형벌.

2 요나라 군주가 설립한 심복 부대.

3 거둥 때, 황제를 모시고 따라다니던 일.

4 천자가 공신이나 중신들에게 하사하는 특별한 혜택을 부여하겠다고 확약한 증서.

5 화살 한 발을 쏘아 닿을 수 있는 거리로, 거리를 가늠하는 척도로 사용한다.

6 단순한 비단옷이 아닌 아름답고 화려하게 수놓은 옷이란 의미로 주로 왕이나 고관대작들이 입는 옷을 상징한다.

7 지금의 내몽고자치구 임황臨潢.

8 중국 역대 왕조가 북방의 유목국가에 바치는 공물.

9 사람의 얼굴에 있는 일곱 개의 구멍.

10 대장간에서 불린 쇠를 올려놓고 두드릴 때 받침으로 쓰는 쇳덩이.

11 고기를 얇게 저며 만드는 젓갈.

12 당시 이슬람 사라센제국을 일컫던 말.

13 중생이 지닌 네 가지 마음인 사상四相의 하나로 세상을 '나' 위주로만 보는 마음.

14 세상을 '나'와 '남'의 입장에서 적절히 보는 마음.

15 불상 또는 신상이나 위패를 모셔두는 장.

16 신기의 법술.

17 끝없는 법력.

18 천하에 위세를 떨치다.

19 비둘기 다리에 쪽지를 묶어 날려 소식을 전하는 방법.

20 불교적 교리를 담은 한시의 한 형태.

21 불교에서 이르는 오통五通 혹은 육통六通 중 천안통天眼通을 가리키며 중생의 생사와 고락 그리고 세간의 갖가지 행색을 볼 수 있는 눈이라는 뜻이다.

22 음력 12월 8일로, 석가가 35세 되던 기원전 648년 12월 8일에 불도를 이루던 날을 기념하는 날.

23 당나라 때 시작되어 송나라, 원나라 시대에 성행했던 민간 연예 형식인 설화說話의 대본.

24 약초를 심어 가꾸는 밭.

25 당나라 6대 황제인 현종玄宗으로, 본명은 융기隆起다.

26 당 명황이 총애했던 비妃이자 여자 시인이다. 민지閩地 즉, 현 복건성 보전莆田 사람이며 본명은 강채평江采萍. 양귀비가 입궁한 뒤 총애를 잃고 안녹산의 난 때 사망했다.

27 전통극 배우.

28 양귀비의 본명.

29 전한 고조 유방의 황후로, 이름은 치稚, 자는 아후娥姁다.

30 살생을 해서는 안 된다는 계율.

31 춘추시대 송宋나라 군주로 춘추오패春秋五覇 중 한 사람이며, 성은 자子이고, 이름은 자보玆甫다.

32 '송나라 양공의 어짊'이라는 뜻으로 쓸데없이 베푸는 인정을 말한다.

33 춘추시대 노魯나라의 현인.

34 5호16국 시대 불교 승려이자 경전 번역가로 구마라습, 구마라십, 구마라기파로도 불리며, 동수童壽라는 중국명으로 불리기도 함. 원래 구자국龜玆國, 타클라마칸Taklamakan 사막 북쪽, 지금의 고차庫車 지역에 있던 고대 국가 출신으로 환속을 한 이후 불학佛學을 연구하고 경전 번역에 힘썼으며 대승불교와 소승불교 모두에 정통해 중국 불교의 4대 역경가 중 한 사람으로 추앙받고 있다.

35 십팔공十八空의 하나. 모든 현상에 대한 분별이 완전히 끊어진 상태.

36 누군가의 죽은 영혼이 좋은 곳에서 다시 태어나기를 비는 기도문.

37 불교에서 의미하는 중생심의 근원이 되는 참되고 한결같은 마음.

38 수행함으로써 얻은 깨달음의 결과로, 성과聖果라고도 한다.

39 위魏나라의 장군. 손빈孫臏과 함께 귀곡鬼谷 선생의 문하에서 동문수학하다가 위나라로 출사出仕하여 장군 지위를 얻게 되었다. 천성이 탐욕스럽고 음흉하여 동문수학할 때부터 자신보다 뛰어난 손빈을 은근히 시기하고 경원시했으며, 출세한 후에도 손빈을 천거하지 않고 멀리했다. 자신의 방해 공작에도 불구하고 손빈이 묵자墨子의 천거로 위나라에 입사入仕하게 되자 간악한 계교를 써서 손빈을 제나라의 첩자로 몰아 발목을 자르는 월형刖刑과 얼굴에 글자를 뜨고 먹을 넣어 죽을 때까지 지워지지 않도록 하는 묵형墨刑을 당하게 하여 폐인처럼 만들었다. 우연히 방연의 간계를 알게 된 손빈이 정신병자 노릇을 하면서 하루하루 연명하다가 다시금 묵자의 도움으로 제나라 장군 전기田忌에게 구출되어 몰래 위나라를 탈출해 제나라로 가서 군사軍師가 되었으나 그 사실을 전혀 모르고 숙적 손빈을 죽였다고 안심하고 있었다. 그 후 손빈의 활약으로 기원전 353년의 계릉桂陵 전투, 기원전 341년의 마릉馬陵 전투에서 위나라가 제나라 군사에게 대패를 당하게 되고, 마릉

전투에서는 방연 자신도 손빈이 만든 함정에 빠져 죽었다.《열국지사전》 참조.

40 선정禪定의 마음. 마음을 한 가지 대상에 집중하여 흔들리지 않는 고요한 마음 상태.

41 짐승의 가죽이나 힘줄, 뼈 따위를 진하게 고아서 굳힌 끈끈한 것.

42 고대 목공을 가리키는 말.

43 의술, 점성술, 천문, 관상.

44 교역, 운반, 재배.

45 지식을 얻는 일에만 급급한 유약한 선비.《논어》〈옹야雍也〉.

46 자신의 인격 수양을 본의로 하는 구도자.《논어》〈옹야〉.

47 귀취는 불교에서 이르는 아귀餓鬼의 세계. 취는 중생의 업인業因에 의하여 나아간다는 곳이다.

48 춘추시대 노나라 사람으로 성은 공수公輸, 이름은 반般이며, 토목, 건축 분야에 천재적인 자질을 갖춘 건축과 공예의 신으로 추앙받는 인물이다.

49 오대五代 때 후당後唐의 창건자인 장종莊宗의 본명이다. 당나라 말기의 하동절도사河東節度使 진왕晉王 이극용李克用의 장남으로 908년에 진국晉國의 왕위를 계승한 후, 북쪽의 거란을 물리치고 남쪽으로 주양朱梁을 공격하였으며, 동쪽의 걸연桀燕을 멸하여 진나라를 강성시켰다. 923년 4월, 위주魏州에서 황제로 등극하고 나라 이름을 당唐이라고 정하는데 역사서에서는 후당으로 칭한다. 비록 무인 출신이지만 음율과 사곡詞曲에도 능하여 스스로 사보詞譜를 만들기도 했다.

50 민간신앙과 도교에서 일컫는 신선. 이랑현성진군二郎顯聖眞君, 관구이랑灌口二郎, 이랑진군二郎眞軍, 관구신灌口神, 적성왕赤城旺 등 다양한 형태로 불린다. 민간에서는 대부분 수리水利와 농경, 수재水災 방지와 관련된 신으로 여기고 있다.

51 신화 속에서 이랑신 곁을 지키는 신의 짐승으로 이랑신의 수렵과 싸움을 돕고 요괴들을 제거하는 영물이다.

52 전한의 충신. 자는 자경子卿이며 무제武帝 천한天漢 원년 중랑장中郎將의 직위로 흉노의 사신으로 갔다가 억류되었다. 흉노 귀족들에게 투항을 강요받았으나 이를 거절하고 19년 만에 귀국해 절개를 굳게 지켰다.

天龍八部